Moonflower

BRING ME YOUR MIDNIGHT

Titolo originale: Bring Me Your Midnight
Testi: Rachel Griffin
Traduzione: Valentina Zaffagnini
Illustrazione di copertina: Golden mushroom

PER L'EDIZIONE ITALIANA
© 2023 Gribaudo - IF - Idee editoriali Feltrinelli srl
Socio Unico Giangiacomo Feltrinelli Editore srl
Via Andegari, 6 - 20121 Milano
info@gribaudo.it - www.gribaudo.it

FSC
www.fsc.org
MISTO
Carta da fonti gestite in maniera responsabile
FSC® C021883

Stampa e confezione: Grafica Veneta, Trebaseleghe (PD)

Prima edizione: 2023 [10(E)]

Rachel Griffin

Moonflower

BRING ME YOUR MIDNIGHT

TRADUZIONE DI
Valentina Zaffagnini

GRIBAUDO
fantasy

Per papà.
Grazie per avermi insegnato che
la mia felicità è importante.
E per avermelo ricordato ogni volta
che me ne sono dimenticata.

1

Una volta, mia madre mi ha detto che sono fortunata perché non dovrò mai scoprire da dove vengo. Sono una Fairchild, nata su una piccola isola a ovest della terraferma, e ciò significa che chi sono l'ho scoperto prima ancora di cominciare a cercare. Ha ragione, come per quasi tutto, ma ho sempre pensato che se dovessi trovare la mia stella polare, dovrei cercarla negli abissi dell'oceano.

Il freddo pungente dell'acqua salata e il silenzio profondo mi mettono più a mio agio dell'enorme casa elegante che si erge a due isolati dalla spiaggia. Entro in mare e mi immergo, e i rumori dell'isola si affievoliscono fino a spegnersi del tutto. I miei capelli lunghi galleggiano sulla superficie dell'acqua e mi do una spinta, staccandomi dal fondo roccioso e cominciando a nuotare con gli occhi aperti. Le correnti stanno diventando più forti e mi guardo attorno, ma non c'è traccia di inquietudine o agitazione. Il mare è calmo.

Per ora.

Galleggio sul dorso. Il sole si leva all'orizzonte, allontanando l'alba, e la foschia grigia del primo mattino è sostituita da raggi di luce dorata che scintillano sulla superficie dell'acqua. Ci sono solo io e per un istante mi illudo di essere insignificante. Una particella minuscola in un mondo immenso. E mentre quest'ultima cosa è sicuramente vera, non sono affatto insignificante. Mia madre ha fatto in modo che non fosse così.

Mi giro e mi tuffo, nuotando verso il fondale, sempre più giù, finché l'acqua non diventa più fredda e la luce del sole svanisce, completamente irraggiungibile. Mi fermo un istante quando sono quasi sul fondo, godendo del fatto che le aspettative e i doveri non mi possono seguire fino qui. Godendomi il fatto che la vita sembra appartenermi, qui sotto. Mi fa male il petto e i polmoni sono sul punto di esplodere, così alla fine cedo e riaffioro in superficie. Il mare mi espelle e annaspo alla ricerca d'ossigeno.

È ancora presto, ma in lontananza l'Isola delle Streghe prende vita. Molti dei suoi abitanti si svegliano all'alba per approfittare di ogni singolo minuto di magia possibile. Le giornate si stanno accorciando, l'inverno si avvicina e, con l'arrivo delle lunghe notti del nord, sulla nostra isola avremo meno tempo per la magia.

Faccio un altro respiro profondo, mentre le onde mi lambiscono dolcemente. Ho già passato fin troppo tempo in acqua e mi giro verso la riva, ma qualcosa cattura la mia attenzione. Sembra un fiore, leggero e delicato, che risale in superficie per salutare il sole. Nuoto in quella direzione e lo guardo mentre affiora, galleggiando dolcemente a un metro di distanza, invitandomi a tendere una mano e prenderlo.

Batto le palpebre e il fiore scompare. Scruto l'acqua ma non c'è più e mi dico che me lo sono immaginato. La mia mente è confusa per via del ballo imminente e mi sta giocando un brutto scherzo nel mio posto preferito. Ma basta a dissolvere la quiete del mattino, così comincio a nuotare verso la riva, sapendo che il tempo stringe e non c'è modo di ritrovarla.

Quando sento il fondale graffiarmi le ginocchia, mi alzo in piedi e risalgo la spiaggia sassosa, resistendo all'impulso di cercare il fiore un'ultima volta. Strizzo i capelli e prendo l'asciugamano dalla borsa. Ho la pelle ricoperta di salsedine ed è una sensazione così familiare che non ho nessuna fretta di togliermela di dosso. Infilo i sandali e raccolgo i capelli sulla nuca, poi prendo il resto delle mie cose.

«Meglio che ti sbrighi, Tana» grida il signor Kline dal marciapiede. «Tua madre è già per strada.»

«Di già? È in anticipo di mezz'ora.»

«Non sei l'unica ad esserti alzata all'alba.»

Lo ringrazio con un cenno di saluto e mi affretto verso la profumeria, mentre i pensieri del ballo e l'ansia di arrivare in ritardo si mescolano nel mio stomaco, riempiendolo di acidità. Dovrei già essere in negozio a prepararmi per l'arrivo dei turisti del mattino, ma il primo traghetto non attraccherà prima di quarantacinque minuti e non sono mai stata un'amante della puntualità come vorrebbe mia madre.

Svolto su Main Street, dove decine di negozi magici colorano i lati della strada come fiori di campo in primavera. Vetrine rosa confetto e azzurro cielo, giallo pastello e verde menta si stagliano contro la foschia che spesso avvolge L'Isola delle Streghe invitando le persone a entrare, suggerendo loro che la magia è dolce e delicata come i colori delle porte che varcano. Tra un'ora, la strada si riempirà di turisti e clienti abituali provenienti dalla terraferma che sbarcano sulla nostra isola alla ricerca di profumi, candele, tè, prodotti da forno, tessuti in fibra naturale e qualsiasi altra cosa in cui infondere la nostra magia.

Fitti rampicanti verdi risalgono i muri di pietra e cascate di glicine incorniciano le porte d'ingresso, come se ogni dettaglio volesse trasmettere l'idea che questo luogo è speciale, ma non minaccioso. Caratteristico, ma non spaventoso. Fatato, ma non pericoloso.

L'isola è rigogliosa e incantevole, e sembra impossibile che un tempo sia stata un campo di battaglia.

Grandi cespugli di Dafne odorosa circondano i lampioni stradali di bronzo e il loro intenso profumo di fiori riempie l'aria di una magia più grande della nostra. Continuo a correre, finché all'angolo della via non appare la profumeria. La mia migliore amica mi sta aspettando appoggiata alla porta, con due tazze di tè in mano.

Mi rivolge uno sguardo perplesso, mentre mi piego in avanti e appoggio le mani sulle ginocchia, cercando di riprendere fiato.

«Tieni» dice Ivy, spingendomi il tè sotto il naso. «È la nostra miscela per il risveglio.»

«Non ho bisogno della tua magia» le dico, ignorando la bevanda. Infilo la chiave nella serratura e apro la porta, chinandomi sotto una cascata di glicine color lavanda.

«Davvero? Perché hai un aspetto orribile.»

«Quanto orribile?» le chiedo.

«Hai delle alghe tra i capelli e la salsedine sulle sopracciglia» dice.

Prendo il tè e ne bevo un bel sorso. Mi scivola in gola e si deposita piacevolmente nello stomaco, compiendo all'istante la sua magia. La mia mente si svuota e l'energia torna a fluire. Corro nel retrobottega e mi tolgo gli abiti bagnati, indossando un semplice vestito azzurro.

«Siediti» dice Ivy, e le rivolgo uno sguardo colmo di gratitudine. I suoi occhi castano scuro brillano mentre muove le mani sul mio viso. Sento la salsedine sollevarsi dalla mia pelle, sostituita da un trucco leggero. Non sono brava come Ivy, quando si tratta di truccarsi; di solito ottengo risultati un po' troppo vistosi per i gusti di mia madre, ma Ivy è sempre perfetta. Mentre è all'opera, cerco di domare i capelli, asciugandoli e lasciandoli cadere in morbide onde lungo la schiena. Ivy solleva uno specchio.

Il vestito fa risaltare l'azzurro dei miei occhi e i miei capelli castani non sembrano così insignificanti, quando sono arricciati. Niente, nel mio aspetto, rivela la recente permanenza in acqua. In questo modo farò contenta mia madre, ma conserverò allo stesso tempo quell'aria leggermente in disordine che mi piace tanto, di una persona a contatto con la natura. Una persona, invece di un dipinto che ho paura di rovinare.

«Grazie per avermi dato una mano» dico.

«Com'è andata la nuotata?» mi chiede.

«Troppo corta.»

In quel momento, il campanello sulla porta tintinna e mia madre entra in negozio.

«Buongiorno, ragazze» dice, diretta verso il retrobottega. Quando la vedo, scatto sull'attenti.

«Buongiorno, signora Fairchild» dice Ivy con un sorriso.

Mia madre è impeccabile come sempre, i capelli biondi raccolti in un semplice chignon, la pelle abbronzata illuminata dall'ennesimo nuovo prodotto acquistato nel negozio di cosmetici della signora Rhodes. Ha un velo di rossetto rosa, gli occhi di un azzurro intenso e brillante.

Sempre in ordine. La strega perfetta.

Mia madre abbassa lo sguardo: il pavimento è bagnato e cosparso di alghe. «Ivy non sarà sempre qui a coprire i tuoi errori, Tana. Pulisci questo disastro» dice, uscendo dalla stanza.

Prendo lo spazzolone dal ripostiglio e comincio ad asciugare, ignorando la fitta di dolore provocata dalle parole di mia madre. Butto via le alghe che mi hanno seguito fin dentro il negozio e mi assicuro che il pavimento sia asciutto, prima di mettere via lo spazzolone. La magia è legata alle creature viventi e, sfortunatamente, il pavimento non lo è.

«Ce l'avevamo quasi fatta» mormoro. «Grazie ancora.»

«Figurati» dice Ivy, bevendo un sorso di tè. Anche lei è sempre impeccabile: non arriva mai in ritardo nella sala da tè dei suoi genitori, dove lavora. Non è mai in disordine, né assonnata. La sua pelle scura è luminosa senza alcun bisogno di magia e i suoi riccioli neri le rimbalzano elastici sulle spalle, quando si muove.

Prendo una manciata di lavanda essiccata da un barattolo di vetro sulla parete, e mortaio e pestello dal mobile sotto il bancone. Mio padre e io abbiamo ricavato il piano di lavoro da un grande pezzo di legno che abbiamo trovato sulla spiaggia; ne sfioro le venature lisce con la mano.

Il sole del primo mattino entra dalla vetrata del negozio, allungando i suoi raggi fino al retrobottega e illuminando tutte le varietà di piante ed erbe aromatiche. Ivy gusta il suo tè, mentre creo la base di un olio da bagno, chiudendo gli occhi e immaginando di addormentarmi, sprofondando dolcemente in una coltre di calma profonda. Lascio che la sensazione si riversi nella lavanda finché i fiori non ne sono pervasi. Praticare le arti magiche è la mia attività preferita e, sebbene stia creando un olio per calmare le ansie altrui, produce lo stesso effetto su di me. In questi momenti sono pervasa da una felicità assoluta e mi sento completamente a mio agio.

Il campanello tintinna di nuovo e apro gli occhi malvolentieri. Prima ancora di alzare lo sguardo, riconosco la voce della signora Astor, una cliente abituale della terraferma che viene sull'isola per due cose: la magia e i pettegolezzi.

«Buongiorno, Ingrid» dice a mia madre, prendendola per mano: un gesto di amicizia che – come ama ricordarmi mia madre – è reso possibile soltanto dai sacrifici compiuti da generazioni di streghe vissute prima di noi.

«Come stai, Sheila?»

«Dovrei chiederti la stessa cosa» dice la signora Astor, rivolgendo a mia madre uno sguardo eloquente. «Sulla terraferma girano delle voci, sono sicura che ne sia al corrente anche tu.»

«Davvero?» chiede mia madre, tenendosi occupata con alcuni flaconi di vetro sul bancone.

Rivolgo le spalle alla porta e cerco di concentrarmi sulla lavanda.

Ivy mi dà di gomito e indica la donna con un cenno del capo. «Sta a sentire» mormora.

«Non fare l'ingenua con me, cara. Girano voci su tua figlia e sul figlio del governatore.»

Trattengo il fiato, in attesa della risposta di mia madre. Le voci sono vere, naturalmente, ma è tutta una questione di tempismo, come dice lei.

«Sai bene anche tu che non mi piace parlare di cose che non sono ancora decise.»

«Possiamo aspettarci... una *decisione* in tempi brevi?»

Mia madre esita. Poi dice: «Sì, penso di sì».

La signora Astor si lascia sfuggire uno strillo, poi fa le congratulazioni a mia madre e compra due nuovi profumi, tutta contenta.

Chiudo piano la porta del retro e mi ci appoggio, chiudendo gli occhi.

«Le notizie viaggiano velocemente» dice Ivy.

«Le notizie viaggiano alla velocità che decide mia madre» la correggo.

Ho appena fatto una nuotata, ma vorrei correre via dal negozio e tuffarmi nell'oceano, mettendo a tacere la signora Astor, mia madre e le aspettative che pesano su di me.

Ivy finisce di bere il tè e mi porge la mia tazza. «Dovresti finirlo.»

Lo prendo e lo bevo tutto.

«Prima che me ne vada, come stai? Un conto è quando tua madre ha deciso che fosse arrivato il momento del fidanzamento. Un conto è ora che sta succedendo davvero.»

«È un evento senza precedenti, per noi» dico. «Il matrimonio tra una strega e un uomo della terraferma. L'evento più prestigioso della storia. Consoliderà in modo definitivo il posto in società della nostra congrega.»

Ivy alza gli occhi al cielo. «Non ti ho chiesto come ha fatto tua madre a convincerti. Ti ho chiesto come stai.»

Espiro, avvicinandomi. «Hai letto qualche articolo sull'incendio al molo?»

Le parole sono un sussurro e non sono sicura che Ivy mi abbia sentito, ma dopo un istante scuote lentamente la testa. «Soltanto quello che c'era sul nostro giornale.»

«Sono andata sulla terraferma e ho letto tutti i quotidiani che sono riuscita a trovare» le dico, guardando la porta per assicurarmi che mia madre non entri. «E sai una cosa? Non ho trovato praticamente nulla.»

Sul viso di Ivy si dipinge un'espressione confusa. L'incendio risale a un mese fa, quando un uomo che diffidava della magia e delle streghe ha raggiunto l'isola su una barca a remi e ha dato fuoco al nostro molo, cercando di interrompere i collegamenti con la terraferma. Cercando di isolarci. Non appena mia madre ha saputo i dettagli, ha detto che era arrivato il momento di dare inizio al fidanzamento con Landon.

«Perché ci sei andata?» mi chiede.

«Non lo so. Volevo soltanto capire cosa ne pensasse la gente della terraferma, credo. Vedere se l'avrebbero condannato con sufficiente fermezza. Non avrei mai immaginato di trovare soltanto tre articoli striminziti in cui non c'era nemmeno scritto com'erano andate davvero le cose. So che si tratta di una piccola parte della popolazione, ma questo genere di eventi continuerà a succedere finché la terraferma non prenderà una posizione riguardo all'isola. E il modo migliore per farlo è unire in matrimonio il futuro sovrano e una strega. È la dichiarazione più potente che possono fare. Se Landon e io fossimo già sposati e la sua gente avesse già emanato una legge per proteggere l'isola, i nostri moli sarebbero bruciati? Non sappiamo nemmeno se l'uomo che ha appiccato il fuoco è stato punito, e quanto duramente. È facile sentirsi protetti con il mare a dividerci, ma non lo siamo davvero.»

Ivy annuisce. «Quella sera mia madre ha chiuso la porta a chiave. È stata la prima volta in assoluto.»

«È giunto il momento che io e Landon annunciamo il nostro fidanzamento. Sono pronta.»

La verità è che l'incendio ha influito soltanto sui tempi. La mia vita è tracciata da quando sono nata. Questo è il mio ruolo: tenere la mia congrega al sicuro, consolidando il nostro posto tra gli abitanti della terraferma. È un ruolo che ricopro con orgoglio, anche se non dipende da me.

«Bene, allora» dice Ivy, cingendomi le spalle con un braccio. «Il fatto che sia bellissimo è una cosa positiva, immagino.»

«Su questo non c'è alcun dubbio» dico, scoppiando a ridere.

Ivy prende la mia tazza e va verso la porta.

«Grazie per avermelo chiesto» le dico. Lei si gira. «Mi ha fatto piacere.»

«Sono contenta che lo pensi, perché ho intenzione di continuare a farlo.» Mi sorride ed esce, salutando mia madre.

Sono al corrente del progetto dei miei genitori fin da quando ero piccola, e Landon è una brava persona. È un ragazzo perbene, gentile. Annunceremo ufficialmente il nostro fidanzamento lo stesso giorno del mio Ballo d'Ingresso, quando mi legherò per sempre alla mia congrega. È un rituale che devono compiere tutte le streghe, una scelta che non può essere modificata, né annullata. Devo scegliere se stare nella congrega o abbandonarla, sigillare il patto con la magia e non guardarmi più indietro. Senza questa scelta, la magia diventa instabile e pericolosa.

Ogni magia ha bisogno di una casa.

Da un certo punto di vista, mi sto preparando per il ballo da diciannove anni. È logico che voglia condividerlo con Landon.

Mia madre non si è mai presa il disturbo di chiedermi cosa penso dei progetti nuziali avviati dai miei nonni, se sono contenta di lasciare l'Isola delle Streghe per entrare a far parte della famiglia più potente della terraferma. Se sono disposta a rinunciare alla magia in cambio dei gioielli, alle mie nuotate in cambio delle visite di cortesia.

Ogni tanto, penso che sarebbe bello che me lo chiedesse, anche solo per guardarla negli occhi e dirle con assoluta certezza che sì, sono pronta a intraprendere questa strada.

Amo i miei genitori e la mia congrega con tutto il cuore. Amo quest'isola con tutto il cuore. E farò qualsiasi cosa per garantire la nostra presenza in questo mondo, anche se significa sposare un uomo che non amo per proteggere tutte le cose a cui tengo.

2

Faccio sempre la strada più lunga per tornare a casa. Mi piace respirare l'aria salmastra e sentire il rumore dei ciottoli sotto i piedi, ascoltare lo sciabordio delle onde che si infrangono sulla spiaggia. L'estremità orientale dell'isola finisce, cedendo il passo al Confine, il braccio di mare che ci separa dalla terraferma.

L'entroterra si erge in lontananza, una sequenza ininterrotta di edifici e strade affollate che si stagliano contro l'orizzonte. Un'imponente torre dell'orologio svetta sulla città e, nonostante non possiamo sentire il suono delle campane da questa distanza, la sua presenza è innegabile. È uno spettacolo impressionante e dalle coste dell'isola sembra quasi un'immagine di fantasia, presa da un libro.

È difficile immaginare come sarà la mia vita quando sposerò Landon e vivrò sulla terraferma. L'Isola delle Streghe è casa mia, con le sue spiagge sassose e le stradine di ciottoli, i vecchi edifici in pietra ricoperti dalla vegetazione. Adoro vivere qui. E anche se la terraferma è a un'ora di traghetto, sembra lontanissima.

Tornerò comunque sull'isola, naturalmente. Aiuterò i miei genitori in profumeria e sarò qui a ogni luna piena per il Rituale, ma vorrei continuare a godermi questi momenti: tornare a casa a piedi, fermarmi sulla spiaggia, guardare l'entroterra in lontananza.

Non voglio guardare l'isola in lontananza, invece.

Scuoto la testa. Non è che non voglia, mi dico. È solo che dovrò abituarmi all'idea. Mi consola sapere che le prime streghe hanno vissuto sulla terraferma e si sono trasferite qui soltanto per preservare la loro magia. Se sono riuscite a costruirsi una vita laggiù, posso farcela anch'io.

Manca un'ora al tramonto e l'ultimo traghetto prenderà il largo diverse ore dopo. L'isola potrà riposare, prendere fiato dopo una lunga giornata di strade affollate e turisti entusiasti e delicata magia. Una magia che non può cambiare la vita di una persona in modo significativo e non può nemmeno fare molta differenza, nello schema generale delle cose.

Una magia che è soltanto l'ombra di quella praticata dai miei antenati. Ma è il prezzo da pagare per essere accettati in società. Per avere una stretta di mano invece della prigionia, un bacio sulla guancia invece di uno schiaffo, un'isola che viene celebrata e non ridotta a un cumulo di cenere.

Non ho mai conosciuto niente di diverso dalla magia gentile dell'isola, ma ho sentito parlare dei poteri dei nostri avi. Potevano controllare gli agenti atmosferici, sfidare la morte, spingere le persone a compiere azioni contro la loro volontà. A volte mi spaventa sapere che la stessa magia che fluiva nelle loro vene scorre anche nelle mie, che dentro di me c'è qualcosa di molto più potente dei profumi del nostro negozio o degli infusi di Ivy.

Mi siedo sulla spiaggia, e non mi importa se bagno il vestito o se mi sporco; non mi importa se mia madre criticherà il mio aspetto, come fa sempre, quando arriverò a casa. Vorrebbe che fossi sempre in ordine, più elegante, più presentabile.

Più simile a lei.

Ma lei non vede ciò che vedo io: le cose più belle sono le più selvagge.

Infilo le dita tra i ciottoli e le affondo nella sabbia, sento i bordi frastagliati e i granelli ruvidi. La nostra spiaggia è più piccola di un tempo, perché le correnti infuriate l'hanno erosa, trasportandola verso altre parti dell'isola o mangiandosela completamente.

Mia madre dice che passo troppo tempo a preoccuparmi, che lei e gli altri capi della congrega hanno tutto sotto controllo. Ma le correnti stanno diventando più forti e prima o poi trascineranno una barca in fondo al mare.

Vedremo se gli abitanti della terraferma saranno ancora in grado di accoglierci, quando le nostre correnti risucchieranno negli abissi uno di loro.

Ma quando sarò sposata con Landon, suo padre estenderà la protezione del governo su di noi, e non saranno più soltanto promesse fatte durante una festa elegante, ma leggi scritte. Dopo, non si potrà più tornare indietro, nemmeno se una nave affonderà nelle nostre acque o se le nostre correnti diventeranno più violente.

È il tipo di sicurezza che i miei antenati hanno sempre sognato, il tipo di sicurezza che non sono riusciti a ottenere nemmeno andando via dalla terraferma. Perché non appena le streghe si sono insediate sull'isola, tra gli abitanti della terraferma ha cominciato a dilagare la paura. L'unica cosa più terrificante di vedere la nostra magia sulle loro strade era non vederla affatto; sull'isola avremmo potuto fare qualsiasi cosa.

L'idea iniziale prese forma per pura disperazione: la magia poteva anche essere qualcosa di cui godere, e non qualcosa di cui avere paura. L'isola poteva essere un luogo da visitare, e non un rifugio per streghe e malvagità. Con la sola forza di volontà, i miei antenati crearono un genere di magia del tutto nuovo, attenuando il loro potere e prendendosi cura dell'isola per sopravvivere. Praticarono le arti magiche soltanto alla luce del giorno, senza nascondersi mai nell'oscurità. Rinunciarono agli aspetti più terrificanti della magia e amplificarono le parti più meravigliose. Furono gentili nei confronti degli abitanti della terraferma che osservavano l'isola, sorridendo quando avrebbero soltanto voluto maledirli e vederli sparire in fondo al mare.

E la cosa funzionò.

Ora le onde si susseguono più veloci, raggiungendo la riva e lambendomi le gambe. Chiudo gli occhi e ascolto, lasciando che il resto dell'isola scompaia, mentre immagino di essere sott'acqua. Il più delle volte il silenzio è così fragile, rubato da una singola voce, un vetro infranto, un grido attutito. Ma il silenzio che c'è sott'acqua è denso, solido e impenetrabile.

Il cielo vira sui toni dell'arancio e del rosa, come se la signora Rhodes avesse preso il suo ombretto più vivace e lo avesse steso sull'orizzonte. Se non arrivo a casa in tempo per la cena, non verrò rimproverata soltanto per il mio aspetto, così mi alzo in piedi e mi stiro.

Faccio un lungo respiro profondo e riempio i polmoni di aria salmastra, ma mi fermo quando qualcosa nell'acqua cattura la mia attenzione.

Un fiore, uguale a quello che ho visto stamattina.

Il mondo sta diventando sempre più buio, ma sono sicura di ciò che vedo. Senza riflettere, corro tra le onde e mi tuffo, nuotando verso il fiore che sobbalza e galleggia dolcemente sulla superficie dell'acqua.

Resta lì, mentre mi avvicino, come se fosse ancorato al fondo dell'oceano. Le onde si fermano e il fiore assume contorni più nitidi ed è a quel punto che mi irrigidisco. Ho un sussulto e mi allontano, annaspando nell'acqua.

Non può essere vero. Non ne ho mai visto uno. Ho il cuore che mi martella dentro il petto, mentre mi assale la paura.

Il fiore dondola da una parte all'altra, schiudendosi soltanto al sopraggiungere della sera o in presenza di una strega. I suoi petali sono così bianchi che sembrano scintillare, ricordando una luna piena.

Un *fiordiluna*. Di una bellezza ingannevole, fatale per le

streghe. Però non sembra minaccioso, con i suoi lunghi petali bianchi ancora chiusi. Sembra bellissimo.

Ma in fondo siamo portati a pensare che le cose più pericolose siano meravigliose, non è così?

Lentamente, il fiore schiude i suoi petali offrendosi al mio sguardo, mentre tremo di terrore. Il mare è agitato e mi manca il fiato. Il fiore viene trascinato in una corrente e comincia a vorticare sempre più veloce, finché non viene risucchiato sotto la superficie. Scalcio e protendo le braccia in avanti, spingendo con tutta la forza che ho in corpo, cercando di allontanarmi dalla corrente. Nuoto più veloce che posso e imploro la riva di venirmi incontro.

La costa si sta avvicinando e continuo a nuotare, una bracciata dopo l'altra, cercando di raggiungerla. Finalmente tocco il fondale e mi trascino a riva, ignorando le rocce aguzze che mi tagliano le ginocchia.

Il fiordiluna è scomparso, ma sono sicura che ci fosse, così seducente che non ho quasi la forza di vederlo per ciò che è: un presagio.

Prima che le streghe si trasferissero qui, l'isola veniva usata unicamente per raccogliere piante ed erbe aromatiche, e molto di rado. Campi sconfinati di fiori velenosi lo rendevano un compito pericoloso, ma quando gli abitanti della terraferma vietarono l'uso della magia, le streghe scelsero di trasferirsi sull'isola, un rifugio appena al di fuori della giurisdizione della terraferma. Ci vollero anni per liberarsi dei fiori, e vorrei tornare indietro nel tempo e dire alle streghe che approdarono su queste coste prima di me che un giorno gli uomini dell'entroterra ci avrebbero aiutato a sbarazzarci di quei fiori letali, a creare una casa qui dopo averci esiliato tanti anni prima. E avrebbero fatto un lavoro così accurato che ci sarebbe stata una nuova generazione di streghe che non avrebbe mai visto un solo fiordiluna.

Fino a questo momento.

Un formicolio improvviso si fa strada alla base del collo, diffondendosi lungo la schiena. Mi giro, voltando le spalle all'acqua, e corro fino a casa. Le luci sono tutte accese, nella casa a due piani. Le finestre allungate incorniciano mio padre che prepara la cena e mia madre che si versa un bicchiere di vino rosso.

Porta il bicchiere alle labbra e chiude gli occhi, creando il suo personale silenzio.

Faccio il giro ed entro dal retro, senza fare rumore. Non appena sono all'interno, sfilo il vestito bagnato, mi avvolgo in un asciugamano e risalgo le scale in punta di piedi.

«Tana» dice mia madre alle mie spalle. «Dove sei stata?»

Me lo chiede anche se è ovvio, dov'ero. «Mi è sembrato di vedere qualcosa nell'acqua» le dico. Il mio vestito sta sgocciolando sugli scalini di legno e lo avvolgo nell'asciugamano per farlo smettere.

«Ti avevo detto di tornare subito a casa e aiutare tuo padre con la cena. Perché ci sei andata, innanzitutto?»

Non rispondo, perché niente di ciò che potrei dirle la soddisferebbe.

Mia madre sospira. «Va' a darti una ripulita, e poi mi dirai cos'hai visto nell'acqua.» Si gira e se ne va, facendo ondeggiare il vino nel bicchiere.

Mi precipito di sopra ad asciugarmi e quando intravedo il mare vengo attraversata da un brivido. Il mare è il mio porto sicuro. Il mio rifugio, la mia oasi di pace. Ma stasera era un luogo pericoloso.

«Appena in tempo» dice mio padre, quando entro in cucina. Ha uno strofinaccio sulla spalla e porta un cucchiaio di legno alle labbra, assaggiando lo stufato che cuoce lentamente sul fornello.

«Mi dispiace non averti aiutato» gli dico.

«Sono sicuro che avevi le tue buone ragioni.» Mio padre mi fa l'occhiolino e indica il cassetto delle posate. «Perché non apparecchi la tavola?»

Prendo l'occorrente e apparecchio per tre persone, proprio come mi ha insegnato mia madre. Stasera è una cena informale, ma so come allestire una tavola per una cena da dodici portate, una cosa che non ho ancora messo a frutto ma che – come mi assicura mia madre – è comunque importante.

Quando ci sediamo, poso il tovagliolo sulle ginocchia e bevo un bel sorso d'acqua.

«Cerca di dormire, stanotte» dice mia madre, guardandomi da dietro il suo bicchiere. «Devi essere riposata per il ballo di domani.»

È una festa per i dieci anni di governo del padre di Landon, Marshall Yates, che ha assunto il potere quando il defunto Marshall Yates Senior non è più stato in grado di tener dietro alle esigenze di governo, rivestendo una carica puramente nominale. Sarà una festa in pompa magna e tutti gli occhi saranno puntati su Landon e me.

«È la tua prima apparizione da quando tra gli abitanti della terraferma si è sparsa la voce che potrebbe esserci qualcosa tra te e Landon.» Dice "si è sparsa la voce" come se non fosse stata lei a diffonderla. «Dobbiamo giocarcela attentamente.»

«Tana se la giocherà benissimo» dice mio padre, voltandosi verso di me. «Landon è ansioso di vederti: è l'unica cosa che importa. E sospetto che sia ansiosa anche tu.»

Sono impaziente di vedere il mio futuro marito, ma soprattutto sono impaziente di cementare la nostra unione e vedere il viso degli anziani della congrega quando sapranno la novità. «Certo» dico, mangiando il mio stufato.

Mio padre sorride alla mamma, ma lei non sembra convinta. Restiamo in silenzio per diversi minuti, poi mia madre posa il bicchiere e mi guarda.

«Un giorno lo amerai» dice con un cenno del capo. Ne è sicura.

Vorrei crederle.

Landon è soltanto un'idea da così tanto tempo, qualcosa da immaginare prima di addormentarmi: che aspetto avrà, come sarà la nostra vita insieme. Ma ora non è più un'idea, non è più un punto lontano all'orizzonte, e vorrei che la realtà corrispondesse all'immagine che ho dipinto nella mia mente in tutti questi anni.

La cosa assurda è che se non avessimo formato il nuovo ordine, i miei genitori si limiterebbero a creare un profumo che mi farebbe perdutamente innamorare di lui. Ma quel tipo di magia non esiste più.

Sorrido a mia madre. «Sono sicura che succederà.»

Lei mi rivolge un cenno di approvazione. «Perché non ci dici cos'hai visto nell'acqua?» dice, cambiando argomento.

La sua domanda mi fa irrigidire e le mani cominciano a sudare. La paura di prima ritorna, affondando le unghie nei miei nervi, ma all'improvviso dubito di me stessa. Forse si è trattato di uno scherzo crudele; ci sono ancora molti abitanti della terraferma che odiano la magia, odiano l'esistenza stessa della nostra isola, e forse uno di loro ha pensato di farsi una risata, spingendoci a credere che i fiordiluna siano tornati sull'isola.

Mia madre è a capo delle nuove streghe e, se le dico che ho visto il fiore, dovrà per forza approfondire la questione. Sono combattuta; non voglio farne una questione di stato, ma se ho visto *veramente* quel fiore, deve saperlo.

Passeggio sulla spiaggia tutti i giorni. Se ne vedrò un altro, glielo dirò.

«Niente» rispondo, cercando di calmare il battito del mio cuore. «Solo un fiore.»

Mi guarda a lungo e poi annuisce. «Be', domani sta' alla larga dall'acqua, per favore. Ti aspetta una serata importante.»

«È una serata importante per tutti noi» dico, e le mie parole le strappano un sorriso.

Mangio un altro boccone di stufato, assorta nei miei pensieri, ma la mia mente continua a tornare al fiore che ho visto galleggiare tra le onde. Ci sono molte spiegazioni più logiche dell'apparizione di un fiordiluna dopo tutti questi anni, eppure non posso fare niente contro il grumo di terrore che sento consolidarsi dentro al petto e che si diffonde all'esterno, invadendo ogni cosa.

3

Le correnti non sono mai state un problema. Ricordo che da bambina andavo sempre a nuotare: lasciavo andare la mano di mio padre e correvo in acqua senza esitazione. Lui leggeva un libro sulla spiaggia, parlava con i nostri vicini, a volte si appisolava persino, se il sole era abbastanza caldo. All'epoca il Confine era calmo, l'acqua trasparente e le onde gentili lambivano la spiaggia con la delicatezza di un amante. Soltanto anni dopo mio padre cominciò a restare a riva mentre nuotavo, abbastanza vicino da correre in mio aiuto in caso succedesse qualcosa, diffidente nei confronti del mare irrequieto.

Poi, un giorno, accadde davvero.

Avevo quattordici anni e stavo mettendo alla prova la pazienza di mio padre e la mia stessa insolenza, nuotando più al largo di quanto avrei dovuto. Mio padre mi chiamò dalla riva, ma finsi di non sentirlo, immergendomi completamente invece di restare in superficie e tornare da lui. Avevo gli occhi aperti e mi accorsi che la sabbia del fondale era mossa e mulinava creando un vortice impetuoso che riduceva a zero la mia visibilità. Quando capii cosa stava succedendo, fu troppo tardi.

La corrente mi afferrò per un braccio, trascinandomi con sé con una tale forza da strapparmi l'aria dai polmoni. Dopo, non ricordo quasi nulla, a parte il bisogno disperato di respirare e il terrore puro di sapere che non potevo.

Mio padre mi tirò fuori dall'acqua, poi premette sul mio torace e mi fece la respirazione bocca a bocca finché non cominciai a sputare acqua salata dai polmoni. Pensavo che si sarebbe arrabbiato con me, che sarebbe andato su tutte le furie per ciò che gli avevo fatto passare, ma mi sbagliavo. Quella sera, dopo essere andata a letto, i miei genitori litigarono come non avevano mai fatto prima. Mio padre non alza mai la voce e non parla in tono aggressivo, ma quella sera urlò contro mia madre.

Non riuscii a distinguere tutte le parole, ma sentii abbastanza da capire che le stava dando la colpa delle correnti. Avevo sempre pensato che le correnti fossero una parte naturale del nostro complesso pianeta Terra; non avevo idea che fossero colpa nostra, una conseguenza dei nostri Rituali, durante i quali ci liberiamo della magia in eccesso riversandola in mare. Quella sera non riuscii a dormire. Stavo cercando di dare un senso a ciò che avevo sentito, quando la porta della mia camera si aprì e mia madre si avvicinò al mio letto senza fare rumore. Tenni gli occhi chiusi, perché non volevo farle sapere che ero sveglia. Si sedette sul letto e cominciò ad accarezzarmi i capelli, la mano che le tremava, il respiro sottile, come se cercasse di trattenere le lacrime. Ma il mattino dopo era di nuovo calma e composta, e mi rimproverò per aver nuotato troppo al largo.

Cercai di chiedere spiegazioni ai miei genitori, capire come mai mio padre incolpava mia madre di una cosa del genere, ma non ottenni mai risposta.

Da allora ho provato molte volte, con lo stesso risultato.

Ci vollero mesi prima che i miei genitori mi permettessero di tornare in acqua, e solo dopo aver visto che ero profondamente infelice. Erano sconvolti all'idea che volessi tornare a nuotare dopo aver rischiato di morire, ma io non l'ho mai pensata così. Ho sempre considerato il mare come qualcosa di perfetto. Fissarono parametri molto rigidi: quando potevo nuotare, per quanto tempo e dove. Ogni tanto supero quei limiti, ma nella maggior parte dei casi li rispetto.

Quando ripenso a quel giorno, non penso alla corrente o alla paura o al senso di oppressione che mi serrava il petto. Penso a mio padre che gridava a mia madre, incolpandola di qualcosa di cui non poteva essere responsabile. E penso a mia madre, con la mano tremante, che cercava di non piangere mentre mi accarezzava i capelli.

«Tana?» La voce di mia madre mi riporta al presente e mi accorgo che sto fissando il grande dipinto a olio del Confine, appeso dietro il bancone della profumeria. «La signora Mayweather ti ha fatto una domanda.»

«Mi scusi, ero sovrappensiero» dico, sorridendo alla donna che ho di fronte. Ha l'età di mia madre e una figlia sulla terraferma che ha frequentato le superiori insieme a Landon. Nelle ultime settimane è venuta spesso sull'isola e non posso fare a meno di pensare che sia per le voci che stanno circolando su di me.

«Probabilmente stavi pensando al ballo di stasera» dice con un sorriso complice. «Possiamo sperare nella tua presenza?»

Guardo mia madre, e lei mi rivolge un cenno di assenso.

«Penso che sia un'ipotesi fondata» rispondo, imitando il tono che usa sempre mia madre quando vuole sembrare modesta e riservata.

«Allora ho un motivo in più per esserci.» La signora Mayweather prende il sacchetto color avorio dal bancone, saluta, e se ne va.

Vado sul retro prima che un altro cliente possa fermarmi, ansiosa di tornare alla mia magia, al modo in cui mi calma i nervi e la mente. In questa stanza, circondata da fiori ed erbe aromatiche e vasetti di vetro vuoti, tutto il resto sembra allontanarsi. So che i miei antenati hanno rinunciato a molte cose per creare il nuovo ordine, ma non riesco a immaginare niente di meglio della tenue magia che riempie questo spazio. Questa vita non è un sacrificio, è un dono. Raccolgo dei petali di rosa freschi e li metto nel mortaio. Non sono raffinata come mia madre, e non so sempre quali sono le parole giuste da dire, ma la magia mi riesce al primo tentativo. Non devo fare diverse prove per ottenere un buon risultato e nemmeno ritoccare continuamente i miei incantesimi per ottenere l'effetto desiderato; la magia è una dote naturale, come la leadership per mia madre e la sincerità per mio padre.

Voglio un profumo speciale da indossare stasera, una fragranza che sia come lo scoccare di una scintilla, come il momento perfetto in cui vedi una persona e tutto il tuo corpo comincia a vibrare. Lo immagino come la nota finale di un concerto magistrale, o la sensazione di freddo pungente che ti assale quando entri in acqua: sorprendente, delicato ed entusiasmante.

È ciò che spero di provare stasera, quando vedrò Landon al ballo.

Impazienti, i petali di rosa assorbono la magia. Li metto in un vasetto di vetro, aggiungo la base, e agito dolcemente il contenitore.

«C'è Tana, là dietro?» chiede una cliente, sbirciando dalla fessura della porta.

Sospiro, chiudendo il flacone del profumo e stampandomi un sorriso in faccia, prima di uscire dal retrobottega.

«Salve, signora Alston.» È una cliente abituale della terraferma. Ha diversi sacchetti al braccio e la pelle dorata è illuminata da un'essenza profumata appena applicata.

«Ciao, cara. Sei emozionata per il ballo di stasera?» È il suo modo di chiedermi se ci andrò e, dopo un breve istante, rispondo.

«Sì.»

Sgrana leggermente gli occhi e un gran sorriso le illumina il viso. «Ci vediamo lì» dice, pagando mia madre e uscendo dalla profumeria.

Mia madre aspetta che la porta si richiuda, poi si gira verso di me. «Perché non vai a casa e cominci a prepararti per il ballo?»

«Ma non è nemmeno mezzogiorno» ribatto. «Non ho bisogno di una giornata intera per prepararmi.»

«No, tesoro, ma non hai nemmeno bisogno di essere tempestata di domande per tutto il giorno. Va' a casa, ci penso io al negozio.» Ha un tono di voce dolce, ma è chiaro che non riuscirò a farle cambiare idea.

«Va bene, mamma, se pensi che sia la cosa migliore.»

«Lo penso.» Mi dà un bacio sulla fronte ed esco dal negozio nello stesso istante in cui una nuova ondata di clienti sta per entrare. Mi sbrigo a uscire e sento mia madre che li saluta calorosamente, accogliendoli come se fossero amici di vecchia data. A volte penso che dev'essere stancante essere sempre così impeccabili, ma la verità è che la ammiro moltissimo.

Oggi il cielo è coperto e il selciato è scivoloso per via della pioggia. Mi copro la testa con lo scialle e mi incammino lungo Main Street cercando di non incrociare lo sguardo dei passanti per non dover parlare con nessuno. La maggior parte della gente che sbarca sull'isola riconosce soltanto mia madre, quindi non mi devo preoccupare che qualcuno mi fermi per strada, a meno che non sia un cliente della profumeria. Ma ho il sospetto che dopo stasera le cose cambieranno.

Quando passo davanti alla sala da tè di Ivy, "La tazza incantata", la mia amica bussa sulla vetrata e mi fa cenno di entrare. Mi giro a guardare la profumeria, per controllare che mia madre non mi stia guardando, poi entro. "La tazza incantata" è uno dei miei negozi preferiti di Main Street, e non solo perché appartiene alla famiglia di Ivy. Le pareti sono rosa cipria con fregi dorati, le cornici sul soffitto sono dello stesso colore. Il negozio è illuminato dalla luce soffusa dei candelabri, perché i genitori di Ivy hanno deciso di mantenere intatto il fascino del negozio anche dopo l'arrivo della corrente elettrica sull'isola. Ma il vero pezzo forte è l'imponente lampadario al centro della stanza, con dodici tazze da tè appese a catenelle dorate che reggono ciascuna una candela color avorio. Le poltrone sono in velluto rosa e i tavolini sono apparecchiati con cucchiaini dorati e tovaglioli di pizzo.

«Dove stai andando?» mi chiede Ivy, sparecchiando un tavolino d'angolo e facendomi cenno di sedermi.

«A casa. È tutta la mattina che mi tempestano di domande su Landon e non riesco a gestire la situazione come vorrebbe mia madre.»

«Nessuno ci riesce come tua madre.»

«Lo so. Ha delle aspettative altissime.»

«Stavo per fare una pausa. Ti va di farmi compagnia prima di andare a casa?»

«Certo. A quanto pare mia madre pensa che per prepararmi per il ballo impiegherò il resto della giornata.»

Ivy scoppia a ridere. «Cosa vorrebbe? Che ti pettinassi un capello alla volta?»

«Sono sicura che le piacerebbe molto» dico, appoggiando lo scialle sullo schienale della poltrona.

«Arrivo subito da te. Hai voglia di qualcosa in particolare?»

«Fammi una sorpresa.»

Mi accomodo e qualche minuto dopo Ivy torna con due tazze. Le posa sul tavolino e si siede di fronte a me. Come al solito, non mi dice che tè ha preparato: vuole che indovini.

Bevo un paio di sorsi. È un tè nero con note di arancio e cannella e sento che mi infonde forza e vigore.

«Allora?» mi chiede.

«Fiducia?»

«Fuochino.»

Mi sembra di vedere mia madre con la coda dell'occhio, e invece di nascondermi raddrizzo la schiena e mi protendo in avanti. La donna si gira, permettendomi di guardarla meglio. Non è mia madre, ma penso di sapere cosa mi ha dato Ivy da bere. Scoppio a ridere e mi guarda.

«Coraggio?»

«Sì! Per stasera» mi dice.

«Perché dovrei averne bisogno?»

«Be', prima di tutto detesti essere al centro dell'attenzione e questa è la prima volta che gli abitanti della terraferma ti vedono nel loro mondo, quindi ti terranno d'occhio. Inoltre è un po' il vostro debutto in società come coppia, e *infine* dovrai ballare. Davanti a tutti. Non è poco.»

Bevo un altro sorso di tè, più abbondante dei precedenti. «Sai, fino a un minuto fa non ero nervosa, quindi grazie mille.»

«Figurati.» Ivy sorride e porta la tazza alle labbra.

«Tu cosa stai bevendo?» le chiedo, ma prima che Ivy possa rispondermi, una tazza cade a terra, rompendosi in mille pezzi. Alzo lo sguardo e vedo una signora anziana al bancone di marmo, che grida contro la signora Eldon, la madre di Ivy.

«È troppo forte» dice, puntando il dito contro la signora Eldon. «Lo sento, sta cercando di farmi una magia! Nessuno beva il tè» continua, rivolta agli altri clienti. Le conversazioni e il chiacchiericcio vengono risucchiati dalle parole della donna e nella sala cala il silenzio. Ivy si alza e raggiunge sua madre.

«Le assicuro che tutto il tè di questo negozio rispetta i parametri della magia bassa» dice la signora Eldon. «Se questa miscela non le piace, sarò felice di sostituirla con qualcosa di suo gradimento.»

«Non sono stupida» dice la donna, facendo ondeggiare la lunga coda di cavallo grigia. «Il problema non è il tè, ma la magia. Qui dentro c'è della magia nera, lo sento.» Parla in tono velenoso e nella sala si levano dei mormorii. La sua audacia mi lascia senza parole. La magia nera non si pratica da anni, sull'isola; è stata completamente sradicata con l'avvento del nuovo ordine.

La signora Eldon fa un passo verso la donna, l'espressione del viso che da paziente diventa severa. «Non le permetto di dire certe cose nel mio negozio. Se non le piace il tè che stiamo servendo, è libera di andarsene, ma non ho intenzione di tollerare la sua mancanza di rispetto.»

«Vi hanno fatto il lavaggio del cervello. A tutti quanti» dice la donna, guardandosi attorno. «Dovreste protestare contro l'esistenza di quest'isola, invece gli date i vostri soldi!»

«Ora basta» dice la signora Eldon. Si dirige verso l'ingresso del negozio e apre la porta. «È ora che se ne vada.»

«Questo posto è abominevole. Dovreste vergognarvi tutti.» La donna supera la madre di Ivy ed esce in strada, lasciandosi alle spalle un silenzio pesante.

La signora Eldon fa un respiro profondo e chiude la porta, poi si gira verso gli altri clienti. «Mi dispiace terribilmente» dice.

«Per la cronaca, vorrei che il mio tè fosse più forte» dice un uomo sull'altro lato della sala, e le sue parole sono sufficienti ad allentare la tensione.

Le persone presenti ridono, qualcuno dice: «Anch'io, anch'io!» e poi alzano tutti le loro tazze, brindando all'idea di una magia più potente, non più debole.

La signora Eldon sorride e torna dietro il bancone, ma mi accorgo che la discussione l'ha segnata: ha le spalle contratte e lo sguardo pensieroso. Ivy ed io non abbiamo assistito spesso a scontri come questo: le persone vengono sull'isola perché *amano* la magia. Ma i nostri genitori, e soprattutto i nostri nonni, ricordano tempi più cupi, in cui la maggior parte degli abitanti della terraferma cercarono di sradicare del tutto la magia. Ci parlano di quel periodo, ricordandoci che siamo fortunate. Ma sentire e vedere sono due cose diverse.

Ivy cinge sua madre con un braccio e le mormora qualcosa all'orecchio. La signora Eldon annuisce, poi va nel retro.

«Stai bene?» chiedo, raggiungendo Ivy dietro il bancone. Ha gli occhi lucidi.

«Sì» dice, asciugando le lacrime. «Sono lacrime di rabbia. Vedere qualcuno rivolgersi a mia madre in quel modo...» continua, senza riuscire a finire la frase.

«Lo so» dico, prendendola per mano. «Che senso ha venire qui, se disprezzi la magia?»

È facile illudersi che l'intera popolazione del continente sia come i clienti abituali che visitano l'isola, ma non è così. Quante persone ci sono, sulla terraferma, che guardano la nostra isola e desiderano che sparisca? Quante persone vogliono vedere la magia eliminata dalla faccia della Terra? Fa paura sapere che dove ce n'è una, ce ne sono altre. E se quelle persone riuscissero a catturare l'interesse del governatore, sarebbe la fine.

Non credo che ci siano molte persone che vogliono davvero isolarci dalla terraferma, disposte a bruciare i nostri moli col favore delle tenebre, ma è chiaro che ci sono persone che non vogliono vivere in un mondo che accetta la magia. Persino la magia esercitata dal nuovo ordine – tenue e inoffensiva – è troppo per qualcuno. Ma per eliminare la magia, dovrebbero eliminare anche noi.

Il ricordo del fiordiluna riaffiora e mi irrigidisco.

«A cosa stai pensando?» mi chiede Ivy, facendo un respiro profondo. Ha gli occhi asciutti e la rabbia di poco fa è scomparsa.

Sospiro, poi finisco il mio tè in un sorso. «Che devo essere perfetta, stasera.»

«Allora sarà meglio che tu vada» dice. «Hai un sacco di capelli.»

4

È una sera senza nuvole. Ho trascorso tutto il viaggio in traghetto cercando tracce del fiordiluna, invano. Mi tremano le gambe mentre metto piede sulla terraferma, e ho un sussulto quando un'automobile sfreccia lungo la strada. Sull'isola non ce ne sono e faccio un bel respiro, lasciando che lo sciabordio regolare delle onde calmi il mio cuore impazzito. La villa del governatore si staglia imponente davanti a me, illuminata da cima a fondo, e la musica festosa dell'orchestra aleggia nell'aria notturna.

Ci sono diverse persone appoggiate alla balaustra del terrazzo al secondo e al terzo piano. Sorseggiano drink sofisticati in bicchieri di cristallo e indossano abiti di seta, i capelli raccolti in acconciature morbide, mosse dal vento leggero. Stringo le braccia al petto.

Il corpetto del mio abito rosa chiaro mi fascia il torace, impedendo al cuore di uscirmi dal petto. La gonna è morbida, una cascata di chiffon che mi sfiora le scarpe di raso. Avrei voluto indossare qualcosa di grigio, che richiamasse la nebbia che aleggia sull'isola di prima mattina, ma mia madre non ne ha voluto sapere e ha deciso che il rosa fosse più indicato.

Ho un trucco leggero e i capelli arricciati che scendono fino a metà schiena.

I miei genitori cominciano a salire i grandi scalini di pietra e io li seguo, tormentando i miei guanti da sera bianchi.

«Te la caverai benissimo» dice Ivy, salendo le scale al mio fianco.

«Sono contenta che ci sia anche tu. Grazie per essere venuta.»

Landon mi ha detto che potevo portare un'amica, se la cosa mi avesse fatto sentire più a mio agio, e gliene sono grata. Ivy è disinvolta e sicura di sé e conversa amabilmente con chiunque le capiti a tiro. Indossa un lungo abito giallo giunchiglia che sfiora il pavimento. Sulle labbra ha un velo di rossetto rosa e tre giri di perle attorno al collo.

Mi giro e mi riempio i polmoni d'aria fresca e salmastra, prima di entrare e respirare l'aria rovente di centinaia di corpi.

«Anch'io sono contenta» dice «ma non ti azzardare a tuffarti in acqua o ti giuro che...»

«Rilassati, stavo soltanto respirando.» Mi giro a guardarla. «Andiamo?»

Lei mi prende a braccetto. «Andiamo.»

Varchiamo le doppie porte e l'aria salmastra che ho appena inspirato defluisce dai miei polmoni.

Un'ampia scalinata di marmo parte dal centro della sala e si divide in cima, collegandosi a due diverse ali della casa. Un lampadario di cristallo riflette la luce e scintilla sopra di noi, disegnando arcobaleni in tutta la stanza. Sui tavolini da cocktail ci sono vivaci composizioni floreali e le pareti sono di un delicato verde menta che ben si accompagna alla musica.

Raffinati tappeti con le nappe dorate ci conducono alla sala da ballo, dove i miei genitori sono già spariti, inghiottiti da una marea di gente. Sul palco sta suonando un quartetto d'archi che riconosco immediatamente, perché i musicisti vengono dall'isola. Si stanno divertendo tutti come matti e la cosa non mi stupisce: ogni nota eseguita dai musicisti diffonde nel salone ondate di entusiasmo e felicità.

Per un istante, l'idea che questa gente pensi di aver bisogno della magia per divertirsi mi riempie di tristezza. Ma è il risentimento che provo a sorprendermi di più. Alle streghe è vietato praticare qualsiasi forma di magia dopo il tramonto, ma il governatore ha chiesto di fare un'eccezione e mia madre ha acconsentito. Non lo avrebbe mai fatto per nessun altro.

E non posso fare a meno di pensare che sia uno spreco, fare un'eccezione per una cosa così *futile*.

Il palco dà le spalle ai giardini. Attratta dal loro richiamo irresistibile, guardo fuori dalla finestra.

«Non ci pensare nemmeno» dice Ivy. «Non sei stata invitata qui per startene tutta sola in giardino.»

«Ma è una cosa che mi riesce benissimo.»

«Non lo discuto, ma avrai tutto il tempo per farlo. Vado a prendere qualcosa da bere, prima di fare un giro.»

A volte penso che se Ivy prendesse il mio posto sarebbe meglio per tutti. Sono una diretta discendente di Harper Fairchild, la strega che ha dato vita alla nostra congrega, stabilendo i limiti della nostra magia. Per questo mia madre è a capo della congrega: forgiare un legame tra la famiglia di streghe più potente e la famiglia più potente del continente è la dichiarazione più forte che possiamo fare.

Ma quella di Ivy è una delle famiglie originarie dell'isola e mentre la guardo muoversi disinvolta nella sala, seguita dallo sguardo di tutti i presenti, non posso fare a meno di pensare che questa vita sarebbe molto più adatta a lei.

Ivy mi porge un drink e avvicina il suo bicchiere al mio. «Brindiamo a questa serata.»

«Mi pare un brindisi accettabile.»

Sorseggio il mio drink e mi guardo attorno. I lampadari scintillano e la brezza che entra dalle finestre aperte muove le ampie tende trasparenti appese ai bastoni dorati. La sala profuma di cera di candele e acqua salmastra, mentre composizioni di rose bianche e fogliame su supporti di cristallo circondano le pareti. È tutto incredibile e maestoso, così diverso dalla mia vita sull'isola.

I miei genitori sono dall'altra parte del salone e stanno parlando con Marshall ed Elizabeth Yates. Sembrano a loro agio e disinvolti, come se godere della reciproca compagnia fosse scontato. Come se non ce lo fossimo guadagnato.

E poi lo vedo.

Landon.

Aggira un grande pilastro di marmo, perlustrando la sala. È alto, la giacca blu è leggermente tesa sull'ampio torace. Ha la pelle liscia e abbronzata, i capelli castano scuro sono corti. Da come si comporta, sembra a suo agio. Un perfetto padrone di casa.

Lo guardo un istante, poi i suoi occhi si posano su di me. Le sue labbra si tendono in un sorriso che sembra sincero, illuminando la sala. Da come sorride, riuscirebbe davvero a convincermi che è padrone del mondo intero.

Mi irrigidisco, perché mi rendo conto che non ho idea di come salutare il mio futuro marito.

«Tana, forse dovresti fargli capire che sei felice di vederlo» mormora Ivy. «Perché hai la faccia di una che vorrebbe lanciarsi dalla finestra e tornare a casa a nuoto.»

Scoppio a ridere mio malgrado. «Grazie del consiglio. Davvero utile, Ivy.»

«Figurati.»

Bevo un sorso del mio drink, anche se in realtà mi farebbe comodo il tè di Ivy. Chiudo gli occhi un istante e penso a come mi sento quando lo bevo. Mi sento come Landon in questo momento, come se meritassi di stare qui. Raddrizzo la schiena e sollevo il mento. Rilasso le spalle e riapro gli occhi, cercando Landon con lo sguardo. Gli rivolgo un timido sorriso e piego la testa di lato, invitandolo a raggiungerci.

Non può sentire come mi batte il cuore sotto l'abito troppo aderente, come annaspano i miei polmoni alla ricerca di un po' di ossigeno. Essere coraggiosi e sentirsi coraggiosi sono due cose molto diverse.

«Tana» dice quando ci raggiunge, prendendomi la mano e sfiorandola con un bacio delicato. «Sei incantevole.»

«Grazie» rispondo.

«Ivy» prosegue Landon, raddrizzando la postura. «È un piacere rivederti.» Non le prende la mano, assicurandosi che tutte le persone presenti sappiano che ha occhi soltanto per me.

«Anche per me» dice lei, rivolgendogli un sorriso cordiale che le illumina gli occhi.

La musica si spegne e nella sala si leva un applauso. I musicisti fanno un leggero inchino, poi riprendono in mano i loro strumenti e ricominciano a suonare. È un brano più lento – un valzer – e Landon mi porge la mano.

«Posso avere l'onore di questo ballo?»

Esito, sapendo che ballare cambierà le cose e non godrò più del privilegio di passare inosservata. Faccio un respiro profondo, trattengo il fiato tre secondi, poi espiro. «Con piacere» rispondo.

Do il mio bicchiere a Ivy e lascio che Landon mi conduca al centro del salone. La folla si divide, gli sguardi che si posano su di noi mentre ci giriamo l'uno di fronte all'altra, la mia mano destra nella sua, la mano sinistra sulla sua spalla. Timidamente, mi posa la mano sulla schiena, sfiorandomi la pelle sotto il vestito con la punta delle dita. Ho un brivido e finalmente alzo gli occhi. Ci guardiamo per qualche secondo, poi la musica riprende e l'istante dopo stiamo ballando.

Landon è un ballerino esperto, mi guida con disinvoltura anche quando sbaglio un passo o sono distratta dalle sue dita sulla mia pelle. I suoi occhi cercano i miei e il suo sguardo è sicuro, rassicurante.

Pensavo che ballare davanti a così tante persone sarebbe stato orribile, che avrei sentito i loro sguardi su di me, ma sono completamente assorbita da Landon, dal modo in cui mi tiene per mano, dal modo in cui mi sfiora la schiena, leggero come una carezza, o dal suo respiro che si leva nell'aria, mescolandosi al mio. Ballare è parte integrante del suo mondo, ma in questo momento ci siamo soltanto noi due. Questo è il mio futuro marito e la prima volta in cui sento il tocco delle sue dita sulla mia pelle è in presenza di un pubblico.

«Ti diverti?» mi chiede, come se non si fosse accorto che abbiamo tutti gli occhi puntati addosso.

«Sì, grazie.»

«Tana» dice, continuando a guardarmi con i suoi occhi color ambra. «Te lo chiedo perché voglio davvero saperlo.»

Sta conversando come se niente fosse, mentre io riesco soltanto a pensare alle sue mani su di me e al suo profumo di agrumi.

Rido piano, in modo che mi senta soltanto lui. «Sono un po' sopraffatta» ammetto. «Non sono abituata a essere il centro dell'attenzione.» Continuo a guardarlo negli occhi perché ho paura di ciò che potrei fare se vedessi il modo in cui tutti ci scrutano e mormorano. Non voglio vedere l'espressione orgogliosa sul viso dei miei genitori, e nemmeno lo sguardo invidioso delle ragazze della terraferma. Faccio un bel respiro, cercando di calmarmi, ma il mio vestito è così stretto che è un miracolo se non sono ancora svenuta.

«Ti ci abituerai» dice. «E comunque questa è soltanto una messinscena. Per i nostri genitori. Che ne dici se ce ne andiamo in giardino, quando finisce la canzone? I nostri genitori lo amerebbero, ma faremo in modo di avere un po' di privacy. E comunque un po' d'aria fresca farà bene anche a me.»

Il cuore comincia a battermi forte dentro al petto e mi chiedo come abbia fatto quest'uomo – che conosco appena – a leggermi nel pensiero. «Mi piacerebbe.»

«Anche a me.»

La canzone rallenta e Landon mi fa fare un'ultima piroetta prima di stringermi a sé. Mi fa fare un leggero casqué e rovescio la testa all'indietro, lasciando che i capelli sfiorino il pavimento lucidissimo. Si protende su di me, e il suo viso è a pochi centimetri dal mio collo.

«Adoro il tuo profumo» mormora, sollevandomi lentamente, senza allentare la presa nemmeno quando la musica finisce. Aspetto la scintilla, la vibrazione, la nota finale del concerto, ma non c'è. Immagino che sia impossibile, circondati come siamo da tutta questa gente, e mi dico che c'è tempo. Arriverà. Landon si avvicina e mormora: «Complimenti, signorina Fairchild».

Le sue parole mi strappano un sorriso. È un sorriso timido, appena un accenno, ma è sufficiente. Tutto intorno si levano degli applausi.

All'improvviso mi gira la testa e mi aggrappo a Landon, posando la fronte sulla sua spalla. Lui non si ritrae, ma aspetta pazientemente che ritrovi l'equilibrio. Mi prende una ciocca di capelli con il dito e quando lo lascio andare me la scosta dal viso, infilandomela dietro l'orecchio. «Ci siamo guadagnati almeno due canzoni in giardino, ne sono sicuro.»

Mi fa l'occhiolino e insieme ci allontaniamo dalla pista da ballo. Ivy ci sta aspettando al bar, i gomiti appoggiati sul ripiano di marmo come se non fosse mai stata tanto a suo agio. Mi porge il mio drink con un'espressione divertita sul viso.

«Questo sì che si chiama ballare» dice.

«Stavo giusto dicendo a Tana che ci siamo meritati un po' di tempo in giardino.»

Lei studia Landon e la vedo rilassarsi, mentre sul suo viso si dipinge un'espressione che riconosco: sollievo. Sollievo che quest'uomo con cui sono fidanzata fin da quando ho imparato a parlare mi capisca abbastanza da sapere che una pausa in giardino è esattamente ciò di cui ho bisogno. Ci scambiamo un'occhiata, poi Ivy torna guardare Landon.

«Credo proprio che tu abbia ragione» dice.

«Vuoi venire con noi?» le chiedo.

«Assolutamente no. Non mi sono vestita così elegante per andare a nascondermi in giardino.»

«Si innamoreranno tutti di te» le dico.

Lei china il capo. «Grazie.»

Landon mi prende per mano e mi porta fuori. La fredda aria notturna mi fa venire la pelle d'oca e rabbrividisco, ma è una sensazione bellissima. Sento di nuovo il rumore del mare, le onde che si infrangono sulla parete rocciosa, e il mio corpo finalmente si rilassa.

Raggiungiamo l'angolo più lontano del giardino e ci sediamo su una panchina di pietra che guarda verso il Confine. Le luci dell'isola baluginano in lontananza e mi si stringe il cuore, sapendo che tra poco questa sarà la mia vista tutti i giorni.

Landon si toglie la giacca e me la appoggia sulle spalle, riportandomi al presente.

«Grazie.»

Annuisce e restiamo seduti, immersi in un piacevole silenzio. Non ho mai amato le feste, ma adoro osservarle dall'esterno, abbastanza vicino da ascoltare la musica e il brusio delle voci, abbastanza lontano da sentire comunque i miei pensieri, mentre tutto il resto rimane in sottofondo.

Adoro sapere che le persone si divertono, ridono e creano dei ricordi che resteranno con loro negli anni a venire. Mi piace immaginare le conversazioni e gli sguardi fugaci, l'emozione di ballare con qualcuno che ti piace per la prima volta.

«A cosa pensi?» mi chiede Landon.

«A tutte quelle persone là dentro. Adoro sapere che si stanno divertendo moltissimo.»

Mi guarda. «Sei davvero una brava persona» dice, cogliendomi di sorpresa.

Non ci amiamo. Siamo quasi due estranei, ma mentre la serata prosegue, stiamo imparando a conoscerci; sapere che la persona che sei costretto a sposare è di animo buono dev'essere un grande sollievo. Non sarà un concerto magistrale, ma è meglio di niente.

Forse mia madre ha ragione. Forse un giorno lo amerò.

«Ho un regalo per te.» Tira fuori un cofanetto di velluto verde e me lo porge.

«Cos'è?»

«È una promessa» mi dice, guardandomi negli occhi. «Ti prometto che riuscirò a conoscerti davvero. Non la persona che i tuoi genitori o i miei genitori vorrebbero che fossi, ma tu, così come sei.»

«Landon» dico, ma riesco a pronunciare soltanto il suo nome.

Dall'oceano si leva un vento leggero che mi scosta i capelli dal viso. Mi tremano le mani, mentre apro il cofanetto. All'interno c'è un vetro di mare e sorrido, mentre lo prendo in mano. Non è stato lucidato; è ruvido, proprio come quelli che si trovano sulla spiaggia, turchese e frastagliato. Perfetto.

«Tua madre mi ha detto che ami il mare. Devo ammettere che l'ho sempre considerato soltanto una seccatura, ma è importante che sappia quali sono le cose che ami, in modo che possano seguirti qui, una volta sposati.»

«Una seccatura?» dico, incredula all'idea che qualcuno possa pensare una cosa del genere di un luogo meraviglioso come il Confine.

«Certo. Perché mi separa dalla mia fidanzata.»

Lo guardo. Questa unione è importante per lui quanto lo è per me, ma invece di esserne rassicurata, non posso fare a meno di chiedermi se lui o suo padre vedano in questo legame qualcosa di cui sono all'oscuro. Abbasso lo sguardo, rimproverandomi; mia madre è stata franca con me, in merito ai termini del nostro accordo. Quelli della terraferma vogliono tenere d'occhio la nostra isola e la nostra magia, e vogliono una parte del nostro argento. Noi vogliamo la loro protezione. È vantaggioso per entrambe le parti.

«Non so cosa dire.» Stringo il vetro di mare, lascio che la sua consistenza mi tenga ancorata al presente. «Grazie.»

«Prego.»

Mi tremano le mani e non so se è per via del freddo o per tutt'altro. Timidamente, Landon mi sfiora le dita e, quando non mi ritraggo, mi prende la mano. Smetto di tremare e abbasso lo sguardo, chiedendomi se è sincero o se la sua è soltanto una recita. Chiedendomi se anche lui spera che un giorno ci ameremo, come dice mia madre.

Nella sala comincia una nuova canzone e Landon si alza in piedi. «Credo che ci aspettino per un ultimo ballo» dice.

Questa volta, la sua vicinanza non mi impedisce di notare il modo in cui le persone presenti nella sala si girano verso di noi, quando entriamo. Ho il cuore che batte all'impazzata ma tengo la testa alta, appoggiandomi a Landon.

«Allora vediamo di accontentarli.»

Mi sorride e mi porta tra la folla, senza lasciarmi la mano.

5

Il traghetto attraversa il Confine senza fare rumore. Mia madre e mio padre stanno parlando sottovoce, entusiasti per com'è andata la serata. Ivy sta dormendo con la testa appoggiata alla mia spalla, l'orlo del vestito che sfiora il pavimento. L'assenza di altri passeggeri mi ricorda duramente che, a parte i musicisti, eravamo le sole streghe presenti al ballo. Sono stanca, abbandonata sulla sedia, ma la mia mente è troppo attiva per dormire.

Ivy si muove e cambia posizione. La testa le ciondola all'indietro e ne approfitto per fuggire a prua. Ho il ponte tutto per me, così mi avvicino al parapetto e chiudo gli occhi, mentre il vento mi sferza i capelli facendomi rabbrividire. In lontananza, l'isola è addormentata. La mia isola perfetta, silenziosa e buia dopo una giornata intensa. Sembra così tranquilla.

«Sei stata bravissima stasera» dice mia madre, alle mie spalle.

Mi giro a guardarla. Ha lo scialle che le cinge le spalle e il vento sembra evitarla, girandole attorno come se non volesse rischiare di rovinarle l'acconciatura: uno chignon elegante ancora perfettamente in ordine.

Sembra contenta, e mi si scalda il cuore.

«Grazie, mamma. Sono contenta che tu sia felice» dico, perché è la verità. È l'unica cosa che voglio: che le persone che amo siano felici.

Felici e al sicuro.

Lei annuisce. «Lo sono. E anche tuo padre.»

«Bene.»

«Le cose procedono bene per il tuo Ballo d'Ingresso. Sarà l'occasione perfetta per annunciare il tuo fidanzamento con Landon.»

«Lo penso anch'io. Non vedo l'ora.»

«Davvero?» mi chiede, studiandomi attentamente.

«Davvero.» Sorrido e mi giro di nuovo verso il mare. La luna crescente gioca a nascondino con le nuvole, facendo capolino e scintillando sulla superficie dell'acqua per poi scomparire di nuovo.

Aspetto il Ballo d'Ingresso da tutta la vita, perché sono impaziente di impegnarmi con la mia congrega davanti a tutti i miei amici e alla mia famiglia. Se devo èssere sincera, è la parte che attendo con più trepidazione. Ho paura che annunciare il mio fidanzamento quella sera possa togliere qualcosa alla cerimonia, ma mia madre è sicura che non succederà.

Immagino che abbia ragione. Sposerò Landon per proteggere la congrega; impegnarmi di fronte al mio popolo e proteggerlo nella stessa sera è qualcosa di profondamente armonico.

Le streghe stanno cominciando a sentire voci su Landon e me, proprio come gli abitanti della terraferma. Mia madre ha mantenuto il segreto del nostro fidanzamento per quasi tutta la mia vita, nell'eventualità che l'accordo saltasse. Quando darà l'annuncio, le streghe ne verranno travolte.

Mi giro, ma mia madre non c'è più. All'improvviso, una ninna nanna affiora alla mia mente, e la canto piano, al ritmo delle onde.

La magia è come il tè più dolce e gustoso,
abbandona il potere al mar tempestoso.
Se vengono a prenderti,
non avere paura,
o la tua debolezza sarà una sventura.
La magia è come il frutto più dolce e succoso,
nulla puoi far contro il mare burrascoso.

Mi sono sempre chiesta chi l'abbia scritta, quale sia l'origine delle parole. È nata come avvertimento, questo è chiaro, probabilmente dalle streghe che si sono rifiutate di abbandonare la magia nera per aderire al nuovo ordine. C'è stata soltanto una congrega che ha rifiutato – un piccolo gruppo di streghe che hanno preferito metterci tutti in pericolo piuttosto che convertirsi alla magia bianca – ma nessuno la sente o la vede da molti anni.

È come se fossero scomparse nel nulla.

L'opinione comune tra le nuove streghe è che alla fine si siano estinte: formavano già all'inizio una congrega molto piccola e, col passare del tempo, probabilmente il loro numero non è stato sufficiente per garantire la sopravvivenza del gruppo. Nessuno vuole praticare la magia nera quando significa non avere sicurezza, né protezione, né casa. Quando significa che potresti morire in una cella della terraferma.

I versi della cantilena continuano a risuonare nella mia mente, ma non mi spaventano come un tempo. Gli abitanti del continente non potranno più tradirci, una volta che avrò sposato il figlio del governatore.

In lontananza si leva un grido lacerante e mi ritraggo dal parapetto. Guardo nell'oscurità, cercando di capire da dove venga, e vedo un leone marino che si dibatte nell'acqua, intrappolato in una corrente.

Una delle nostre correnti. Mi si stringe il cuore, mentre guardo impotente l'animale. Vorrei poter fare qualcosa, ma so che è impossibile. È tutto inutile.

Il leone marino si dibatte tra le onde, gridando mentre gira in tondo, catturato dal vortice. È un lamento orribile, che mi lacera le viscere e mi riempie la bocca di fiele. Corro verso il parapetto in preda alla nausea e potrei giurare che l'animale mi guarda dritto negli occhi. Mi viene da piangere e vorrei dirgli che mi dispiace. Mi dispiace tanto che le correnti che abbiamo causato gli stiano togliendo la vita.

Ivy mi raggiunge e mi prende la mano come se temesse di vedermi tuffare in acqua.

«Non possiamo fare niente» dice. Sono piegata in avanti, protesa oltre il parapetto, e Ivy mi tira indietro dolcemente. Guardiamo l'animale che gira nell'acqua, piangendo nella notte.

Poi viene risucchiato sotto la superficie e il grido si interrompe bruscamente.

Cala un silenzio inquietante.

Le lacrime mi solcano il viso e faccio un respiro profondo, cercando di calmarmi. Le correnti stanno diventando più forti e pericolose, erodendo l'isola e uccidendo le creature del mare. Stanno ferendo tutto ciò che amiamo.

Mia madre dice che sono sotto controllo, che i capi della congrega se ne stanno occupando, ma guardare un leone marino ucciso dallo stesso elemento in cui vive non mi fa sentire al sicuro.

La situazione non è sotto controllo. È un fallimento.

Ripenso alla notte di cinque anni fa, quando sono quasi annegata, alla rabbia di mio padre mentre riversava la colpa di tutto su mia madre. Cosa le dirà stanotte, nella sicurezza della loro camera da letto, parlando piano in modo che non possa sentire? Le darà la colpa anche di questo, oppure le sue erano parole senza fondamento, provocate dal terrore di aver quasi perso la sua unica figlia?

«Mi dispiace tanto» mormoro.

L'imbarcazione rallenta mentre si avvicina al molo dell'isola, e io e Ivy ci allontaniamo dal parapetto. Lei si appoggia alla parete del traghetto, mentre io poso la testa sulla sua spalla, sospirando.

«Stai bene?»

«Sto bene» la rassicuro.

«Le correnti stanno diventando più violente» dice.

«Lo so.» Faccio una pausa e abbasso la voce. «Ivy, e se fosse stata una persona? Qualcuno della terraferma? Prima o poi succederà, è solo una questione di tempo. E se io e Landon nel frattempo non saremo sposati...»

Mia madre ci raggiunge e mi interrompo, ma la preoccupazione che leggo nello sguardo di Ivy non mi sfugge.

«Andiamo a casa, ragazze» dice mia madre. Ci prende a braccetto e insieme ci incamminiamo verso l'uscita. «Stasera è stato un successo incredibile. Bravissime.»

Seguiamo mio padre giù dal traghetto, attraversiamo il ponte traballante e scendiamo sul molo. Il cielo non è più sereno e le nuvole nascondono la luna e le stelle. È tutto buio.

Prima ci fermiamo a casa di Ivy e l'abbraccio forte prima che entri.

«Pensi davvero che sia un rischio tangibile?» mormora la mia amica mentre ricambia il mio abbraccio. «Quello che hai detto sulle correnti, sul fatto che potrebbero uccidere qualcuno della terraferma?»

«Penso che passerà del tempo prima che accada» dico, perché non voglio che si preoccupi più del necessario. «Mia madre dice che il consiglio ha la situazione sotto controllo.» L'abbraccio forte, lei annuisce ed entra in casa.

I miei genitori camminano lentamente, abbracciati, ripercorrendo i ricordi della serata. Li seguo, la cantilena che riecheggia nella mia testa, punteggiata dal lamento del leone marino.

Stringo il vetro di mare che mi ha regalato Landon, e i suoi bordi aguzzi premono contro il palmo della mia mano.

Quando arriviamo a casa, mia madre va in cucina e riempie due bicchieri di vino, mentre mio padre accende il camino.

«Ci fai compagnia, Tana?» mi chiede.

«Sono stanca» rispondo.

«Certo. Riposati, tesoro.»

Annuisco e salgo le scale, inseguita dalla risata felice dei miei genitori.

È un suono che adoro.

La mia camera è immersa nel buio e poso il vetro di mare sul comò. Non perdo tempo ad accendere la luce: mi tolgo il vestito e, per la prima volta in tutta la serata, respiro a pieni polmoni. Entro in bagno e mi lavo il viso, lego i capelli e mi lavo i denti.

Sto per andare a letto, quando una luce fioca all'esterno cattura la mia attenzione. Prendo il vetro di mare e apro la finestra, invitando il rumore delle onde nella stanza. Mi siedo sul davanzale e rigiro il vetro di mare nella mano, guardando fuori.

Con la testa appoggiata alla parete osservo il cielo notturno. La luce, proveniente dal prato, diventa sempre più intensa: un minuscolo luccichio nell'oscurità. Mi metto in ginocchio e sporgo la testa fuori dalla finestra, cercando di concentrarmi sulla luce, e poi lo vedo.

Un fiordiluna, che ondeggia beato tra l'erba curata.

Un brivido mi attraversa la schiena.

«No» mormoro. Non è possibile.

Chiudo gli occhi e li riapro, guardando di nuovo, ma è proprio lì, reale quanto le nuvole in cielo e la fredda aria notturna. Un fiore così letale che un solo tocco dei suoi petali può ucciderti. Ed è illuminato da una sorgente luminosa che non riesco a identificare.

Se vengono a prenderti...

Stringo più forte il vetro di mare.

Non avere paura...

I bordi affilati mi tagliano la pelle, mentre fisso il fiore, incredula.

O la tua debolezza sarà una sventura.

Solo quando un rivolo di sangue mi cola lungo il polso, mi accorgo di essermi tagliata. Lascio cadere il vetro di mare, che finisce sul pavimento. Corro in bagno e metto la mano sotto il rubinetto, e dopo essermi pulita torno alla finestra.

Ma la luce e il fiore non ci sono più.

6

So che è arrivato il momento di dire a mia madre del fiore, ma quando scendo a fare colazione, il mattino dopo, è già uscita. Ieri notte è nato un bambino e per tradizione la strega più autorevole della congrega deve dare il benvenuto al neonato con una benedizione.

Papà mi ha preparato una colazione pantagruelica – frutta fresca, uova, focaccine e dolci alla cannella – e a momenti mi dimentico del fiore bianco.

«A cosa devo l'onore?» chiedo, apparecchiando la tavola e mettendo in infusione un po' di tè "Risveglio" di Ivy.

«Dev'esserci per forza un motivo?»

Inarco un sopracciglio e papà scoppia a ridere. «Non avrò sempre occasione di prepararti una bella colazione, tutto qui.»

La sua frase mi stringe il cuore; entrambi ci rendiamo conto che le cose stanno per cambiare e, presto, la colazione con mio padre non sarà più così scontata.

«Un lato davvero spiacevole dell'età adulta» dico.

Ci sediamo a tavola e prendo il dolce alla cannella più grande. «Come hai fatto a farli così grandi?»

«Magia» dice, facendomi l'occhiolino.

Scoppio a ridere. Di solito mio padre evita di usare la magia in cucina: pensa che altrimenti perderà il suo smalto. Ma ogni tanto fa un'eccezione.

«Ottima idea» dico.

«Tu e Landon siete stati bravissimi ieri sera.» Lo dice in tono disinvolto, ma so che sta tirando fuori l'argomento per vedere come sto. Mio padre capisce l'importanza del percorso che ho intrapreso e mi appoggia, ma credo che si senta in colpa perché non ho molta scelta.

Quando ha incontrato mia madre, si sono innamorati rapidamente. Lui dice che prima di conoscerla viveva in bianco e nero, e dopo il suo mondo è diventato a colori. Il loro è un amore appassionato ed entusiasmante e sincero e so che vorrebbe la stessa cosa per me.

Vorrei dirgli che spero di provare le stesse cose e spero che un giorno vedrò Landon e sentirò qualcosa vibrare nello stomaco. Ma non voglio che mio padre mi creda infelice, così soffoco le parole.

«Landon è una brava persona» dico. «Sono contenta di essere riuscita a passare del tempo con lui. Mi tratterà bene.» Non sono le parole esatte che vorrei dire, ma sono sicura che siano vere, e pronunciarle ad alta voce mi rende più leggera.

Mio padre beve un sorso di tè. «Lo farà» dice.

«Ieri sera mi ha regalato un vetro di mare. Vuole che le cose che amo trovino un posto nella mia vita anche dopo il matrimonio. Per lui è importante.» Sorrido al pensiero, ma il ricordo brucia quando penso al vetro insanguinato sul pavimento della mia camera da letto. Sfioro il taglio con le dita e ho un sussulto.

«Grazie per avermelo detto» dice mio padre, schiarendosi la voce.

«È stato un pensiero molto carino.»

Lui annuisce e mi rendo conto che non si arrischia a parlare perché ha paura di commuoversi. Tutto questo mi mancherà moltissimo quando andrò a vivere sul continente e, all'improvviso, mi ammutolisco anch'io.

Finiamo di fare colazione, poi mettiamo i piatti nel lavello e puliamo insieme la cucina, un rituale che abbiamo imparato a memoria, dopo tante mattine come questa.

«Ti dispiace se ti accompagno in profumeria? Ho voglia di fare due passi e prendere una boccata d'aria» dice mio padre quando ho messo via l'ultimo piatto.

«Volentieri.»

Quando apro la porta, vedo un fiore sul gradino d'ingresso e mi ritraggo. Guardo il prato, cercando disperatamente il fiordiluna della sera prima, ma non c'è. Mi chino e lo raccolgo. È una rosa con un bigliettino attaccato.

Stamattina ho visto questa rosa in giardino:
è dello stesso colore del tuo vestito.
Grazie per aver ballato con me.

Landon

Il mio cuore smette di correre all'impazzata e sorrido tra me, portando la rosa al viso e inspirandone il profumo.

«Cos'è?» mi chiede mio padre, e mi giro per porgergli il fiore. Mentre legge il bigliettino, sul suo viso si dipinge la stessa espressione di sollievo che ho visto sul viso di Ivy durante il ballo.

«Chissà com'è riuscito a farlo arrivare fin qui» dico, tornando in casa per mettere un po' d'acqua in un vaso. Mio padre taglia il gambo prima di mettere la rosa a bagno, e poi usciamo insieme.

«È il figlio del governatore; immagino che le possibilità non gli manchino.»

Mio padre prende la strada più lunga per raggiungere la profumeria, camminando lungo la spiaggia in modo che possa godermi la mia dose quotidiana di mare. Guardo la superficie dell'acqua alla ricerca di fiori, ma è una mattina nebbiosa e vedo soltanto a un paio di metri da riva.

La nebbia fitta ci segue anche mentre imbocchiamo Main

Street e ci incamminiamo lungo la strada lastricata di ciottoli. I caffè, le sale da tè e le pasticcerie sono pieni di gente, ma la profumeria apre più tardi, la domenica. Soprattutto in inverno, è bello avere qualche ora di luce per noi, prima di metterci a lavorare. Altrimenti perderemmo tutte le ore in cui possiamo praticare la magia dentro il negozio.

Infilo la chiave nella serratura e accendo le luci. Mio padre mi segue all'interno e mi aiuta a prepararmi per l'apertura, prima di uscire.

«Che programmi hai oggi?» gli chiedo.

«Siamo a corto di sandalo e lavanda. Vado nei campi, poi al cottage per estrarre gli oli essenziali. Torno più tardi per riassortire le nostre scorte.»

«Buona caccia» dico, e mio padre mi sorride, prima di darmi un bacio sulla testa e uscire.

Il via vai di clienti è costante e con mia grande sorpresa molti di loro mi chiedono di Landon. Per fortuna, mia madre mi raggiunge un'ora dopo l'apertura e mi sostituisce, in modo che io possa prendere fiato.

La guardo incantata mentre risponde a tutti in modo pacato, mettendoci sempre la quantità perfetta di mistero. Non farfuglia e non guarda il pavimento mentre parla. Sa qual è la cosa giusta da dire in ogni situazione e non ha l'impulso di fuggire a gambe levate e tuffarsi in mare.

Certi giorni, ho la sensazione che in me ci sia qualcosa di sbagliato: non riesco a fare ciò che mia madre e Ivy fanno sempre con grande naturalezza, e la cosa mi riempie di frustrazione. Ma oggi sono contenta di essere così.

Sono contenta per lei.

Alle sei in punto, chiudiamo a chiave e giriamo il cartello con la scritta «chiuso». Stasera c'è la luna piena e dobbiamo prepararci per il Rituale. I turisti si avviano verso il molo, salendo sull'ultimo traghetto.

Soltanto le streghe possono restare sull'isola quando scarichiamo la magia in eccesso nell'oceano.

L'unico problema della magia bassa è che provoca un accumulo di potere inutilizzato che il nostro corpo non è in grado di contenere. Se non lo espelliamo, può ucciderci. Quindi, più o meno ogni ventinove giorni, quando c'è la luna piena, chiudiamo l'isola e lasciamo fluire la magia residua nel mare. Paradossalmente, è il nostro incantesimo più efficace, e l'unico consentito di notte.

È una dimostrazione di magia così pura e potente che terrorizzerebbe gli abitanti della terraferma, se la vedessero. Di conseguenza, è diventato qualcosa di cui la congrega si vergogna, un rituale tabù a cui nessuno vorrebbe partecipare.

Ecco perché non se ne parla. Non nominiamo mai i momenti antecedenti al suo compimento, e non ne parliamo per i ventinove giorni successivi.

È la cosa che mi turba di più, credo: stiamo rovinando l'isola e arrecando danno alle creature del mare, stiamo mettendo in pericolo i raccolti per un rito che le streghe *detestano.*

Non l'ho mai detto ad alta voce, ma non vedo l'ora di partecipare al rito. Mi sento potente quando quel tipo di magia scorre dentro di me. Non mi vergogno e non provo disgusto: mi sento viva, connessa alla mia magia in un modo che non posso riprodurre in negozio. Vorrei soltanto poter usare tutto quel potere per qualcosa di buono, invece di riversarlo in mare, dove continuerà a seminare distruzione.

«Sei pronta, Tana?» mi chiede mia madre.

Annuisco e prendo la borsa, seguendola fuori dal negozio. La nebbia si è diradata e una pioggia leggera sta cadendo sull'isola, rendendo scivoloso il selciato e gli arbusti lucidi e pesanti. Il muschio sul bordo dei tetti sembra persino più verde, e inspiro a pieni polmoni il profumo caratteristico del petricore.

L'ultimo traghetto salpa dal molo e lo guardo allontanarsi dall'isola. Mi sembra quasi di sentirla, l'isola che si rilassa: finalmente alleggerita del peso di centinaia di turisti impazienti, ritrova il suo equilibrio e respira.

«Devo incontrare il consiglio per una riunione veloce. Perché non vai a casa e ci vediamo lì?»

«Certo. È tutto a posto?» La riunione normalmente in programma si è tenuta la scorsa settimana ed è raro che si rivedano così presto.

«Certo. Alcuni membri della congrega vogliono un aggiornamento sul ballo del governatore, credo.»

«Un aggiornamento su di me, intendi» dico, pentendomi immediatamente delle mie parole.

Mia madre si ferma e mi guarda, indifferente alla pioggia che ci bagna.

«Non si tratta soltanto di te, Tana. Quello che stai facendo è per tutti noi. È per i nostri figli e per i figli dei nostri figli. Non credi che il consiglio abbia il diritto di sapere che, dopo secoli di incertezza e paura, è quasi finita? Che finalmente gli abitanti della terraferma ci accetteranno e non dovremo più preoccuparci che un singolo passo falso ci costi la libertà? La vita?»

Abbasso lo sguardo. «Mi dispiace. Non volevo sembrare un'egoista.»

Mia madre rilassa le spalle e sospira. Mi cinge con un braccio e ricominciamo a camminare. «Lo so, tesoro. Non ti rendi conto che si tratta di un equilibrio precario, perché la situazione è stabile da un po' di tempo. Ma non dimenticare che siamo su quest'isola perché i nostri predecessori sono stati costretti a venire qui per preservare la loro magia e sono stati privati di tutte le comodità a cui erano abituati sul continente. Godere di libertà e sicurezza durature è qualcosa che la generazione prima di te, e di sicuro prima di me, non ha mai potuto sognare.»

«Capisco. Mi dispiace» dico, pensando alla donna nella sala da tè di Ivy. Pensando all'incendio.

La mamma mi stringe a sé, ma non posso fare a meno di sentirmi turbata. Non è Landon che mi preoccupa, e nemmeno il matrimonio imminente. È la fretta. Tre mesi fa, Landon era soltanto un puntino lontano e ora i miei genitori non fanno che parlarne e il consiglio si riunisce per lui.

Per me.

Per noi.

Mi domando se l'incendio sia stato soltanto un pretesto per accelerare i tempi, ma non appena ci penso, vengo trafitta dal senso di colpa.

«Ci vediamo a mezzanotte» dice mia madre, riferendosi all'orario in cui ci incontriamo per evitare di pronunciare la parola "Rituale".

La mamma si dirige verso la sala consiliare e io m'incammino verso casa, percorrendo la costa.

Rallento il passo, ripensando alle parole di mia madre. Il consiglio non vuole un resoconto del ballo. Vogliono sapere esattamente quanto ci vorrà, prima che venga annunciato il nostro fidanzamento: un'alleanza tra le streghe e gli abitanti del continente.

Vogliono sapere quando saranno al sicuro.

E se vogliono sapere quando saranno al sicuro, significa che hanno paura.

Canticchio, camminando in riva del mare, poi mi fermo di colpo.

O la tua debolezza sarà una sventura.

Una sventura.

Una sventura.

7

È mezzanotte. La luna piena si staglia su un cielo nero e senza nubi, e la sua luce si riflette sulla superficie del mare, avvolgendo la spiaggia in un tenue bagliore azzurro che mi permette di vedere le streghe attorno a me.

Sulla spiaggia c'è un grosso pilastro bianco con una coppa di rame appoggiata sopra.

Mi strappo un capello e lo metto nella coppa, poi mi pungo il dito e faccio cadere all'interno del contenitore una goccia di sangue.

Mi incammino sulla spiaggia e la strega dietro di me segue la mia stessa procedura di partecipazione.

Una volta verificata la presenza di tutti i membri della congrega, il rito avrà inizio.

Nessuno di noi è abbastanza forte da liberare la magia da solo. I profumi magici, le miscele di tè e i pasticcini sono meravigliosi – un mezzo per guadagnarci da vivere e il motivo per cui gli abitanti della terraferma hanno cominciato ad accettarci – ma non necessitano di molta magia.

La forza congiunta di tutti noi messi insieme è l'unica cosa che rende il rito possibile.

Indossiamo tutti identiche vesti bianche: abiti ampi e leggeri che sfiorano le caviglie e assomigliano a camicie da notte. Le streghe più anziane sono in fila sulla spiaggia. Dietro di loro c'è la generazione dei miei genitori e poi i più giovani. Nessuno parla. Guardiamo il mare o la spiaggia sassosa. La vergogna è un'arma potente, che convince ogni persona presente su questa spiaggia a distogliere lo sguardo dai suoi compagni durante un rito che è parte integrante di ciò che siamo.

A volte penso che sarà la vergogna, non la paura, a garantire la sopravvivenza della nostra congrega. Questo Rituale è un pilastro del nuovo ordine e ciò che ci ha consentito di instaurare un dialogo costruttivo con la terraferma; gli abitanti del continente hanno continuato a tentare di sradicare la magia finché non abbiamo dimostrato loro che il nuovo ordine non era una minaccia. In un certo senso, il rito dovrebbe essere la celebrazione della sopravvivenza e del coraggio, del sacrificio e del buon senso. Ma un altro pilastro del nuovo ordine è il disconoscimento totale e assoluto della magia nera, e col succedersi delle generazioni quel disconoscimento si è trasformato da condanna in vergogna. E non appena la magia nera è diventata qualcosa di cui vergognarsi, nessuno ha più voluto praticarla.

Ed è ancora così.

Siamo sul lato occidentale dell'isola, che si affaccia sul mare aperto. Non ci azzarderemmo mai a riversare la nostra magia sulla costa orientale, di fronte alla terraferma; anche se il Confine è molto ampio e gli abitanti della terraferma non ci possono vedere da così lontano, ci sentiremmo troppo vulnerabili. Così raggiungiamo a piedi la costa ovest e, una volta al mese, voltiamo le spalle al continente. Una sola.

Ho un sussulto quando la coppa di rame alle mie spalle prende fuoco, indicando che ci siamo tutti.

«Cominciamo» dice mia madre, la sua voce trasportata da un'ondata di magia che raggiunge tutti i presenti.

Entriamo in acqua tutti insieme e le streghe più anziane si spingono al largo, seguite da quelle più giovani. I più piccoli, non ancora in grado di praticare il rituale, sono accanto ai loro genitori. L'incantesimo è abbastanza potente da estrarre quel po' di magia inutilizzata dal loro organismo e riversarla in mare.

L'acqua mi lambisce le caviglie, quando vedo qualcosa con la coda dell'occhio. Mi giro. È un piccolo cerchio di luce identico a quello che ho visto fuori dalla mia camera da letto, sospeso sul prato a illuminare un fiordiluna.

Mi guardo intorno, ma sono tutti concentrati sull'acqua e non si sono accorti di nulla.

La luce diventa più intensa e non posso più ignorarla. Arretro con cautela, controllando che non mi guardi nessuno. Al rituale vero e proprio mancano ancora venti minuti e comunque impiego meno tempo di altri a prepararmi.

Senza fare rumore, torno sulla spiaggia e aggiro una fitta macchia di cespugli fioriti, seguendo la luce. Ora che mi sono allontanata e non possono più vedermi, accelero il passo cercando di raggiungere la sfera luminosa.

Ma ogni volta che mi avvicino, la luce si allontana.

Continuo a correre, seguendola in un campo all'interno dell'isola. L'erba alta ondeggia alla brezza notturna. Mi pizzica le gambe mentre continuo a correre, cercando di non perdere di vista la luce.

Appare e scompare, poi sparisce del tutto. Un brivido mi attraversa la schiena.

Corro verso l'ultimo punto in cui l'ho vista, facendo affidamento al chiaro di luna per vedere, e vado a sbattere contro un'altra persona.

Cado a terra, sorpresa e disorientata. L'urto mi ha strappato l'aria dai polmoni e mi lascio sfuggire un gemito, girandomi su un fianco. Non dovrebbe esserci nessuno: sono tutti sulla spiaggia.

«Cosa cavolo...» La voce proviene da un punto a pochi metri di distanza. Mi alzo in piedi e comincio a guardarmi intorno, in preda al panico.

La luce è scomparsa. Lentamente, una persona si alza da terra. Una persona che non ho mai visto. Faccio un passo indietro.

«Hai perso il traghetto?» dico, pensando a un modo per allontanarlo dall'isola prima che il rituale si compia.

«Mi sei venuta addosso» dice, ignorando la mia domanda. «Che modi sono, si può sapere?»

Sono completamente spiazzata, e lo fisso a bocca aperta.

«Allora?» mi chiede. I capelli neri e arruffati gli cadono sugli occhi e la luce della luna tinge il suo volto pallido di un tenue bagliore azzurro. Ha la mandibola contratta e mi guarda come se fosse arrabbiato, come se avessi ucciso la cosa che ama di più al mondo, invece di averlo urtato per sbaglio.

«Mi dispiace» dico, cercando di parlare in tono pacato, nel caso in cui i suoi genitori siano persone importanti della terraferma. «Avrei dovuto prestare più attenzione.»

Mi guarda storto, come se la mia risposta lo avesse deluso.

«Hai visto la luce?» mi chiede, e il mio cuore comincia a correre.

«L'hai vista anche tu?»

«Diverse volte ormai» dice, passandosi le dita tra i capelli. «Non riesco a capire da dove venga.»

«Nemmeno io.»

La luce è svanita nel punto esatto in cui ci troviamo. Nel giro di un secondo, la terra ha un tremito e un fiordiluna spunta tra di noi, schiudendo le sue grandi foglie cuoriformi.

Arretro di diversi passi, mettendo distanza tra il fiore e me, ma non voglio fuggire. Non stavolta.

Il ragazzo inarca il sopracciglio e mi guarda divertito.

«È un fiordiluna» dico.

«So benissimo cos'è.» E poi lo raccoglie e lo porta alle labbra.

Allunga la mano, offrendomi il fiore, e mi allontano ancora di più. «Non avvicinarti.»

«Dicono che questi fiori siano velenosi per le streghe» continua, mentre guarda il fiore e lo rigira tra le dita.

Mi si chiude lo stomaco e ogni fibra del mio corpo mi dice di andarmene. Comincio a sudare freddo, chiedendomi chi sia questa persona, chiedendomi se odia le streghe al punto da lanciarmi quel fiore. Farei meglio a correre, dovrei farlo, ma per un motivo che non riesco a spiegarmi, resto dove sono, paralizzata.

«Un semplice tocco può risultare letale.» Poi mi guarda e sorride, e per un terribile istante penso che sia lì per uccidermi. «Però voglio rivelarti un segreto» continua, avvicinandosi. «Non è vero.»

Cerco di farmi coraggio. Ho la nuca bagnata di sudore e comincio a tremare. «Non so chi tu sia, ma devi andartene. *Subito.*»

«Perché dovrei fare una cosa del genere? Abito qui.»

«Non è possibile» dico.

«E invece sì» ribatte. «Tutto è possibile.»

Muove la mano destra nell'aria, avanti e indietro, e la brezza leggera si trasforma in un vento di burrasca che si abbatte su di me in tutta la sua furia, sferzandomi i capelli e il vestito.

Poi, con altrettanta facilità, il ragazzo abbassa la mano e il vento si placa.

So cosa vedo, so cosa sento sulla pelle, ma c'è soltanto una spiegazione per il fenomeno a cui ho appena assistito, e mi rifiuto di crederci. Chiudo gli occhi e scuoto la testa, cercando di scacciare dalla mente le due parole che gridano dentro di me, ma non vogliono andarsene. Diventano sempre più assordanti, finché non sono costretta ad ammettere a me stessa ciò che ho visto: una dimostrazione perfetta di magia nera.

Mi viene la pelle d'oca e faccio un altro passo indietro.

«No.» È l'unica parola che riesco a dire.

«No?» mi chiede, inarcando il sopracciglio e sollevando di nuovo la mano. Il vento si alza di nuovo e corro da lui, abbassandogli il braccio.

«Questa magia è vietata e non ti permetterò di praticarla sulla mia isola.»

«La nostra isola» dice. «E da dove vengo io non è vietata, questo è sicuro.»

La nostra isola. Le sue parole non hanno alcun senso. Vivo qui da quando sono nata e non ho mai incontrato persone che praticano la magia nera. Se sta dicendo la verità e usa davvero la magia nera, allora...

«Sei della vecchia congrega» dico con un filo di voce, più a me stessa che a lui. Non riesco a credere alle parole che mi sono appena uscite di bocca. Un brivido mi scende lungo la schiena.

«Wolfe Hawthorne» dice, porgendomi di nuovo il fiore. La sua mano destra è impreziosita da un massiccio anello d'argento che brilla al chiaro di luna. «E sì, sono un membro della vecchia congrega.» Lo fisso, ammutolita.

«Sai, a questo punto dovresti rispondere dicendomi come ti chiami.»

«Tana» dico, come in trance. «Mortana Fairchild.»

«Be', Mortana, ti posso assicurare che questo fiore non è velenoso. Prendilo.»

Fisso il fiore, travolta da un richiamo innegabile, un desiderio così forte che non posso ignorarlo. Non ho mai provato niente del genere e, per un istante, mi chiedo se mi abbia fatto un incantesimo, costringendomi a prenderlo e ad andare incontro a morte certa. Non riesco a resistere. È come se fossi uscita dal mio corpo e mi guardassi dall'alto, mentre protendo una mano tremante per accettare il fiordiluna.

Lo afferro.

E non succede niente.

Non è doloroso. Non brucia. Il mio cuore continua a battere, i miei polmoni continuano a respirare.

Lentamente, porto il fiore al viso e inspiro.

I suoi petali mi accarezzano la pelle e resto illesa. Ogni libro che ho letto descrive il dolore come istantaneo, seguito rapidamente dalla morte, ma io mi sento bene. Sto cercando di elaborare ciò che sto vivendo in questo momento, sapendo molto bene che è impossibile, ma non mi viene in mente nessuna spiegazione. Non ne ho la più pallida idea.

«L'hai stregato?» chiedo.

«Come avrei potuto, se è velenoso per le streghe?»

Scuoto la testa, guardando il fiore. Non capisco, e la cosa mi fa impazzire. Il fiordiluna è la prima pianta che ho imparato a riconoscere, perché sapere che aspetto ha è di vitale importanza. Fondamentale per la nostra sopravvivenza. E ora sono qui, con il fiore in mano, come se fosse un comunissimo lupino.

Annaspo, cercando una spiegazione logica che dipani la matassa ingarbugliata nella mia mente, ma fallisco miseramente.

Una goccia di sudore mi scende sulla nuca. Poi, tutto a un tratto, torno in me e capisco cosa sto facendo e con chi sto parlando.

Butto il fiore a terra e mi ritraggo. Il mio cuore batte così forte che potrebbe esplodermi dentro al petto.

«La vecchia congrega è morta e sepolta.»

«Sentiamo, come fai a saperlo?» Nella sua voce c'è una nota disinvolta, quasi di scherno, e mi sento avvampare.

«Non so chi ti credi di essere, ma non è divertente. La vecchia congrega non esiste più.» Dev'essere una specie di scherzo, un piano ben congegnato per umiliarmi. Poi però penso al modo in cui si è levato il vento, a come mi ha sferzato il viso, e capisco che è reale. Guardo il fiore a terra e non riesco a fermare le domande che, una dopo l'altra, si affollano nella mia testa. La più assordante, la più insistente di tutte – quella con la risposta più semplice, e che invece sembra minacciare tutto ciò che ho sempre saputo – continua ad affiorare nella mia mente.

Perché non ho sentito alcun male?

In quel momento, dalla spiaggia si leva un grido gutturale, animalesco, mentre le streghe scaricano la loro magia nell'oceano.

Mi giro in quella direzione. Lentamente, la paura comincia a farsi largo dentro di me.

No. Non può essere.

Il grido diventa ancora più selvaggio e l'unica cosa che riesco a fare è fissare il mare, sbalordita. Poi, all'improvviso, cala il silenzio.

La quiete notturna prende il sopravvento e il mio corpo comincia a tremare di terrore.

Me lo sono perso.

Sento il fragore delle onde e il fruscio dell'erba, il vento tra gli alberi e il grido di un gufo. Poi mi ricordo del ragazzo.

Mi giro, ma è sparito.

Mi prendo la testa tra le mani e chiudo gli occhi. Vorrei con tutta me stessa tornare indietro nel tempo a venti minuti fa e ignorare quella maledetta luce.

Non posso credere di essermi persa il rituale.

Finalmente le mie gambe riprendono vita. Corro verso la spiaggia, mi nascondo tra la vegetazione e guardo le streghe che escono dall'acqua. Il rito comporta un enorme dispiego di energia e sembrano tutti muoversi al rallentatore.

Nessuno deve sapere che non c'ero. A maggior ragione adesso, con il mio fidanzamento imminente e il ruolo che riveste mia madre nel consiglio. Aspetto che le streghe più anziane passino accanto al mio nascondiglio, poi corro in acqua e mi bagno la veste. La stoffa mi aderisce alle gambe, mentre risalgo verso la spiaggia. I miei genitori sono sul marciapiede, vicini, e li raggiungo lentamente. Torniamo a casa insieme, ma non riesco a smettere di tremare.

Negli ultimi tempi, l'unica persona che non ha partecipato al rituale è stata Lydia White, quasi vent'anni fa.

È morta dieci giorni dopo, a causa della magia in eccesso che si era accumulata nel suo organismo.

Da allora, nessuno è mai mancato al rituale. Ci assicuriamo che partecipino tutti, per quanto possa essere difficile.

Ho le lacrime agli occhi e faccio un paio di respiri profondi, perché non voglio che i miei genitori se ne accorgano. Anche se glielo dicessi, non potrebbero fare nulla. Il rito funziona solo perché usiamo il nostro potere collettivo.

All'improvviso mi sento infinitamente triste. Mi bruciano gli occhi e ogni volta che cerco di deglutire è come se avessi dei frammenti di vetro conficcati in gola.

Non posso credere di essermelo perso.

Ma troverò una soluzione. Devo farlo.

Faccio partire un conto alla rovescia nella mia testa: dieci giorni. Ho dieci giorni di tempo per trovare una soluzione. Se non ci riesco, farò la stessa fine di Lydia White e tutto ciò per cui la mia congrega ha lavorato così duramente andrà perduto.

8

Sono a letto, completamente sveglia. Il rituale, il ragazzo misterioso, il fiordiluna: le immagini vorticano come un uragano nella mia mente, minacciando di distruggere tutto ciò che incontrano sul loro cammino. Il vetro di mare di Landon trema nella mia mano, i bordi frastagliati ancora sporchi di sangue. Non so perché non ho pensato di pulirlo.

La casa è silenziosa. Buia. I miei genitori dormiranno fino a tardi, perché dopo ogni rituale l'isola resta chiusa. Non abbiamo l'energia per andare a lavorare e un giorno di riposo è necessario, tutto qui. Ripercorro gli eventi di stanotte, ma l'unica cosa a cui riesco a pensare è che non voglio morire. Non voglio essere consumata dalla magia che amo così tanto. E ho paura. Tutto ciò che so della morte di Lydia White fa pensare a dieci giorni di dolore atroce. Mi sudano le mani, mentre cerco di immaginare cosa deve aver provato.

Sono arrabbiata con me stessa e arrabbiata con il ragazzo che ho avuto la terribile sventura di incontrare.

So che dovrò farci i conti, scoprire chi sia e da dove venga. Ma non ora: prima devo liberarmi della magia in eccesso e salvarmi.

Scendo dal letto senza fare rumore e poso il vetro di mare sul comodino, poi infilo di nuovo la veste cerimoniale. Apro la porta della mia camera e scendo le scale, anche se so che i miei genitori dormono profondamente e non possono sentirmi. Sono esausti, e dovrei esserlo anch'io.

Una volta fuori casa, corro più veloce che posso sul versante occidentale dell'isola, cercando di restare nell'ombra. Non vedo anima viva.

Sono passate poche ore dal rituale e se la magia è ancora a riva, che vortica nell'acqua bassa e palpita nell'aria, posso cercare di sfruttarla per liberarmi di quella che è ancora dentro di me. È la mia sola possibilità di sistemare le cose.

Deve funzionare. È l'unico modo.

Perdo l'equilibrio e cado tra le onde, graffiandomi le mani e le ginocchia. Mi rialzo e continuo ad avanzare finché l'acqua non mi arriva alle costole. Attorno alle gambe sento formarsi minuscole correnti, ed è la prima volta che sono felice di sentirle: significa che non è troppo tardi, che il potere della mia congrega è ancora qui, che aspetta di liberarmi.

Ti prego.

Protendo le mani in avanti, con i palmi rivolti alla luna piena. Chiudo gli occhi e calmo il respiro, mentre il cuore batte all'impazzata e una lama di dolore mi trafigge il petto.

Mi immagino nel retro della profumeria, mentre riverso la mia magia nei fiori e nelle erbe aromatiche che sono la base delle nostre fragranze, piccoli incantesimi per infondere calma, gioia, eccitazione, sicurezza, autorevolezza: tutte cose che la nostra magia può evocare e per cui gli abitanti della terraferma sono disposti a pagare. Mi vedo china sul vecchio bancone di legno, mentre prendo olio essenziale di sandalo e lavanda, glicine e lillà. La magia prende forma dentro di me e chiede di uscire, ma non la lascio andare. Me ne serve altra.

Ripeto il rituale, fingendo che sia soltanto un altro giorno di lavoro in negozio, immaginando di preparare i profumi e le candele che adoro, sforzandomi di richiamare dentro di me tutta la magia che posso. Ho sempre pensato a questo dono come a un'estensione naturale di me stessa, qualcosa che non devo forzare come succede agli altri, e conto su questa dote innata affinché mi aiuti.

L'energia rilasciata dalle altre streghe fa vibrare l'aria attorno a me, la loro magia in eccesso agita il mare, creando correnti sempre più forti e impetuose. Pianto bene i piedi sul fondale per restare in equilibrio e faccio un respiro profondo.

Può funzionare.

Funzionerà di sicuro.

La superficie dell'acqua si increspa, freme e sciaborda, forte e fredda e piena del potere di cui ho disperato bisogno. Quando l'acqua mi arriva al mento e sento il sale sulle labbra, comincio il rituale. Alzo le braccia al cielo e grido, lacerando il silenzio notturno, richiamando tutta la magia che posso.

Ho gli occhi chiusi e i muscoli contratti, e la magia esce dal mio corpo come vino da una bottiglia. Finisce in mare e si unisce alle correnti sempre più impetuose, vorticando attorno al mio corpo tremante. Mi abbandono alla magia, sbalordita e terrorizzata da ciò che provo, mentre sono attraversata da una forza potentissima.

Poi, bruscamente, si interrompe.

È un cambiamento così improvviso che finisco sott'acqua, come se fino a un istante prima mi avesse tenuto a galla soltanto la magia. Annaspo e cerco di recuperare l'equilibrio, sputando l'acqua salata che ho inghiottito. Ritrovo un appoggio, poi alzo le braccia al cielo e ricomincio.

In preda al panico, richiamo alla mente immagini della profumeria, evocando la sensazione che provo quando riverso la mia magia sui fiori vivaci e l'odore pungente della terra, ma è inutile.

Le correnti allentano la presa e cominciano a mulinare più lontano, portandosi dietro il potere di cui ho un disperato bisogno. L'aria attorno a me si ferma. A riva, regna una calma terribile.

Imploro la mia magia di tornare, ma riesco a evocarne soltanto una piccola quantità, appena sufficiente a creare una partita di profumi, forse due.

Non riesco a fare nient'altro. Non sono abbastanza forte.

Grido al cielo notturno, colpendo la superficie dell'acqua con i pugni chiusi, più arrabbiata col mare di quanto non fossi il giorno in cui ho rischiato di annegare. Le lacrime mi solcano il viso e ci provo di nuovo, in un tentativo inutile di evocare altra magia.

Ma non esce niente.

È finita.

Non so quanto tempo resto in acqua. È quasi l'alba, quando mi costringo a uscire dal mare.

Mi incammino sulla spiaggia bagnata fradicia e torno a casa facendo il giro lungo, attraversando campi aperti e percorrendo sentieri boscosi, respirando i profumi dell'isola che amo così tanto.

Approfittare dell'energia rimasta a riva per far defluire in mare la mia magia era la mia unica idea e ora sono disperata. Non so cosa fare, sempre ammesso che si possa fare qualcosa. Mi chiedo come reagiranno i miei genitori quando lo scopriranno, cosa dirà Ivy, e se Landon vorrà vedermi un'ultima volta.

Penso che sarebbe bello rivederlo.

Torno a casa e salgo la scala a chiocciola esterna che conduce alla terrazza. Non perdo tempo a togliermi la veste cerimoniale. Mi butto sul divano e mi avvolgo in una coperta di lana pesante. Mi sembra un buon momento per guardare l'alba. In fondo me ne restano soltanto nove.

L'alba viene spazzata via da pennellate arancioni e rosa pastello. I raggi di sole si allungano oltre l'orizzonte, tingendo l'oceano di luce dorata. In qualsiasi altro giorno, ora mi starei svegliando, entusiasta all'idea di usare la mia magia dopo una lunga notte di sonno.

All'improvviso, sono arrabbiata. Questa magia che possiedo fin dalla nascita, che ho alimentato ogni singolo giorno grazie alla luce del sole, mi ha deluso. Mi sta divorando, e presto mi ucciderà.

Il tradimento definitivo.

Quando il cielo è un'unica distesa azzurra, entro in casa e mi tolgo i vestiti umidi. I miei genitori sono ancora addormentati, così prendo il vetro di mare dal comodino e vado a letto.

Finalmente, le palpebre diventano pesanti, le mani si quietano.

Poi mi torna in mente il ragazzo del campo e mi metto seduta.

Wolfe Hawthorne. Se la vecchia congrega esiste davvero e lui ne fa parte, conosce la magia nera. Ricordo il modo in cui ha evocato il vento, come se niente fosse. Il modo in cui stringeva il fiordiluna, con disinvoltura.

Lui può aiutarmi.

Deve aiutarmi. In fondo è tutta colpa sua e, sebbene il pensiero di rivederlo mi riempia di rabbia, mi rifiuto di morire a causa sua. Se la magia nera è in grado di scatenare il vento e guarire i malati, dev'essere in grado di liberarmi dall'energia in eccesso che minaccia di uccidermi.

Ma non appena ci penso, mi rimprovero. Quella magia è proibita, e soprattutto mi spaventa a morte. Va contro tutto ciò in cui crede la mia congrega e tutto ciò che i miei antenati hanno difeso lottando strenuamente.

Ho sentito molte storie sugli effetti della magia nera nella vita delle persone, sui modi in cui l'avvelena. Quando le nuove streghe hanno rinunciato definitivamente a quel tipo di magia, il nostro corpo ha dimenticato come maneggiarla, adattandosi agli incantesimi leggeri che pratichiamo oggi. Nelle vecchie congreghe dilagavano le malattie e le streghe esercitavano il loro potere senza alcun freno. Tutte cose che hanno smesso di esistere quando siamo passati al nuovo ordine. Soltanto allora i nostri antenati hanno capito che non avrebbero mai dovuto praticare la magia nera.

È il male assoluto, corrotta nel profondo.

Non posso farlo. Se lo scoprisse qualcuno, verrei cacciata per sempre dalla congrega.

Ma almeno non morirei.

Il pensiero affiora con prepotenza, cogliendomi di sorpresa. Cerco di respingerlo. Chiedere aiuto a Wolfe Hawthorne, un ragazzo che non conosco e di cui non mi fido, sarebbe un affronto a tutte le streghe che hanno sacrificato una parte di se stesse nella speranza di un futuro migliore.

Ma mentre mi sdraio e lascio che gli occhi si chiudano, vedo il ragazzo nel campo che allunga la mano, offrendomi un fiordiluna che non mi ha fatto alcun male.

9

Quando mi sveglio, il ricordo della notte appena trascorsa è una lama di dolore che mi trafigge il petto e mi toglie il fiato. Mi metto seduta e porto le ginocchia al petto, cingendole con le braccia. I miei genitori sono al piano di sotto e non so come affrontarli.

Lo vedranno nei miei occhi, lo sentiranno nella mia voce. Capiranno che c'è qualcosa che non va.

Il pensiero dei loro volti quando confesserò che non ho partecipato al rituale è ciò che mi spinge a prendere una decisione. Non posso costringerli ad affrontare una cosa del genere. Non prima di aver esaurito tutte le alternative possibili.

Devo trovare Wolfe Hawthorne. E quando l'avrò trovato, lo costringerò ad aiutarmi.

Non so dove cercarlo, ma ha detto che questa è la "nostra" isola, quindi non deve essere lontano. Scendo dal letto, mi preparo e metto qualcosa in una borsa.

Quando scendo al piano di sotto, i miei genitori stanno entrambi sorseggiando una tazza di tè. Sono ancora in pigiama, seduti sul divano sotto la stessa coperta di lana.

Mio padre sbadiglia. «Vuoi una tazza di tè, Tana?» mi chiede, scostando la coperta dalle ginocchia.

«No, grazie, sono a posto. Non alzarti» dico. «Mangio un boccone al volo prima di uscire.»

«Dove sei diretta? È tutto chiuso.»

«Vado soltanto a fare due passi» rispondo. «È bello avere l'isola tutta per me, senza i turisti.» Cerco di sembrare disinvolta, ma il tono della mia voce è impaziente e troppo alto.

Mia madre alza lo sguardo. «Va tutto bene, tesoro? Dovresti riposare, dopo ieri sera. Non voglio che esageri.»

Mi sforzo di sorriderle. «Sto bene. Ci andrò piano, te lo prometto.»

«In quel caso non ho nulla in contrario. Divertiti e torna prima di cena.»

«D'accordo.»

Prendo un po' di frutta dalla cucina ed esco prima che cambino idea. L'aria è pungente e stringo le braccia al petto per proteggermi dal freddo, mentre scendo le scale e mi dirigo verso il lato occidentale dell'isola. Mi sembra il posto migliore dal quale partire.

Il cielo è nuvoloso e sull'isola grava una coltre grigia e opprimente. Riesco a malapena a vedere la spiaggia, prima che l'acqua venga inghiottita dalle nubi. Se fosse un qualsiasi altro giorno, il fatto di non vedere la terraferma mi metterebbe a mio agio: fingerei che ci siamo soltanto noi, che siamo al sicuro e possiamo praticare tutta la magia che vogliamo.

Soltanto noi. Soltanto noi, quest'isola e la nostra magia.

Ma non riesco a essere felice. Un dolore sordo si è insediato nel mio stomaco, o forse sto male perché la magia in eccesso mi sta uccidendo.

Non ne sono sicura.

L'isola è circondata da spiagge rocciose, ma l'entroterra è ricoperto da una fitta boscaglia e da distese incolte: sempreverdi così alti che si confondono con le nuvole, migliaia di giganti secolari che vegliano su di noi. Ondeggiano alla brezza come se fossero magici anche loro, ed è un pensiero che mi fa sorridere. Se fiori ed erbe aromatiche, alberi e campi, oceani e montagne non sono pieni di magia, allora non so cosa lo sia.

L'aria salmastra mi entra piacevolmente nei polmoni. È terapeutica. Se non sapessi come stanno le cose, mi verrebbe quasi da pensare che respirandola abbastanza a lungo potrei guarire.

Quando raggiungo il versante occidentale dell'isola, non ho più paura di imbattermi in qualcuno. Tutti i negozi e le abitazioni sono sul lato opposto, quindi questa parte dell'isola è selvaggia. I fondatori della nuova congrega hanno scelto di costruire lungo la costa orientale: hanno pensato che, sotto il vigile sguardo degli abitanti della terraferma, saremmo stati più motivati a tener fede al nuovo ordine.

E anche se la terraferma è lontana e i suoi abitanti non possono vedere i dettagli, la sua presenza aleggia su di noi. E ci ricorda sempre il potere che risiede sul lato opposto del Confine.

Ma la costa occidentale è al riparo dello sguardo della terraferma. Qui l'erba è alta e la vegetazione fitta. Non ci sono giardini curati, né pittoresche strade di ciottoli. Non ci sono porte verniciate in morbide tinte pastello né lampioni scintillanti.

È tutto selvaggio.

Il vento sta aumentando e mi scompiglia i capelli, sferzandomi la pelle. Il rumore delle onde che si infrangono sulla costa mi accompagna, mentre mi addentro tra gli alberi e mi dirigo verso il campo in cui ho incontrato Wolfe. Mi sembra il luogo adatto da cui partire, ma rallento il passo, mentre la realtà di ciò che sto facendo prende il sopravvento.

Uno dei motivi per cui i miei antenati hanno rinunciato alla magia nera è stato rassicurare gli abitanti della terraferma sul fatto che non eravamo abbastanza potenti da cambiare il corso delle cose. Se quel tipo di magia avesse continuato a esistere, ci sarebbe sempre stato qualcuno pronto a usarla a proprio vantaggio. E nessuno ha diritto di avere quel tipo di potere, così ce ne siamo sbarazzati completamente.

O almeno così pensavamo. Se ciò che ha detto Wolfe Hawthorne è vero, sull'isola c'è ancora una congrega che la pratica.

Sto male all'idea di raccontare a mia madre ciò che ho scoperto: ci hanno indotto a credere che la vecchia congrega sia soltanto una pagina della nostra storia, e invece vive su quest'isola, avvelenandola con la sua magia. Ma a quello penserò in un secondo momento.

I lunghi fili d'erba mi solleticano la pelle, mentre attraverso il campo in cui ho incontrato Wolfe per la prima volta. Mi faccio largo tra la vegetazione e mi dirigo verso il punto in cui ci siamo scontrati, individuandolo con una certa facilità: dove siamo caduti, l'erba è piegata a terra e il fiordiluna bianco è ancora lì, avvizzito.

«Tu» dice qualcuno alle mie spalle.

Mi giro, spaventata. Wolfe Hawthorne è a diversi metri da me; ha un'espressione infastidita, come se il campo fosse di sua proprietà e io soltanto un'intrusa.

«Cosa ci fai qui?»

«Potrei chiederti la stessa cosa.»

«Sono tornato per il fiore. Se la gente sapesse che crescono sull'isola, si scatenerebbe il panico.»

«È comprensibile. Sono decenni che non se ne vedono, da queste parti.»

«Chi te l'ha fatto credere?» mi chiede, con una nota tagliente nella voce.

Venire qui è stata una pessima idea.

«Ti ho detto perché sono qui. Adesso tocca a te» continua.

Esito, perché non so se sia meglio rispondere o allontanarmi il più velocemente possibile. So cosa *dovrei* fare, ma voglio il suo aiuto. Resto dove sono e lo guardo. Ha la mandibola contratta e la fronte increspata, e mi chiedo se abbia sempre un'espressione così sgradevole o se sia in qualche modo colpa mia.

Mi faccio coraggio e lo guardo negli occhi. Ho il cuore che batte all'impazzata, ma non gli faccio vedere che sono spaventata a morte. «Ho bisogno del tuo aiuto» dico.

Lui piega la testa di lato. «Aiuto?»

«Sì, se sei davvero ciò che dici di essere.»

Scoppia a ridere, ma è una risata cattiva. «Darmi del bugiardo mentre mi chiedi di aiutarti è un approccio decisamente interessante.»

Sospiro. «Pratichi la magia nera sì o no?»

«Magia alta» mi corregge.

«Cosa?»

«Dimmi, Mortana, che tipi di magia pratichi?»

Esito, prima di rispondere, perché non so bene cosa mi stia chiedendo. «Magia bassa, naturalmente.»

«Il suo nome per intero.»

Mi lascio sfuggire un sospiro di frustrazione. «Magia di bassa marea. Cosa c'entra adesso?»

«C'entra» dice, chinandosi a raccogliere il fiore avvizzito. «E da dove viene quel nome, secondo te?»

«Dalle maree» proseguo in tono impaziente. «Perché la bassa marea ha una natura gentile.»

«E ti sei mai chiesta come mai la nuova congrega si sia inventata un nome del genere?» Rigira il fiore tra le dita, arrivando al punto con lentezza esasperante.

«Non ho tempo per questi giochetti» dico, alzando la voce. Sono fin troppo consapevole che ogni istante sprecato a parlare è un istante che potrebbe impiegare liberandomi della magia in eccesso nel mio organismo.

«Credi davvero che i nostri antenati si riferissero alla loro magia con lo stesso disprezzo della nuova congrega? Ovviamente no. Prima che si formasse il nuovo ordine, la nostra magia si chiamava "magia di alta marea"» dice in tono tagliente.

Lo fisso, sbalordita. Non capisco perché non ho mai sentito quel termine prima d'ora, e la cosa non fa che sollevare altri interrogativi nella mia mente.

«Perché l'alta marea ha una natura potente» aggiunge, prendendosi gioco delle mie parole di prima. Mi sento avvampare per la rabbia. «Non vi insegnano niente, laggiù?»

«Io...» farfuglio. Vorrei soltanto smentirlo, ma non so cosa dire. Non ce ne ha mai parlato nessuno. Perché non ce l'hanno insegnato? Chiudo la bocca, abbassando lo sguardo.

«Per rispondere alla tua domanda di prima: sì, so praticare la magia alta» dice compiaciuto e pieno di sé. Mi si chiude lo stomaco per la rabbia. Tuttavia, se ciò che ha detto è vero, quella è una parte della nostra storia che avrei dovuto sapere.

Scaccio momentaneamente il pensiero, faccio un respiro profondo e chiamo a raccolta tutto il mio coraggio per chiedergli ciò di cui ho bisogno. «Sono nei guai» dico alla fine. «Ieri notte sono arrivata tardi al rituale e se non mi libero della magia in eccesso che si è accumulata nel mio organismo, morirò.» È incredibile che riesca a parlare in tono fermo e pacato, ad aprir bocca nonostante la paura che mi attanaglia.

«Che disdetta.»

Resto a bocca aperta. «Che disdetta? Dici sul serio?»

«Sì. Che disdetta.» Scosta i capelli dal viso e mi guarda. Mi sento raggelare, ma mi sforzo di non farmi intimidire. Sollevo il mento e lo guardo dritto negli occhi.

«Sai, se voi "nuove streghe" praticaste la magia alta, quello che è successo non sarebbe un problema.» Pronuncia l'espressione "nuove streghe" con disprezzo. Con assoluto disgusto.

«Be', si dà il caso che non la pratichiamo e che quello che mi è successo sia un problema. Hai intenzione di aiutarmi o no?» Wolfe guarda in alto e alla sua destra, poi si prende il mento tra le dita come se la mia domanda richiedesse un enorme sforzo di concentrazione. Alla fine lascia cadere il braccio lungo il fianco e mi guarda.

«No.»

Ho un sussulto, ma cerco di non perdere il controllo. «No?»

«No» ripete, in tono definitivo.

«E perché no?» insisto. «È colpa tua se sono nei guai» gli faccio notare, alzando la voce.

«Colpa mia? Sei *tu* che mi sei venuta addosso.»

«Sei esasperante.» Le mie parole sono un ringhio sommesso. «Sai, ti sto dando la possibilità di usare la magia nera per fare qualcosa di buono.»

Un luccichio gli illumina gli occhi, poi viene verso di me, fermandosi a pochi centimetri di distanza. È così vicino che sento il suo respiro sulla pelle. Mi costringo a non arretrare.

«Non hai la più pallida idea di come uso la mia magia.»

Ci guardiamo per alcuni istanti, in silenzio. Ieri notte non l'avevo notato, ma ha gli occhi screziati di grigio. Il colore del cielo quando si avvicina un temporale. «Ti prego» dico alla fine, con un filo di voce. Non riuscirebbe a sentirmi, se non fosse così vicino.

«No» dice di nuovo, più dolcemente.

«Perché?» Ho le lacrime agli occhi. La mia è una domanda, ma suona come una supplica, una preghiera.

Fa un passo indietro. «Vuoi davvero saperlo?»

Annuisco, perché non voglio parlare e sentire la mia voce che trema.

«Allora vieni.» Infila il fiore in tasca e mi prende per mano, trascinandomi verso la costa.

Lo seguo, cercando di stare al passo. Ha la mano ruvida e la sua presa è salda, ma non sgradevole. Mi trasmette un senso di urgenza.

Quando arriviamo sulla spiaggia in cui abbiamo celebrato il Rituale, mi lascia la mano e indica il mare.

«Ecco perché» dice arrabbiato, anche se vedo soltanto acqua a perdita d'occhio.

«Non capisco.»

«I vostri riti stanno distruggendo l'isola. State uccidendo gli animali e rovinando i nostri raccolti, e le nostre spiagge stanno diventando sempre più piccole. Le vostre correnti si porteranno via tutta l'isola prima che possiate fare qualcosa. E chissà cosa succederà quando trascineranno in fondo al mare anche le barche, uccidendo le persone. Le streghe sono custodi della natura, e guarda cosa le state facendo.» Parla a voce sempre più alta, ora, in tono concitato. Le parole gli escono di bocca veloci, volano nell'aria come pugnali e mi trafiggono il petto, perché ha ragione. «Quindi no, Mortana, non ti aiuterò con il tuo rito.»

Annuisco e guardo il mare che amo così tanto. Non c'è niente che possa dire; i suoi motivi mi trovano d'accordo. Sono parole piene di buon senso.

«Hai ragione» dico piano. «Non ho nulla da ridire.»

Sistemo la borsa sulla spalla e distolgo lo sguardo, prima che le lacrime mi escano dagli occhi e mi solchino le guance. Mi incammino sulla spiaggia, asciugandomi gli occhi e sperando che il ragazzo alle mie spalle non se ne accorga.

«Tutto qui?» grida.

Smetto di camminare e, lentamente, mi giro a guardarlo.

«Hai intenzione di lasciarti morire?» Sembra ancora arrabbiato, e non capisco.

Lo guardo, ma non rispondo. Cos'altro c'è da dire? Ho chiesto il suo aiuto per liberarmi della magia in eccesso e si è rifiutato. Fine.

Mi raggiunge e si ferma davanti a me. «C'è un altro modo» mi dice.

Lo guardo incredula, soffocando la speranza che sento nascermi nel petto. «Davvero?»

Gli brillano gli occhi, e le sue labbra si increspano in un accenno di sorriso. «Posso insegnarti qualche incantesimo, in modo che tu riesca a espellere la magia dal tuo organismo. Non morirai, e le correnti non diventeranno ancora più forti e pericolose.»

Mi guarda attentamente mentre elaboro le sue parole. «Vuoi dire magia nera. Mi insegnerai degli incantesimi di magia nera.»

«Magia *alta*» dice seccato. «E comunque sì, ti insegnerò quel tanto che basta per liberarti della magia in eccesso.»

«Perché?» gli chiedo, consapevole che non ne trarrà alcun vantaggio.

Esita, e la sua espressione cambia. Serra la mandibola e il modo in cui mi guarda mi fa rabbrividire. «Perché mi hai insultato, dicendo che sono un bugiardo e non uso la magia a fin di bene. Voglio che torni nella tua casa elegante e nel tuo piccolo mondo protetto sapendo che l'unico motivo per cui sei viva è la magia che ti hanno insegnato a odiare.»

Sono senza parole. Apro la bocca per parlare, ma non so cosa dire.

«Se vuoi che ti aiuti, ci vediamo qui a mezzanotte. È la mia ultima offerta» dice.

Poi se ne va.

10

Affrontare la cena con i miei genitori non è difficile come pensavo. Lo sarebbe stato molto di più se avessi scelto di non fare niente per risolvere la mia situazione. Che mi piaccia o no, ho preso una decisione e da quando sono rientrata a casa non ho avuto ripensamenti.

Voglio vivere e non credo che significhi mancare di rispetto alla mia magia o ai valori con cui mi hanno cresciuto. Penso che significhi che sono umana.

Domani, Landon verrà a trovarmi sull'isola e i miei genitori sono impegnati a decidere cosa dovremmo fare, dove andare, chi vedere. Sarà la nostra prima apparizione pubblica sull'isola e daremo un segnale molto forte alle altre streghe: le cose stanno per cambiare. Non ci vedranno come due ragazzi che si innamorano per la prima volta, sventurati e timidi, goffi e speranzosi.

Ci vedranno come un'alleanza che cammina. Una rete di sicurezza. Un giuramento di protezione.

Ci vedranno come il finale magnifico di una partita che abbiamo cominciato a giocare generazioni fa.

Una partita che stiamo per vincere.

«Un picnic» dico, interrompendo i miei genitori.

Mia madre scosta il bicchiere dalle labbra e mio padre alza lo sguardo dal piatto.

«Cosa?» chiede mia madre.

«Landon e io faremo un picnic. Ti dirò in anticipo in quale spiaggia andremo, così potrai diffondere la notizia come vuoi. Landon e io ci vedremo in un luogo pubblico in modo che ci possano vedere tutti, ma saremo anche in un contesto *intimo*, con le spalle rivolte all'isola. Abbiamo bisogno di parlare e conoscerci senza avere tutti gli occhi puntati addosso. A te interessa attirare l'attenzione, ma si tratta della mia vita.»

Mia madre annuisce finché non dico l'ultima frase. Poi apre la bocca per parlare, ma mio padre la interrompe.

«Credo che sia un'ottima idea, Tana. Possiamo senz'altro lavorarci.»

Mia madre si schiarisce la voce e ingoia quello che stava per dire. «Sì, possiamo lavorarci.»

«Ottimo.»

Mi alzo da tavola e porto il piatto in cucina. Lo sciacquo e lo metto nel lavello, poi prendo un bicchiere d'acqua e vado di sopra.

«Vai già a letto?» mi chiede mio padre. Lui e la mamma sono ancora a tavola, con i piatti davanti e i bicchieri mezzi pieni.

«Mi dispiace, sono esausta. È stata una giornata lunghissima.»

«Forse andare a fare una passeggiata dopo ieri sera non è stata una buona idea. Riposati, tesoro» dice mia madre.

Annuisco e salgo le scale, e prima che arrivi in cima i miei genitori stanno già parlando del mio picnic con Landon. Vado in bagno e mi lavo il viso e i denti, poi mi infilo sotto le lenzuola e attendo trepidante la mezzanotte.

Ho il cuore in gola mentre scendo le scale di nascosto e sgattaiolo fuori di casa. Non sono mai stata tanto ribelle in vita mia. Però non mi sento in colpa, e non so bene perché.

Domani io e Landon saremo sotto lo sguardo attento della congrega, quindi sono contenta di agire stanotte, prima che cambi tutto.

Quando arrivo sulla costa ovest, Wolfe mi sta aspettando. Lo vedo e ho un tuffo al cuore. Mi costringo ad avvicinarmi, mentre la paura e l'adrenalina mi scorrono nelle vene.

«Sono colpito» dice. «Mi fa piacere che tu abbia un istinto di sopravvivenza, dopo tutto.»

«Devi essere sempre così sgradevole?»

«Sei davvero ingiusta. Ti ho persino portato un fiore.» Fa un passo verso di me e mi mostra il fiordiluna che teneva dietro la schiena.

Ha gli occhi che brillano al chiaro di luna: mi ricordano il colore delle onde che si infrangono sugli scogli. Trattengo il respiro mentre protendo la mano verso il fiore indipendentemente dalla mia volontà.

Ma lui scuote la testa. «No» mi dice.

I miei capelli lunghi sono sferzati dal vento e Wolfe me li scosta dolcemente dal viso, infilandomi il fiore dietro l'orecchio.

«Ecco» dice. «Regina dell'oscurità.»

Sfioro i petali delicati con le dita. *Regina dell'oscurità.*

«Mi stai prendendo in giro?» mormoro. Non si è mosso, e restiamo a guardarci, così vicini che possiamo toccarci.

«L'intenzione era quella, però... ti dona.» Si schiarisce la voce e fa un passo indietro.

Mi sento avvampare e spero che non si accorga dell'imbarazzo che mi sta arrossando le guance. I petali sono morbidi e lisci come il velluto e la domanda che continua a tormentarmi da ieri notte riaffiora nella mia mente. *Perché non sento alcun male?*

Abbasso la mano, ignorando la domanda. Ci sono questioni più urgenti da affrontare.

«Possiamo sbrigarci?» gli chiedo, cercando di non far trapelare la mia frustrazione.

«Ai vostri ordini, mia regina» dice, rivolgendomi un inchino. Questa volta, il suo tono di voce mi dice chiaramente che mi sta prendendo in giro. Scuoto la testa.

«Cosa devo fare?»

«Pensavo di giocare un po' con le maree» dice. È impossibile non notare la luce che gli brilla negli occhi quando lo dice. La nota impaziente che vibra nella sua voce.

È antipatico, con quel suo viso duro e spigoloso, quella voce perennemente infastidita. E tuttavia, dietro le apparenze scostanti, c'è un ragazzo che ama profondamente la sua magia.

È una cosa che ci accomuna, suppongo.

«Causeremo altri danni al mare?»

«No» dice. «Perché sei convinta che morirai se non userai la tua magia?» Non aspetta che gli risponda. «La magia è un dono ed è fatta per essere usata. Una volta lanciati, incantesimi e sortilegi si dissolvono nell'aria. I vostri rituali sono così nocivi perché la magia resta nel mare, irrequieta e nervosa. È per questo che le correnti stanno diventando sempre più pericolose.» È di nuovo arrabbiato e il suo tono è tagliente e accusatorio.

«Capisco» dico.

«Davvero?»

La sua domanda resta sospesa tra noi e la accolgo, lasciando che si depositi dentro di me. Poi alzo di nuovo lo sguardo. «Sì.»

«Bene. Cominciamo.» Si toglie le scarpe e si dirige verso la spiaggia, fino a bagnarsi i piedi. Faccio lo stesso.

«La magia alta è tutta questione di equilibrio. Richiede rispetto e pazienza da parte di coloro che la esercitano. Richiede disciplina. L'unico momento in cui utilizzi una quantità significativa di magia è durante il Rituale, e in quell'occasione il rito prende il sopravvento su di te. Ma con la magia alta non puoi farlo. Devi costantemente valutare come reagisce il mondo attorno a te, come risponde all'energia che stai usando. È questione di ritmo, proprio come con le maree. Stanotte, vorrei che imparassi almeno questo: la magia non è roba tua. Appartiene alla Terra.»

La sua ultima affermazione resta sospesa nell'aria e, con mio grande stupore, smuove qualcosa dentro di me: è come se in cuor mio l'avessi sempre saputo, ma me ne fossi resa conto soltanto ora.

«Cominciamo con qualcosa di semplice» dice.

Ho il cuore che batte all'impazzata, così forte e veloce che mi chiedo se Wolfe riesca a sentirlo, nonostante il rumore delle onde.

«Riesci a sentire la brezza che arriva dal mare?» mi chiede.

«Sì.» La paura mi ha rubato la voce, e la mia risposta è roca e sommessa.

«È più facile lavorare con cose che esistono già. Molto più facile che creare qualcosa dal nulla. Adesso chiudi gli occhi.»

Lo guardo. Sono diffidente e nervosa, spaventata e combattuta. Non credo di farcela.

«Sei al sicuro» mi dice. «Non stai facendo niente di innaturale. Per quanto cerchi di resisterle, questa magia – quello che faremo stanotte – vive dentro di te. Chiudi gli occhi.»

Vorrei protestare, ma sta cercando di aiutarmi, così faccio un respiro profondo e chiudo gli occhi. Ma sento ancora il suo sguardo su di me. Lo sento nello stomaco chiuso e nel cuore che martella, sulla pelle che freme e nel calore che si diffonde sul mio collo.

«Adesso lasciamo che il vento ci trasporti sulla superficie dell'acqua.»

Levitazione. Apro gli occhi e scuoto la testa. «Assolutamente no» dico. «Non posso.»

«Perché?»

«Perché... perché è chiaramente...» Non finisco la frase.

«È chiaramente magia alta?»

Annuisco.

«Sì, be', siamo qui apposta. Pensa soltanto a una cosa: se ci riesci, non dovrai mai più usarla.» A quel punto qualcosa cambia nella sua espressione, come se pensasse di aver detto la cosa più triste del mondo. Poi fa un passo verso di me, ne fa un altro, e un altro ancora, finché non è così vicino che sento il profumo speziato del suo sapone e vedo la luce della luna che si riflette su ogni singola ciocca dei suoi capelli. «Stanotte, quello che dovrebbe spaventarti di più non è il fatto che tu stia per usare la magia alta, Mortana, ma il fatto che vorrai usarla di nuovo.»

Lo fisso, e le mani mi cominciano a sudare. «Ti sbagli.»

«Su questo non mi sbaglio» dice. Mi guarda ancora un istante, poi riprende a parlare. «Andiamo avanti. Sei intrinsecamente connessa a ogni cosa che vive sulla Terra. È il nostro ruolo, e non appena imparerai a riconoscere questo legame, potrai cominciare a esercitarti.»

Annuisco, perché so di cosa parla. Quando lavoro in profumeria, non devo perdere tempo a chiedermi quali fiori o erbe aromatiche siano più adatte per un determinato incantesimo. Lo so e basta. Le mie mani prendono ciò di cui ho bisogno e ignorano il resto. Non è una cosa a cui devo pensare. Lo faccio istintivamente.

«Chiudi gli occhi e concentrati sul vento. Lo sentirai smuovere qualcosa dentro di te. Non opporre resistenza.»

Annuisco di nuovo e faccio come dice. Mi concentro sul modo in cui l'aria si insinua tra i miei capelli, aprendosi un varco sotto la pelle. Se riesco a restare immobile, mi sembra quasi di sentirla dentro di me. Istintivamente allargo le braccia e rivolgo i palmi al cielo. Piego la testa all'indietro e inspiro a fondo.

La magia sale dal mio ventre, come se volesse arrivare al respiro nei miei polmoni.

«Bravissima.» Le parole di Wolfe mi danno energia e, mentre continuo a respirare il vento, altra magia si leva per raggiungerlo.

Dopo un po', non so più dove finisca l'aria e dove cominci la mia magia. Siamo connessi, proprio come quando lavoro in profumeria. Soltanto che qui non ci sono erbe aromatiche e fiori, ma il *vento*.

«Lasciati andare all'indietro e di' al vento di trasportarti» dice Wolfe.

Mi sembra così assurdo, così semplice e innocuo, detto in questi termini. Sono spaventata, ma se cado, so che ci sarà l'acqua a prendermi. Quindi faccio come dice.

Mi concentro sul filo che unisce il vento e la magia e cado all'indietro. «Ti prego, tienimi stretta» mormoro nella quiete notturna, e il mondo risponde alla mia preghiera.

Sono senza fiato, mentre il mio corpo emerge dall'acqua e si libra nell'aria. La magia prende vita in ogni cellula del mio corpo, scorre nelle mie vene come se avesse aspettato una vita intera per arrivare a questo momento.

Ho le lacrime agli occhi ma li tengo chiusi, perché ho il terrore di spezzare l'incantesimo.

«Non posso crederci» mormoro, incapace di trattenere l'emozione dalla voce.

«Notevole, vero?»

Apro gli occhi e Wolfe è accanto a me, sospeso nell'aria, la schiena rivolta all'acqua. Mi sta guardando in un modo che non riesco a descrivere e i lineamenti marcati del suo viso sono più morbidi, gli zigomi meno spigolosi.

È bellissimo.

Il pensiero mi coglie di sorpresa e spezza l'incantesimo, facendomi cadere in acqua.

Wolfe mi guarda divertito, poi mi raggiunge tra le onde.

«Stavi andando bene. Cos'è successo?»

«Mi sono distratta» dico, mortificata.

«Come prima volta non sei andata male. Rifacciamolo.»

Ora che so cosa si prova, è facile ritrovare la concentrazione e dopo pochi secondi sono di nuovo sospesa in aria. La magia mi invade e si riversa nel cielo notturno, mentre mi libro ancora più in alto. Il mio corpo si rilassa, mentre l'energia in eccesso abbandona il mio organismo. Ogni minuto che passa, mi sembra di recuperare un altro anno di vita.

Non morirò tra nove giorni.

Lacrime silenziose mi solcano le guance e la fresca brezza notturna me le asciuga. Spalanco le braccia e assaporo fino in fondo la sensazione di fluttuare nell'aria. Di vivere.

«Torna giù, Mortana» dice Wolfe, distante. Guardo giù e mi accorgo di essermi lasciata trasportare molto in alto, ma invece di farmi prendere dal panico, mi sento orgogliosa.

«Perché, non riesci a prendermi?»

Lo sento ridere. «Questa non te la perdono.» Placa la brezza con un movimento della mano e l'incantesimo si spezza. Grido, mentre precipito verso l'acqua, in caduta libera.

Mi preparo all'impatto, ma un istante prima di finire in mare una corrente d'aria si insinua sotto di me, tenendomi sospesa sulla superficie, proprio dov'è Wolfe. Ha un'espressione che non riesco a decifrare. Ci guardiamo a lungo, poi mi prende dolcemente tra le braccia, aiutandomi a rialzarmi.

«Brava» dice. «Stai imparando in fretta.» Sembra perplesso, e per qualche strana ragione mi rende nervosa. Gli do le spalle e scuoto la testa, cercando di cancellare la sensazione di essere sospesa nell'aria. Perché se non lo faccio ho paura di dover ammettere che non mi sono mai divertita così tanto. Che non mi sono mai sentita così viva.

«No» dico ad alta voce. Tutto questo non è reale. È soltanto l'euforia di fare qualcosa di proibito. Il sollievo di sapere che vivrò. Tutto qui.

«Cosa c'è?» mi chiede Wolfe.

«Niente» rispondo, girandomi verso di lui. «Abbiamo finito?»
«Finito?» dice, scoppiando a ridere. «Questo era soltanto il riscaldamento. Sei pronta per il piatto forte?» Mi guarda dritto negli occhi, sfidandomi a seguirlo ovunque voglia portarmi.
Rabbrividisco e soffoco la paura che mi attanaglia lo stomaco. Posso farlo. E se lo faccio, posso vivere.
«Sono pronta» rispondo.

11

L'oceano si estende a perdita d'occhio, nell'oscurità della notte. C'è bassa marea e camminiamo a lungo, finché il fondale non diventa meno sassoso e la sabbia più morbida. La battigia è bagnata e splende al chiaro di luna.

L'acqua sembra una distesa sconfinata.

«Non pensi che manipolare le maree sia un po' estremo? Cioè, la magia può fare una cosa del genere?»

Wolfe inarca un sopracciglio. «La nostra sì.»

Non posso fare a meno di notare la nota di disprezzo nella sua voce. Il giudizio.

«Ti comporti come se fossi migliore di me perché pratichi la "magia alta", ma non lo sei. L'unico motivo per cui puoi farlo è perché le nuove streghe hanno convinto gli abitanti della terraferma che quella magia non esiste più.»

Wolfe fa un passo verso di me. Mi sovrasta di parecchi centimetri e devo alzare il viso per guardarlo negli occhi.

«E noi siamo riusciti a convincere *voi* che non esistiamo più. Viviamo per conto nostro, al riparo dai vostri sguardi, in modo da mantenere il nostro stile di vita. Dobbiamo restare nascosti perché i vostri antenati, deboli e condizionati dalla paura, non vedevano l'ora di rinunciare alla loro vera natura per compiacere le masse. Siete solo dei vigliacchi.» Parla con voce bassa e roca, guardandomi fisso negli occhi.

Mi avvicino. «Se non avessimo creato il nuovo ordine, i

tuoi antenati sarebbero morti e tu non saresti mai nato. Ci devi la *vita*.»

«Non vi devo niente.»

«Allora perché sei qui?» gli chiedo, sfidandolo a rispondermi. Ci guardiamo negli occhi, lividi di rabbia. Poi scuote la testa e si passa le dita tra i capelli, prima di fare un passo indietro e darmi le spalle. Ho così tante domande da fargli e vorrei disperatamente capire com'è la sua vita su quest'isola, ma ora devo concentrarmi e cercare di sopravvivere.

«Vuoi vivere o no?» mi chiede alla fine.

«Sì, voglio vivere.»

«Allora liberiamoci di questa magia in eccesso.»

Lo seguo in silenzio, cercando di soffocare la rabbia e le domande. Devo affrontare le prossime ore e arrivare a domani mattina. E superare indenne i nove giorni che mi aspettano.

Quando raggiungiamo l'acqua, si gira verso di me. «Quello che stiamo per fare richiede molta magia. È un incantesimo intermedio e non mi aspetto che tu sia in grado di eseguirlo. Ma cimentarsi in qualcosa di così intenso richiederà un flusso costante di magia: ci lavoreremo finché non sarai più in pericolo.»

«Grazie.»

Annuisce e si gira verso il mare sconfinato. «Mettiti in ginocchio. Ti aiuterà a stabilire una connessione più forte con l'acqua.»

Obbedisco, affondando i piedi nella sabbia e immergendo le mani nell'oceano, e Wolfe si inginocchia accanto a me.

«Voglio che ti concentri sulla sensazione dell'acqua. La sua temperatura, la sua densità, i ruvidi granelli di sabbia che porta con sé. Sentila nei polmoni e sulle labbra. Quest'acqua è dentro di te. Trovala e uniscila a quella che ti circonda.»

È un'estensione di ciò che abbiamo fatto prima con il vento, di ciò che faccio tutti i giorni in profumeria. Mettere in comunicazione il luogo in cui mi sento più serena e la magia che scorre dentro di me dovrebbe essere facile, ma l'oceano è immenso. È potentissimo.

«La sento dentro di me, ma non so come collegarla al mare.»

«Immagina che il tuo corpo sia completamente permeabile. L'acqua non scorre attorno a te; si muove attraverso di te. Non è fuori, ma dentro. Invocala ad alta voce e invitala a entrare.»

Non parlo mai quando pratico la magia; gli incantesimi del nuovo ordine sono più leggeri e non richiedono il potere delle parole. All'improvviso mi sento a disagio e mi alzo in piedi. «Non so cosa dire.»

«È come una preghiera» dice Wolfe. E il modo in cui lo dice smuove qualcosa dentro di me, aprendo un varco tra le parole. «Puoi recitarla ad alta voce o pensarla soltanto. Dipende da te. Ma devi chiedere al mare di entrare e trovare la tua magia.»

«Cosa dovrei sentire?»

«Quando succederà, te ne accorgerai.» Mi guarda, e anche se sono immersa nell'acqua fredda dell'oceano, mi sento avvolgere da un'ondata di calore.

Ricomincio. «Ti prego, vieni a prendere la mia magia» dico. «Aiutami.»

Tengo gli occhi chiusi, le mani protese dentro l'acqua, ma non succede niente. Non sento nessuna magia che mi attraversa; l'unica cosa che sento è un terrore strisciante. Ho paura che non funzionerà, che il mio sia soltanto un inutile, disperato tentativo.

«Dev'essere una richiesta sincera, Mortana» dice Wolfe accanto a me. «Come se lo volessi davvero, non solo come se ne avessi bisogno.»

«Ma non lo voglio.»

Apro gli occhi e all'improvviso è così vicino che la sua coscia sfiora quasi la mia, mentre siamo l'uno accanto all'altra nell'acqua. «Almeno questa notte, arrenditi alla magia.» Parla a bassa voce, ma il mio corpo reagisce come se mi avesse gridato contro.

Arrenditi alla magia.

Immergo di nuovo le mani nell'acqua e distolgo lo sguardo, poi chiudo gli occhi. Faccio un respiro profondo, riempiendo i polmoni di aria salmastra, e trattengo il fiato per diversi secondi. Poi parlo.

«Oceano che mi circonda, oceano che mi invade, libera la mia magia nella marea che sale.» Non so da dove vengano queste parole, ma mi escono di bocca come se fossero la cosa più naturale del mondo e le ripeto più volte.

E mentre recito la mia preghiera, la magia si risveglia dentro di me.

Vengo travolta da un'ondata di sollievo quando la magia si riversa all'esterno facendo fremere la fredda aria notturna, increspare l'acqua che ci circonda.

Ogni cosa prende vita.

Io prendo vita.

Le mie parole acquistano forza e ben presto il mio corpo pulsa di energia, proprio come mi succede prima di ogni rituale.

«Marea gentile, che mi culli pacata, risali piano piano e il mio potere allontana.» Le parole mi escono di bocca di loro iniziativa, seguite ben presto dalla magia che fluisce all'esterno con una forza che non ho mai sperimentato prima d'ora. Mi sento euforica, terrorizzata e confusa, ma continuo a recitare la mia preghiera, perché ho l'impressione che qualcosa potrebbe spezzarsi dentro di me, se mi fermassi. Tremo dalla testa ai piedi e non so se è per via della paura o della magia che scorre potente dentro di me.

Assumo una nuova forma, mentre l'acqua che mi circonda e la magia che mi attraversa tracciano nuovi percorsi, disegnano una mappa diversa da ciò che sono.

«Mortana!» grida Wolfe, afferrandomi il braccio.

Apro gli occhi appena in tempo per vedere l'acqua salire e dirigersi verso di noi. L'oceano si abbatte su di me, scaraventandomi all'indietro. Mi sommerge e annaspo, mentre l'acqua salata mi riempie i polmoni. La marea cresce minacciosa e cerco disperatamente di risalire in superficie, ma non ci riesco.

Mi brucia il petto per la mancanza di ossigeno e vengo scaraventata da tutte le parti, non so più dove sono. Comincio a soffocare e mi torna in mente il giorno in cui sono stata trascinata via da una corrente causata dalla magia, quando mio padre ha accusato mia madre di esserne responsabile. E ora sta succedendo di nuovo. È un altro tipo di magia, ma la sensazione di annegare è identica.

Annaspo nell'acqua, cercando di risalire in superficie, ma non so da che parte sia. Vorrei solo respirare, ma non so come. Ho i muscoli contratti e doloranti e, all'improvviso, mi sento pesante. Pesantissima.

Non ho più la forza di lottare. Sono sfinita, travolta da una stanchezza più profonda di quella che provo dopo ogni rituale. Lentamente, i miei muscoli si rilassano e chiudo gli occhi.

Se il mare mi reclama, che mi prenda con sé.

I miei polmoni sono sul punto di esplodere. Non riesco a risalire in superficie.

Presto sarà finita.

Sprofondo sempre più giù, mentre l'acqua che mi riempie i polmoni mi trascina in fondo.

Tocco il fondale sabbioso, e poi un braccio mi cinge la vita e riapro gli occhi.

Wolfe mi tiene stretta a sé, dandosi una spinta con le gambe. Scalciando e nuotando. Cerco di muovermi, di aiutarlo, ma non ci riesco. Tutto attorno c'è soltanto buio.

Il silenzio è assoluto.

E poi all'improvviso sto tossendo. Sono riversa sulla spiaggia, e l'acqua mi esce di bocca come lo zampillo di una fontana.

«Brava, sputala fuori» dice Wolfe, sorreggendomi la testa.

Continuo a tossire finché non sono sicura che sputerò anche i polmoni sulla spiaggia sassosa. Finalmente la tosse si placa e subentra una stanchezza mortale. Non riuscirò mai più a reggermi in piedi. Con delicatezza, Wolfe posa la mia testa sulla sabbia e resto sdraiata a fissare le stelle. Si accovaccia accanto a me, a disagio, come se non sapesse se restare o andare via. Poi, lentamente, si sdraia al mio fianco.

Il suo corpo è accanto al mio. Se spostassi il braccio di un centimetro, aderirebbe al suo. Se allungassi la mano, il mio mignolo troverebbe il suo. L'unica volta in cui mi sono trovata così vicino a un uomo è stato quando ho ballato con Landon, ma questa volta è diverso. Sono consapevole del mio corpo, ed è una sensazione completamente nuova. Non è imbarazzo e nemmeno modestia, ma qualcosa di inebriante. Più intenso.

Tutto, in questa notte, è nuovo.

Immagino che sia normale provare attrazione nei suoi confronti. In fondo mi ha salvato la vita.

La luna sta cominciando a impallidire e le stelle brillano luminose su di noi, migliaia di puntini scintillanti che accendono lo sconfinato cielo notturno.

«Mortana» dice Wolfe, lo sguardo rivolto al cielo. «Ti rendi conto di cos'hai appena fatto?»

«Mi dispiace» dico. «Mi sono fatta trascinare dall'incantesimo... non so cosa stavo dicendo.»

«No» dice Wolfe, mettendosi seduto. Mi aiuta ad alzarmi e lo guardo. «Hai attirato la marea. Da sola. Ed era la prima volta che usavi la magia alta.»

Qualcosa di simile al terrore si deposita nel mio stomaco.

«Non ho mai visto niente del genere» dice.

«Ho sempre amato nuotare» mormoro. «Ho un legame molto forte con il mare. L'ho sempre avuto.»

«Sei incredibile» dice con un filo di voce.

«Sono incredibile?»

Deglutisce e distoglie lo sguardo. «Quello che hai fatto, intendo. Quello che hai fatto è incredibile.»

Sei incredibile.

Scaccio le parole dalla mia mente. «Non penso di avere abbastanza forza per alzarmi» dico, cambiando argomento.

«È una buona cosa» dice Wolfe. «Significa che ti sei liberata di una quantità sufficiente di magia. Starai bene.»

Sento che è vero. Non mi sono mai sentita così debole, nemmeno dopo i rituali della mia congrega.

Starò bene.

Vivrò.

«Grazie per quello che hai fatto»

Wolfe mi scruta per diversi secondi, poi distoglie lo sguardo. «Figurati.»

Restiamo seduti a lungo, in silenzio. Il cielo sta virando verso un blu intenso e vellutato, e so che devo tornare a casa prima che i miei genitori si sveglino.

«Come fate?» gli chiedo. Dovrei mettermi in cammino, ma per la prima volta nella mia vita vorrei che questa notte non finisse.

«A fare cosa?»

«A restare nascosti. Che vita è?»

«Una vita piena» risponde. «Non è perfetta, però è nostra.»

«Ma come mai non siamo al corrente della vostra esistenza? Com'è possibile?»

Cambia posizione, come se cercasse di decidere quanto vuole condividere. «La dimora in cui viviamo è protetta dalla magia» dice. Aspetto che prosegua, che mi spieghi come fa la magia a proteggerli in quel modo, ma non lo fa. «Siamo autosufficienti. Coltiviamo la maggior parte del cibo che consumiamo e l'isola ci offre il resto. Quando dobbiamo venire in città, usiamo un incantesimo che ci permette di essere visti come turisti. Nessuno ci degna mai di un'occhiata.»

«Mi hai mai visto?» gli chiedo con un filo di voce.

Distoglie lo sguardo, rivolgendolo verso l'oceano. Non mi aspetto una risposta, ma poi dice una parola sola, con voce tesa: «Sì».

«Abbiamo mai parlato?»

«No.»

Annuisco, mentre decine di domande che non riesco a fargli mi affollano la mente. La notte sta scivolando via. È ora di tornare a casa e Wolfe mi aiuta ad alzarmi, mentre la luce della luna si riflette sul suo anello d'argento. Quando barcollo, mi sorregge e ritrovo l'equilibrio. «Starò bene.»

Scosto una ciocca di capelli dal viso e le mie dita sfiorano il fiordiluna che mi ha dato Wolfe, ancora infilato dietro il mio orecchio nonostante tutto quello che è successo. Lo prendo e glielo do, sapendo che non posso portarlo a casa, per quanto lo desideri.

Risaliamo la spiaggia, finché non raggiungiamo la strada. «Mi hai salvato la vita» gli dico.

«È stato un lunedì sera proficuo.»

«Non fare il modesto.» Aspetto che mi guardi negli occhi. «Grazie, Wolfe Hawthorne.»

«Non c'è di che, Mortana Fairchild.»

Ci guardiamo a lungo, e per qualche inspiegabile ragione fare il primo passo verso casa mi sembra impossibile.

Assolutamente impossibile.

«Ti conviene andare» dice. C'è tensione nelle sue parole.

«Ti rivedrò?»

Fa una pausa prima di rispondere. «Vuoi rivedermi?»

«Sì.» La parola mi sfugge di bocca prima che abbia il tempo di riflettere, prima di pensare alla risposta giusta. Che è *no*, naturalmente.

«E tu vuoi rivedermi?» mormoro.

Resta in silenzio a lungo, e comincio a credere che non mi abbia sentito. Sarebbe la cosa migliore. Vedo la sua mandibola contrarsi e rilassarsi diverse volte, come se stringesse i denti. Mi guarda come se gli costasse dolore fisico.

«Sì» dice alla fine, ma è una risposta arrabbiata. Frustrata. Come se fosse la risposta sbagliata anche per lui.

E lo è. È la risposta sbagliata per entrambi.

Eppure quella semplice parola si apre un varco dentro di me, insinuandosi e depositandosi nel profondo del mio cuore, pesante e piena di significato.

Vuoi rivedermi?

Sì.

12

Mi sveglio con la testa che mi scoppia. Sono tutta dolorante e credo che potrei dormire fino alla fine dell'anno, perché è come se avessi praticato i rituali degli ultimi dodici mesi in una sola notte. Ma vivrò, e so benissimo che è stato Wolfe ha salvarmi la vita. Wolfe e la sua magia nera.

Proprio come voleva lui.

Il profumo del tè "Risveglio" entra nella mia stanza. Mi giro a pancia sotto, sollevandomi sui gomiti.

«Buongiorno» dice Ivy dalla poltroncina celeste nell'angolo della stanza.

Mi strofino gli occhi, lasciando sfuggire un gemito. «Fammi indovinare: mia madre ha pensato che mi servisse un po' di aiuto per prepararmi all'appuntamento di oggi.» Crollo di nuovo sul letto e fisso il soffitto.

«Esatto. E siccome l'alternativa era tra lei e me, mi sono presa la responsabilità di decidere per te.»

Allungo la mano verso la tazza di tè, ma Ivy la allontana, piegando la testa di lato. «Hai della sabbia nei capelli.»

«Come sempre.»

«Hai *molta* sabbia nei capelli.» Si avvicina al letto e scosta la trapunta. «È ovunque, Tana. Cos'hai fatto ieri sera?»

Vorrei dirglielo. Vorrei raccontarle ogni dettaglio, spiegarle come mi sono sentita, cullata dal vento e connessa alla vastità dell'oceano. Vorrei dirle di Wolfe, dirle che si è sdraiato sulla sabbia accanto a me e che quando mi ha guardato al chiaro di luna i suoi lineamenti non erano più così duri e spigolosi.

Vorrei dirle che ero spaventata, e che temevo che una sola notte di magia nera potesse contaminarmi in modo indelebile, macchiandomi per sempre.

Vorrei dirle che mi sbagliavo.

Ivy mi chiede sempre come la penso e come sto, e se riesco a soddisfare le mie esigenze, dal momento che la mia intera esistenza è destinata a soddisfare le esigenze degli altri. E non so mai cosa rispondere.

Ma so perfettamente cosa provo, a proposito di stanotte. E la cosa che mi preoccupa di più è che non mi sento una traditrice e non mi sento malvagia per aver usato la magia nera che mi hanno sempre insegnato a temere. Mi sento grata di essere viva.

«Sono andata a nuotare» rispondo.

«Ovvio. Hai anche scavato una buca sul fondo dell'oceano? E poi ti sei annoiata e hai deciso di rotolarti tra le alghe?»

«Ho conosciuto una persona» dico, così piano che Ivy deve protendersi verso di me.

«Come, scusa?»

Prendo la tazza di tè e ne bevo un bel sorso. Non posso rivelarle chi è o cosa mi ha insegnato, ma Ivy è la mia migliore amica: devo dirle qualcosa. «Un ragazzo. Era sulla spiaggia e abbiamo nuotato insieme.»

Dirlo ad alta voce, parlare di lui con Ivy lo rende reale. Mi consola sapere che mentre mi lascio gli eventi di stanotte alle spalle, Wolfe non esisterà soltanto nel mio ricordo. Sarà un segreto che vive e respira tra Ivy e me.

«Hai conosciuto un ragazzo. Sulla spiaggia. Nel cuore della notte. E avete nuotato insieme.» Ripete ogni cosa formulando frasi brevi, separate l'una dall'altra da un punto fermo.

«Sì.»

Ivy mi guarda, confusa. «Chi è?»

Sento le mani che cominciano a sudare e rivolgo lo sguardo alla trapunta. Avrei dovuto immaginare che sarebbe stata la sua prima domanda, e sebbene detesti l'idea di mentirle, l'alternativa è ancora peggio. Molto peggio.

«Vive sulla terraferma. Ha perso l'ultimo traghetto e si è accampato sulla spiaggia.»

Ivy mi fissa e sono sicura che non si farà ingannare dalle mie bugie, vedrà la magia nera che mi scorre nelle vene. Poi increspa la bocca in un sorriso e si alza in piedi. «Qui ci vuole un'altra tazza di tè, non credi?»

Prima che possa rispondere, Ivy è uscita e si sta precipitando giù per le scale. La sento in cucina e poi è di nuovo nella mia stanza. Chiude la porta e si siede sul letto, piegando le gambe sotto di sé e avvicinando la tazza alle labbra.

«Ti ascolto» dice.

Scoppio a ridere e bevo un sorso del mio tè. Fornisco a Ivy un resoconto dettagliato, senza rivelarle la vera identità di Wolfe o il tipo di magia che abbiamo praticato. Mi limito a dirle cos'ho provato a stare nell'oceano con lui, ma è sufficiente. Ivy si avvicina e, alla fine della storia, si aggrappa a ogni singola parola come se fosse un'ancora di salvezza.

Quando arrivo alla fine del racconto, resta in silenzio per svariati secondi.

«Cavoli.»

«Riassunto perfetto» dico. Esito, prima di ricominciare a parlare. «Per la prima volta in vita mia, ieri sera ho fatto una scelta unicamente per me stessa, senza pensare a cos'avrebbe detto mia madre o all'effetto che avrebbe avuto la mia decisione sulla congrega. E la cosa mi preoccupa, perché...» mi interrompo. Ci sono cose che non si possono dire ad alta voce.

«Perché ti è piaciuto?»

Guardo Ivy e annuisco, vergognandomi di me stessa.

«Non c'è nulla di cui preoccuparsi, sarebbe stato peggio il contrario. *Certo* che ti è piaciuto. Hai molte responsabilità, ed è pesante da gestire.» Gli occhi castani di Ivy sono pieni d'affetto e di comprensione. Mi prende la mano e la stringe forte. «Sono felice che tu sia riuscita a mettere da parte i tuoi doveri, per una sera.»

«Davvero?» le chiedo.

«Lo trovo meraviglioso. Anche se la congrega ha già pianificato gran parte della tua vita, sei riuscita a trascorrere una serata fuori copione. Tutta per te.»

Ho le lacrime agli occhi e mi sento a disagio. Mi giro dall'altra parte e le asciugo, facendo un respiro profondo.

Quando sono calma, guardo Ivy e le rivolgo un sorriso. «Grazie per averlo detto.» Mi appoggio alla sua spalla e quando abbiamo finito di bere il tè, prendo le tazze e le poso sul mio comò.

«Bene» dico, alzandomi in piedi e allargando le braccia. «Rendimi presentabile per il mio futuro marito.»

«Tana» dice Ivy, in tono di rimprovero. «Anche la magia ha dei limiti. Va' a farti una doccia.»

Mi guarda per qualche secondo, e poi scoppiamo a ridere. Vado in bagno e apro il rubinetto della doccia. L'acqua bollente scende sulla mia testa e scorre sul mio corpo, togliendomi di dosso le ultime tracce di Wolfe e della nostra notte insieme.

Chiudo il rubinetto e guardo le ultime gocce finire nello scarico. Poi esco, mi asciugo, e mi preparo per Landon.

Ho supplicato i miei genitori di farmi scendere le scale prima dell'arrivo di Landon, ma mi è andata male. Mia madre vuole che faccia un'entrata trionfale.

Al piano di sotto, li sento soffocare Landon di attenzioni e lancio un'occhiata nervosa alla mia migliore amica. «Secondo te fuggirà a gambe levate?»

«Ho il sospetto che sia abituato a gestire genitori impegnativi» dice.

«Grazie per stamattina.» Mi guardo un'ultima volta allo specchio, ma so che sono perfetta per l'occasione. La magia di Ivy ha cancellato dal mio viso ogni traccia della notte appena trascorsa. Ho un trucco leggero e naturale che mette in risalto i miei occhi azzurri e le labbra sono lucide, come se le avessi appena inumidite. Ho usato un incantesimo per asciugare i capelli e raccoglierli in uno chignon classico che piacerà moltissimo a mia madre. Indosso un abito corto color cammello, un filo di perle attorno al collo e un paio di sandali in pelle col tacco quadrato.

Non è lo stile che avrei scelto io, ma ho un'aria elegante, senza tempo e, soprattutto, sembro la persona ideale per stare al fianco di Landon.

«Figurati» dice Ivy, porgendomi lo scialle.

L'abbraccio, poi faccio un respiro profondo e mi dirigo verso la porta della mia camera.

«Tana?»

Mi giro e la guardo.

«Divertiti.»

Annuisco e apro la porta. Sono a metà della scala, quando vedo Landon che mi aspetta ai piedi del primo scalino. Mi sorride e, con mia grande sorpresa, gli sorrido anch'io. Tiro un sospiro di sollievo quando capisco che mi fa piacere rivederlo.

Indossa una camicia bianca e una giacca di tweed e, all'improvviso, ho la sensazione che stiamo giocando a travestirci, indossando abiti che dovrebbero dimostrare una maturità che io, almeno, non sento di avere.

Ma immagino che, se proprio devo interpretare un ruolo, ci siano persone peggiori di Landon con cui farlo.

«Tana, sei incantevole» dice, quando arrivo in fondo alle scale.

«Grazie. Anche tu.»

I miei genitori ci stanno guardando e sono grata a Landon quando mi chiede che programmi ho per la giornata.

«Ho organizzato un picnic. Pensavo di fare un po' di spesa e poi ti porto a mangiare in uno dei punti panoramici dell'isola che preferisco.»

Il sorriso di Landon è spontaneo e generoso, e sembra che sia davvero entusiasta all'idea. «Direi che è perfetto» dice.

Prendo il cestino e due coperte dalla tavola, saluto i miei genitori e poi ci dirigiamo verso la porta. Landon la apre per me, ma in quel momento sento Ivy scendere le scale, così ci voltiamo entrambi a guardarla.

Quando ci vede insieme, sul suo volto si dipinge un'espressione che assomiglia molto alla gratitudine. Ivy, la mia migliore amica, che come me sa di questo accordo da una vita, è ancora colpita dall'enorme portata dell'evento.

Sento affiorare le lacrime e distolgo lo sguardo, cercando di non farmi travolgere dall'emozione.

«Divertitevi, ragazzi» dice mia madre.

Ivy si schiarisce la voce e le sorrido prima di uscire insieme a Landon.

«Grazie per essere venuto» dico.

«Sono contento di essere qui. Grazie per aver pensato al programma della giornata: sarà meraviglioso vedere l'isola attraverso i tuoi occhi.»

«Amo molto questo posto» dico, camminando accanto a lui.

«Credi che farai fatica a lasciare l'isola?»

Faccio una pausa e lo guardo. «Sì» rispondo sinceramente.

Lui annuisce. «Allora dovremo creare molte occasioni per farti tornare.»

È una cosa gentile da dire, dolce e premurosa, ma sento che non è abbastanza. All'improvviso, mi rendo conto che anche la mia vita con lui potrebbe non esserlo. Sarà tante cose: bella, importante, grandiosa, sicura.

Ma potrebbe non essere *abbastanza*. E devo imparare ad accettarlo.

Continuiamo a camminare, ma invece di rispondere ai suoi commenti mi limito a guardare il mare in lontananza.

«A cosa pensi?» mi chiede Landon dopo un po', rendendosi conto che sono silenziosa.

«Alla nostra vita insieme.»

«Ah sì?»

«Stavo pensando che, pur non avendo molta voce in capitolo riguardo al mio futuro marito, sono contenta che sia tu.»

«E come mai?»

«Perché crediamo nelle stesse cose. La famiglia, il senso del dovere e la fiducia nel progresso sono valori importanti per entrambi. Molti matrimoni si reggono su premesse molto più deboli.»

«Questo è vero» dice. «Pensi che avresti comunque scelto me, potendo decidere per conto tuo?»

La sua domanda mi coglie alla sprovvista e faccio una pausa prima di rispondere. «Ho sempre saputo di non avere scelta» dico. «Ma forse sì.» Non faccio fatica a credere che amerò Landon, un giorno. Vedo quella scintilla, all'orizzonte. Magari, in circostanze differenti, lo avrei scelto come marito. «E tu?» gli chiedo.

«Non ci ho mai pensato, in realtà. Ma sceglierei di onorare la mia famiglia in ogni caso. E la mia famiglia ha scelto te.»

Non è un pensiero romantico, né rivoluzionario. E nemmeno dolce. Però è sincero. Ed è il massimo che possiamo offrire l'uno all'altra, in questo momento.

Riprendiamo a camminare e gli indico alcune parti dell'isola mentre proseguiamo. È interessato, si ferma per farmi delle domande e osservare le cose da vicino. Ci tiene. Ed è gratificante fargli da guida, mostrargli il luogo che amo più di qualsiasi altro posto al mondo.

«È l'unica chiesa dell'isola?» mi chiede Landon, fermandosi davanti a un piccolo edificio in pietra con un campanile. L'edera si arrampica lungo le pareti, tingendo la chiesa di rosso ai primi freddi autunnali.

«Sì.»

«Come fate a starci tutti?»

«Non ci stiamo» rispondo. «Non è un po' riduttivo pensare che sia più probabile incontrare Dio nei confini di una stanza e non nel folto di un bosco o nella vastità dei campi?»

Landon si ferma, osservando la chiesa. «Sì, immagino di sì.»

Guarda l'edificio ancora per un istante, poi riprende a camminare. Svoltiamo in Main Street e la strada principale dell'isola si apre davanti a noi in tutto il suo fascino pittoresco. Gli occhi di Landon si illuminano e gli angoli della bocca si increspano in un sorriso.

«Sei pronto a provare il miglior formaggio della tua vita?» gli chiedo.

«È un'affermazione molto ambiziosa, signorina Fairchild.»

«Me ne assumo la responsabilità.»

Landon piega la testa di lato, studiandomi. «Non vedo l'ora di poter giudicare di persona.»

Entriamo nella "Trappola per topi", facendo tintinnare il campanello, e la signora Cotts esce dal retro e ci viene incontro. Spalanca gli occhi e sorride, vedendo la figlia più importante dell'isola e il figlio più potente della terraferma insieme.

Landon mi prende per mano, sorridendo, sicuro di sé.

Si comincia.

13

Una volta riempito il cestino da picnic di salumi, formaggio, pane e acqua di rose, ci incamminiamo verso l'ultima fermata di Main Street: la profumeria. Una pianta di glicine incornicia la facciata in pietra, riempiendo l'aria del suo dolce profumo. Entriamo e un gruppo di turisti si gira a guardarci.

Nel negozio scende il silenzio, come nebbia tra gli alberi.

Istintivamente abbasso lo sguardo, ma Landon non si lascia intimidire. Si gira verso di me, sussurrandomi all'orecchio: «Non fargliela passare liscia. Fissare le persone è da maleducati». Parla sottovoce, in modo che riesca a sentirlo solo io. «Faglielo capire.»

Mi faccio coraggio e li guardo negli occhi, e uno dopo l'altro distolgono lo sguardo come se li avessi sorpresi a rubare.

È una bella sensazione, far sapere a quella gente che ho notato il loro sguardo indagatore.

Alla fine riprendono a chiacchierare a bassa voce, mentre escono dal negozio e ci lasciano soli.

«Avete deciso di spaventare la clientela?» dice papà, facendomi l'occhiolino mentre esce dal retrobottega.

«Più o meno» dico.

«Be', vi lascio fare, ragazzi. Sono sul retro, se avete bisogno di me.» Mi rivolge un sorriso affettuoso e poi scompare.

«Quindi questo è il negozio della tua famiglia» dice Landon guardandosi attorno. Il locale è ampio e luminoso, con scaffalature di legno naturale e carta da parati bianca decorata con un delicato motivo di felci profilate di nero. Sugli scaffali, tra file di contenitori di vetro, ci sono decine di piante, mentre dal soffitto pende un piccolo lampadario con luci a forma di bocciolo di rosa. Sui ripiani, accanto a candele votive, ci sono piccoli flaconi di vetro pieni di chicchi di caffè.

Papà sta canticchiando sul retro, un dettaglio che contribuisce ad aumentare il fascino magico della profumeria.

«Esatto» dico con orgoglio, mentre mi guardo attorno.

Adoro questo posto.

«È speciale» commenta. Lo guardo e sorrido.

«Lo penso anch'io.» Lo accompagno verso lo scaffale in cui sono esposti i nostri profumi da uomo più intensi e speziati. «Vorrei che ne scegliessi uno da portare a casa.»

«Davvero?» mi chiede, posando lo sguardo sulle varie etichette. Sembra entusiasta, e la cosa mi riempie di felicità.

«Assolutamente» dico.

Posa il cestino da picnic a terra e, con calma, comincia a togliere il tappo a ogni flacone e ad annusare le varie fragranze, fermandosi spesso a odorare i chicchi di caffè tra un profumo e l'altro.

Alla fine, sceglie il nostro "Legno di mare", che infonde una calma sottile alle persone vicine a chi lo indossa.

«Ottima scelta. È uno dei miei preferiti» gli dico.

Preme l'erogatore e il profumo fresco e salmastro si diffonde nell'aria.

«L'adoro» dice, mettendo di nuovo il tappo al flacone e riponendolo con cura nel cestino da picnic. «Grazie.»

«Non c'è di che. Pronto per il nostro picnic?»

«Prontissimo.»

Sento lo sguardo di mio padre che ci segue fuori dal negozio ed è piacevole respirare la fresca aria autunnale. Si leva una brezza leggera e penso subito a Wolfe.

Noi due che ci libriamo sull'acqua.

Lui che mi riporta in superficie.

Io sdraiata sulla sabbia al suo fianco.

Scuoto la testa e scaccio le immagini, rimuovendole come se fossero detriti che otturano una grondaia.

Porto Landon su una spiaggia della costa orientale, in modo da vedere la terraferma in lontananza mentre mangiamo. Quasi tutti gli abitanti del continente amano vedere la loro città dall'altra parte del Confine: un modo come un altro per sentirsi più a loro agio in mezzo a noi.

Stendo una coperta sulla sabbia. Ho scelto con cura questo punto, riparato da una duna erbosa, perché ci concede un po' di intimità. Mi siedo sulla coperta, mentre Landon vuota il nostro cestino. Tira fuori un mazzo di lavanda fresca e lo osserva.

«Come mai l'isola è in perenne fioritura?»

«Magia» rispondo. «Come faremmo altrimenti a tenere i negozi aperti tutto l'anno?»

«Davvero affascinante.» Posa i fiori e si siede accanto a me. All'inizio siamo rigidi, ognuno abbarbicato al suo angolo di coperta, ma mentre il sole autunnale illumina il cielo e la marea si ritira, ci rilassiamo. Lo spazio che ci divide non è più un muro invisibile che non osiamo valicare, ma comincia di nuovo ad avere la consistenza dell'aria.

Bevo un sorso d'acqua di rose e guardo la terraferma. Dopo il Ballo d'Ingresso diventerà casa mia e questo picnic sarà soltanto un ricordo, un momento scivolato via troppo in fretta.

Landon mi offre l'ultimo pezzetto di formaggio e si sdraia appoggiandosi ai gomiti. Guarda lo stretto di mare che separa l'isola dalla terraferma.

«Ero scettico, ma devo ammettere che era davvero il miglior formaggio della mia vita» dice.

«Non ti ho consigliato male.» Mi pulisco la bocca col tovagliolo e lo metto di nuovo nel cestino.

«No, Tana, non lo hai fatto.» Nella sua voce sento una nota solenne che mi chiude lo stomaco. Poi mi guarda, fissandomi con i suoi occhi castano dorato, e all'improvviso è difficile distogliere lo sguardo.

Restiamo così per una manciata di secondi e il mio cuore batte sempre più forte, mentre avvicina il viso al mio. Sono paralizzata, completamente immobile, e non so cosa fare.

Una parte di me vorrebbe colmare la distanza che ci separa, premere le labbra sulle sue e lasciarsi andare. Mi chiedo se a quel punto sentirò le libellule volare nello stomaco, un incendio divampare e diffondersi in ogni parte del mio corpo.

Mi chiedo se vorrò continuare a baciarlo finché morte non ci separi.

Ma un'altra parte di me è spaventata, perché se le libellule non prenderanno il volo e non divamperà nessun incendio, preferirei saperlo soltanto dopo il matrimonio. Non cambierebbe le cose, naturalmente, ma è bello credere nella possibilità che scatti la passione.

Landon si ferma a metà strada, ma non mi avvicino. I suoi occhi mi scrutano e qualcosa di simile alla comprensione sembra affiorare sul suo viso. Annuisce e si ritrae, creando abbastanza spazio da tornare a respirare.

«Tana» dice piano. «Mi prometti una cosa?»

«Sì.»

«Se a un certo punto ti verrà voglia di baciarmi, me lo farai sapere?»

Vorrei sapere perché mi vuole baciare: se è perché prova attrazione nei miei confronti, un sentimento, qualcosa di più del dovere che ci ha fatti incontrare, o se è perché sono la sua futura moglie ed è ciò che ci si aspetta da lui.

«Lo farò» rispondo. «Non è che non voglia baciarti, comunque. Non ne sono sicura, tutto qui.»

«Capisco.»

Mi guarda ancora per un istante e poi si gira di nuovo verso la terraferma. Seguo il suo sguardo e restiamo così per un po'. In silenzio, assorti nei nostri pensieri.

«Andrà tutto bene, non è vero?» gli chiedo, lasciando che il rumore delle onde sul bagnasciuga plachi l'inquietudine che si sta facendo largo nel mio stomaco.

«Me lo sono chiesto anch'io molte volte» dice.

«E a che conclusione sei arrivato?»

«Non riesco a pensare a un obiettivo più nobile del perseguimento del nostro dovere. I nostri nomi saranno ricordati dalle generazioni future; siamo l'alba di un nuovo giorno. Come potrebbe andare male, considerata l'importanza della nostra unione?»

Vengo travolta da un'ondata di delusione e non posso farci niente. Quello che dice è vero, me lo sono ripetuta anch'io un'infinità di volte. Ma non mi basta: vorrei qualcosa di più di un semplice discorso sul dovere e sull'onore. Quelle cose ci hanno fatto conoscere, è vero, ma c'è posto anche per altro nella nostra alleanza. Devo credere che possa esserci qualcosa di più.

Sono in silenzio da troppo tempo. Landon mi guarda e alla fine rispondo. «Il tuo pensiero ti fa onore. Ma il dovere non è l'unica cosa che può garantirci la felicità, non credi? Sono sicura che possiamo sperare anche in qualcos'altro.»

Landon aggrotta la fronte e per la prima volta vedo vacillare la sua sicurezza. «Non credo di capire.»

«Il dovere che abbiamo nei confronti delle nostre genti è il motivo per cui siamo insieme, ma non dobbiamo per forza limitarci a quello, non credi? Potremmo goderci la compagnia reciproca. Potremmo scoprire la passione, trovare persino l'amore. Perché non possiamo sperare in queste cose?»

«La speranza è troppo mutevole e capricciosa.»

«Perché?»

«Perché è incontentabile. La speranza spinge a desiderare cose che non fanno parte del piano originario.»

Le sue parole mi tolgono il fiato, perché so che ha ragione; perché desiderare qualcosa di più di ciò che mi aspetta è molto pericoloso. E detesto il fatto di saperlo.

Devo avere un'espressione molto turbata, perché Landon mi solleva dolcemente il mento, costringendomi a guardarlo. «Non fraintendermi, Tana. Sono convinto che insieme condurremo una vita incredibile. Credo che sarà soddisfacente e piacevole. Ma non posso prometterti l'amore. Posso prometterti molte altre cose: più solide, in grado di sopportare il peso di emozioni volubili e obblighi familiari. Posso prometterti che non saremo soltanto felici, ma anche realizzati: e questo grazie a qualcosa di molto più stabile e solido dell'amore.»

Annuisco e cerco di non sentirmi ferita dalle sue parole, di accettarle per ciò che sono: parole sincere. «Grazie per la tua franchezza.»

«Ci sono molte cose che non possiamo controllare. Essere sinceri l'uno nei confronti dell'altra non è una di quelle.»

«Allora voglio esserlo anch'io. Comprendo la tua posizione e so che hai ragione, ma non sono disposta a rinunciare alla speranza. Non devi promettermi che mi amerai, ma ti chiedo di restare aperto alla possibilità di costruire un legame che non sia fondato unicamente sul dovere.»

Annuisce. «Hai la mia parola.»

«Grazie.» Torno a guardare il mare e il nodo che mi stringe le viscere si allenta un po'. Ci siamo confidati, ascoltando col cuore e con la mente, ed è una cosa importante. Ho immaginato Landon così a lungo, prima di conoscerlo, coltivando sogni e visioni della nostra vita insieme. Ho fantasticato sui sentimenti che avrei provato per lui e ho sperato di vederli nascere subito. Ma siamo soltanto due persone che stanno imparando a conoscersi e devo dargli spazio e tempo per riuscirci. E devo concederli anche a me stessa.

«Dimmi una cosa, Tana» dice Landon. «Cosa faresti in questo momento, se io non fossi qui?»

«Prima tu» dico, rimuginando ancora sulle sue parole.

«A un'ora di viaggio da casa mia ci sono delle scuderie e io e mio padre ci andiamo spesso. Cavalchiamo nel bosco e discutiamo di politica, se necessario. Spesso però parliamo del più e del meno. È un modo di ritagliarsi una pausa dal ritmo frenetico di tutti i giorni.»

«Sembra meraviglioso» dico.

«Sai andare a cavallo?»

«No, ma mi piacerebbe molto imparare.» Sull'isola ci sono cavalli, naturalmente, ma ho sempre preferito camminare.

«Allora ti insegnerò io.»

Quando penso alla terraferma, immagino una città sconfinata, una distesa di mattoni e cemento, quindi mi fa piacere sapere che mi sbaglio, che Landon può rifugiarsi nella sua piccola oasi di pace e potrò farlo anch'io.

«Tocca a te» dice. «Cosa faresti?»

«Andrei a nuotare.»

«A nuotare? Nell'oceano? In autunno?»

Scoppio a ridere. «Adoro nuotare. È la cosa che mi rende più felice in assoluto.»

«Cosa ti piace in particolare?»

«Tutto» dico. «Ma la cosa che preferisco è il modo in cui il mondo intero scompare, quando sono sott'acqua. È come se non potesse raggiungermi niente. Né aspettative, né preoccupazioni, né insicurezze. Posso essere me stessa.»

«Non credo di averci mai fatto caso» dice. «Ti va di mostrarmelo?»

«Dimmi soltanto quando.»

«Adesso?»

Guardo i nostri indumenti così formali, questo travestimento che ci fa sembrare adulti, e l'unica cosa a cui riesco a pensare è che muoio dalla voglia di buttarmi in acqua vestita.

«Fa freddo» dico.

«Non è un problema.» Si slaccia le scarpe e le sfila dai piedi, poi si toglie i calzini e mi aiuta ad alzarmi.

«Mia madre mi ucciderà» gli dico, togliendomi lo scialle e buttandolo a terra. Vengo attraversata da un brivido e mi accorgo che lo sguardo di Landon indugia sulle mie spalle nude.

«Puoi dare la colpa a me.» Landon si toglie la giacca, poi mi prende per mano e insieme andiamo sulla battigia.

«Contaci» dico, togliendomi le scarpe ed entrando in acqua. Il mio cuore comincia a correre e scruto velocemente la superficie dell'acqua alla ricerca di un fiordiluna, ma non ce ne sono. Essere in acqua con Landon in pieno giorno fa sembrare i fiori così distanti. Irreali, persino. E, tuttavia, le domande indugiano ancora nella mia mente. Ho troppa paura di formularle ad alta voce e sentire delle risposte che non si adattano al mio mondo. Non voglio parlarne a mia madre e vedere che anche il suo mondo cambia sotto il loro peso. Così accantono i miei dubbi e mi concentro sulla persona accanto a me, la persona che incide sulla nostra vita molto più di un fiore in via d'estinzione.

Quando l'acqua ci arriva alle ginocchia, Landon mi guarda e dice: «Uno».

Sorrido. «Due.»

«Tre» diciamo all'unisono, tuffandoci e cominciando a nuotare verso il mare aperto. Quando emergiamo in superficie, Landon ha il fiato corto.

«Non scherzavi a proposito del freddo.»

«Ti ci abituerai.» Lo raggiungo e gli prendo tutte e due le mani. «Pronto per la parte migliore?»

«Prontissimo.»

Facciamo entrambi qualche respiro profondo e ci immergiamo. Guardo Landon che apre gli occhi. Li socchiude per via del bruciore, poi sembra farci l'abitudine.

E poi lo vedo: l'istante esatto in cui capisce ciò gli ho detto prima e sente il silenzio come se fosse una cosa viva.

Sgrana gli occhi, guardandosi attorno con un'espressione di stupore. I suoi capelli castani fluttuano nell'acqua e le bolle d'ossigeno risalgono verso la superficie, mentre l'aria gli esce dai polmoni.

Restiamo a guardarci più che possiamo, sospesi in un silenzio perfetto, capelli e gambe simili a tentacoli.

Quando comincia a bruciarmi il petto, lascio andare le mani di Landon e risalgo in superficie. Emergo e inspiro a pieni polmoni, trangugiando l'aria come fa mia madre con il vino.

Landon emerge qualche secondo dopo di me. Restiamo a galla l'uno accanto all'altra, prendendo fiato.

Poi lo rifacciamo, ma qualcosa cattura la mia attenzione mentre ci immergiamo più in profondità. Alghe che ondeggiano, trascinate in un vortice violento, per poi finire risucchiate in mezzo al Confine. La sabbia del fondale è smossa.

Dobbiamo andarcene subito.

Guardo Landon e indico la superficie dell'acqua, e poi emergiamo entrambi.

«Dobbiamo tornare a riva» dico, cominciando a nuotare verso la spiaggia.

Landon mi segue e solo quando siamo al sicuro sulla terraferma lo guardo negli occhi.

«Cos'è successo?» mi chiede, guardando verso il mare aperto.

Sto per dirgli delle correnti, ma mi trattengo appena in tempo. Non so se gli abitanti della terraferma siano a conoscenza del danno che abbiamo causato al mare, e non so come reagirebbe mia madre se lo venissero a sapere.

«Niente» dico, fingendo disinvoltura. «Non voglio che il figlio del governatore prenda il raffreddore, tutto qui.» È una battuta, ma Landon mi guarda attentamente. Sa che gli sto nascondendo qualcosa e che non sono del tutto sincera. Ma non posso fare altrimenti.

Torniamo ai nostri asciugamani e ci copriamo, intirizziti, bagnati e tremanti. Mi tornano in mente le parole piene di rabbia di Wolfe, le accuse rivolte a me e alla mia congrega di distruggere l'isola di cui dovremmo essere custodi, e odio il fatto che abbia ragione. Odio il fatto che non ci possiamo fare niente.

A cosa serve la magia, se non possiamo usarla per proteggere il luogo in cui viviamo, l'unica cosa a cui è destinata?

Cerco subito di scacciare il pensiero, dimenticarlo, cancellarlo dalla mente. Ma mette radici, facendosi largo tra i sentieri e i vicoli di ciò che sono, scavando in profondità. Trova casa dentro di me e, nonostante il mio buon senso e ogni cellula del mio corpo tentino di avvertirmi del pericolo, lo lascio fare.

14

La notizia del mio appuntamento con Landon si diffonde come un'erba infestante. La profumeria è presa d'assalto da un viavai continuo di clienti e mia madre mi fa da guardia del corpo e assistente personale, mantenendo allo stesso tempo il suo stile impeccabile.

Aggira alcune domande con discrezione, rispondendo garbatamente ad altre.

Non vado in negozio da diversi giorni, ma non posso più rimandare.

Mentre mi avvio verso la profumeria, decido di fare una deviazione, passando dal versante occidentale e dal campo in cui ho incontrato Wolfe per la prima volta. Mi fermo a raccogliere erbe e alghe, poi taglio attraverso il bosco in mezzo all'isola, diretta verso Main Street. C'è una tale pace su questo lato dell'isola, ricco di vegetazione e incontaminato. È un peccato usarlo soltanto per i nostri rituali. D'altra parte, se lo usassimo più spesso, perderebbe le caratteristiche che amo di più.

Svolto su Main Street e ho quasi raggiunto la profumeria, quando vengo fermata dal signor Kline. I suoi capelli bianchi sono accarezzati dalla brezza marina e ha la pelle segnata dalle intemperie, gli occhi circondati da una fitta ragnatela di rughe sottili. Si toglie il berretto di lana e lo tiene in mano.

«Salve, signor Kline» dico, stringendo il mio cestino al petto. «Come sta?»

«Sto bene, Tana, grazie.»

«Mi fa piacere» dico. Sto per riprendere il mio cammino, quando il signor Kline pronuncia di nuovo il mio nome. Rigira il berretto tra le mani e guarda il selciato come se fosse nervoso. Quando alza lo sguardo, mi accorgo che ha gli occhi lucidi.

«Vorrei che i miei genitori fossero vivi per assistere a un evento di questa portata. Hanno sempre creduto che un giorno sarebbe successo. Mi ripetevano sempre: "Mantieni salda la rotta".»

«Landon è meraviglioso. Sono molto fortunata.» Sorrido, mentre ripeto a memoria le parole che mi ha suggerito di dire mia madre, e il signor Kline mi guarda compiaciuto, mentre gli confermo le voci che ha sentito in giro. Mi prende la mano e mi dà un buffetto.

«È Landon quello fortunato» mi dice.

«Grazie.»

Ritraggo garbatamente la mano e sorrido di nuovo al signor Kline, prima di riprendere il mio cammino verso la profumeria. Ma quando arrivo, mi paralizzo. Davanti alla vetrina c'è un capannello di gente e non riesco più a muovere i piedi, a costringermi a entrare. Faccio diversi passi indietro e mi giro prima che mi veda qualcuno, poi svolto l'angolo e percorro il sentiero dietro l'edificio, entrando dal retro. Quando vedo che la porta che separa il retrobottega dal negozio è chiusa, tiro un sospiro di sollievo.

Appendo il cappotto e poso il cestino sul banco da lavoro, tirando fuori le erbe che ho raccolto sulla spiaggia e nel campo.

I rumori del negozio mi giungono ovattati, mentre metto le erbe nel mortaio e le riduco in polvere. La sensazione rassicurante del pestello tra le mani allenta la tensione e ben presto ripercorro i momenti trascorsi nel campo e sulla spiaggia.

Ricordi della magia.

Ricordi di Wolfe.

Provo vergogna, perché la mia mente si rifugia nel ricordo del suo viso spigoloso e della sua magia; e provo vergogna perché, quando la casa è immersa nel silenzio e i miei genitori sono andati a dormire, mi capita di pensarlo, nella solitudine della mia stanza.

La notte che abbiamo trascorso insieme mi sembra irreale. Ha i contorni di un sogno, ovattato e confuso, già sul punto di dissolversi. È così distante dalla mia vita quotidiana, e sono quasi certa che non sia successo. Ed è un bene.

I sogni non sono minacciosi. Non possono afferrare un angolo del tuo mondo e tirartelo via da sotto i piedi. Non possono cambiare la traiettoria della tua vita.

Continuo a lavorare le erbe per ridurle a una polvere fine, assorta nella ritualità dei miei gesti. «Se il ricordo svanisce e il tempo è un tormento, usa questo profumo per rivivere il momento.»

Non mi rendo nemmeno conto che sto recitando l'incantesimo ad alta voce, finché mio padre non spalanca la porta, entrando nel retrobottega. Lo guardo, cercando di capire se mi abbia sentito, e penso a una spiegazione plausibile da dargli, ma sembra non essersi accorto della mia presenza. Appoggia la schiena alla porta chiusa, premendo i palmi sul legno come se una folla impazzita potesse fare irruzione da un momento all'altro.

Recitare le formule magiche ad alta voce non è severamente proibito, ma evitiamo quasi tutti di farlo, perché conferisce potere agli incantesimi. La magia bassa non ne ha bisogno, e se mio padre mi sentisse pronunciare una formula ad alta voce per la prima volta in diciannove anni avrebbe qualche domanda da farmi.

Mi rimprovero in silenzio per la mia disattenzione, per aver lasciato che la notte trascorsa con Wolfe si insinuasse nelle mie giornate. Ma a quanto pare mio padre non si è accorto di niente, e non permetterò che accada di nuovo.

«Papà?» dico, dal momento che non mi ha ancora guardato.

«Ciao, Tana» dice, scoppiando a ridere. «Non sapevo che fossi qui.»

«Oggi ho preso coraggio e ho deciso di venire a lavorare. Poi ho visto la folla davanti al negozio e sono entrata dal retro.»

Mio padre annuisce e si avvicina al banco da lavoro. «Scelta eccellente.»

«Come va là fuori?» gli chiedo.

Papà prende il suo mortaio e un mazzo di erbe aromatiche al lato del banco. Comincia a sminuzzarle mentre parla.

«Tua madre ha la situazione sotto controllo» dice. «Potrebbe gestire il mondo intero. E la cosa positiva è che i vicini si sentono in colpa perché vengono qui a spettegolare senza pagare, quindi le vendite sono alle stelle»

«Be', almeno c'è un lato positivo.»

«Mi fermerò qui tutta la sera per riassortire le scorte.»

Guardo le erbe nel mio mortaio, poi la sabbia, i fiori di campo e le alghe che ho raccolto sulla spiaggia, e per la prima volta mi rendo conto di cosa voglio farci.

Un profumo per Wolfe. Un regalo per avermi aiutato.

Immagino che sia normale voler ringraziare la persona che mi ha salvato la vita, anche se non sono affatto d'accordo con i suoi metodi. Non voglio che creda che la figlia più importante della nuova congrega sia indifferente all'uso della magia nera, perché non ci potrebbe essere niente di più lontano dalla verità.

Però voglio ringraziarlo, e voglio che sappia che sono sincera.

«Ti serve una mano con le scorte, stasera?» gli chiedo. Aiutare mio padre invece di fare regali a Wolfe è un modo migliore di impiegare il mio tempo, e ne sono consapevole.

Mio padre mi guarda e mi sorride. «Molto volentieri».

Lavoriamo in silenzio e per la prima volta mi sento veramente in pace con me stessa. I miei pensieri si placano e la vergogna si attenua a ogni colpo di pestello. Mio padre canticchia e io trituro le erbe a tempo di musica. Quando la porta si apre, alziamo lo sguardo allo stesso tempo.

Ivy entra con tre tazze di tè. «Ho portato dei regali.»

«Sei il mio eroe» le dico.

«Potete scegliere: "Energizzante", "Tonificante" o "Rinvigorente".»

«Tonificante per me, grazie.» Ivy mi porge una tazza fumante.

«Io prendo la miscela energizzante» dice mio padre. Ivy posa la tazza sul banco accanto al mortaio di papà. «Grazie, Ivy, sei la mia salvezza. Tana, perché non fai una pausa? Stasera faremo tardi.»

«Grazie, papà.»

«Porto questa a Ingrid, anche se non ne ha alcun bisogno.» Mi fa l'occhiolino, poi prende la tazza rimasta ed esce dal retrobottega.

«Hai un po' di tempo per farmi compagnia o devi tornare subito dai tuoi in negozio?» chiedo a Ivy.

«Abbiamo appena smaltito i clienti dell'ora di pranzo, posso prendermi qualche minuto» dice. «Ti va di prendere una boccata d'aria?»

«Basta che non andiamo su Main Street.»

Tiene aperta la porta sul retro e usciamo, imboccando un sentiero immerso nel verde.

«Che profumo stavi preparando in negozio? Non ti ho mai visto usare quella combinazione di ingredienti» mi chiede Ivy, e mi sento avvampare. Non dico nulla e guardo attentamente il sentiero davanti a me.

«Quindi?» mi chiede Ivy.

«Niente» dico, fingendo disinvoltura. «È solo un regalo per Wolfe.»

Ivy si ferma e inarca un sopracciglio. «Wolfe?»

«Il ragazzo che ho incontrato sulla spiaggia.»

«Quindi ha un nome» dice, con un'ombra di sorriso sulle labbra.

«Certo che ha un nome.»

Solleva le mani in segno di resa e riprendiamo a camminare.

«Che tipo di regalo stavi preparando?»

Mi sento così in imbarazzo che distolgo di nuovo lo sguardo. «Un'acqua di colonia con i profumi della notte che abbiamo trascorso insieme.»

«Oh, Tana» dice Ivy in tono triste. «È un regalo meraviglioso. Però è...» Fatica a trovare la parola giusta.

«Pensi che sia eccessivo? Non so bene come ci si comporta quando ci si vuole sdebitare.»

Ivy scuote la testa, poi mi guarda negli occhi. «Penso che sia pericoloso.»

Le sue parole mi fanno battere forte il cuore e chiudere lo stomaco. Cerco di scacciare la sensazione di terrore e mantenere un tono di voce calmo. «Un po' eccessivo, non credi?»

Ivy non sembra turbata e mi prende a braccetto.

«Quel ragazzo potrebbe spezzarti il cuore» mi dice.

«Spezzarmi il cuore?» ripeto, scoppiando a ridere. «È soltanto un regalo.»

«Sei sicura?»

«Certo.» Vorrei dirle che Wolfe mi ha salvato la vita, e che dargli qualcosa in cambio è il minimo che possa fare.

Restiamo entrambe in silenzio e nell'aria si sentono soltanto il rumore dei nostri passi sul terreno morbido e il fruscio delle foglie scosse dalla brezza autunnale.

«Vuoi che si ricordi di te» dice Ivy, guardandomi con un misto di rammarico, comprensione e tristezza, e vedere quelle cose nei suoi occhi mi ferisce. Le sue parole bruciano perché sono assurde, ma il modo in cui mi sento avvampare mi dice che ha ragione. Ha ragione, e non lo sopporto.

«Non c'è bisogno di attribuire un significato a qualcosa che non ce l'ha» dico, improvvisamente sulla difensiva. «Mi ha aiutato e voglio ringraziarlo. Tutto qui.»

Ivy mi guarda, soppesando le mie parole. «E come farai a trovarlo?»

«Mi ha detto quando tornerà sull'isola» mento, disgustata dalla facilità con cui la menzogna mi esce di bocca.

«Non penso che sia una buona idea» conclude. Sto per protestare, quando ricomincia a parlare. «Mi sembra chiaro che per te non è un capitolo chiuso: forse vederlo un'ultima volta ti aiuterà a dirgli addio.»

«Non ho bisogno di dirgli addio» dico.

«Allora perché lo vuoi vedere?»

Sospiro, e Ivy mi cinge le spalle con un braccio, appoggiando la testa alla mia. Forse ha ragione. Forse ho davvero bisogno di dirgli addio.

«Ascolta, se vuoi fargli un regalo, accomodati. Digli quello che devi dirgli e non vederlo mai più.»

«Ne stai facendo una questione più grande di quello che è» dico, desiderando con tutta me stessa che sia davvero così.

«Non ti biasimo se vuoi minimizzare, ma non ti sei mai trovata in una situazione anche solo lontanamente romantica con qualcuno. Questa cosa è destinata a far nascere dei sentimenti.»

«Non la definirei una situazione romantica.»

Ivy scoppia a ridere. «Hai nuotato al chiaro di luna con un ragazzo della terraferma. Non credi che sia romantico?»

«Non lo so. Forse» le concedo. In realtà è stato necessario e intenso, terrificante e salvifico. Non mi è sembrato romantico, ma capisco il punto di vista di Ivy.

«E quindi torniamo al punto di partenza. Ringrazialo, e non vederlo mai più. Digli addio, se devi, in modo che non ti distolga più da ciò che è importante. È la tua unica speranza.»

La speranza spinge a desiderare cose che non fanno parte del piano originario.

«Va bene. Mai più» dico.

Mi studia attentamente, come se cercasse di capire se faccio sul serio, poi annuisce soddisfatta.

Cambia argomento e comincia a parlare della sala da tè e dei vari infusi a cui sta lavorando. Poi, mentre torniamo verso Main Street, dice: «Non odiarmi».

«Oh, no.»

«I miei genitori vogliono creare una nuova miscela... ispirata a Landon e te... chiamata "Tandon".»

«Assolutamente no» dico, inorridita.

«Ho detto ai miei che non avresti apprezzato, ma hanno insistito.»

«E che incantesimo volete usare?»

«Vogliamo infondere nella miscela eccitazione e quiete» dice. Abbassa la voce e mi rivolge uno sguardo malizioso. «Ma io ci aggiungerei una goccia di pacata ribellione, solo per te.»

«E quando mai sono stata ribelle, scusa?»

«Sei ribelle ogni giorno, quando ti ostini a percorrere la strada che i tuoi genitori hanno tracciato per te soltanto alle tue condizioni. Sei ribelle quando sei sincera con Landon e quando vai a nuotare in abiti eleganti.» Fa una pausa. «E sei decisamente ribelle quando decidi di regalare un profumo per conservare i ricordi a un ragazzo di nome Wolfe.»

«Non ho mai detto che fosse un profumo per conservare i ricordi.» Mi torna in mente l'incantesimo che ho pronunciato nel retrobottega e arrossisco.

«È come se lo avessi fatto» dice Ivy, alzando gli occhi al cielo.

Mi rifiuto di ammetterlo, ma mi conosce fin troppo bene.

Torniamo in negozio e mi tolgo il giubbotto, dirigendomi al banco da lavoro per finire l'acqua di colonia di Wolfe.

Mio padre fa capolino. «Mi sembrava di averti sentito rientrare. Tesoro, dobbiamo rimandare il lavoro di stasera: mi ero dimenticato che stasera io e tua madre siamo a cena con il consiglio. Possiamo fare domani?»

Ivy e io ci scambiamo una rapida occhiata, e poi rispondo: «Certo, papà, perfetto».

«Fantastico» dice, chiudendosi la porta alle spalle e tornando dai clienti.

«Tana, dopo stasera non devi rivederlo mai più. Dagli il tuo regalo, salutalo per sempre e assicurati che salga sull'ultimo traghetto.»

Annuisco. Ha ragione. Ha così ragione che mi fa male il petto.

«Mai più» dice.

«Lo so.»

Mi guarda, la testa piegata di lato. «Bene» dice alla fine. Poi mi abbraccia e se ne va.

15

Raggiungo il versante occidentale dell'isola qualche minuto prima di mezzanotte. Mi ha detto di contattarlo così: sussurrando il suo nome al vento. Se mi sente, mi raggiungerà.

Non fingerò di capire come funziona la sua magia, e mentre me ne sto su una spiaggia deserta a mormorare il suo nome una parte di me teme che mi abbia dato istruzioni false al solo scopo di farmi sentire una perfetta idiota.

Eppure, quando scocca mezzanotte, faccio proprio così. Il suo nome esce dalla mia bocca e scivola nel cielo nero e vellutato.

«Wolfe.»

Lo dico una volta soltanto. Sono già abbastanza a disagio, mentre sussurro il suo nome e stringo tra le mani il profumo che ho creato per lui. So che per Wolfe la notte che abbiamo trascorso insieme non ha avuto lo stesso peso che ha avuto per me: mi ha salvato la vita e non lo dimenticherò mai. E potrebbe anche essere stata l'unica notte davvero mia. Una deviazione momentanea dal cammino che ho intrapreso fin dalla nascita.

Guardo le onde infrangersi dolcemente sulla spiaggia e, all'improvviso, sono sopraffatta dall'impulso di correre in mare, evocare il vento e librarmi sulla superficie dell'acqua al chiaro di luna. Vorrei lasciarmi cullare dal respiro della Terra e chiamare la marea che si sta ritirando.

Passeggio sul bagnasciuga, cercando di resistere al desiderio che sta minacciando di travolgermi. Poi mi tornano in mente le parole di Wolfe e mi fermo.

Stanotte, quello che dovrebbe spaventarti di più non è il fatto che tu stia per usare la magia alta, Mortana, ma il fatto che vorrai usarla di nuovo.

Ho un nodo in gola, mentre lascio che questa nuova consapevolezza mi entri sotto la pelle: voglio praticare di nuovo la magia nera. Non ne ero certa finché non sono tornata su questa spiaggia, nello stesso luogo di quella notte, e il ricordo della magia che mi scorreva nelle vene è riaffiorato prepotente. Ma Wolfe aveva ragione e questa cosa mi spaventa a morte.

Venire qui è stato un errore.

Infilo l'acqua di colonia in tasca e mi allontano dalla spiaggia. Mi affretto verso la strada che mi condurrà alla sicurezza della mia grande casa elegante e della mia silenziosa camera da letto, allo sguardo vigile di mia madre e al vetro di mare di Landon.

La strada che mi riporterà saldamente sul cammino che sono destinata a percorrere.

Quando i miei piedi lasciano la superficie malferma della spiaggia sassosa e toccano quella stabile e sicura dell'asfalto, tiro un sospiro di sollievo.

Poi sento la sua voce.

«Mortana?»

Dico alle mie gambe di mettersi a correre, accelerare il passo e portarmi a casa, ma non mi ascoltano. Mi giro lentamente e vedo Wolfe sulla spiaggia, che ripercorre la mia via di fuga.

«Mi hai chiamato.» Piega la testa di lato ma la sua espressione non lascia trapelare nulla. Non capisco cosa sta pensando.

«Non volevo» dico sprofondando per l'imbarazzo, perché mi sto comportando in modo ridicolo. Abbasso lo sguardo e fisso il marciapiede.

Wolfe fa un altro passo verso di me. «Non volevi?»

«Cioè, sì, ma ho cambiato idea.» Devo chiudere la bocca. «Mi dispiace tanto, ma devo andare.»

Finalmente le mie gambe reagiscono. Mi incammino lungo la strada, ma mi fermo quando la sua mano sfiora la mia.

«Non è una cosa brutta, sai.»

Inspiro e commetto il clamoroso errore di guardarlo negli occhi.

«Cosa?» gli chiedo, tremando all'idea della sua risposta.

«L'attrazione che provi per la magia alta. Volevo che mi trovassi di nuovo.»

Mi irrigidisco e faccio un secondo errore quando gli chiedo il perché.

«Hai un dono incredibile. Perché dovresti rinunciarvi?»

Faccio un passo indietro. «Perché non voglio avere niente a che fare con la tua magia.»

«Allora perché sei qui?» mi chiede, ripetendo le parole che ho pronunciato l'ultima volta che ci siamo visti.

Faccio un respiro profondo e metto la mano in tasca. «Volevo soltanto ringraziarti per quello che hai fatto per me.»

Gli do il profumo e guardo le nuvole che passano davanti alla luna. Evito il suo viso come se fosse il sole. Come se fissarlo troppo a lungo potesse causarmi un danno irreparabile.

Lo sento togliere il tappo al flacone e inspirare la fragranza muschiata. Ne spruzza un po' nell'aria.

I ricordi della notte in cui abbiamo praticato la magia nera mi riempiono la mente travolgendomi i sensi, e dev'essere così anche per Wolfe. Succederà ogni volta che indosserà l'acqua di colonia.

«Ha il potere di conservare i ricordi» dico. «Qualcosa per non dimenticarmi.»

Non so perché, ma vorrei sprofondare, così porto le braccia al petto, abbassando la testa. Forse è un regalo troppo impegnativo.

Forse è tutto troppo impegnativo.

«Grazie» dice. L'atmosfera si fa più intensa, mentre Wolfe si avvicina e mi solleva il mento con le dita. «Ma non mi servirà alcun aiuto per ricordarmi di te.»

Sono parole così intime. Speciali. Ma gli escono di bocca come se fossero le parole più orribili che abbia mai detto.

«Perché sei arrabbiato?»

«Perché il tuo stile di vita va contro tutto ciò per cui combatto» dice, passandosi una mano tra i capelli. «Le tue alleanze ci rendono tutti più piccoli. I tuoi compromessi ci rendono deboli.» Guarda il mare, scuotendo la testa. «Ti *odio*. E allo stesso tempo ti desidero.»

Le sue parole fanno divampare un incendio dentro di me, che devasta tutto ciò che incontra sul suo cammino. Non riesco a vedere nient'altro.

Non *voglio* vedere nient'altro.

«Non posso vederti mai più.» Quando finalmente riesco a pronunciare le parole che avrei dovuto dire fin dall'inizio, sono sconvolta. Sono sconvolta, perché vorrei disperatamente trasformare le mie parole nel loro contrario, trasformarle in qualcosa che mi faccia trascorrere altre notti insieme a lui.

Wolfe mi guarda per una frazione di secondo. «Be', allora facciamo in modo che questa notte sia indimenticabile.»

Mi prende per mano e mi porta di nuovo sulla spiaggia, il terreno instabile su cui tutto può succedere. E anche se il mio cuore batte all'impazzata e la mia mente mi dice di andare via, glielo lascio fare.

Mi tiene per mano finché non raggiungiamo la riva, l'oceano alla mia destra e gli imponenti sempreverdi alla mia sinistra. Qui siamo protetti. Al sicuro. Invisibili, mentre il resto dell'isola è addormentato.

Wolfe estrae un fiordiluna dalla tasca e me lo lega al polso. «In ricordo dei vecchi tempi» dice.

«Dove li trovi?» gli chiedo.

«Crescono nel posto in cui vivo. A parte quello della notte in cui ci siamo conosciuti: è il primo che ho visto al di là dei nostri confini. Si narra che la prima strega sia nata su quest'isola, in un campo di fiordiluna – ce n'erano centinaia – e che invece di allungare la mano verso sua madre, come prima cosa abbia toccato un fiore. Praticate la vostra magia di giorno non solo perché è più accettabile per gli abitanti della terraferma, ma perché i vostri poteri sono più forti al chiaro di luna. Esercitare la magia di giorno la indebolisce automaticamente.»

«Non ho mai sentito niente del genere» dico. Mi tremano le dita, mentre sfioro i petali bianchi. Non capisco perché la storia che mi ha appena raccontato Wolfe sul fiordiluna sia così diversa da quella che conosco io. Non capisco perché non provo alcun dolore e perché, ogni volta che ne vedo uno, non si riveli letale. Questo fiore maledetto ha tirato un filo nel tessuto della mia vita e se la mia esistenza comincerà a smagliarsi, saprò che è cominciato tutto quella sera nel campo, quando un fiore fatale per le streghe si è dimostrato l'esatto contrario.

«Perché non sento alcun male?» gli chiedo alla fine con un filo di voce. Le mie parole sono così vulnerabili. Trattengo il fiato, mentre attendo la sua risposta.

«Perché non è velenoso per le streghe.» Lo dice in tono impassibile, ma mi guarda come se la mia risposta fosse comunque importante.

«E perché la mia congrega è convinta del contrario?»

Wolfe contrae la mandibola e guarda il mare come se riflettesse sulle sue parole. «Dovresti chiederlo a tua madre» dice, in tono di sfida.

«Ma mia madre crede che sia velenoso.»

Wolfe si lascia sfuggire un lungo, sonoro sospiro che mi dà sui nervi. «Chiediglielo e basta.»

«Forse lo farò» dico, sfiorando i petali che mi cingono il polso, mentre l'idea di parlarne a mia madre mi chiude lo stomaco. Ma qualcosa, nel tono di Wolfe, mi fa pensare che sia importante, così accantono il pensiero per un secondo momento.

«Bene. Procediamo. Ogni creatura vivente ha un cuore che pulsa, un'energia che si riversa nel mondo.» Wolfe indica una felce che cresce ai piedi di un albero, accarezzata dal vento. «Essendo streghe, possiamo attingere a quell'energia, stabilire una connessione.»

Sfiora la pianta e chiude gli occhi. Fa diversi respiri profondi, poi si allontana dalla felce e tocca la terra nuda.

«Terra spoglia, dalla terra germoglia» mormora, e dal terreno spunta una nuova felce, rigogliosa e piena di vita e reale.

«Come hai fatto?» gli chiedo, sbalordita. Mi avvicino alla pianta con cautela, temendo che possa svanire. Allungo una mano e sfioro dolcemente le foglie.

Non scompare.

Wolfe tocca di nuovo la prima pianta, poi mi prende la mano e la mette sulla sua.

«Chiudi gli occhi e concentrati» dice. «Cosa senti?»

Il contatto con la sua mano fa divampare un incendio nel mio ventre, ma so che si riferisce a qualcos'altro. Cerco di focalizzarmi sul resto, ignorando con tutte le mie forze la sensazione delle sue dita sotto le mie.

Lavoro con le piante da una vita, e dopo essermi concentrata a lungo, so esattamente cosa mi sta chiedendo. Un flusso magico, puro e incontaminato di energia freme nella sua mano. Lo sento in modo chiaro, come il calore nelle mie viscere e il vento che mi accarezza i capelli.

«Esatto» dice. «Brava.»

Dolcemente, attingo alla sua magia. Non so perché mi venga in mente di farlo, non so nemmeno come sia possibile, ma è la cosa più naturale del mondo.

«Terra spoglia, dalla terra germoglia.» Prendo il palpito vitale della felce e lo travaso nel terreno.

Un'altra felce spunta davanti ai nostri occhi.

Ripeto la magia, guardando le piante spuntare dal terreno una dopo l'altra. Vorrei piantarne centinaia, migliaia, creare una distesa erbosa tutta mia, in cui posso andare quando voglio.

Germoglia, germoglia, germoglia.

Scoppio a ridere, deliziata dall'energia della pianta mescolata alla mia.

Con la magia bassa è diverso. Aggiungiamo la nostra magia a ciò che esiste già: profumi, foglie di tè, cosmetici, pasta frolla. Ma questo groviglio – la mia magia con quella della felce, del vento e del mare – è inebriante.

Mi sembra la cosa più giusta e naturale del mondo.

Non appena il pensiero si materializza nella mia mente, cerco di rimediare, ma è troppo tardi. Si deposita, mettendo radici come le felci che mi circondano.

«Grazie per avermelo insegnato» dico. «Sono contenta di aver vissuto questa esperienza.»

«Non ti va di fare nient'altro stanotte?»

Sento la magia che si risveglia nel mio corpo. Freme impaziente, vuole di più. Ma è una sensazione pericolosa.

«No.»

Wolfe annuisce. «Allora non c'è di che.»

Torniamo verso la spiaggia principale, allontanandoci dal riparo degli alberi, e cerco di ignorare la strana sensazione che mi chiude lo stomaco.

Poi mi paralizzo, in preda al panico. La signora Wright sta passeggiando sulla spiaggia, persa nei suoi pensieri, col suo cane che la precede di pochi metri. È nel consiglio con mia madre e la guardo terrorizzata, mentre si avvicina. Una nuvola passa davanti alla luna, e io e Wolfe piombiamo nell'oscurità.

Ma ben presto ci vedrà.

All'improvviso, il mio corpo prende il sopravvento. Sento la brezza che si leva dal mare e l'afferro, dandole energia finché non si trasforma in vento forte. Lo dirigo sulla terraferma, sollevando una marea di goccioline che restano sospese nell'aria, e poi sulla spiaggia cala un banco di nebbia bagnata che si dirige verso la signora Wright.

«Brezza leggera che si leva dal mare, diventa foschia e falla allontanare» mormoro in preda al panico, sperando che basti.

«Santo cielo» dice la signora Wright, così vicina che riesco a sentirla.

Ancora qualche passo e si accorgerà della nostra presenza.

Sollevo altro vento, pronta a respingerla, ma Wolfe si lancia su di me e cadiamo in un boschetto di erba alta e arbusti incolti. Lui atterra su di me.

«Cos'è stato?» dice la signora Wright. Il suo cane corre verso di noi, annusando l'erba, ma non appena ci raggiunge comincia a guaire e corre via. Wolfe porta un dito alle labbra, e sento il suo petto sollevarsi e abbassarsi contro il mio, il nostro respiro che si fonde.

Mando un'ultima raffica di vento verso la signora Wright, sufficiente a farla tornare da dove è venuta. La sento brontolare qualcosa a proposito dell'imprevedibilità del tempo, e poi la sua voce scompare.

Il mio cuore batte così forte contro le costole che ho paura che possa uscirmi dal petto.

Wolfe è ancora su di me e faccio fatica a respirare.

In cielo, le nuvole continuano il loro cammino e la luna esce di nuovo allo scoperto. Riversa il suo tenue bagliore azzurro su Wolfe, sui suoi capelli spettinati e sui suoi occhi grigi, illuminandogli il viso. Illuminando il modo in cui guarda la mia bocca.

L'unica cosa a cui riesco a pensare è colmare lo spazio che ci separa. Voglio sapere cosa si prova, voglio sapere che sapore ha. Voglio sapere tutte le cose che mi sono proibite.

E sto quasi per farlo. Sto per chiudere gli occhi e posare le labbra sulle sue, poi penso alle aspettative dei miei genitori e al vetro di mare di Landon, ai sacrifici dei miei antenati e alla fiducia di Ivy nei miei confronti.

Non posso farlo.

Lo desidero così tanto. Più di qualsiasi altra cosa. Ma non posso farlo.

Mi schiarisco la gola e mi giro su un fianco, ma non mi alzo in piedi. Invece mi sdraio di nuovo sulla schiena e guardo le stelle.

Wolfe fa la stessa cosa.

«Quello che sto per dirti non ti piacerà.» Mi giro verso di lui, ma non mi guarda. Tiene gli occhi sulla luna crescente, sulle stelle che brillano in cielo.

«Cosa?» chiedo, terrorizzata all'idea di cosa potrebbe dire. Penso ai miei primi giorni di lavoro in profumeria, quando ho imparato a infondere emozioni nelle fragranze. Non ho mai dovuto fare nessuna fatica. E poi penso che niente, nemmeno creare profumi, è mai stato così semplice e naturale come evocare il vento dal mare.

«Quello che hai appena fatto è impossibile per una strega del nuovo ordine. Non avresti dovuto esserne capace.» Fa una pausa. «Sai cosa significa?»

Non parlo. Non mi muovo, non respiro, non batto nemmeno le palpebre. Aspetto la sua risposta, terrorizzata all'idea che possa mandare in frantumi il mio mondo.

«Stai praticando la magia sbagliata.»

E non mi sbaglio. L'ha appena fatto.

16

Main Street è affollata di turisti, un mare di sciarpe che sventolano alla brezza autunnale e di mani guantate che stringono bevande calde.

Gli aceri stanno cambiando colore e le foglie verdi e gialle stanno virando verso il rosso vivo e l'arancio. I ciottoli sono bagnati per la pioggia recente, ma oggi è una giornata limpida e luminosa e la luce del sole fa scintillare le gocce d'acqua sulle chiome degli alberi e sui rampicanti.

Ivy mi ha preso a braccetto e seguiamo mia madre mentre si fa largo tra i turisti. Adoro vedere i sacchetti di carta che dondolano tra le sue mani, vedere l'isola così prosperosa, veder apprezzata la nostra magia. Sapere che tutto ciò potrebbe finire da un giorno all'altro mi spaventa a morte.

Stai praticando la magia sbagliata.

Scuoto la testa e scaccio le parole dalla mia mente. La magia giusta è quella che ci protegge. Che ci permette di vivere liberi e senza nasconderci. Che garantisce la sicurezza dei nostri figli.

«Ehi, dove sei finita?» mi chiede Ivy, riportandomi al presente.

«Scusa, sono qui.»

Ivy alza gli occhi al cielo. «Salutami Wolfe.»

«Ivy!» dico, sperando di sembrare severa. «Non pronunciare il suo nome vicino a mia madre. E comunque non è a lui che stavo pensando.»

«Come vuoi. È solo che...» Rallenta il passo, in modo da distanziarci da mia madre.

La guardo. «Dimmi quello che devi dire.»

«C'è il tuo cuore in gioco, Tana. Voglio soltanto che tu faccia attenzione.» Non riprende a camminare, dopo aver parlato. Invece, deglutisce a fatica, torturandosi le mani.

«E?»

«E non dimenticare il cuore di Landon.» Parla così piano che devo protendermi verso di lei.

«Non ne sarei così sicura» dico sottovoce, per poi pentirmene immediatamente.

«Cosa vuoi dire?»

Scuoto la testa e riprendo a camminare, ma Ivy mi trattiene per un braccio. «Fa finta che non abbia detto niente. Non importa.»

«A me importa.»

«Si tratta di una cosa che ha detto. Per lui il dovere è la cosa più importante. Mi ha detto che non può promettermi che mi amerà.»

«Gliel'hai chiesto tu?»

«No, certo che no» dico. «Gli ho soltanto chiesto di restare aperto alla possibilità che accada. Ho sempre pensato che non appena fosse iniziato il corteggiamento, sarebbe scattata una scintilla.» Scrollo le spalle. «Ora mi rendo conto di essere stata una stupida.»

Mia madre è parecchi metri più avanti, così riprendiamo a camminare. Ivy mi prende di nuovo a braccetto.

«Non sei stupida. Non vedo come qualcuno possa starti accanto per un periodo prolungato di tempo e non innamorarsi perdutamente di te. Un giorno sarà pazzo di te, dagli soltanto un po' di tempo.»

Sorrido, ma ho lo stomaco stretto in una morsa perché, nonostante voglia crederle, non ne sono affatto convinta. Le stringo il braccio, la sua presenza solida e concreta mi fa stare bene, tenendomi ancorata a questo mondo, a questa magia e a questa vita. Sta cercando di proteggermi e gliene sono grata. Abbiamo tutti bisogno di protezione, prima o poi, e penso che sia arrivato il mio momento.

Perché a volte, nel cuore della notte, quando l'isola sta dormendo, mi sembra di scivolare via. Scivolare verso una magia più oscura e verso regole infrante, verso la costa occidentale e un ragazzo che è spigoloso e bellissimo come un cristallo grezzo estratto dalle profondità della terra.

E non voglio scivolare via. Così mi aggrappo a Ivy, tenendola più stretta del dovuto, mentre raggiungiamo mia madre.

«Pronte, ragazze?» ci chiede, fermandosi davanti al negozio di abbigliamento della signorina Talbot.

«Andiamo a cercare un vestito» rispondo. Mia madre annuisce soddisfatta, poi entra da "Seta e Satin", leggera come la brezza autunnale su Main Street.

«Buongiorno, signorina Talbot» dice. Abbiamo il negozio tutto per noi. Mia madre ha fissato un appuntamento privato, quindi noi tre e la proprietaria del negozio saremo le uniche persone a vedere l'abito prima del ballo. Mi sembra un po' eccessivo, ma sono felice di assecondarla. È tutta la vita che aspetto questo momento.

Ogni strega ha il suo ballo, la sera del suo ventesimo compleanno, perché è il singolo individuo che dà forza alla congrega. Ogni strega che rinuncia alla magia nera e giura fedeltà al nuovo ordine contribuisce a renderci più forti. Più stabili. Più vicini alla vita a cui aspiriamo.

E il mio ballo sigillerà quella vita con l'annuncio del mio fidanzamento.

Mia madre ha ragione: mi serve l'abito perfetto.

«Be', Tana, sono molto emozionata» dice la signorina Talbot, portando una teiera e tre tazze.

Ci accomodiamo su un divano trapuntato color avorio che guarda una pedana rialzata e una parete di specchi dalla parte opposta. La stanza è luminosa e immacolata, e il sole filtra dalle ampie vetrate, facendo scintillare gli specchi dorati.

«Cosa avevi in mente, tesoro?» mi chiede la signorina Talbot, ferma davanti a me.

Mia madre sta per rispondere, ma la interrompo. «Qualcosa con i colori dell'oceano» dico. «Tipo creatura marina. Con lo strascico. Niente pizzi e volant. Voglio un abito spettacolare. Seducente.»

«Tana, non vorresti qualcosa di più luminoso? Delicato?»

«No.»

Mia madre beve un sorso di tè. «Molto bene. Mi sembra un'idea magnifica.»

La signorina Talbot batte le mani, poi corre sul retro a prendere i campioni di tessuto.

La mia mente comincia a vagare, mentre Ivy e mia madre parlano del ballo di Ivy, che si terrà pochi mesi dopo il mio. Chiacchierano disinvolte, perfettamente a loro agio: si entusiasmano per le stesse cose e sottolineano le stesse parole. Sono entrambe il prodotto perfetto del loro ambiente, eleganti e cordiali e autorevoli.

Wolfe si sbaglia, sulla magia bassa. Si sbaglia quando dice che siamo dei vigliacchi, la vergogna delle streghe. Pensa che siamo deboli perché non riesce a vedere oltre la sua limitata definizione di forza.

Essere forti significa avvolgerci in un velo di sottomissione per salvare le persone che amiamo.

Significa mostrare le nostre fragilità affinché gli abitanti della terraferma possano accettarci.

Significa trattenersi e sopportare, quando persone come Wolfe osano etichettarci come deboli.

Scuoto la testa. Santo cielo, com'è irritante.

Sbuffo e incrocio le braccia sul petto. In questo momento vorrei soltanto andare sulla costa ovest e dirgliene quattro.

«Tana?» mi chiama mia madre, la tazza a mezz'aria.

«Scusa. Cos'hai detto?»

Lei scuote la testa e posa la tazza sul piattino, facendo tintinnare la porcellana. «Cosa ti prende? Sei sempre distratta e assente. Ho bisogno che tu sia più *presente*, Tana. È molto importante.»

«Scusami, mamma. Sono soltanto stanca.»

Mi guarda per un istante, studiando il mio viso, e poi annuisce. «Be', cerca di andare a letto presto, stasera. Prima di tornare a casa possiamo passare a comprare un po' di tè per aiutarti a dormire.»

«È un'ottima idea.»

«Ivy, perché non mi racconti qualcosa dei tuoi progetti per il ballo?» Mia madre prende di nuovo la tazza e guarda la mia migliore amica.

A volte penso che Ivy sia la figlia che mia madre ha sempre desiderato. Non ce l'ho con Ivy per questo. Anzi, vorrei assomigliarle di più. Ho un ruolo incredibile da svolgere, e so che sto facendo un pessimo lavoro.

Ivy se la caverebbe molto meglio, e lo sappiamo tutti. Ma sono una Fairchild e quindi è compito mio: come se un nome potesse fare la differenza.

Il pensiero mi spaventa. Quello che sto facendo è importante... giusto? Quand'è che ho cominciato a mettere in dubbio le tradizioni e i valori che sono i pilastri portanti della nostra congrega?

Ma conosco già la risposta: è stato nell'istante in cui ho toccato il fiordiluna e non ho sentito alcun male. È stato la sera in cui ho praticato una magia che non dovrebbe nemmeno esistere, e sono arrabbiata, furibonda, per aver permesso a una persona di mettermi in testa queste idee. Mentre porto la tazza alle labbra, mi accorgo che mi trema la mano. La poso di nuovo, ma sono così precipitosa che la porcellana urta rumorosamente il piattino sul tavolo.

«Tana, fa' attenzione!» esclama mia madre. Ha l'aria mortificata, nonostante la signorina Talbot sia ancora sul retro. «Mi stai facendo preoccupare. Per favore, cerca di darti un contegno.» Scuote la testa. «Spero che Landon si sia ripreso dalla nuotata in pieno autunno. Davvero, Tana, cosa ti è venuto in mente?»

«Non deve riprendersi da un bel niente» dico. «È stata una sua idea.»

«Eccomi qui!» esclama la signorina Talbot, uscendo dal retro con metri di stoffa tra le braccia. Sono tutte sfumature di blu: dalle tonalità più scure al ceruleo, dal carta da zucchero al turchese. La stoffa è lucida e brilla come il mare sotto la luna piena. Mi protendo in avanti e accarezzo il tessuto.

«Oh, Shawna, che meraviglia» dice mia madre, prendendo un lembo di stoffa dalla signorina Talbot.

«Piace molto anche a me» dico. È seta color carta da zucchero, un tessuto grigio con riflessi azzurri che assomiglia alla spuma del mare. Mia madre mi guarda e un sorriso caldo le illumina il viso. «Ti starà d'incanto» dice, e le sue parole hanno il potere di colmare ogni spazio vuoto dentro di me.

È orgogliosa di me, lo so. Lo è persino quando poso la tazza da tè in modo troppo sgarbato, e quando la mia mente è altrove. Sento il suo orgoglio diffondersi nella stanza e vorrei essere in profumeria per poterlo intrappolare in una delle nostre fragranze, e spruzzarlo nell'aria ogni volta che ne ho bisogno.

«Tana, questo colore sembra fatto apposta per te» dice Ivy.

La signorina Talbot mi fa cenno di salire sulla pedana e comincia a prendermi le misure. Indossa un paio di occhialini con la montatura metallica e ha i capelli raccolti in una crocchia severa che le tira la pelle scura della fronte. Si morde le labbra mentre prende le misure, annota i numeri, poi ricomincia. L'abito avrà un corpetto aderente e una gonna morbida, ma non ci saranno crinoline né troppi strati di stoffa sotto la seta. Avrò uno strascico e luccicherò come l'acqua dell'oceano.

Non ho mai avuto un abito del genere, così diverso dai morbidi toni pastello dell'isola. Non vedo l'ora di indossarlo.

Mia madre si avvicina e mi chiude attorno al collo una collana di pietre dure impreziosita da una decina di zaffiri.

Porto la mano alla collana mentre mi guardo allo specchio, ma non mi convince.

«Speravo di indossare le tue perle» le dico.

Mia madre mi rivolge un'espressione sorpresa, seguita da un accenno di sorriso. Deglutisce e mi toglie la collana.

«Certo» dice, guardando la mia immagine riflessa allo specchio.

Quando la signorina Talbot ha finito di prendermi le misure, ci dice di tornare tra due settimane per la prima prova dell'abito. Finiamo di bere il tè e usciamo su Main Street, un po' meno affollata di prima. Le giornate si stanno accorciando e quasi tutti i negozi hanno acceso le pittoresche luci esterne, che diffondono un caldo bagliore ambrato sulle pareti di pietra e sui rampicanti.

«Cosa ne dite se vi porto a cena fuori?» mi chiede mia madre, prendendo Ivy e me sotto braccio.

«Soltanto noi tre?» le chiedo. Ceniamo con mio padre quasi tutte le sere, non credo che mia madre mi abbia mai portato a cena con un'amica.

«Soltanto noi tre.»

«Io ci sono» dice Ivy.

«Perfetto.»

Ci sono momenti in cui penso che finirò schiacciata dal peso delle aspettative e delle responsabilità, in cui temo che non sarò mai all'altezza del mio ruolo. Ma ci sono anche altri momenti in cui guardo l'isola, i miei genitori e i miei amici, e mi sento invadere da un profondo orgoglio, che mi riempie e nutre ogni cellula del mio corpo.

Come in questo momento.

A cena non parliamo di Landon. Non parliamo della terraferma o del Ballo d'Ingresso, o di come ci si comporta quando si ha di fronte un ospite illustre. Parliamo dei dettagli piccoli e insignificanti di cui è fatta la nostra vita su quest'isola.

Ed è bellissimo.

17

È dall’appuntamento con Landon che dormo sonni agitati, preoccupata per cose a cui non dovrei dare spazio. Sono frustrata, perché non riesco a capire e a dare una risposta alle domande che mi tormentano giorno e notte. Vorrei lasciarmi il fiordiluna alle spalle, e vorrei che Wolfe Hawthorne e la sua magia fossero trascinati via da una corrente impetuosa e non tornassero mai più. Ma non ci riesco, e ce l’ho a morte con me stessa per questo.

Quando i miei genitori si accomodano sul divano con il loro tè della sera, prendo un cestino ed esco di casa senza fare rumore. Ho bisogno di schiarirmi le idee e seguo la costa verso ovest, diretta alla parte selvaggia dell’isola, dove non mi disturberà nessuno. Non ho ancora chiesto a mia madre del fiordiluna, e so che devo farlo, che devo affrontare l’argomento una volta per tutte. Ma da quella prima sera in cui ho incontrato Wolfe nel campo, un presentimento orribile mi chiude lo stomaco; parlarne a mia madre potrebbe cambiare tutto. E, da un certo punto di vista, forse l’ha già fatto. Ma sto cercando con tutta me stessa di mantenere il controllo e credo che non affrontare il problema sia il mio modo di farlo, di aggrapparmi alla vita che avevo prima di mancare al Rituale.

Wolfe direbbe che sono una vigliacca. Forse ha ragione.

La profumeria è a corto di viole e narcisi, così mi incammino verso i sentieri dove so di trovarne in abbondanza. È una serata tranquilla e un tramonto magnifico sta scendendo sull'isola. Canticchio piano, mentre riempio il cestino di fiori. Comincio a immaginare i diversi profumi che potrò creare, quali combinazioni di ingredienti userò e quali incantesimi. Preparo profumi quasi ogni giorno e non mi stanco mai di farlo, non mi annoio e non mi innervosisco mai. Usare la magia per pettinarmi e truccarmi è soltanto una comodità, ma quando sono sul retro della profumeria e trovo il connubio perfetto tra fragranza e magia, mi sento finalmente me stessa.

O almeno era così, finché non ho incontrato Wolfe. Ora devo ignorare l'impulso che mi spinge a volere di più. E se la mia magia non mi basterà più, non glielo perdonerò mai. Non lo supererò mai.

Ho il cestino ricolmo e invece di dirigermi a nord, tornando sui miei passi, proseguo verso sud. La parte sud-occidentale dell'isola è molto boscosa e mentre mi addentro tra gli alberi comincio a chiedermi se da queste parti ci sia una casa protetta dalla magia. Mi sembra impossibile: nel corso degli anni ho esplorato ogni centimetro quadrato di quest'isola, e tuttavia sto scoprendo che un sacco di cose che credevo impossibili non lo sono affatto.

Perlustro la zona, cercando un indizio che indichi la presenza di esseri umani: un giardino, del fumo o dei cancelli che confermino ciò a cui non voglio credere. Se sull'isola c'è una casa di cui nessuno è a conoscenza, dev'essere per forza in questa zona, lontano dalle case e dai negozi della nuova congrega. Ma non vedo niente.

Il cielo diventa sempre più scuro, mentre mi addentro tra gli alberi, e all'improvviso mi rendo conto che mi sono allontanata moltissimo da casa. Sto per tornare indietro, quando sento lo schiocco distante di un ramo.

Cerco di distinguere qualcosa nell'oscurità, ma vedo soltanto le ombre dei sempreverdi.

«Chi è là?» chiede qualcuno, e riconosco immediatamente la voce.

Non so cosa mi prenda, ma mi giro dalla parte opposta e comincio a correre, perché non voglio che mi veda. Non voglio che sappia che stavo cercando tracce di una casa incantata o di una congrega dimenticata.

Ora è buio fitto e non vedo quasi nulla. Inciampo su una radice scoperta e cado a terra. Il cestino finisce a diversi metri di distanza e i fiori volano ovunque.

Per un istante, cala un silenzio mortale.

«Mortana?»

Alzo lo sguardo e vedo Wolfe fermo davanti a me. Cerco di rispondere, ma non trovo le parole.

«Cosa ci fai qui?» mi chiede. Mi porge la mano e la prendo, ignorando il fremito che mi attraversa quando lo tocco.

«Mi sono persa» dico mentre mi alzo, evitando di guardarlo negli occhi.

«Persa? Su un'isola minuscola in cui hai trascorso tutta la vita?» Sto guardando a terra, ma sento la derisione nella sua voce, riesco a immaginare la sua espressione beffarda.

«È buio pesto» dico non troppo convinta.

Recupero il cestino e comincio a raccogliere i fiori caduti, e Wolfe si china ad aiutarmi. Quando abbiamo raccolto tutto, mi rialzo.

«Ti sei fatta male?» mi chiede Wolfe.

«No.»

Non ribatte e invece comincia a camminare, raccogliendo erbe aromatiche e piante e mettendole nel mio cestino. Lo seguo lentamente, e mi si stringe il cuore vedendo l'attenzione con cui sceglie ogni pianta, la delicatezza con cui le estrae dal terreno e le posa nel mio cestino, come se fossero di vetro e potessero infrangersi da un momento all'altro.

È buio, ma vedo che ha le dita macchiate. Mi fermo e gli prendo la mano, avvicinandola al viso. «Stai sanguinando.»

«Non è sangue» dice, guardandomi. «Stavo dipingendo.»

«Dipingi?»

«Sì.» È una risposta secca, come se avesse appena ammesso qualcosa che avrebbe dovuto tenere segreto.

«Cosa dipingi?»

Wolfe riprende a camminare e io lo seguo. «Persone, per lo più.»

«La tua congrega?»

«Sì, la mia congrega.»

«Perché?» gli chiedo. Voglio che continui a parlare, che condivida con me questa parte di sé.

«Se non lo faccio, come faremo a essere ricordati?»

Le sue parole mi tolgono il fiato, perché sono così sincere da fare male. Vorrei dire qualcosa per placare la rabbia che sento nella sua voce, il suo dolore, ma non posso fare niente. La mia congrega non sa della loro esistenza, la loro è una vita nascosta dalla magia e dall'ombra degli alberi.

«Io me ne ricorderò.»

Wolfe si gira, mettendo del legno di cedro nel cestino. «E lo dirai a tua madre? Al tuo futuro marito? O sono un segreto che ti porterai nella tomba?»

«Io...» mi freno, perché la risposta è troppo dolorosa per essere pronunciata ad alta voce. Lo guardo, ed è soltanto una sagoma scura nel fitto della foresta. Sa che non posso dirlo a nessuno, che la nostra protezione e la sua dipendono dagli abitanti della terraferma, e dalla loro certezza che la magia nera sia scomparsa. Ma è una verità dolorosa, che affonderà i suoi artigli nel mio cuore finché vivrò.

Ho un sussulto quando le sue dita mi sfiorano il viso, tracciando il contorno della mia guancia e scostandomi una ciocca di capelli dal viso. «È ciò che pensavo.»

Si gira senza aggiungere altro, ma io sono bloccata. Porto la mano al viso, sfiorando il punto in cui, fino a un istante fa, c'erano le sue dita.

«Devo andare a casa» dico alla fine, costringendomi a muovermi.

Wolfe rallenta, mettendo un narciso nel mio cestino. «Cosa ci facevi davvero da queste parti?» mi chiede, ignorando le mie parole.

Mi giro e mi incammino, seguendo il rumore delle onde: voglio raggiungere la costa, dove il chiaro di luna illuminerà la mia strada verso casa. Wolfe mi raggiunge. Non rispondo finché non sono sulla spiaggia e ho inspirato l'aria salmastra e mi sono calmata.

Finalmente, mi giro verso di lui.

«Sono venuta a raccogliere fiori e piante e ho cominciato a pensare alla nostra conversazione, e poi non lo so. Forse, inconsciamente, sono venuta a cercare una prova che quello che mi hai detto è vero.»

«Non mi credi?»

«Non ho detto questo.»

«Allora perché sei venuta a cercare delle prove?»

Faccio un respiro profondo. «Perché non voglio crederti.» Raggiungo il bagnasciuga e mi siedo sulla sabbia, stanca, a disagio e confusa.

«Perché no?»

«Perché è più semplice così.»

«E hai trovato qualche prova?» mi chiede, sedendosi accanto a me. Il suo tono di voce non tradisce alcuna emozione, ma parla con una dolcezza che non ho mai sentito prima e non capisco perché. Forse riesce a vedere tutto il mio tormento.

«Be', ho trovato te. O mi stavi seguendo, oppure hai una casa incantata e mi ci sono avvicinata un po' troppo.»

«Non ti stavo seguendo» dice.

Faccio una pausa. «Lo so. Quindi come funziona? Come facevi a sapere che ero qui?»

Wolfe cambia posizione e capisco che si sente a disagio anche lui, perché non sa se può fidarsi di me. Non sa se mi ha rivelato troppe cose o se andrò a casa e dirò tutto a mia madre.

«Sulla casa c'è un incantesimo che rileva il calore nei boschi che la circondano. In origine serviva a segnalare alle streghe la presenza di animali. Prima che i loro campi cominciassero a produrre cibo, le streghe avevano bisogno di mangiare. Ora lo usiamo come sistema di sicurezza.»

Mentre parla, sento crescere la rabbia. Ma non è solo quello. Sono triste, perché questo luogo che amo con tutta l'anima ha custodito dei segreti così grandi che minacciano di distruggere tutto ciò che la mia congrega ha costruito con tanta fatica.

«Se non mi avessi fermato, sarei riuscita a trovare casa tua?»

«No. la magia ti avrebbe fatto girare a vuoto nella foresta» dice, guardandomi negli occhi.

«Odio il fatto che tu abbia una spiegazione per tutto» dico. Ma quello che voglio dire davvero è che mi odio perché credo a tutto ciò che dice. E odio il fatto che le sue parole mi abbiano spinto a fare domande che non avrei mai pensato di fare.

«E io odio il fatto che te ne servano così tante» ribatte. Ma quello che vuole dire davvero è che odia il fatto che non sappiamo niente della vita che conduce, come se non ne valesse la pena.

E non so cosa dire, perché una parte di me vorrebbe non saperlo. Una parte di me vorrebbe tornare a prima del rituale e cancellare tutto ciò che è successo dopo, perché sono spaventata all'idea di scoprire altre cose.

Spaventata all'idea di fargli tutte le domande che vorrei.

Terrorizzata.

Ma dietro la paura, dietro le preoccupazioni, i dubbi e l'incertezza, c'è una verità innegabile. Voglio conoscerlo. Voglio sapere cosa lo tiene sveglio la notte, i pensieri che lo tormentano, i motivi per cui è così spigoloso e le sue parole sono così cariche di tensione.

E la cosa che mi fa venire le lacrime agli occhi, che mi chiude la gola, è che voglio conoscere Wolfe Hawthorne con tutta me stessa. Ed è una cosa che mi devasta.

«Dimmi a cosa pensi» mi dice.

Dovrei mentirgli, dirgli qualche banalità, ma è riuscito a infilarsi tra le crepe delle mie fondamenta, lui e il fiordiluna e la sua magia, sgretolando lentamente il mio mondo.

«Credo che tu sia la cosa peggiore che mi sia mai capitata» dico, spaventata all'idea di guardarlo negli occhi, spaventata persino all'idea di guardare nella sua direzione.

Lui sospira, prende un sasso dalla spiaggia e lo lancia tra le onde. «Lo so.»

«Allora perché? Perché dirmi che mi vuoi rivedere? Perché venire nel bosco, dal momento che avresti potuto lasciarmi andare?»

Si gira verso di me ma non parla, finché finalmente non lo guardo negli occhi. Una decisione di cui mi pento all'istante. «Perché sono egoista e, quando ti vedo praticare la mia magia, è come se il mondo tornasse ad avere un senso.»

Vorrei gridargli contro, dirgli che è ingiusto, che tutto ciò è terribilmente crudele. Ma più di ogni altra cosa, vorrei dirgli che quelle notti, quando ho praticato la sua magia al chiaro di luna, anche il mio mondo ha ripreso ad avere un senso.

Anche se è andato in pezzi.

18

Una settimana più tardi, Ivy si ferma a dormire da me. Non succedeva da secoli e, dopo aver riso e chiacchierato di cose che non hanno niente a che fare con fiori innocenti o magia nera, mi sento di nuovo me stessa. I miei genitori sono di sotto a bere un bicchiere di vino davanti al camino. Fuori è buio e la mia camera è immersa nella penombra.

Siamo sdraiate a letto, separate da una ciotola di pop-corn.

«A proposito, sono già arrivati un sacco di preordini per il tè dedicato al vostro fidanzamento» dice Ivy.

«Davvero? Chi è che ordina una cosa del genere?»

«Streghe dell'isola che finalmente possono rilassarsi, dopo anni in cui hanno vissuto con il fiato sospeso.» Sono parole serie, e mi sollevo sui gomiti.

«È una cosa molto bella» dico, commossa. E lo è davvero. Sapere che la mia relazione con Landon sta portando pace in una congrega fondata sulla paura mi fa stare bene.

«Te ne tengo da parte una confezione grande?»

Scoppio a ridere. «Certo» rispondo. «Come sta andando in negozio, comunque?»

«Alla grande. I miei genitori mi stanno insegnando un sacco di cose. Vorrebbero che l'anno prossimo subentrassi nella gestione della sala da tè. Ho mille idee su come allargare il giro d'affari e creare nuove opportunità.»

«Basta che non crei un tè matrimoniale, o mi ribellerò fino alla morte.»

«*Certo* che pensavo di creare un tè matrimoniale, e gli darò un nome assurdo, tipo "Tra strega e marito non mettere il dito."»

Mi va di traverso un pop-corn. «Sul nome bisogna lavorarci.»

«C'è tempo.»

«Davvero, sono felice per te. Sotto la tua direzione il negozio andrà a gonfie vele.»

«Lo so» dice Ivy con un sorriso. Non è arroganza: la mia migliore amica è consapevole delle sue capacità e non ha intenzione di sminuirle per salvare le apparenze.

È una delle cose che amo di lei.

«Stavo pensando una cosa» dice Ivy, girandosi su un fianco per guardarmi. Il suo tono di voce cambia, facendosi più serio. «Il modo in cui hai conosciuto Wolfe non ha alcun senso.»

Ho un nodo allo stomaco e le mani sudate. «Dobbiamo per forza parlarne?»

«Solo un po'. Sono curiosa di sapere com'è successo, tutto qui. Gli abitanti della terraferma tengono il conto dei visitatori che ogni giorno sbarcano sull'isola per assicurarsi che rientrino a casa la sera. Avrebbero saputo che mancava qualcuno e avvertito tua madre.»

Il nodo nello stomaco si stringe ancora di più. Ivy è la mia migliore amica e vorrei confidarmi con lei. E forse condividere qualcosa con Ivy allenterà la preoccupazione che mi assilla chiedendomi a gran voce di parlare con mia madre. Forse mi aiuterà a voltare pagina.

Faccio un bel respiro e decido che non sono tenuta a custodire i segreti di Wolfe. Con Ivy posso parlare. «Non sono stata del tutto sincera con te. Non volevo spaventarti, e poi è successo tutto all'improvviso.» La guardo, ma non riesco a decifrare la sua espressione. «È uno di noi» dico con cautela.

«A che famiglia appartiene? Non ho mai sentito il suo nome.»

Sono combattuta. So che rivelarle questo segreto potrebbe cambiare tutto. La nostra congrega crede che le vecchie streghe siano scomparse, che la magia nera sia acqua passata. Non so cosa potrebbe accadere, se le persone sapessero la verità. Ma non voglio nemmeno portare questo peso da sola.

«Devi giurarmi che non dirai niente» le dico alla fine.

Ivy si mette seduta. «Perché?»

«Giuralo.»

«Lo giuro» dice, a disagio.

Mi metto seduta anch'io, in modo da guardarla in faccia. «Appartiene alla vecchia congrega.»

Ivy scoppia a ridere e tira un sospiro di sollievo. «Per un secondo mi hai fatto preoccupare» dice, sdraiandosi di nuovo.

Le prendo un braccio, costringendola a rialzarsi. La guardo negli occhi. «Dico davvero, Ivy. La vecchia congrega esiste ancora. È piccola, ma esiste. E Wolfe ne fa parte.»

Il sorriso di Ivy si spegne, il suo volto diventa terreo. «Non è possibile.»

«Lo credevo anch'io, ma me lo ha dimostrato.»

«Come?»

Faccio una pausa e abbasso lo sguardo. Se parlo, non potrò più tornare indietro. «Con la magia.»

Lei mi guarda e scuote la testa, incredula. «Ma quindi...»

Annuisco.

«Magia nera?» dice con voce tremante.

«Be', tecnicamente si chiama magia alta. Però sì.»

Ivy mi guarda come se fossi un'estranea, come se non ci fossimo mai conosciute. Il tradimento che leggo nei suoi occhi mi spezza il cuore.

«E tu gliel'hai permesso? Gliel'hai fatta passare liscia? Dobbiamo dirlo a tua madre» dice, alzandosi dal letto.

Le afferro il braccio. «Ivy, no! Ti prego» la imploro. «Ascoltami.»

Ivy guarda la porta della mia camera, combattuta. Alla fine, rilassa le spalle e si siede sul letto.

«Non è... non è magia oscura» dico, scegliendo con cura le parole. «Quella che mi ha mostrato. Si basa su un legame con la Terra. È naturale.»

Ivy mi fissa. «È *pericolosa.*»

«No» ribatto, perché voglio che capisca. «Lo pensavo anch'io, ma non è dannosa; non c'è niente da temere.»

Ivy fa una smorfia, come se avesse mangiato qualcosa di aspro. «Posso capire un appuntamento romantico su una spiaggia, ma questo? Ti senti quando parli? Come fai a sapere che non sta usando la sua magia per manipolare la tua mente? Come fai a sapere che non ti ha fatto un incantesimo per convincerti a dire queste cose?»

«Certo che no» dico, prima ancora di riflettere.

Non lo farebbe mai.

Giusto?

«Mi ha salvato la vita» dico, quando Ivy non risponde.

«Cosa vuoi dire?»

«Sono arrivata tardi al nostro Rituale. È stato un incidente e Wolfe mi ha aiutato a espellere la magia in eccesso in modo che non morissi.»

«*Cosa*?»

«Lo so, ho commesso un errore imperdonabile. Ma è successo e l'unico motivo per cui sono ancora qui è perché mi ha aiutato Wolfe.»

«Ma ora la tua vita è contaminata per sempre» dice Ivy.

Non credo alle mie orecchie. «Almeno sono viva» ribatto, alzando la voce. «Preferiresti che fossi morta?»

Ivy non risponde subito e vederla prendere in considerazione l'alternativa mi ferisce. Sta cercando una risposta che non distrugga la nostra amicizia. Poi scuote lentamente la testa. Non lo dice ad alta voce, non osa dar voce ai suoi pensieri, ma mi basta.

Devo dimostrare a Ivy che la mia vita non è rovinata per sempre, farle capire che la magia nera non mi ha corrotto, che tutto ciò che ci hanno sempre insegnato non è esatto. Mi conosce meglio di tutti gli altri e so che posso fidarmi. «Ti faccio vedere una cosa» le dico, facendola alzare dal letto.

Scendiamo al piano di sotto. I miei genitori sono ancora in salotto e apro la porta sul retro cercando di non fare rumore.

Il nostro giardino è perfettamente curato: un cerchio di verde rigoglioso circondato da piante e cespugli. Ai piedi di un acero crescono numerose felci.

«Cosa ci facciamo qui fuori, Tana?» mi chiede Ivy. Il tono della sua voce è diffidente, ma so che riuscirò a convincerla.

Ho le mani in tasca e quando le tiro fuori sul mio palmo ci sono i petali del fiordiluna di cui mi ero scordata, tracce della notte in cui ho regalato a Wolfe il mio profumo. «Li vedi questi?» dico, mostrandoli a Ivy. «Sono i petali di un fiordiluna, ma posso toccarli. Non mi fanno alcun male. Perché non sento dolore?» Mi avvicino a una felce e sfioro le foglie ruvide con le dita, chiudendo gli occhi finché la mia magia non si connette all'energia della pianta. La sento fluire dentro di me. L'accolgo dolcemente e la riverso nel terreno, mormorando le parole che ho usato con Wolfe sulla spiaggia. Dopo qualche secondo vedo spuntare un'altra felce.

«Com'è possibile che tutto questo sia pericoloso? Non è l'espressione più naturale della magia? Lavorare insieme alla Terra, invece di farle del male?»

Ivy porta una mano alla bocca e fa un passo indietro. Sconvolta, fissa la felce davanti a sé. «Hai usato la magia nera.» Lo dice piano, come se fosse una diagnosi terminale, come se si preparasse a perdermi per sempre. Un conto è sapere che Wolfe ha usato la sua magia per salvarmi, un conto è sapere che l'ho usata anch'io.

Faccio un passo verso di lei. «Non capisci? Non c'è niente di male. Anche il modo in cui comunichiamo è bellissimo: dico il suo nome a mezzanotte e, se mi sente, mi raggiunge.»

«Non è questo il punto, Tana. Lo so che non c'è niente di male a far nascere una felce o a pronunciare un nome a mezzanotte. Ma la magia che ha creato dal nulla quella pianta e che ti permette di contattare Wolfe è la stessa magia che guarisce ciò che non dovrebbe essere guarito ed evoca gli spiriti dall'aldilà, giocando con la vita e la morte.» È così furibonda che le trema la voce. «La magia nera è il *Male* e i nostri antenati se ne sono accorti non appena hanno smesso di praticarla. Ti avvelena l'anima. Perché siamo riusciti a preservare il nuovo ordine così a lungo, secondo te? Perché sappiamo che la magia nera è corrotta. Se ti illudi che non ti consumerà, sei una stupida» continua Ivy in tono sprezzante. «Questa è la stessa magia che ha causato la morte dei nostri antenati, Tana. Se hai bisogno che ti rinfreschi la memoria, ti accompagno volentieri sul molo, così puoi guardare i resti dell'incendio finché non ti ricordi che la magia che hai appena usato ci ha quasi sterminato. Te ne sei dimenticata, per caso?»

Il suo sguardo mi raggela e non so cosa dire. Ha ragione, ma non riesco più a credere ciecamente alle cose in cui credevo un tempo. Mi si spezza il cuore se penso che sto mettendo in dubbio cose di cui non ho mai dubitato. Voglio credere nella nostra magia. E ci credo.

Ma credo anche nella magia che ho praticato con Wolfe.

Mi sembra di essere in ginocchio, a invocare la bellezza del diavolo.

«Non lo so» dico alla fine.

«È colpa sua» dice. «Di Wolfe.»

Guardo la felce che è appena spuntata dal terreno. Vorrei odiarla, sradicarla e lanciarla lontano. Vorrei essere sconvolta da ciò che ho appena fatto, pentirmene e porvi rimedio.

Voglio essere migliore di così.

«Tana» dice Ivy, soffocando un singhiozzo. Alzo lo sguardo e vedo gli occhi pieni di lacrime della mia migliore amica. «Quel ragazzo ne vale la pena?»

Vorrei gridare, dirle che non è lui il problema. Il problema è la magia, ciò a cui stiamo rinunciando per vivere questa vita. Il problema è un fiore che credevo letale e invece è uguale a tutti gli altri. Ma mentre questi pensieri affollano la mia mente, le parole di Ivy si radicano dentro di me, e so che ha ragione.

Non ne vale la pena.

La sua magia non vale la pena.

Amo la mia vita. Amo i miei genitori, Ivy e l'isola. So che il matrimonio con Landon mi realizzerà in modi che non riesco nemmeno a immaginare. Ma Wolfe è entrato nella mia vita con la furia di un tornado, sradicando ogni cosa. È distruttivo e pericoloso.

Ora lo vedo.

Mi arrendo, con gli occhi pieni di lacrime. Guardo i petali bianchi nella mia mano e li infilo di nuovo in tasca.

«No» dico. «Mi dispiace, Ivy. Mi dispiace tanto.»

Mi guarda a lungo, e poi tutta la rabbia svanisce e mi prende tra le braccia. L'abbraccio anch'io, stringendola forte, e mi ripeto che è esattamente questo il motivo per cui le streghe prima di me si sono sacrificate. Il motivo per cui aderiamo al nuovo ordine e pratichiamo la magia bassa.

Ivy è tutto per me. Sposerei Landon e mi trasferirei sulla terraferma per proteggere anche soltanto lei e non tutta la congrega, l'intera isola.

«Mi dispiace» dico di nuovo, ritraendomi e asciugando le lacrime. «Non so cosa mi sia venuto in mente.»

«Volevi qualcosa che fosse solo tuo» dice.

Annuisco. Forse è proprio così: volevo qualcosa che fosse soltanto mio, prima di impegnarmi con la congrega e sposare l'uomo che i miei genitori hanno scelto per me.

Detto così, è comprensibile. Persino ragionevole.

Rientriamo in casa e saliamo le scale, chiudendo alle nostre spalle la porta della mia camera da letto. Finiamo i pop-corn e ridiamo e parliamo, e la facilità con cui ritroviamo la nostra sintonia è una cosa che mi riempie di stupore. Niente, nemmeno la magia nera, può separarci.

Ma mentre Ivy dorme profondamente accanto a me, la mia mente è irrequieta. Non riesce a trovare riposo.

«Mortana?»

Sollevo la testa. Mi è sembrato che qualcuno mormorasse il mio nome. Tendo l'orecchio, ma c'è soltanto il respiro regolare di Ivy.

Mi sdraio e chiudo gli occhi.

«Mortana?»

Li riapro e mi guardo attorno. C'è soltanto una persona che usa il mio nome completo. Quando lo sento per la terza volta, capisco cosa sta succedendo: Wolfe sta usando la magia, invitandomi ad andare sulla spiaggia.

Poso la testa sul cuscino e chiudo gli occhi, mentre una rabbia rovente mi riempie il petto e si diffonde lungo il collo. Mi bruciano gli occhi e faccio fatica a deglutire.

Non ne vale la pena e odio il fatto che mi abbia messo in questa situazione, che mi abbia fatto dubitare di tutte le cose che amo.

Dice il mio nome un'ultima volta, prima di arrendersi.

Bene. Spero che non mi chiami mai più.

Non appena quel pensiero prende forma nella mia mente, una lacrima mi scivola lungo la guancia e cade sul cuscino. L'asciugo, faccio un respiro profondo, e cerco di dormire.

19

Sette notti. Per sette notti Wolfe cerca di comunicare con me, mormorando il mio nome nel vento, invitandomi a raggiungerlo sulla costa ovest. E ogni sussurro accende una scintilla di rabbia che mi riempie il petto e si diffonde lungo le braccia, il collo, su ogni centimetro di pelle.

Divorandomi.

Stasera, quando dice il mio nome, sono pronta. Esco di casa di nascosto e percorro la strada deserta, evitando il bagliore dorato dei lampioni. Non smetto di correre finché non raggiungo il versante occidentale e lo vedo, illuminato dalla luna.

Stasera è quasi piena, di nuovo.

«Cosa vuoi?» dico prima ancora che si giri. La rabbia rende le mie parole taglienti come lame.

Si gira a guardarmi.

«Voglio che tu la smetta di parlare di me con i tuoi amici.»

Mi fermo. «Scusa?»

«A casa mia ci sono delle campane a vento e il loro unico scopo è tintinnare quando corriamo il pericolo di essere scoperti. La scorsa settimana hanno suonato e non succedeva da anni.»

«Ci stai *spiando*?» Faccio un passo verso di lui, furibonda. Non riesco a credere di essermi fatta coinvolgere da uno come lui.

«Non possiamo sentire le conversazioni. Le campane a vento sono magiche e tintinnano se vengono pronunciate certe parole o certe frasi. Possiamo sentire soltanto il tintinnio, non ciò che dite. In ogni modo, non succedeva da anni e questo mi fa pensare che sia stata tu a farle suonare. Quindi te lo ripeto, smetti di parlare di me.»

L'imbarazzo si mescola alla rabbia, creando una combinazione terribile. Sono sul punto di esplodere.

«Se non mi lasci in pace, dirò a ogni singola strega dell'isola che esisti.»

«Non ti avrei chiamato se le campane a vento non avessero cominciato a suonare. Se vuoi che ti lasci in pace, smetti di parlare di me. Smetti di pensarmi. Smetti di farmi dei regali e di usare la mia magia come se si trattasse del tuo destino.»

La collera mi invade e mi annebbia la mente, rendendo difficile pensare. «Il mio destino non ha *niente* a che fare con la tua magia.»

Viene verso di me. «Pensi davvero di essere destinata al figlio del governatore?»

La sabbia gli vola sul petto e sul viso prima ancora che io decida di sferrare un calcio alla spiaggia. Fa un passo indietro e si pulisce gli occhi, mentre cala un silenzio pesante.

Il fragore incessante dell'oceano non basta a nascondere il battito del mio cuore.

«Mi dispiace» dico, sconvolta da ciò che ho appena fatto. «Non volevo colpirti.»

Sputa la sabbia che gli è entrata in bocca e batte le palpebre più volte.

«Non scusarti» dice, in tono severo. «Lo fai un po' troppo spesso.»

«E tu non ti scusi abbastanza» ribatto.

La fredda aria autunnale condensa il mio respiro. Wolfe è così vicino che le nuvolette di vapore gli sfiorano il viso, prima di dissolversi.

«Per cosa dovrei scusarmi?» lo dice in tono arrogante, di sfida, risvegliando la mia rabbia.

«Per tutto» dico, indicando l'oceano come se potesse capire. «Per colpa tua non sono arrivata in tempo al rituale e ho dovuto...»

«Ti ho salvato la vita» dice, interrompendomi.

«Ho dovuto usare la tua magia nera e continuare a vederti...»

«La chiami di nuovo magia nera, adesso?»

«Non interrompermi!» grido, dimenticando per un istante che nessuno deve sapere della mia presenza qui. Le mie parole squarciano il silenzio, prima di essere inghiottite dal mare. «Ero felice, prima di conoscerti.» Ho gli occhi pieni di lacrime e non riesco a trattenerle. «Ero felice.»

«Eri ignorante.»

«Cos'hai detto?»

«Ho detto che eri ignorante.» Wolfe scuote la testa e guarda l'orizzonte. Nonostante le lacrime mi velino gli occhi, riesco a vedere che è bellissimo, al chiaro di luna.

«Abbiamo le stesse origini. La stessa storia. Il fatto che abbia scelto una vita diversa dopo aver ascoltato tutto quello che avevi da dire non fa di me una persona ignorante» dico, facendo un respiro profondo e asciugandomi gli occhi.

«Non ti ho detto tutto. Sto cercando di fartelo capire da un po'.»

«Di cosa stai parlando?» gli chiedo, esasperata.

Wolfe mi guarda come se non sapesse se proseguire su quella strada oppure no, come se non sapesse se dirmi cosa gli passa per la testa. Non gli stacco gli occhi di dosso, sfidandolo a parlare.

«Il fiordiluna» dice alla fine. «Hai chiesto a tua madre?»

«No» rispondo, mentre si leva una folata di vento gelido. Rabbrividisco.

«Perché no?»

«Lo so che è difficile da capire, ma non passo le mie giornate a pensarti. Ho delle cose da fare, cose molto importanti, e non mi è venuto in mente.»

Quello che evito di dirgli è che ho pensato al fiore tante volte, ma non ho avuto il coraggio di chiedere spiegazioni a mia madre.

«È proprio questo il problema!» grida Wolfe, andando verso l'acqua. «Dovrebbe venirti in mente ogni singolo istante di ogni singolo giorno. Dovresti esigere la verità. Non ti interessa?»

«Sai cosa mi interessa? Mi interessa proteggere le persone a cui voglio bene. Mi interessa praticare la magia allo scoperto, senza temere per la mia vita. Mi interessa vedere quest'isola piena di gente felice e sapere che i nostri figli vivranno una vita sicura. Non mi importa se ti sembrano cose stupide o assurde, Wolfe. Non mi importa. Mentre tu ti comporti da egoista, mettendoci tutti in pericolo perché non sai cosa significa sacrificarsi, io mi sto impegnando per proteggere quest'isola, e quindi anche te.»

«E invece ho sacrificato *tutto*. Vivo in un maniero nascosto da un velo di magia che lo rende invisibile al mondo esterno. Devo muovermi via mare perché non posso rischiare che qualcuno mi riconosca. Produco da solo il mio cibo, che è minacciato ogni giorno dalle vostre correnti. Sono aggrappato a una vita che per voi non vale la pena di essere vissuta, ed è molto difficile.»

Sta di nuovo alzando la voce, ma non è la sua solita rabbia. C'è anche quella, naturalmente, ma sento una nota triste che mi toglie il fiato. Mi distrugge.

«Non te l'ha chiesto nessuno» dico piano.

«Esatto. Non me l'ha chiesto nessuno, perché non interessava a nessuno proteggere il mio stile di vita.»

«No, è qui che ti sbagli. Non te l'ha chiesto nessuno perché nessuno era disposto a sacrificare la sua vita.»

Ci guardiamo e la tensione comincia ad allentarsi, sciogliendosi come neve al sole primaverile. Crede così tanto nella sua vita che farebbe qualsiasi cosa per preservarla, proprio come me. Per la prima volta, mi rendo conto che ci assomigliamo moltissimo e non posso più essere arrabbiata con lui.

È disposto a morire per qualcosa che gli altri considerano il male assoluto. Vorrei poter dire qualcosa per alleviare la sua pena, ma non saprei cosa.

«Ero arrabbiatissima con te, quando sono arrivata» dico.

«Perché?» Fa un respiro profondo e poi espira lentamente, come per liberarsi dal dolore che mi ha rivelato.

«Perché è colpa tua se ho messo in discussione una vita sulla quale non mi sono mai interrogata.»

«Le domande sono una buona cosa, Mortana.»

«Lo so. E so che non è colpa tua se le mie scelte non reggono a un esame attento.»

Annuisce e guarda l'oceano. Per la prima volta lo vedo stanco, completamente esausto dopo avermi mostrato una parte di sé. Vorrei toccarlo, prenderlo tra le braccia e farlo riposare, ma non potrebbe mai trovare pace insieme a me. Non con una Fairchild.

Poi mi viene un'idea. È un'idea assurda e ridicola e probabilmente non acconsentirà mai, ma voglio provarci.

«Ti andrebbe di fare una cosa per me?»

«Dipende.»

«Mi hai mostrato diverse volte la tua magia, ora vorrei ricambiare. Ti va di preparare un profumo con me?»

«E perché dovrei?»

«Perché te lo sto chiedendo in modo educato?» dico canzonandolo, cercando di alleggerire il peso della conversazione precedente. Cercando di alleggerire entrambi.

«In alcuni momenti penso che potrei capirti meglio di chiunque altro, e l'istante dopo mi proponi una cosa assurda come preparare un profumo a quattro mani e mi convinco che tu sia la creatura più incomprensibile del mondo.»

«Lo prenderò come un complimento.»

«Se ci tieni.»

«Ti prego, fallo per me. È molto importante.»

Wolfe mi guarda, e so che non vorrebbe. Non vuole praticare la magia bassa, abbassandosi al nostro livello. Poi fa un respiro profondo e so di aver vinto.

«Va bene. Uno solo.»

Ci addentriamo nel bosco a est della spiaggia e raccogliamo fiori di campo, foglie ed erbe aromatiche. E parliamo. Non della magia o della terraferma o dei sacrifici, ma della vita: cose semplici e quotidiane di cui non avevamo mai parlato. Mi racconta del maniero in cui vive, una grande dimora nascosta da un incantesimo che si trova non lontano dal punto in cui mi ha trovata nel bosco. Mi dice che gli piace cucinare e leggere e che, una volta, ha incendiato la cucina cercando di ammorbidire una pagnotta rafferma. Mi parla dei ritratti che dipinge e mi dice che vuole farne uno a ogni membro della sua congrega.

«E chi farà il tuo ritratto?» gli chiedo.

«Il mio?» Esita, come se la domanda l'avesse colto di sorpresa. «Non ci ho mai pensato.»

«Be', vorrà dire che imparerò a dipingere.»

Mi guarda, piegando la testa di lato come se non capisse cosa sto dicendo. Nei suoi occhi intravedo qualcosa che non riesco a decifrare e, in quell'istante, ho la certezza che non esista artista al mondo in grado di catturare lo splendore di quest'uomo.

Io vorrei provarci, questo è certo.

Lo sto fissando, così abbasso lo sguardo e cambio argomento. Gli racconto del negozio dei miei genitori e gli dico che adoro nuotare e che da piccola parlavo ai fiori che raccoglievo per i nostri profumi, un'abitudine che non ho abbandonato del tutto. Wolfe sorride e scoppio a ridere perché so che è una cosa ridicola, ma mi riscalda il cuore.

Seguo Wolfe nel campo in cui ci siamo conosciuti e lo guardo mentre raccoglie diversi fili d'erba prima di tornare sulla spiaggia. Io prendo quattro sassi di grandi dimensioni e poi ci sediamo sulla sabbia, mentre le stelle brillano su di noi.

«Allora, prima dobbiamo polverizzare gli ingredienti che abbiamo raccolto» dico. Gli mostro come fare, mettendo i petali dei fiori su un sasso e triturandoli con l'altro. Wolfe segue il mio esempio e ben presto abbiamo finito.

«Che note di fondo vuoi usare? Saranno la base del profumo.»

«L'erba del campo, direi, visto che è dove ci siamo conosciuti.» Lo dice in tono disinvolto, ma mi fa comunque palpitare il cuore. Metto da parte le materie prime per le note di fondo e poi procediamo con le note di cuore e quelle di testa. Quando ha scelto, doso gli ingredienti e li metto insieme.

«Ora dobbiamo fare l'incantesimo» dico. «Pensavi a qualcosa in particolare?»

«Decidi tu.»

Appoggio a terra gli ingredienti e decido di praticare un incantesimo di pace. Prima di stanotte non mi ero resa conto che è una cosa che gli manca, una cosa che non può avere perché vive nel terrore che il suo stile di vita venga distrutto. E anche se un profumo non rappresenta una soluzione, può comunque dargli un attimo di tregua.

Chiudo gli occhi e riverso la mia magia nei fiori, ma Wolfe mi ferma. Lo guardo.

«Dillo ad alta voce» dice. «Voglio sentirti.»

Ho un groppo in gola, perché le sue parole mi toccano in un modo che non so spiegare. Però sento che mi attraversa lentamente e mi riscalda il cuore, e devo abbassare lo sguardo perché non voglio che veda ciò che provo.

«Va bene» dico piano. Chiudo gli occhi e ricomincio. «L'ansia svanisce e la tensione tace, la magia del mio profumo è un incantesimo di pace.» Mormoro le parole, mentre la magia si riversa nei miei ingredienti. Poi Wolfe si unisce a me e recitiamo insieme l'incantesimo, e la sua magia si attenua, piegandosi alle regole del mio mondo. Le lacrime che mi riempiono gli occhi mi colgono di sorpresa. Li tengo ben chiusi e soffoco le mie emozioni in modo che Wolfe non se ne accorga.

Pronunciamo l'incantesimo più volte del necessario, perché non voglio rinunciare a questo momento che si è impresso nel profondo del mio cuore. Però so che deve finire, così pronuncio le parole un'ultima volta e poi resto in silenzio.

Quando apro gli occhi, Wolfe mi sta guardando. Dà le spalle alla spiaggia e con la luna che splende alta sul mare è difficile distinguere i suoi lineamenti. Ma sembra quasi sopraffatto, commosso quanto me da ciò che è appena successo.

«Perché hai scelto la pace?» mi chiede.

«Perché te la meriti.»

Annuisce. Prendo un fazzoletto di lino dalla tasca. Mia madre vuole che lo porti sempre con me in caso di emergenza. Dubito che questa lo sia, ma avvolgo i fiori, le erbe aromatiche, le foglie e i fili d'erba nel fazzoletto e lo consegno a Wolfe. Lo prende e lo mette nella tasca del giubbotto.

«Devo andare» dico, alzandomi in piedi. «Quando arrivi a casa, metti gli ingredienti in una base oleosa e lasciali macerare per un paio di settimane. Poi versa l'olio in una bottiglia, aggiungi un po' d'alcol e usalo ogni volta che ne hai bisogno. Pace istantanea.»

A quel punto mi aspetto che alzi gli occhi al cielo, ma non succede. «Lo farò.» Da come lo dice, sono sicura che seguirà alla lettera le mie istruzioni.

«Bene.» Mi incammino verso la strada, ma qualcosa mi ferma. Mi giro. Wolfe è ancora dove l'ho lasciato, e mi guarda. «Manterrò il tuo segreto» gli dico. «Hai la mia parola.» Perché nonostante restare nascosto allo sguardo della terraferma sia una cosa che lo ferisce, sa che è necessario per la sua sopravvivenza. Per la sopravvivenza della sua congrega.

«Ti credo.»

Annuisco e cerco di riprendere il mio cammino. Ma è difficile, quasi impossibile, perché mi sembra di essere finita nelle sabbie mobili e di non riuscire a uscirne. Ma devo farlo. Mi costringo a muovermi e quando arrivo alla strada reprimo l'impulso di voltarmi e vederlo un'ultima volta.

Guardo davanti a me e mi dirigo verso casa, ma sento i suoi occhi che mi seguono, che mi guardano finché la strada non fa una curva e, a quel punto, il filo che ci lega si spezza.

20

Il mattino dopo mi sveglio esausta, con la testa che mi scoppia. Un'altra notte di magia di cui non deve venire a sapere nessuno. Cerco di placare i sensi di colpa, ripetendomi che abbiamo praticato soltanto un po' di magia bassa, ma è inutile: so che il mio comportamento è ingiustificabile. L'abbiamo comunque praticata di notte, quando è proibito. E Wolfe è sempre un membro della vecchia congrega.

Non c'è niente che possa cambiare le cose, nemmeno il fatto che abbiamo creato un banale, innocente profumo.

Quando scendo di sotto, mio padre sta preparando la colazione e mia madre sta bevendo il suo tè. «Buongiorno tesoro» mi dice.

«Hai fatto le ore piccole, ieri sera?» mi chiede mio padre, e per un istante orribile penso che sappiano. Resto in silenzio e la mente comincia a correre. Cerco di capire cosa dire, come scusarmi, cosa ammettere, poi però prosegue a parlare. «Di solito sei più mattiniera.»

Ha un tono di voce normalissimo, come se mi prendesse un po' in giro, e il mio corpo si rilassa, quando capisco che il segreto è al sicuro. Il segreto di Wolfe è al sicuro.

«Stavo pensando» dico, facendomi una tazza di tè e sedendomi accanto a mia madre sul divano. Scosta la coperta che ha sulle ginocchia e mi rannicchio al suo fianco.

«Cosa pensavi?» mi chiede. Sto per dirle qualcosa sul mio Ballo d'Ingresso o sulla profumeria, quando, senza preavviso, mi tornano in mente le parole di Wolfe.

Eri ignorante.

Dovresti pretendere di sapere la verità.

Il mio cuore comincia a correre, mentre ripenso alle sue parole. Mi chiedo se riuscirò davvero a trovare il coraggio di cui ho bisogno per farle la domanda che mi tormenta da giorni. *Perché non ho sentito alcun male?*

Ho le mani sudate e poso la tazza sulla coscia, perché non tremi.

«Hai mai visto un fiordiluna?» chiedo, cercando di sembrare disinvolta. Curiosa.

«Un fiordiluna? Come mai ti è venuto in mente?» mi chiede mia madre. Non sembra arrabbiata e nemmeno sospettosa, così continuo.

«Pensavo di averne visto uno sull'isola» le dico. «Mi sbagliavo, naturalmente, ma me l'ha fatto venire in mente.» Odio mentirle, ma voglio affrontare l'argomento, ne ho bisogno, e l'unico modo è farle credere che la nostra sia una conversazione innocente.

Mia madre si appoggia al divano e guarda un punto alle mie spalle. «A me è successo quando ero molto giovane. I fiori erano stati eliminati da tempo, ma ogni tanto un seme solitario riusciva a sopravvivere e a fiorire. Per questo siamo così categorici quando spieghiamo i rischi del fiore. È molto difficile liberarsi di una pianta, una volta che si è radicata da qualche parte: nonostante il lavoro meticoloso, è impossibile assicurarsi che siano spariti del tutto.»

«Cos'hai fatto quando l'hai visto?»

«Ero con tua nonna, e l'aveva visto anche lei. Transennò l'area fino all'arrivo di un funzionario della terraferma, che lo sradicò. Sono bellissimi. Avrei voluto vederlo di notte, quando fiorisce.»

«E cosa succede se ne spunta un altro sull'isola?»

«Oh, tesoro, non c'è da preoccuparsi. Il mio è stato uno degli ultimi avvistamenti. E se ne vedessi uno, sapresti come comportarti. Non lo toccheresti e verresti a dirmelo.»

«E se invece lo toccassi?»

Nel salotto cala un silenzio pesante. Mio padre smette di preparare la colazione e mia madre mi guarda incuriosita.

«Come mai questa domanda?» dice, mentre mio padre esce dalla cucina, aspettando di sentire la mia risposta.

«Voglio soltanto sapere cosa succederebbe.»

«Lo sai cosa succederebbe. Sentiresti un dolore inimmaginabile e moriresti entro un'ora. Quei fiori sono letali: per questo abbiamo fatto l'impossibile per sradicarli dall'isola.»

Il suo tono di voce non tradisce niente di strano, niente che mi faccia pensare a una menzogna. All'improvviso, mi rendo conto che non sa la verità. Le hanno ripetuto la stessa cosa sin da quando era piccola, la stessa bugia, e non conosce nient'altro.

Mi affanno alla ricerca di una spiegazione, qualcosa che possa dare un senso a un inganno di quella portata, ma non ne trovo. Mia madre è sempre stata un punto fermo per me. Ha sempre avuto una risposta a tutte le mie domande, ma questa volta non è così, ed è come se il terreno sul quale poggio i piedi stesse cominciando a tremare.

Batto le palpebre e cerco di accantonare i pensieri, perché i miei genitori mi stanno ancora guardando. «Be', allora spero proprio di non incontrarne mai uno sul mio cammino» dico. Cerco di farla sembrare una battuta, ma non ci riesco.

«Tua madre ha ragione, tesoro» dice mio padre. «Non c'è niente di cui preoccuparsi. È un fiore molto riconoscibile, quindi anche se ne spuntasse uno – cosa molto improbabile – lo capiresti prima ancora di toccarlo.»

Mio padre ha fiducia in me e vederlo mentre cerca di rassicurarmi, dicendo che non c'è nulla da temere, mi spezza il cuore. Mia madre annuisce e mi posa la mano sul ginocchio.

«Grazie, papà» gli dico, con un sorriso poco convinto.

«Siete pronte per fare colazione, ragazze?» chiede lui, tornando in cucina.

«Assolutamente.» Mi alzo e lo seguo, prendendo le posate e apparecchiando la tavola. Ci sediamo e parliamo del negozio e del mio prossimo appuntamento con Landon, e il fiore viene definitivamente archiviato.

Ma ho comunque bisogno di sapere la verità. Ho bisogno di capire perché mia madre, la persona più potente dell'isola, non sa dei fiordiluna. Non voglio più vivere nell'ignoranza e non mi importa se ciò che scoprirò manderà in frantumi il mio mondo, perché sta andando in frantumi comunque. Lo sento mentre sparecchio la tavola, lavo i piatti e vado in profumeria con mia madre. Lo sento tutto il giorno, e ogni passo che muovo è un po' meno stabile del precedente.

Ivy entra in profumeria qualche istante prima della chiusura e mi porta una focaccina avanzata dalla sala da tè. La nostra routine mi tiene ancorata alla realtà, permettendomi di respirare un po' più liberamente.

«Che focaccine hai fatto, oggi?» le chiedo.

«Miele e lavanda.» Sono le mie preferite. Affondo i denti nel dolcetto, impaziente.

«Squisita» dico. «Com'è andata la giornata?»

«Ho avuto da fare. Indovina qual è il prodotto più venduto del momento?»

«Spero che tu stia scherzando.»

«Niente affatto. La nostra miscela di te "Tandon".»

«Oh, è delizioso» esclama mia madre da dietro il registratore di cassa. «L'hai assaggiato, tesoro?»

«Tana si rifiuta di assaggiarlo per principio» dice Ivy.

«E quale sarebbe questo principio?»

«Be', tanto per cominciare si chiama "Tandon"» dico, e Ivy alza gli occhi al cielo.

«Prima o poi lo proverai» dice la mia migliore amica.

«Lo so.»

Mia madre spegne le luci e giro il cartello sulla porta. Usciamo tutte e tre nella fredda aria serale, mia madre sbriga una commissione veloce mentre io vado a casa con Ivy. Abitiamo a dieci minuti di distanza, e sembra impossibile che un giorno non molto lontano sarà il Confine a separarci.

«Stasera i miei genitori escono, quindi pensavo di andare a raccogliere i fiori notturni per una nuova miscela che voglio creare. Ti va di farmi compagnia?» mi chiede Ivy.

Normalmente accetterei senza pensarci. Adoro raccogliere fiori ed erbe aromatiche di sera, quando l'isola è addormentata e la luna ci illumina la via. Ma Wolfe ha ragione: voglio conoscere la verità e se mia madre non può darmela, devo trovarla altrove.

«Mi piacerebbe, ma ieri notte non ho dormito bene e ho un brutto mal di testa da stamattina. Penso che andrò a letto presto e cercherò di dormirci su.» Anche se entrambe le cose sono vere, sento comunque una fitta allo stomaco. Non accompagno Ivy a raccogliere i fiori perché ho intenzione di cercare le mie risposte in un luogo che lei non approverebbe mai. E non posso dirglielo.

«Mi dispiace che non ti senta bene» dice, fermandosi sui gradini di casa sua. «Fammi sapere come va domani mattina: se hai ancora mal di testa, ti preparo qualcosa per calmare il dolore.»

«Sei troppo buona con me» dico, e lei mi cinge le spalle con un braccio.

«Te lo meriti.» Mi abbraccia e sale i gradini. «Ci vediamo domani» mi dice, prima di entrare.

Sono contenta di proseguire da sola, di avere qualche minuto tutto per me prima di affrontare un altro pasto con i miei. La verità non può essere peggio di questa situazione di incertezza: quando avrò la mia risposta, potrò finalmente voltare pagina.

Forse ho soltanto bisogno di chiudere la faccenda e metterci una pietra sopra, come mi ha detto Ivy. Forse Wolfe non c'entra niente, e il problema è soltanto un fiore nocivo che si è rivelato del tutto innocuo.

Mia madre prende dei tramezzini tornando a casa e ceniamo tranquillamente, senza tensioni né preoccupazioni da parte dei miei genitori.

«Ho una buona notizia» dice mia madre alzando lo sguardo dal piatto. «Questa settimana dovrebbe arrivare l'ultimo carico di legname dalla terraferma. Tra un mese non ci sarà più alcuna traccia dell'incendio sul molo.»

«Che bello» dico, anche se sostituire il legno bruciato non sarà sufficiente a farci dimenticare il molo divorato dalle fiamme: la paura che abbiamo provato, il terrore assoluto di tornare indietro nel tempo. L'unica cosa positiva di quel giorno è che nel rogo non ha perso la vita nessuno.

«Secondo te dovremmo tenere un'asse bruciata come ricordo?» chiedo.

I miei genitori mi guardano. «È un'idea interessante. A cosa pensavi?»

«Non so. Penso solo che possa essere utile a ricordarci che dobbiamo prenderci cura di noi stessi, invece di affidarci completamente alla terraferma. Eliminare le tracce dell'incendio è un po' come rassegnarsi, come se per noi andasse bene così. Il fatto che pratichiamo una magia meno potente non significa che dobbiamo essere deboli.»

«Potremmo conservare l'asse bruciata in un luogo in disparte, in modo che non attiri l'attenzione dei turisti. Però è una buona idea, Tana: ne parlerò al consiglio» dice mia madre.

«Davvero?»

«Assolutamente. Sarebbe un gesto importante.»

Sorrido e finisco di cenare, mentre i miei genitori chiacchierano di altro.

Quando abbiamo terminato, lavo i piatti e vado nella mia stanza. Mi siedo sul davanzale e guardo il braccio di mare che mi separa dal continente, rigirando tra le dita il vetro di mare di Landon, ai cui bordi frastagliati ormai mi sono abituata.

Ascolto i miei genitori salire le scale ed entrare nella loro stanza e poi, piano piano, la casa si addormenta. Indosso un maglione sopra il vestito e, quando sono sicura che i miei stiano dormendo, esco di casa in punta di piedi.

Vorrei raccogliere fiori insieme a Ivy, vedere tutte le piante al chiaro di luna: un'esperienza completamente diversa rispetto al raccolto alla luce del sole. Ma so che non riuscirò mai a voltare pagina, se non troverò una risposta alle mie domande sul fiordiluna. Così mi incammino verso la costa occidentale e chiamo Wolfe un'ultima volta.

21

Wolfe esce dall'acqua e risale la spiaggia, diretto verso il punto in cui lo sto aspettando. La luna è di nuovo quasi piena e non riesco a credere a quanto sia cambiata la mia vita dall'ultima volta. Un mese fa c'erano così tante cose che non sapevo, così tante domande che non mi facevo.

«Ti muovi sempre via mare?» gli chiedo.

«Sì. Non possiamo usare le strade.» Mormora la parola *asciuga* e i suoi abiti fradici si asciugano all'istante. Indossa un paio di pantaloni e una maglia bianca a maniche lunghe. Cerco di non notare il modo in cui il tessuto si tende sui muscoli del torace.

«Due notti di fila» dice. «A cosa devo il piacere?»

«Ho chiesto a mia madre del fiordiluna» dico. Dal mare si leva una brezza leggera e porto le braccia al petto.

«E?»

«Mi ha detto la stessa cosa che so da una vita: che se ne toccassi uno proverei un dolore inimmaginabile e poi morirei.»

«Eppure sei qui.»

«Sono qui» dico. «Mia madre non sa la verità e non voglio continuare a torturarmi. Sono venuta per questo.»

«Ci credi davvero?»

«A cosa?»

«Al fatto che non sappia niente?» Sembra una domanda, ma ovviamente non lo è.

«Sì, ci credo.» Lo dico in modo definitivo e per un istante penso che voglia contraddirmi, poi si limita ad annuire. Mi guarda e chiamo a raccolta il mio coraggio per fargli la domanda che attende una risposta dalla prima volta in cui l'ho incontrato.

«Mi dirai la verità?» mormoro con voce tremante. So molto bene che la sua risposta potrebbe cambiare tutto. Ma non tutti i cambiamenti sono negativi e cerco di convincermene mentre aspetto che risponda.

«Sei sicura di volerla sapere?»

Esito per un istante, poi rispondo: «Sono sicura».

«Vieni in acqua con me.»

Lo seguo fino a riva e mi inginocchio accanto a lui. L'acqua mi lambisce le ginocchia e rabbrividisco. «Cosa stiamo facendo?»

«Ti ricordi l'incantesimo che hai usato per attirare le maree?»

«Sì» dico lentamente, senza capire. «Cosa c'entra?»

«Provaci adesso» dice.

«Cosa? Perché?»

«Fidati di me. Recita l'incantesimo.»

Sospiro e scuoto la testa. Chiudo gli occhi, mi concentro sull'acqua che mi circonda e che mi accarezza la pelle, poi faccio appello alla mia magia.

«Marea gentile, che mi culli pacata, risali piano piano e il mio potere allontana.» Recito l'incantesimo più volte, pronunciando le stesse parole dell'ultima volta, ma non succede niente. Non riesco a evocare alcuna magia e l'acqua non prende vita. È come se il mare si fosse dimenticato di me.

«Non capisco» dico, aprendo gli occhi e guardando Wolfe.

Lui si toglie l'anello d'argento e me lo infila al pollice. È massiccio, decorato con un motivo intricato di onde e fiordiluna. Lo sfioro con le dita. «Provaci di nuovo» dice.

Gli rivolgo uno sguardo interrogativo, ma seguo le sue istruzioni. Chiudo gli occhi e cerco di stabilire una connessione tra la magia dentro di me e l'acqua che mi circonda e questa volta sento fluire l'energia. Ripeto l'incantesimo un'altra volta e la marea risale, finché un muro d'acqua non si abbatte sul mio petto, scaraventandomi indietro.

Tossisco, mentre l'acqua salata mi entra nei polmoni, e poi cerco di alzarmi in piedi. Wolfe è al mio fianco e mi offre la mano. La prendo e lascio che mi porti a riva. Poi ci sediamo e Wolfe asciuga i nostri vestiti.

«Cos'è successo?»

«Ricordi la storia che ti ho raccontato? Della prima strega nata in un campo di fiordiluna?»

Annuisco.

«È una storia vera. Discendiamo tutti da lei e quel fiore è l'origine del nostro potere. Tutta la magia fluisce dal rapporto tra quel fiore e la luna, per l'esattezza. È ciò che mantiene in vita il nostro legame con la Terra e ci permette di influenzare il mondo che ci circonda. Se viene a mancare, la magia non è più possibile.» Wolfe mi prende per mano. Mi guarda negli occhi, mentre mi sfila l'anello dal dito e lo indossa di nuovo.

«Questo anello è pieno di petali di fiordiluna che sostituisco ogni due o tre giorni. È la prima volta che me lo tolgo.» Pronuncia quelle parole piano, come se fossero speciali. Importanti, in un certo senso.

«Quindi è il tuo anello che mi ha permesso di attirare la marea?»

«Il fiordiluna nel mio anello, esatto.»

«Ma non ha alcun senso. Uso la magia tutti i giorni per creare i profumi nel mio negozio.»

Wolfe si prende la testa tra le mani e si lascia sfuggire un sospiro frustrato. «Vorrei tanto che tua madre ti avesse rivelato la verità.»

«Te l'ho detto: non sa nulla.»

Mi guarda con un'espressione che non riesco a decifrare: pietà o tristezza, forse. Scuote la testa. «La magia è nella vostra riserva idrica.» Lo dice senza tanti giri di parole, svuotato di ogni emozione.

Un brivido mi attraversa la schiena e stringo le braccia al petto. «Non può essere vero.»

«Invece lo è. Devo ammettere che è un'idea piuttosto ingegnosa. Controllano la quantità esatta di magia presente nell'acqua e fanno in modo che sia sufficiente per praticare i vostri incantesimi, ma non i nostri. Si sono assicurati di eliminare la magia alta dalla faccia della Terra.»

«Chi?»

Sospira. «Lo sai benissimo.»

Scuoto la testa e non riesco a smettere. Non può essere vero. È impossibile. «Vediamo se ho capito. Mi stai dicendo che la persona a capo del consiglio – mia madre – coltiva in segreto i fiordiluna e li mette nelle nostre riserve idriche per consentire i nostri incantesimi e sradicare la magia nera, mentendo di proposito alla nostra congrega.»

«Non è stata lei a cominciare, naturalmente. Però sì: per quanto ne so, l'olio ricavato dalla distillazione dei petali viene aggiunto all'acqua potabile dell'isola. Il fiordiluna è potentissimo in natura, per questo viene usato un olio essenziale.»

Ripenso a tutte le volte in cui ho praticato la magia alta con Wolfe e in effetti prima di cominciare mi ha sempre regalato un fiordiluna. Comincio a tremare dalla testa ai piedi, come se non potessi reggere il peso di una menzogna così grande, così travolgente. Sono sopraffatta. Ho gli occhi che bruciano e la gola chiusa mentre cerco di non crollare davanti a Wolfe.

Che menzogna incredibile.

Mi prendo la testa tra le mani, perché non voglio che Wolfe veda la mia disfatta. Quando credevo che mia madre non sapesse la verità, non riuscivo a far combaciare i pezzi di questo rompicapo. Se invece ne è al corrente, tutto acquista senso. Certo, è così. Mentre finalmente i pezzi del rompicapo si incastrano tra loro, quelli dentro di me si disintegrano.

Poi qualcosa mi sfiora delicatamente la schiena. È la mano di Wolfe: esita un istante, poi mi accarezza compiendo piccoli movimenti circolari. Quando finalmente sono di nuovo in grado di parlare, alzo la testa e faccio un lungo respiro.

«Mi dispiace» dice Wolfe, e nella sua voce non vi è traccia di scherno né di superiorità. È sincero.

«Anche a me.»

Penso che Wolfe stia per aggiungere qualcosa, ma invece si limita a guardare l'oceano. Alla fine dice: «Mi uccideranno quando lo verranno a sapere». Espira lentamente. «Voglio mostrarti una cosa.»

«Non credo di avere l'energia per nient'altro, stasera.»

«Ti prego» dice, e per una volta la sua voce è gentile. «Penso che ti farà sentire meglio.»

«Non posso venire con te.»

«Sì che puoi. Accontentami. Dopo stasera, non dovrai vedermi mai più. Te lo prometto. Ormai sei qui e c'è una cosa che vorrei farti vedere. Penso che sia importante.»

«Per chi?»

«Per te.»

Quando lo guardo, non vedo inganno, né menzogna. Vedo sincerità.

«Niente magia» dico. «Stasera non ce la faccio. Davvero.»

«Niente magia» concede.

Mi porge la mano e la guardo un istante, prima di prenderla. Lo seguo mentre entra in acqua. Quando ci arriva alla vita, comincio a preoccuparmi.

«Cosa vuoi fare?»

«Sto cercando una corrente» dice, come se fosse la cosa più ovvia del mondo.

«Una corrente?»

«Sì. Dovrei averla già trovata, ma non è più l'unica corrente vicina all'isola.» Non posso fare a meno di notare il suo tono accusatorio, ma per la prima volta sento che non ce l'ha con me.

«A cosa ci serve una corrente?»

Mi guarda, bellissimo al chiaro di luna. «Per andare a casa.»

L'acqua è gelida e mi viene la pelle d'oca. Muoio di freddo, ma seguo Wolfe più al largo. «Non capisco.»

«Non mentivo quando ho detto che non possiamo usare le strade. L'unico modo per arrivare al maniero è seguire una corrente dell'oceano che lambisce le nostre spiagge. È una corrente magica, quindi tecnicamente parlando useremo la magia, ma non saremo noi a evocarla.»

Ora l'acqua mi arriva alle spalle. Tremo di freddo, ma sono anche emozionata all'idea di andare in un luogo in cui la mia congrega non è mai stata. Non sanno nemmeno della sua esistenza, e mi abbandono a questo sentimento, perché supera il dolore per essere stata tradita. Quel dolore sarà ancora lì ad aspettarmi quando tornerò a casa, ma per ora lo metto da parte.

So che dovrei essere terrorizzata. Se mi succedesse qualcosa, i miei genitori non mi troverebbero mai. Ma seguire Wolfe e scoprire qualcosa sulle mie origini mi sembra di vitale importanza. Devo vedere con i miei occhi la vita che mi è stata nascosta, anche se mi fa sentire a disagio.

«Mortana» dice Wolfe, guardandomi. Il mare è agitato, ma ho i piedi ben piantati sul fondo sabbioso. Amo questo mare da quando sono nata e non comincerò a temerlo proprio ora.

«Sì?»

«Mi sto fidando di te. Non farmene pentire.»

«Non succederà» gli dico, con un groppo in gola.

Mi guarda negli occhi ancora un istante e annuisce. «Bene.»

All'improvviso, mi rendo conto che non ho mai visto Wolfe alla luce del sole: l'unica volta in cui ci siamo incontrati di giorno, il cielo era coperto da nuvole scure. Chissà se è bello a mezzogiorno come lo è a mezzanotte. Chissà se il sole lo ama quanto la luna.

Mi viene più vicino e poi arriva un'onda che sospinge entrambi verso l'alto.

«La prima volta può essere un'esperienza piuttosto intensa. Devi tenerti stretta a me e non lasciarmi per nessun motivo. Mi hai capito?»

«Sì.»

«Bene. Sta arrivando.» Mi prende le mani e gli cingo il collo. Poi mi tira a sé prendendomi dolcemente per i fianchi. «Allaccia le gambe attorno alla mia cintura.» La sua voce è bassa e roca e il mio ventre freme come l'acqua che ci circonda.

Lascio che l'acqua mi sollevi le gambe, separandomi dalla sicurezza del fondale sabbioso. Le stringo attorno a Wolfe, facendo aderire il mio corpo al suo.

«Tutto bene?» mi chiede.

Annuisco. Ci guardiamo, entrambi col fiato corto.

«Non lasciarmi» dice, ed è più una preghiera che un ordine.

«Non ti lascio.»

Nei suoi occhi c'è qualcosa che non riconosco: non è la sua solita rabbia, ma qualcosa di fragile. Delicato.

Poi poso la testa sulla sua spalla e lo stringo più forte che posso. Chissà se sente il mio cuore che batte, se sente che questa è l'avventura più grande che mi sia mai capitata.

«Fa' un bel respiro » dice, e lo assecondo.

Poi veniamo risucchiati da un vortice d'acqua e l'unica cosa a cui penso è che non voglio annegare. Veniamo trascinati al centro della corrente, sospinti come foglie al vento. Sento le braccia di Wolfe che mi stringono la vita, tenendomi forte.

Veniamo trasportati lontano dalla costa occidentale, ma non so dire in che direzione stiamo andando. L'acqua freme e ribolle, vortica sopra la mia testa, mi entra nel naso e mi piega di lato per poi farmi tornare verticale.

Annaspo alla ricerca di ossigeno e l'acqua che ingoio mi soffoca. Ho l'impulso di allontanarmi da Wolfe, scalciare e nuotare risalendo in superficie, lontano dalla corrente affamata. Ma lui è tranquillo, mi tiene stretta e lascia che la corrente ci trasporti. Tremo tra le sue braccia, lo sento posare una mano sulla mia nuca.

Un'altra onda ci inghiotte e c'è soltanto il frastuono del mare. Ci sballotta e ci fa rotolare, aggrappati l'uno all'altra.

Poi qualcosa sembra cambiare. La corrente rallenta, trascinandoci a una velocità che non mi fa più temere per la mia vita. Risaliamo in superficie e sento la voce roca di Wolfe, le sue labbra bagnate che mi sfiorano l'orecchio. «Respira» dice.

Faccio come mi dice e inspiro l'aria salmastra dell'oceano, riempiendomi i polmoni. Ma non oso lasciarlo andare e resto aggrappata a lui, perché so con assoluta certezza che tra le sue braccia mi sento al sicuro.

Sono al sicuro.

L'acqua ci trasporta e il mio respiro si placa, diventando più profondo. Cerco di imprimere nella memoria la sensazione di essere trascinata dolcemente dal mare, di essere tra le braccia di questo ragazzo sconcertante, nell'acqua che amo così tanto.

«Ci siamo quasi» dice, e lo sento che comincia a nuotare. Si muove come se non ci fossi nemmeno, a suo agio nell'acqua nonostante il mio peso. Allento la presa soltanto quando i suoi piedi toccano terra.

Ho la schiena rivolta alla spiaggia e guardo rapita la corrente che si allontana. La superficie dell'acqua è di nuovo piatta e Wolfe mi sfiora la mano.

«Sei pronta?»

All'improvviso ho paura di ciò che vedrò quando mi volterò. Chiudo gli occhi e faccio un respiro profondo, poi mi giro lentamente, ancora in acqua.

Penso ai miei genitori, a Ivy e agli Eldon che dormono nei loro letti, penso a tutto ciò a cui hanno rinunciato e a cui continuano a rinunciare per garantirci il nostro posto nel mondo. Penso alla cura con cui l'hanno costruito e al fatto che un solo passo falso potrebbe cancellare tutto quanto.

Penso al fiordiluna, alla menzogna e all'enormità dell'inganno.

Trovo la mano di Wolfe sott'acqua e intreccio le dita alle sue.

Poi faccio un respiro profondo e apro gli occhi.

22

Vedo soltanto una foresta, una distesa d'alberi che arriva fin quasi alla spiaggia, come sul resto della costa occidentale. Guardo Wolfe, confusa.

«La nostra dimora è incantata» mi dice. «Soltanto chi è invitato può vederla. Tutti gli altri vedono soltanto un bosco ininterrotto.» Fa una pausa e le sue dita stringono la presa sulle mie: l'unico indizio che è nervoso. «Rivela» mormora. È impossibile che una parola così semplice possa spezzare un incantesimo così potente.

E invece può. Batto le palpebre più volte, incredula.

Gli alberi svaniscono lentamente, rivelando un grande maniero di mattoni in cima a un lungo declivio erboso. Al chiaro di luna riesco a distinguere il profilo di un tetto ripido e una serie di guglie che salgono al cielo, minacciose. Ai lati, il maniero è circondato da alberi alti che lo avvolgono nell'oscurità.

«Dove siamo?» chiedo, fissando meravigliata l'imponente edificio, sbalordita all'idea che in tutti questi anni sia sempre stato qui, nascosto.

«Siamo a circa cinque chilometri dal punto in cui praticate il Rituale, sulla costa sud-occidentale. La sera in cui ti ho visto mentre raccoglievi i fiori e le erbe eri letteralmente nel nostro giardino.»

«Non ne avevo idea» mormoro, più a me stessa che a Wolfe.

«Già, è proprio questo il punto.»

Wolfe mi conduce fuori dall'acqua e sulla spiaggia sassosa.

Saliamo tre scalini di pietra e siamo sul prato, poi seguiamo il sentiero che porta al maniero. «Asciuga» mormora, e i nostri vestiti si asciugano all'istante.

Sul maniero grava uno strato di nuvole basse, che impedisce alla luna di illuminarlo. Ai lati del portone, lanterne di vetro illuminano con il loro caldo bagliore arancione l'edera che sale da terra, ricoprendo il maniero fino al tetto spiovente. Su un lato dell'edificio c'è un giardino, un mare di bianco sullo sfondo di una notte completamente scura.

«Sono fiordiluna?» gli chiedo, ipnotizzata dalla distesa fiorita.

«Sì.»

Ho esplorato l'isola da un capo all'altro e non ho mai visto il maniero.

L'idea che Wolfe custodisca dentro di sé un potere del genere mi toglie il fiato. Una magia così forte da riuscire a nascondere un intero edificio per tutti questi anni. Un potere che, secondo lui, è anche dentro di me.

«È casa tua?» gli chiedo, guardando i vialetti di pietra sbrecciata e la luce delle candele che balugina sulle pareti di mattoni.

«Sì» dice, alzando lo sguardo verso l'edificio. «Viviamo tutti qui dentro.»

«Quanti siete?»

Fa una pausa. «Settantatré.»

«Settantatré?» ripeto, sconvolta. «Sull'isola ci sono settantatré streghe che praticano la magia nera?» Sento l'impulso di correre a casa e dirlo a mia madre, dirle che la vecchia congrega è più viva che mai e prospera sulla nostra isola.

Siamo stati ingannati.

Tutti quanti.

In questo momento, la menzogna di mia madre non mi sembra nemmeno così grave, paragonata a ciò che ho appena scoperto. Paragonata a un maniero pieno di magia nera e vecchie streghe e incantesimi potenti. Ne sarà devastata.

«Mortana, sei a casa mia» dice Wolfe. «Credi di poter evitare certi termini offensivi, mentre sei qui?»

Lo sento a malapena. Il tono della sua voce mi sembra leggero, ma non ne sono sicura. Mille pensieri mi affollano la mente e il mondo comincia a girare. Mi si chiude lo stomaco e poi le gambe non mi reggono più. «Non mi sento bene» dico.

Il mondo gira sempre più velocemente. Wolfe mi mette un braccio attorno alla vita prima che cada a terra. Poi, il buio.

Quando apro gli occhi, sono in una stanza accogliente, sdraiata su un morbido letto. Il soffitto è attraversato da travi di mogano scuro, lo stesso legno del letto a baldacchino. Sulla parete opposta c'è un grande camino acceso, le fiamme che crepitano e scoppiettano. La luce del fuoco si riflette su un flacone di vetro appoggiato al comodino: il profumo conserva-ricordi che ho regalato a Wolfe. E accanto al flacone c'è un vasetto con i fiori e le piante che abbiamo raccolto insieme: la sua pozione per ritrovare la pace.

Una fitta di dolore mi attraversa il petto.

Sul tavolo, all'altro lato del letto, c'è una pila di libri con la copertina in pelle e tra due grandi finestre fa bella mostra di sé un dipinto incompiuto appoggiato a un cavalletto e circondato da tubetti di colore e barattoli pieni di spatole e pennelli. È un ritratto e non riconosco la persona raffigurata, ma non ne sono sorpresa. Chiunque sia, conduce una vita nascosta, proprio come Wolfe. Sono ipnotizzata dal dipinto, dall'incredibile cura dei dettagli, dalle ore che deve aver trascorso cercando di ottenere una somiglianza perfetta.

Mi chiedo come sarebbe il mio ritratto, se mi dipingesse, ma non appena ci penso mi sento invadere dalla tristezza. Non ho bisogno di un dipinto, perché mi ricorderà comunque.

Mi alzo lentamente, ma mi siedo di nuovo quando sento delle voci oltre la porta.

«Come ti è venuto in mente di portarla qui?» dice qualcuno.

«Lei non...» Non riesco a capire il resto della risposta di Wolfe.

Dopo un altro scambio di battute che non riesco a sentire, la porta si apre e Wolfe entra nella stanza. Chiude dolcemente la porta dietro di sé.

«Per quanto tempo sono rimasta svenuta?»

Wolfe si ferma quando sente la mia voce. «Abbastanza a lungo da portarti nella mia stanza.»

Mi sento avvampare, mentre mi chiedo come abbia fatto a portarmi qui e quanto tempo passerò tra le sue braccia, stasera. Wolfe guarda il camino e le fiamme divampano, e per una frazione di secondo resto a bocca aperta. Poi mi ricordo dove mi trovo.

«Mi dimentico sempre che puoi usare la magia anche di notte.»

«Se è per quello anche tu» dice con voce piatta.

Sospiro. «Dobbiamo proprio litigare?»

«No» risponde. «Possiamo farlo dopo.»

Si avvicina e mi rendo conto che per la prima volta lo vedo in un luogo chiuso. La luce delle candele guizza sui suoi capelli neri e sul suo pallore. Nel rifugio della sua casa, la sua espressione sembra più dolce. I suoi occhi grigi non brillano di rabbia come al solito e i muscoli della sua mandibola non si contraggono di continuo.

È sempre lui, ma più a suo agio. A suo agio e perfetto.

«Mi stai fissando» dice.

«È che non sei sgradevole come al solito.»

L'angolo della sua bocca si solleva in un accenno di sorriso, e il dolore che ho nel petto diventa più intenso. «Ne sono lusingato.»

«Era un complimento.» Parlo a bassa voce, preoccupata che altrimenti mi possano sentire tutte le settantatré streghe che vivono qui.

Wolfe scuote la testa e distoglie lo sguardo. «Lo so.»

Ho l'impressione di aver detto la cosa sbagliata, così non aggiungo altro.

«Come stai?» mi chiede.

«Mi sento in imbarazzo.» C'è qualcosa in lui che mi spinge a dirgli la verità, e mi rendo conto che è stato così dal primo momento in cui l'ho incontrato. Gli ho mostrato la mia rabbia e le mie insicurezze, lo stupore e la paura, e non c'è mai stata una volta in cui mi abbia giudicato male.

È come se fino a oggi avessi brancolato nel buio e poi fosse arrivato lui, invitandomi a vivere nella luce. Le sue espressioni cupe, la sua magia nera e la sua casa minacciosa mi hanno illuminato dentro, gettando una luce sulle cose che mi hanno sempre insegnato a tenere nascoste.

Mi guarda negli occhi. «Fidati, non hai alcun motivo di sentirti in imbarazzo.» Fa una pausa. «Né ora, né mai.»

Ci guardiamo e vengo sopraffatta dall'impulso di avvicinarmi, prendergli la mano e stringerlo a me. Nella corrente mi ero aggrappata a lui perché dovevo. Perché in caso contrario sarei annegata.

Ma cosa succede se annego qui, nella quiete della sua stanza, soffocata dal desiderio che provo per lui?

«Stai meglio? Te la senti di incontrare mio padre?»

La sua domanda mi coglie di sorpresa, ma almeno i miei pensieri smettono di torturarmi. Forse era suo padre la persona con cui parlava dietro la porta. «Sì.»

Annuisce e scendo lentamente dal letto, cercando di reggermi in piedi. Wolfe mi tiene la mano sulla schiena finché non sono stabile, poi usciamo in corridoio. Le pareti sono rivestite dello stesso legno scuro della stanza di Wolfe e il pavimento è coperto da un lungo tappeto rosso e dorato. I muri sono illuminati da candele in candelabri di vetro.

«Perché avete così tante candele?» gli chiedo.

«Come faremmo a vedere, altrimenti?»

Lo guardo, confusa. «Non avete l'elettricità?»

«È un po' complicato convincere la terraferma a dare corrente a questa parte dell'isola, considerato che non esistiamo. Non credi?»

Mi sento arrossire e scuoto la testa. «Scusa.»

«Non devi scusarti. Inoltre, ho un debole per il lume di candela.» Il suo sguardo indugia ancora un attimo su di me, e poi riprendiamo a camminare.

Tiene la mano lungo il fianco e per un istante mi convinco che sia inclinata verso di me, come un invito, e devo resistere all'impulso di prenderla. Da dietro le porte chiuse si levano voci sommesse e poi una bambina salta fuori da dietro un albero in vaso, facendomi trasalire. Ha i capelli neri raccolti in una treccia e un sorriso senza incisivi. Colpisce Wolfe su una gamba e poi esclama: «Trovato, tocca a te!».

Wolfe la prende tra le braccia e lei lancia uno strillo. «Hai barato, Lily!»

Lei ride e mi guarda da dietro la spalla di Wolfe. «Chi è la tua amica?» chiede.

«Lei è Mortana» dice Wolfe. «Mortana, ti presento Lily.»

«Sono la sua amica *del cuore*» dice Lily, guardandomi con sospetto.

«Esatto, la mia amica del cuore» dice Wolfe. Posa Lily a terra e la bambina mi guarda, nascosta dietro la gamba di Wolfe.

«È un piacere conoscerti, Lily. Anch'io ho un'amica del cuore. Si chiama Ivy.»

«Ti piace colorare?»

«Adoro colorare.»

«Può venire a colorare con me?» chiede Lily, contenta che io non costituisca una minaccia.

«Non ora, microbo. È troppo tardi: dovresti essere a letto da un pezzo.»

Lily si lascia sfuggire un gemito. «Ma non sono stanca!» dice, soffocando uno sbadiglio.

«Lo so, lo so. Ma devi riposare se vuoi giocare a nascondino anche domani» dice Wolfe. «A meno che tu non sia disposta a perdere.»

Lily lo guarda sbalordita. «No di certo!» dice, poi corre via, entra nella sua stanza e chiude la porta dietro di sé.

«Mi piace la tua amica del cuore» dico, seguendo Wolfe giù per un'ampia scalinata e tenendomi stretta al corrimano di ferro battuto, per sicurezza.

«Le farà piacere saperlo, domani.»

Quando arriviamo in fondo alla scala, sentiamo del rumore. Dall'ala destra del maniero, dove suppongo ci siano le cucine, si levano delle voci, mentre nel salone a sinistra diverse streghe si stanno esercitando con gli incantesimi. La sala è illuminata da candele e le fiamme cambiano intensità a seconda delle parole pronunciate dalle streghe.

«Ciao, Wolfe» dice qualcuno nella sala, scagliando nell'atrio una palla di fuoco che ci gira attorno prima di spegnersi.

«Esibizionista» dice lui.

Le risate ci seguono finché non raggiungiamo uno studio sul lato anteriore del maniero. La porta è aperta, ma Wolfe bussa comunque.

«Avanti» dice una voce dall'interno.

Ho il cuore che batte all'impazzata e i palmi sudati. Non so perché sono nervosa, ma mi tremano le mani mentre entro nella stanza.

Nello studio, seduto dietro una grande scrivania di legno, c'è un uomo. Nel camino di pietra arde un fuoco vivace e la luce delle lanterne tremola alle pareti. La stanza è interamente rivestita di scaffali di ferro scuro sui quali trovano posto centinaia di libri rilegati in pelle. Appoggiata a una parete c'è una scala che arriva fino al soffitto.

Non posso fare a meno di allungare una mano e accarezzare il dorso dei volumi antichi.

«Sono grimori?» chiedo, rapita. La nostra congrega possiede libri che documentano la magia del nuovo ordine, ma i vecchi testi in cui i nostri antenati custodivano i loro incantesimi sono stati rimossi. Quando abbiamo smesso di praticare la magia nera, non ne abbiamo più avuto bisogno. Ma ora sono in soggezione, di fronte a questa stanza piena di magia. Piena di storia.

«Sì» dice Wolfe.

In mezzo alla stanza, appoggiato a un leggio, c'è un antico volume aperto. Ha gli angoli arricciati e ingialliti, ma le pagine sono ancora leggibili. È un incantesimo per trasferire la linfa vitale. Sfioro con le dita le parole che spiegano come prendere una vita per salvarne un'altra.

Una volta, Wolfe mi ha detto che la magia è tutta una questione di equilibrio. E quindi è logico che non possiamo semplicemente salvare una vita: le nostre decisioni comportano delle conseguenze.

Mentre leggo l'incantesimo, sento la magia risvegliarsi nel mio stomaco, e l'innegabile filo che mi lega a questo mondo mi fa tremare di paura.

Stai praticando la magia sbagliata.

«Devi essere Mortana» dice l'uomo, distogliendomi dai miei pensieri. Tolgo la mano dal grimorio e il rossore si diffonde sulle mie guance.

«Sì.»

L'uomo assomiglia moltissimo a Wolfe: ha gli stessi lineamenti squadrati, gli stessi capelli neri e arruffati, e gli occhi hanno il colore del mare in tempesta. Ma in qualche modo il suo viso è più dolce. La pelle pallida è un po' cadente e sulla punta del naso ha un paio di occhiali con la montatura metallica. Quando mi sorride, gli si increspano gli occhi.

«Sono Galen, il padre di Wolfe. Benvenuta nella nostra congrega.» Mi tende la mano e la prendo. Indossa un anello quasi identico a quello di Wolfe.

«Grazie» dico con un filo di voce. Davanti ai miei occhi si è spalancato un mondo di cui non so nulla e che mi costringe a mettere tutto in discussione. La mia congrega è a un passo dall'ottenere ciò che ha sempre voluto e il maniero nel quale mi trovo sta minacciando di rovinare tutto. Com'è possibile che fossimo all'oscuro della loro esistenza?

«Mi rendo conto che sia difficile da digerire» dice Galen. «Ma preferiamo restare nascosti. Sono sicuro che tu capisca perché.»

«Da quanto tempo vivete qui?»

«Da quando il nuovo ordine è diventato la norma. Quando si è formata la vostra congrega, vi hanno aderito quasi tutte le streghe. Soltanto una sparuta minoranza ha deciso di restare fedele al vecchio ordine. Per un po' abbiamo condiviso l'isola, ma col passare degli anni le nuove streghe si sono rese conto di quanto fosse pericoloso: gli abitanti della terraferma non dovevano in alcun modo scoprire che la magia alta era ancora praticata. Così ci siamo riuniti con il consiglio e abbiamo costituito una fragile alleanza. Abbiamo accettato di allontanarci dalla comunità e restare nascosti, e loro hanno accettato di custodire il nostro segreto. Questo è successo diverse generazioni fa. Col passare del tempo, le nuove streghe hanno cominciato a considerarci più creature mitologiche che persone realmente esistenti. Però siamo ancora qui, a praticare la nostra magia.»

«Ma perché? Perché scegliere di vivere così?»

«Dove dovremmo andare? Sulla terraferma?»

Non rispondo, perché ha ragione. Sulla terraferma la magia è proibita e se qualcuno scoprisse la loro presenza laggiù le conseguenze sarebbero molto pesanti. È più sicuro praticare la magia sull'isola, anche se significa vivere nascosti.

«Come mai siete così tanti?»

«Eravamo molti di più» dice Galen. Non sembra nervoso o insicuro come Wolfe, quando risponde alle mie domande. È disinvolto e nella sua voce non vi è traccia di ostilità. A quanto pare riesce a reggere il peso dei segreti della congrega più facilmente rispetto a Wolfe. «Ogni tanto acquisiamo qualche nuovo membro; sulla terraferma ci sono ancora discendenti della strega originaria, e quando scoprono di avere poteri magici trovano un modo per mettersi in contatto. E quando qualcuno della nuova congrega condanna la magia bassa al Ballo d'Ingresso, lo accogliamo tra noi. E poi, naturalmente, ci sono molte famiglie con figli. La verità è che non possiamo sopravvivere per sempre, non senza l'adesione di nuove streghe, ma questo è un problema che affronteremo quando sarà il momento.»

Come faremo a essere ricordati? Le parole di Wolfe affiorano nella mia mente e sono profondamente commossa dalla sua devozione alla congrega, dal suo impegno affinché ogni singola strega di questo maniero continui a vivere nei suoi ritratti, anche dopo la morte.

«Pensavo che chiunque rifiutasse il nuovo ordine venisse esiliato sulla terraferma» dico a bassa voce.

«Cos'altro potresti pensare, se sei convinta che la vecchia congrega non esista più?»

Annuisco. Mi sento una stupida: nella luce fioca di questo studio sto imparando molto più di quanto abbia appreso durante tutte le mie lezioni. «E come scongiurate le malattie causate dalla magia oscu... mi scusi, dalla magia *alta*?»

«Non esiste nessuna malattia» risponde Galen. «È un mito per tramandare l'idea che la magia alta è malvagia o dannosa. Non è vero, tutto qui.»

«Mi dispiace» dico, e mi vergogno per averlo chiesto. Mi vergogno per averci creduto. «Non volevo mancare di rispetto.»

Galen mi guarda e si toglie gli occhiali, piegandoli e posandoli su un libro aperto sulla scrivania. «Assomigli moltissimo a tua madre.»

All'improvviso ho la gola secca. Deglutisco. «Conosce mia madre?» Le parole sono dense e vischiose ed escono a fatica.

«Certo» risponde Galen. «Tutti gli abitanti dell'isola sono tenuti a risponderle. È compito mio sapere chi è.»

«Capisco.» Faccio una pausa, prima di riprendere a parlare. «E mia madre è al corrente della sua identità?»

Galen guarda Wolfe, e poi me. «A quanto pare no, considerata la tua reazione quando hai visto la nostra dimora.»

Mi torna in mente il mio svenimento e le mie guance diventano ancora più rosse.

«Sedetevi entrambi.» Galen indica un grande divano nero accanto al camino. Il mio cuore è calmo e il mio respiro regolare, ma sono troppo distratta per capire cosa significhi.

«Mortana, sono contento che mio figlio ti abbia incontrato. E sei la benvenuta nel nostro maniero ogni volta che vuoi, ma questo ti complicherà un po' la vita. Lo capisci?»

«Sì.»

Galen si siede di fronte a noi, appoggiandosi allo schienale. «Il fatto che la tua congrega venga a sapere della nostra esistenza non è un grosso problema: rientra nei nostri piani. Ma mi preoccupa la tempistica.»

«Quali piani?»

«Le streghe sono custodi della Terra. Siamo dei guaritori. E la vostra congrega sta uccidendo l'unica casa che abbiamo. Non resteremo a guardare mentre accade.»

Cambio posizione, a disagio. «Sta parlando delle correnti» dico, e per qualche ragione lo dico come se fossi sollevata.

Galen annuisce. «Siamo abbastanza forti da porvi rimedio. Ma abbiamo bisogno dell'aiuto della vostra congrega, e ho il sospetto che tua madre non sarà d'accordo.»

«Immagino di no» dico. L'oceano è la mia vita, e anche prima di perdermi il Rituale la violenza delle correnti occupava spesso i miei pensieri, riempiendomi di preoccupazione. Dobbiamo porvi rimedio, e ho capito da tempo che mia madre non sta facendo abbastanza.

Sono contenta che ci sia qualcuno che vuole risolvere il problema. Forse ciò mi rende una traditrice.

«Sono dalla vostra parte» dico, guardando Galen.

«Davvero?» mi chiede, inarcando un sopracciglio. Le fiamme del camino guizzano sul suo viso.

«Sì. Non rivelerò la vostra esistenza a mia madre finché non deciderete di farlo voi.» Faccio una pausa e inspiro a fondo, guardando Galen negli occhi. «Ma se farete del male alle persone a cui tengo, vi garantisco che la furia della terraferma si abbatterà su di voi.»

Galen mi guarda a lungo, poi mi rivolge un sorriso. «Ti credo. Hai la mia parola.»

«Bene.»

«Sono contento di aver risolto la questione: a quanto pare mio figlio fa fatica a starti lontano.»

Abbasso lo sguardo, ma Wolfe gli rivolge un'occhiataccia. «Grazie.»

«Non c'è di che, figliolo» dice, alzandosi. «Mortana, è stato un piacere conoscerti.» Galen mi tende la mano e io mi alzo per stringerla.

«Piacere mio.»

«Non vedo l'ora di rivederti» dice, e la sicurezza che sento nella sua voce, come se fosse assolutamente convinto che tornerò, mi fa venire i brividi. «Nel frattempo, godetevi la cerimonia.»

Posa una mano sulla spalla di Wolfe ed esce dallo studio, lasciando dietro di sé mille domande senza risposta.

23

«Quale cerimonia?» chiedo a Wolfe, allarmata. Nella mente si affollano immagini di rituali oscuri e magia ancora più oscura, canti ipnotici e incantesimi potentissimi, e all'improvviso sono terrorizzata da ciò in cui mi sono imbattuta. O dal motivo per cui Wolfe mi ha portato qui.

«Un rinnovo delle promesse» dice.

«Che tipo di promesse?» Le parole mi escono di bocca piene di rabbia, accusatorie, mentre il panico mi attanaglia il petto.

Wolfe inarca un sopracciglio, trattenendo a stento un sorriso divertito. «Promesse nuziali.»

«Cosa?» gli chiedo, confusa. Tutta la rabbia si scioglie come neve al sole.

«Cosa credevi? Pensavi che ti avessi portato qui per un giuramento di sangue, o magari un sacrificio? Oh, aspetta: forse pensavi che avremmo evocato qualche spirito crudele dell'oltretomba per perseguitare la vostra congrega. O magari temevi che volessi tormentare gli abitanti della terraferma con incubi orribili e convincerli a mettersi contro di voi una volta per tutte. Oppure...»

«Potete farlo?» lo interrompo, inorridita.

Wolfe mi guarda come se avesse appena visto un fantasma. «Certo che no! Mio Dio, si può sapere cosa vi insegnano dalle vostre parti?»

Scrollo le spalle, perché il pensiero non mi sembra poi così eccentrico. «Non ci insegnano molto sui meccanismi interni della magia nera, e questo scatena la nostra immaginazione, credo.» Wolfe chiude gli occhi e fa un respiro lungo e profondo quando uso l'espressione "magia nera". «Scusa, magia *alta*.»

«Mortana, ti giuro che...»

«Ti ho chiesto scusa» ripeto, alzando le mani in segno di resa.

Poi bussano alla porta e Galen fa capolino. «Stiamo per cominciare.»

Wolfe annuisce e la porta si chiude, lasciandoci nuovamente da soli.

«Sarà meglio che ti prepari» dice Wolfe.

«Non ho intenzione di rimanere. È una cerimonia intima, speciale. Non voglio intromettermi.»

«Non ti stai intromettendo. Però stai facendo tardi.»

Guardo i miei vestiti, frustrata. «Mi serve tempo per prepararmi.»

«Non ti serve tempo. Ti serve una magia.»

«Ma è notte» dico, rendendomi immediatamente conto che le mie parole sono ridicole. Dietro la porta si sente della musica e il mio cuore comincia a battere più veloce.

«Mortana, hai attirato le maree e sollevato venti impetuosi. Credo che tu possa usare un po' di magia per cambiarti d'abito.»

«Lo faresti tu al posto mio?» gli chiedo, perché non voglio infrangere un'altra regola. Anche se ho già fatto tante cose impensabili, non sono obbligata ad assecondarlo ogni volta. «Ti prego.»

Wolfe mi guarda con aria frustrata, ma annuisce. «D'accordo.»

Prima che abbia il tempo di ringraziarlo, la magia di Wolfe mi avvolge, lisciandomi i capelli e stendendo un velo di trucco sul mio viso. Poi esce dallo studio e torna qualche minuto dopo con un vestito.

«Ti aspetto fuori mentre ti cambi» dice.

Prendo il vestito e una lunga collana d'argento scivola fuori dalle pieghe del tessuto. «Devo indossare anche questa?» gli chiedo, tenendola sollevata.

«Sì.» Non aggiunge altro, prima di uscire.

Quando la porta è chiusa, indosso l'abito di pizzo grigio. Mi arriva ai polpacci e ha le maniche lunghe e aderenti, con i polsini a campana. Mi avvicino al raffinato specchio dorato dietro la scrivania di Galen e mi guardo. Ho i capelli sciolti che mi ricadono morbidi sulla schiena, l'ombretto scuro e sfumato e un rossetto cremisi sulle labbra. La raffinata collana che mi ha dato Wolfe è d'argento, impreziosita da una pietra ovale nera. Il retro è traforato: un'elegante filigrana, delicata e audace al tempo stesso. La indosso e sfioro la superficie liscia della pietra ovale.

«Avanti» dico, quando sento bussare alla porta.

Wolfe entra e quando mi vede si ferma. Mi fissa come se fossi una pioggia di meteoriti in una notte senza nubi. Sposto il peso del corpo da un piede all'altro, in imbarazzo, e torno verso lo specchio.

Mi hanno sempre insegnato a truccarmi in modo delicato e leggero. Deve sembrare naturale, direbbe mia madre. Non sono abituata a vedermi così, ma invece di indietreggiare davanti alla mia immagine riflessa, o di chiedere a Wolfe un trucco meno appariscente, sono ipnotizzata. Lo adoro.

«Posso cambiarlo, se vuoi» dice Wolfe. Ha la voce bassa e roca e mi sento invadere da un'ondata di calore.

«Mi piace» dico, voltandomi a guardarlo. «Cosa ne pensi?»

«Penso che...» dice, poi si ferma, passandosi una mano tra i capelli. Sul viso ha di nuovo un'espressione frustrata e scuote la testa. «Penso che tu sia perfetta.»

«Allora perché sembri così arrabbiato?»

Si avvicina e mi infila un fiordiluna dietro l'orecchio, con delicatezza. «Perché non voglio che tu sia perfetta nel mio mondo. Non voglio che sembri una di noi.»

«Non lo sono» dico, facendomi violenza. Ho la gola secca e parlo con un filo di voce.

«Guardati di nuovo» dice, girando il mio viso verso lo specchio.

Mi guardo solo un istante, poi chiudo gli occhi e mi giro dall'altra parte. Anch'io non voglio sembrare una di loro.

Stiamo per uscire, quando un grande dipinto sopra il camino attira la mia attenzione. Distratta dai grimori, quando sono entrata nello studio non l'avevo notato, ma è di una bellezza da togliere il fiato. È il ritratto di una donna con lunghi capelli neri e una coroncina di fiordiluna in testa. Indossa un abito aderente color argento e una collana con un grande ciondolo nero. Ha il viso illuminato da un sorriso dolce e appagato, le mani in grembo.

«L'hai fatto tu?» gli chiedo, incantata.

Wolfe è accanto a me e sta guardando il ritratto. «Sì. È mia madre» risponde.

«È bellissima. Ci sarà anche lei alla cerimonia?»

«È morta tanto tempo fa.» Lo sento irrigidirsi, mentre la sua voce diventa tagliente.

«Cosa le è successo?» Non so se la mia domanda è opportuna, se gli fa piacere parlarne oppure no, ma ho voglia di conoscerlo meglio. E questo fa parte di lui.

«È morta di parto, mentre era sulla terraferma a fare provviste. Doveva comprare alcune cose che sull'isola non erano disponibili ed è entrata in travaglio. Sono subentrate delle complicazioni e mio padre non ha fatto in tempo a raggiungerla. Se fosse stata sull'isola, sarebbe sopravvissuta. Mio padre avrebbe potuto salvarla.»

«È terribile» dico, fissando il dipinto. «Mi dispiace tanto.»

«Terribile? La tua congrega direbbe che la sua morte era inevitabile, perché usare la magia per salvare una vita è da scellerati.» Mi giro a guardarlo e ha un'espressione arrabbiata. Ferita. «Quale delle due, Mortana?»

Non so cosa mi spinga a farlo, né dove trovi il coraggio, ma gli butto le braccia al collo, stringendolo a me. «È terribile.»

Lui esita e resta immobile. Poi, lentamente, mi cinge la vita.

Dietro la porta chiusa, la musica diventa più forte e Wolfe fa un passo indietro.

«Dobbiamo andare» dice.

Si dirige verso la porta e l'apre senza aggiungere una parola.

Mentre eravamo nello studio di Galen, l'atrio è stato completamente trasformato: l'ampio scalone è ricoperto di petali di fiordiluna e il corrimano è decorato con foglie d'edera. Sui gradini ci sono grosse candele nere e dalle porte aperte entra una musica sontuosa e profonda.

Wolfe mi prende a braccetto, lasciandosi tutta la tensione alle spalle. Usciamo dal maniero e raggiungiamo il lungo declivio erboso che porta al mare. Sul prato ci sono sedie di legno scuro delicatamente intagliato e centinaia di fiordiluna bianchi che galleggiano nell'acqua, riflettendo la luce della luna. Sulla spiaggia si erge un grande arco di ferro battuto ricoperto di altra edera e illuminato dalle candele.

La bellezza di ciò che vedo – il fascino e l'opulenza delle decorazioni – mi lascia senza fiato. Sull'isola ho partecipato a decine di matrimoni, ma nessuno era paragonabile a questo.

A nord del maniero c'è un ampio giardino, molto più grande di quello che ho già visto, ma è troppo buio per coglierne i particolari.

«Che giardino immenso» dico.

«Coltiviamo la maggior parte del nostro cibo.»

«Sembra quasi una città tutta vostra» dico. Il giardino si estende a perdita d'occhio e nell'oscurità non riesco a vederne i confini.

«Una città tutta nostra, dove possiamo praticare una magia tutta nostra.»

All'inizio penso che mi prenda in giro, ma dal tono di voce sembra felice. Appagato.

«Guarda un po' chi è venuto a trovarci. Una MBM» dice una donna, venendo verso di me. Ha lunghi capelli neri che le sfiorano le cosce, zigomi e labbra truccati di un rosso vistoso che contrasta con il pallore della sua pelle. Tiene un bicchiere d'argento tra le mani, ha le unghie laccate di rosso. Io ho sempre dovuto usare soltanto smalto rosa o avorio, e istintivamente nascondo le mani dietro la schiena.

«MBM? Ci chiamate così?» chiedo a Wolfe.

«Un soprannome poco fantasioso, lo ammetto. Sta per "magia di bassa marea".»

«Capisco.»

«Stai benissimo» dice la donna con aria divertita. «I colori scuri ti donano.»

«Mi scusi, ci conosciamo?»

«Sei la figlia più potente dell'isola, tesoro. Ti conosciamo tutti.» Mi fa l'occhiolino e mi cinge le spalle con un braccio. «Sono Jasmine. Andiamo a prendere da bere» dice, portandomi via da Wolfe.

«Jasmine?» Il suo nome smuove un vago ricordo nel mio cervello. «Jasmine Blake?»

Mi guarda, inarcando un sopracciglio, e poi mi rivolge un sorriso malizioso. «In persona.»

«Hai denunciato la nuova congrega.» Sono sconvolta, non riesco a credere di averla accanto. «Pensavo che...» non finisco la frase, perché non voglio offenderla. Ero troppo piccola per ricordarmene, ma conosco la storia.

«Pensavi che fossi morta sulla terraferma?»

Annuisco.

«Dopo aver denunciato il nuovo ordine sono venuta qui» dice, senza dare ulteriori spiegazioni. E forse non ce n'è bisogno, forse fare questa scelta non è complicato come crede la nuova congrega.

Mi porge un calice d'argento pieno di vino rosso e mi torna in mente mia madre. Il mio cuore comincia a battere forte.

«Ho sentito dire che sei molto portata per la magia alta» dice Jasmine.

«Ti hanno informato male. Pratico soltanto la magia bassa» dico, stringendo il calice un po' troppo forte.

«Certo, certo» dice. «Anch'io, tanti anni fa.» Accosta il bicchiere al mio per brindare e beve un sorso di vino, e poi qualcuno la chiama. «Mi ha fatto piacere conoscerti, Mortana.»

La guardo allontanarsi, mentre le sue parole riecheggiano nella mia mente. Per quanto ne so, Jasmine Blake è stata l'ultima strega a lasciare il nuovo ordine, scegliendo di andarsene durante il suo Ballo d'Ingresso. In quell'occasione bisogna decidere da che parte stare: una volta fatto, non si torna indietro. Per questo il Ballo è così importante. A parte il Rituale, è il momento in cui pratichiamo la magia più potente: un giuramento irrevocabile che ci portiamo nella tomba.

Sono troppo giovane per ricordare il Ballo d'Ingresso di Jasmine, ma anno dopo anno le nostre streghe hanno sempre scelto di aderire al nuovo ordine. È difficile immaginare come sarebbe la cerimonia se qualcuno decidesse di uscire, quanta rabbia e confusione si scatenerebbero.

La musica cessa e le persone presenti si mettono sedute. Lo so, Wolfe mi ha detto che la sua congrega è composta da più di settanta streghe, ma vederle riunite, così eleganti, mentre ridono e chiacchierano, mi travolge.

Sono settantatré, e non ne avevamo la più pallida idea.

«Stai bene?» mi chiede Wolfe, e quando sento la sua voce ho un sussulto. Non mi ero accorta che nel frattempo si fosse avvicinato.

«Perché mi hai portato qui?» gli chiedo.

Prima che mi possa rispondere, Galen raggiunge l'arco di ferro e la cerimonia ha inizio. Mi siedo accanto a Wolfe, rigirando il bicchiere tra le dita. Il mio corpo freme, attraversato da un'energia nervosa che non mi dà tregua.

Wolfe posa una mano sulla mia, fermando il bicchiere. La sua pelle è fresca e mi toglie il respiro. Non sento una parola di ciò che dice Galen, concentrata come sono sul modo in cui quel semplice tocco si propaga in ogni parte del mio corpo. Ho immaginato tante volte questa sensazione, ho passato tante notti insonni sperando che una vita fatta di obblighi e doveri potesse comunque comprendere quel tipo di follia, sperando che Landon potesse accendere quel tipo di passione. Ma non ci è riuscito, e in questo momento ho la certezza che non ci riuscirà mai.

Deglutisco e Wolfe toglie la mano dalla mia.

La musica ricomincia, le note intense e vibranti aleggiano nell'aria notturna. Se l'avessi sentita altrove, forse mi avrebbe suscitato tristezza, in netto contrasto con i brani allegri e vivaci dei nostri matrimoni. Ma non è triste. Non qui. È bellissima e audace e tocca le mie corde più profonde. Inspiro, cercando di trattenere l'emozione che minaccia di travolgermi.

Due donne percorrono insieme la navata improvvisata: una indossa un lungo abito nero con la gonna in morbido tulle e un corpetto aderente, l'altra ha un vestito attillato ricoperto di pietre preziose nere, lo strascico che riflette la luce della luna. Si tengono per mano e si fermano davanti a Galen.

Si giurano amore e impegno reciproco, lealtà e pazienza, comprensione e gentilezza, e sono sopraffatta dalla bellezza delle loro parole, dalle emozioni che provo per due persone che non conosco nemmeno. La cerimonia è sincera, in netto contrasto con tanti aspetti del mio mondo che non lo sono. Porto una mano agli occhi, cercando di trattenere le lacrime, e mi accorgo che Wolfe si sposta per farsi più vicino.

Più vicino.

Cerco di concentrarmi su ciò che sta succedendo davanti a me, ma la musica, la cerimonia e le onde che si infrangono sulla spiaggia si allontanano fino a svanire. Sento soltanto il sangue che mi pulsa nelle orecchie, il mio respiro affannato, il cuore che batte all'impazzata.

Quando le due donne si baciano, ogni singolo muscolo del

mio corpo è così teso che ho paura di spezzarmi in due. Le donne entrano in mare tenendosi per mano, dicendo qualcosa che non riesco a sentire. Poi, all'improvviso, i fiordiluna si levano dalla superficie dell'acqua e volano verso il prato, turbinando intorno a noi come foglie autunnali. La musica diventa sempre più forte, le donne si baciano di nuovo e i fiori svaniscono.

Tutte insieme, le streghe dicono: «Possa il vostro amore essere costante come le maree, potente come i fiordiluna e paziente come i semi invernali. Vi benediciamo».

Poi tutti esultano e applaudono. Resto seduta, guardando le persone che si abbracciano e si baciano e cominciano a chiacchierare tra loro, ridendo felici.

Mi chiedo come sarà il mio matrimonio con Landon, se ci sarà anche soltanto una minima parte dell'intimità e della gioia che ho visto stanotte. Ma non appena ci penso, so che non ci sarà. Il matrimonio non sarà per Landon e me: sarà una messinscena, uno spettacolo allestito per le persone presenti.

«A cosa pensi?»

Mi giro verso Wolfe e mi accorgo che mi sta guardando intensamente. Non è colpa sua se il dubbio si è insinuato nella mia mente, se l'incertezza affonda gli artigli nelle mie viscere, se, per la prima volta in vita mia, penso a ciò che voglio e non a ciò che tutti si aspettano da me. Eppure me la prendo con lui.

«Penso che voglio andare a casa.» Appoggio il bicchiere a terra e torno di corsa nello studio di Galen, togliendomi l'abito di pizzo grigio e indossando i miei vecchi vestiti. Devo andarmene da qui, tornare con i piedi per terra.

«Fa' sparire questa roba» dico quando Wolfe mi raggiunge, indicandogli il mio viso truccato. Fa per prendermi la mano, ma mi ritraggo. «Ti prego.»

«Come vuoi.» La sua magia è una carezza fresca sul mio viso, e provo un'immediata nostalgia del suo mondo, mi manca già farne parte.

«Cos'è successo?» mi chiede, ma è una domanda a cui è impossibile rispondere. *Tutto.* È successo tutto.

Vedo un ampio portone di legno intagliato con un motivo di fiordiluna e so di aver trovato l'uscita. Lo apro, facendo cigolare i cardini, e corro fuori nella notte.

24

Wolfe mi segue fino al limitare del bosco dietro il maniero. In lontananza, vedo il sentiero che mi riporterà a casa. «Perché mi hai portato qui, stanotte?» gli chiedo di nuovo, guardandolo in faccia.

Mi osserva intensamente, senza staccare mai gli occhi dai miei. «Perché stai cercando di adattarti a un mondo che non ti appartiene. Questa è la vita che ti hanno insegnato a disprezzare» dice alzando la voce, indicando il maniero alle nostre spalle. «Non siamo un gruppo di streghe che cantano attorno a un calderone e cospirano con il diavolo. Siamo una famiglia. Ridiamo e abbiamo speranze, paure e sogni, proprio come voi. Coltiviamo la terra, cresciamo i nostri figli e facciamo del nostro meglio per proteggere la Terra.»

«Non è così semplice...»

«Invece sì. Questa è una *vita*, Mortana. Una vita piena, appagante» dice, le parole piene di rabbia e di urgenza.

«E cosa dovrei fare secondo te?» grido, perché non ho la più pallida idea di cosa abbia a che fare tutto questo con me. «Questa non è casa mia.»

Wolfe mi prende le mani, avvicinandosi. «C'è una vita anche per te, qui. Una vita in cui puoi essere tutto ciò di cui hai sempre avuto paura.» Mi guarda, il suo respiro si condensa nell'aria, mescolandosi al mio. Mi scruta in viso, e il suo sguardo è così intenso che lo sento sulla pelle, lo sento nelle viscere.

Invade ogni cosa, impadronendosi di ogni cosa in cui credo, di ogni dubbio, domanda e incertezza. Quando lo guardo, vedo la persona che voglio essere, tutte le potenzialità di una vita alle mie condizioni.

E fa male.

Fa malissimo.

Sento le lacrime che mi riempiono gli occhi e cerco di soffocarle. «Ti sbagli» dico, con voce tremante. «La mia vita è altrove.»

Dal cielo nero cadono le prime gocce di pioggia e dopo pochi secondi sono bagnata fradicia. Ritraggo la mano. «Devo andare.»

Mi giro per andare via, ma Wolfe mi afferra un polso e mi trattiene, e ci scontriamo come la sera in cui ci siamo conosciuti. Ho paura di guardarlo negli occhi, ma ho ancora più paura di non farlo. Alzo lo sguardo e lui mi prende il viso tra le mani, infilandomi le dita bagnate tra i capelli.

«Non voglio perderti» dice.

Copro le sue mani con le mie e chiudo gli occhi, e sento il suo respiro che mi solletica la pelle e le sue dita che fanno divampare un incendio dentro di me. Immagino di premere le labbra contro le sue e praticare la sua magia, di permettere a me stessa di essere tutte le cose che, stando a lui, sono capace di fare.

Poi allontano le sue mani dal viso e faccio un passo indietro. «Non puoi perdermi, perché non mi hai mai avuto.»

Prendo il fiordiluna che ho tra i capelli e lo lascio cadere a terra. Poi mi metto a correre. Corro più veloce che posso, finché non raggiungo il sentiero che mi porterà a casa. Mi fermo per prendere fiato e mi giro a guardare il maniero in lontananza, visibile soltanto ai miei occhi. È cupo e minaccioso, inquietante e sinistro: tutto ciò che la mia isola non è. Ed è la cosa più bella che abbia mai visto.

Mi giro e seguo il sentiero che costeggia il versante settentrionale fino a raggiungere la mia strada, ma mi fermo non appena vedo casa mia.

Sono le quattro del mattino, ma le luci sono tutte accese. Dalle ampie finestre illuminate vedo mio padre che cammina avanti e indietro e mia madre al telefono, dietro di lui. Poi lo abbraccia, il viso segnato dalla preoccupazione.

In preda ai sensi di colpa corro in casa, nonostante sia terrorizzata all'idea della bufera che mi aspetta.

«Sono qui» grido, salendo le scale e precipitandomi in salotto.

«Mio Dio, Tana, dove sei stata?» mi chiede mio padre, correndomi incontro e prendendomi tra le braccia. «Eravamo preoccupati.» Mi tiene stretta anche se sono bagnata fradicia, e scoppio in lacrime.

«Mi dispiace tanto» dico, aggrappandomi a mio padre. «Non riuscivo a dormire. Avevo mille pensieri per la testa, così ho deciso di fare due passi.»

Mia madre mette giù il telefono. Incrocio il suo sguardo mentre sono ancora abbracciata a mio padre. Poi sospira rumorosamente, si avvicina e ci abbraccia entrambi molto forte. Fortissimo.

«Cos'è successo?» chiedo, rendendomi conto che non si sono svegliati a causa mia.

I miei genitori si scambiano un'occhiata.

«Ivy ha avuto un incidente, tesoro» dice mio padre, posandomi una mano sulla spalla. «Stasera è uscita a raccogliere erbe aromatiche e ha smosso un alveare per sbaglio. È stata punta dalle api.»

«Dev'essere stato terribile» dico. Sono stata punta soltanto una volta, non oso immaginare come debba sentirsi. «Dobbiamo portarle un olio da bagno per aiutarla a riposare. Posso andare a trovarla?»

«Non è così semplice» dice mio padre, con gli occhi pieni di lacrime. «Ivy è allergica alle api. Non era mai stata punta, quindi non lo sapeva. C'è il rischio che... che non superi la notte.»

Faccio un passo indietro. «Cosa?»

«I suoi genitori mi hanno chiesto di andare da lei. Dovremmo andare tutti» dice mia madre in tono serio. La sua voce è intrisa di tristezza e rimpianto. Ma il suo viso è calmo, il trucco impeccabile.

«No.» Faccio un altro passo indietro. «No. L'ho vista poco fa. Sta bene» dico, rifiutandomi di credere alle parole dei miei genitori.

«Oh, tesoro, vorrei tanto che fosse vero.» Mia madre fa per abbracciarmi, ma non le permetto di avvicinarsi. Non piangerò la perdita della mia migliore amica, perché non se ne andrà da nessuna parte. Non può. Non posso farcela senza di lei.

Inspiro, cercando di farmi forza. «Portatemi da lei.»

La casa di Ivy odora di morte. Non so come altro descriverlo. L'aria è densa, pesante e viziata, come se preparasse i suoi inquilini a ciò che sta per accadere. La signora Eldon si precipita da mia madre e la abbraccia.

«Oh, Rochelle» mormora mia madre.

Il dottor Glass è in piedi in un angolo e sta parlando in tono sommesso con il padre di Ivy. Mi guarda e mi rivolge un cenno del capo, poi continuano la loro conversazione.

«Ciao, Tana» dice la signora Eldon tra le lacrime. Porta un fazzoletto al naso e si asciuga il viso, prima di abbracciarmi. «Perché non vai da Ivy, mentre finiamo con il dottor Glass? Sta andando via.»

«Cosa vuol dire "sta andando via"?» chiedo, alzando la voce. «Si arrende così?» grido, rivolta al dottore. Non mi importa se sto perdendo il controllo davanti ai miei genitori e a quelli di Ivy. Non mi importa se sto cadendo a pezzi tra queste quattro mura.

«Tana» mi avverte mia madre.

Mi guardo intorno, impotente. Vorrei gridare, vorrei dire a tutti quanti che non è normale, che dovrebbero lottare di più. Ma non dico una parola, mi giro e mi precipito su per le scale. La stanza di Ivy è la prima porta a destra e busso anche se so che non risponderà.

Apro la porta. L'aria puzza di sudore nonostante la finestra sia aperta. È come se riuscissi a sentire il calore emanato dal suo corpo anche da qui.

Mi avvicino al letto e mi siedo con cautela. Ha il respiro rapido e superficiale, accompagnato da una specie di rantolo. Ha gli occhi chiusi e le braccia abbandonate lungo i fianchi, le mani aperte. La sua pelle scura è ricoperta di pomfi, il viso e il collo gonfi oltre misura.

Oh, Ivy.

«Sono qui» dico, prendendole la mano. «Sono qui.»

Non reagisce al mio tocco o alla mia voce. I suoi occhi restano chiusi, la sua mano è inerte nella mia. È davanti ai miei occhi, ma non posso accettare ciò che vedo. È la mia roccia, il mio porto sicuro, il mio rifugio. Mi vede per ciò che sono, mentre tutti gli altri vedono soltanto il mio ruolo. Sente la mia voce, mentre tutti gli altri sentono soltanto il mio nome. Come posso continuare a parlare senza di lei?

Mi guardo attorno, vedo le medicine abbandonate e le pozioni curative sul comodino. Ma non possiamo fare niente per guarirla davvero. Il nuovo ordine proibisce tutto ciò che potrebbe cambiare in modo significativo il corso della vita.

Non possiamo aiutarla.

Ma non mi soffermo abbastanza a lungo su questo pensiero per poterlo accettare. *Possiamo* aiutarla, ma stiamo scegliendo di non farlo. Se non avessimo rinnegato ciò che siamo, sapremmo salvare Ivy con la magia. Invece siamo impotenti e restiamo a guardare, mentre la vita l'abbandona un respiro dopo l'altro. Il suo corpo è in fiamme e la nostra congrega sta lasciando che bruci.

«Mi dispiace non esserti stata accanto» dico, travolta dai sensi di colpa. Quando mi ha chiesto di accompagnarla a raccogliere le erbe aromatiche avrei dovuto dirle di sì, avrei dovuto esserci quando le api sono uscite dall'alveare. Immagino Ivy a terra, da sola. I suoi genitori erano a trascorrere la serata fuori, non c'era nessuno che potesse aiutarla. Immagino il terrore, il panico, il dolore e non posso accettarlo. Mi rifiuto.

«No» dico, con la voce che trema. «Non ti lascio andare.»

Non appena pronuncio quelle parole, un succiacapre si leva in volo da un albero poco distante, le piume color sabbia illuminate dalla luna. Si appoggia sul davanzale di Ivy e ci guarda.

Un fremito mi attraversa lo stomaco, mentre penso al grimorio nell'ufficio di Galen. Il succiacapre mi sta offrendo un dono.

Prima di poter cambiare idea, prima ancora di capire cosa sto facendo, vado verso il davanzale e protendo il braccio. L'uccello si posa sul mio polso e lo porto dentro la stanza.

La mia magia sa cosa sto facendo e si risveglia, forte e potente, pronta a esaudire qualsiasi mia richiesta.

Non ricordo per filo e per segno ciò che ho letto nel libro degli incantesimi, ma mormoro le parole che mi sono rimaste impresse, cercando di stabilire una connessione con il succiacapre. Sento il suo cuore che batte sempre più forte. Mi concentro sul battito cardiaco, sulla mia magia, sul filo vitale di cui ho un disperato bisogno.

«Una vita per un'altra, è la magia che può curare, un cuore per un cuore, perché torni a respirare.»

La magia scaturisce da dentro di me e avvolge l'animale, e il battito del suo cuore rallenta fino a fermarsi.

Poso delicatamente il succiacapre sul davanzale, con le lacrime che mi solcano il viso. «Grazie» mormoro, tenendo il suo palpito vitale tra le mani, illuminato da un tenue bagliore opalescente.

Torno verso il letto e mi siedo accanto a Ivy. Non so cosa sto facendo, ma la mia magia prende il controllo, guidando le mie parole.

E poi lo sento, quando la vita fiaccata di Ivy si connette alla mia magia, quando il suo corpo si risveglia all'incantesimo e si apre per accoglierlo. Mormoro disperatamente la mia formula magica e il palpito vitale dell'uccello brilla sempre più luminoso tra le mie mani.

Continuo a recitare l'incantesimo come un mantra e Ivy contrae i muscoli, mentre infondo nuova vita nel suo corpo. La linfa vitale si radica dentro di lei, più forte ogni secondo che passa, la sua temperatura corporea si abbassa e i pomfi guariscono. All'improvviso si mette seduta, gli occhi spalancati, e poi mi afferra, stringendo troppo forte.

«Cos'hai fatto?» Non è la sua voce. È quella di un mostro. Si guarda intorno in preda al panico, e poi il suo sguardo si posa sul succiacapre morto.

Si gira verso di me, gli occhi così spalancati che per un istante temo che le escano dalle orbite.

«Cos'hai *fatto*?» ripete, e per un istante sono così spaventata che riesco soltanto a scuotere la testa.

«Io...» farfuglio, senza sapere bene cosa dire. Tutto il peso di ciò che ho appena fatto si abbatte su di me, riempiendomi di terrore. «Non potevo lasciarti morire» dico.

«Non spettava a te decidere!» grida Ivy, spingendomi via dal letto.

Cado a terra e vado a sbattere contro il comò alle mie spalle.

«Era l'unico modo» la imploro, sperando che possa capire.

«Mi hai rovinato» dice, chiamando sua madre.

La porta si spalanca e i nostri genitori entrano nella stanza.

«Ivy!» grida la signora Eldon, precipitandosi al capezzale della figlia.

Ivy singhiozza, nascondendo il viso nel petto della madre. «Non dovrei essere viva» dice, e i suoi singhiozzi irrefrenabili scuotono la stanza.

Il succiacapre giace immobile sul davanzale della finestra. Uno dopo l'altro, tutti si voltano verso di me, quando capiscono cos'ho fatto.

«Dimmi di no» dice mia madre, coprendosi la bocca con la mano.

«Io... non so cosa mi è preso. Ho agito d'impulso. È come se il mio corpo avesse preso il controllo. Mi dispiace.» Parlo in modo sconnesso, un groviglio confuso che cerca di uscire tra le lacrime.

«Vattene!» grida Ivy, aggrappandosi a sua madre.

Mi alzo in piedi e cerco di spiegare, ma Ivy mi guarda come se fossi il male personificato, la cosa più orribile che abbia mai visto. «Subito!»

Mio padre mi fa uscire dalla stanza e poi il signor Eldon ci sbatte fuori di casa, ma non è abbastanza per cancellare le grida di Ivy.

Si impadroniscono di me finché non sono sicura che continuerò a sentirle per sempre. Ogni singolo istante della mia vita.

25

Mio padre deve trascinarmi a casa con la forza. Grido e mi divincolo, cercando disperatamente di tornare da Ivy, cercando di aggiustare ciò che ho rotto. Ma quando sono sul divano a fissare le fiamme del camino, capisco che il danno è irreparabile. Il modo in cui mi guardava era più eloquente di qualsiasi parola.

Mia madre è rimasta a casa degli Eldon, probabilmente per convincerli a custodire il mio segreto. Se la nostra congrega scopre che ho usato la magia nera per salvare Ivy, scoppierà l'inferno. Le streghe pretenderanno una punizione. I miei genitori dovranno pagare per i miei peccati. E il nostro rapporto con la terraferma si sgretolerà.

Tutti i progressi fatti in questi anni cancellati in un secondo.

Ma si tratta di Ivy. *Ivy.* La mia migliore amica, la mia anima gemella, la persona che amo di più al mondo. E anche ora che sono a casa con le lacrime agli occhi, so che lo rifarei senza pensarci un istante. È da egoisti – lo so bene – ma devo farmene una ragione. Devo imparare ad accettare le etichette che ho temuto per tutta la vita.

Egoista.

Impulsiva.

Irresponsabile.

Non mi sono mai permessa di essere queste cose, ma stasera si sono concentrate tutte insieme, trasformandomi in una ragazza disperata disposta a fare qualsiasi cosa per salvare la sua migliore amica. Forse Ivy mi odierà per il resto della sua vita; forse i suoi genitori non mi perdoneranno mai; forse mi chiederò per sempre se è stata davvero la cosa giusta da fare.

Ma Ivy è viva e non riesco a essere dispiaciuta. Non mi pentirò mai della mia decisione.

Mio padre mi porta una tazza di tè e si siede sul divano. Prendo la coperta di lana pesante e la tiro su fino al mento come se fosse una corazza, uno scudo che mi proteggerà da ciò che sta per accadere. Guardo le fiamme che danzano nel camino. Dalle finestre vedo l'alba che colora il cielo e capisco che devo affrontare la situazione.

«Devi spiegarci molte cose» dice mio padre, rompendo il silenzio.

«Lo so.» Soffio sul tè e ne bevo un bel sorso. Non vi è infusa alcuna magia, ma mi ricorda comunque la mia amica.

Una parte di me vorrebbe dire tutto su Wolfe e sul Rituale a cui non ho partecipato, sulla magia nera. Ma ho promesso a Galen che non l'avrei fatto e devo mantenere la mia parola. Forse è stupido, dopo tutto quello che è successo stasera, ma l'ultima cosa che voglio è trascinare nel caos un'altra famiglia.

Un giorno dirò ai miei genitori tutto ciò che è successo. Ma stasera racconterò soltanto una parte della storia. Dovrà bastare, per ora.

«Continuo a riviverlo nella testa» dico. Mio padre cambia posizione, in modo da guardarmi in faccia. Non sembra arrabbiato, né deluso; sembra curioso. Paziente. «Stavo tenendo Ivy per mano, parlavo con lei. E poi è arrivato questo succiacapre e si è posato sulla finestra. Mi è sembrato un dono. E poi non lo so... la magia ha preso il sopravvento. Non ho nemmeno pensato a quello che stavo per fare, non ricordo di aver preso alcuna decisione. Mi ricordo soltanto di averlo fatto.»

All'improvviso mi tornano in mente le parole di Wolfe sul fiordiluna, su come i suoi petali bianchi siano l'origine di ogni magia. Soltanto che non ne avevo con me. Sono così frustrata che mi metterei a piangere, così stanca di non capire il mio mondo, la mia magia, me stessa.

Papà resta in silenzio a lungo, soppesando le mie parole. «Però non capisco: non avresti dovuto sapere come fare. La magia nera non si risveglia dal nulla dopo anni in cui non è stata praticata, deve essere evocata. Alimentata.»

Ha ragione. Ha ragione, perché è esattamente ciò che ho fatto con Wolfe la prima notte: risvegliare una magia sopita da diciannove anni.

«Lo so. Non me lo spiego, papà. In quel momento non mi è sembrato di partecipare attivamente. Non sto cercando di sottrarmi alle mie colpe e mi assumo la responsabilità di ciò che ho fatto. Sto soltanto tentando di spiegarti cos'ho provato.»

Mio padre guarda il cielo, illuminato dalla promessa di un nuovo giorno. Vorrei soltanto dormire.

«Manca poco al Rituale» dice, più a se stesso che a me. «Questo è il periodo in cui nel tuo organismo c'è più magia in assoluto. Forse il succiacapre unito alla morte imminente di Ivy ha scatenato qualcosa...» Poi scuote la testa. «Non ha alcun senso.»

«Papà» mormoro con voce tremante. Mi guarda. «Sono contenta che sia ancora viva.» Ogni parola è impregnata di terrore, mentre mi esce lentamente di bocca.

«Lo so, tesoro» dice. Si avvicina e mi cinge le spalle, e a quel punto crollo tra le sue braccia. Lo sa, eppure mi tiene stretta, nonostante tutto. E mi prepara il tè ogni volta che ne ho bisogno. E mi vuole bene, sempre.

Penso a tutti i modi in cui ho tradito la mia famiglia e il senso di colpa mi attanaglia lo stomaco. L'unica cosa che ho sempre voluto è renderli orgogliosi di me, invece ho messo in pericolo il modo di vivere di un'intera comunità e ora sono qui, appesa a un filo, in attesa di sapere cosa decideranno mia madre e gli Eldon.

Ho sempre saputo qual era il mio ruolo, ma da quando ho inseguito quella luce durante l'ultimo Rituale, da quando il mio mondo si è scontrato con quello di Wolfe, sono nel caos più totale, e mi sono allontanata così tanto dalla mia strada che ora forse è troppo tardi per tornare indietro.

Forse non lo voglio neppure.

Egoista.

La porta d'ingresso si chiude con un tonfo e mia madre entra in salotto. Mio padre non si allontana e la semplicità del suo gesto mi riempie di forza. Posso farcela. Posso ritrovare la strada.

«Hai combinato un bel disastro» dice mia madre, sedendosi sulla poltrona imbottita color foglia di tè. Appoggia la testa allo schienale, esausta, e all'improvviso mi rendo conto che è un essere umano come gli altri. Una persona in carne e ossa. Ha gli occhi stanchi e sbadiglia senza coprirsi la bocca, e per qualche motivo vederla così mi spezza il cuore.

In questo momento, Ingrid Fairchild è mia madre. Non è il capo del consiglio o la prediletta della congrega, è mia madre, ed è sfinita dal trambusto causato da sua figlia.

Mi fa venir voglia di piangere.

Si toglie le scarpe e guarda il mio tè. «Tesoro, avrei proprio bisogno di una tazza di tè.»

Mio padre si alza e le dà un bacio sulla fronte prima di andare in cucina, e per un istante l'unica cosa a cui penso è che vorrei tanto un amore come quello dei miei genitori. Ho sempre pensato che mia madre mettesse i piedi in testa a mio padre, ma non è vero. Lui la incoraggia e la sostiene nella guida dell'isola e lei lo aiuta a essere più paziente e gentile. Valorizzano i rispettivi punti di forza e vorrei tanto che capitasse anche a me.

Forse l'attrazione che provo per Wolfe è legata al mio amore per la sua magia, e sono così intrecciati che non riesco a separarli. O forse ne sono attratta perché riesce a vedere i miei punti di forza prima ancora che li veda io.

Mio padre torna in salotto e porge alla mamma la sua tazza di tè, poi si siede di nuovo sul divano.

«Stai bene?» mi chiede lei.

«Vuoi sapere se *io* sto bene?»

«Sei mia figlia» dice, portando la tazza alle labbra.

«Non lo so. Non capisco cosa sia successo.» Esito. «Ivy come sta?»

«Quando sono andata via stava dormendo. È confusa e arrabbiata. Ora la sua vita è contaminata dalla magia nera e le ci vorrà del tempo per riprendersi.»

Vorrei dirle che non è vero, che Wolfe mi ha salvato la vita usando la stessa magia che ho usato con Ivy e dentro di me non si è risvegliato nulla di oscuro. Al contrario, quella magia ha illuminato ogni cosa, immergendola nel chiaro di luna.

«Però non è contaminata. Un tempo quella era l'unica magica che praticavamo...»

«Ed era veleno» mi interrompe mia madre. «La magia non è mai stata concepita per essere usata in quel modo. Lo sai, e lo sa anche Ivy. Forse non ti perdonerà mai.»

Annuisco. Passerò il resto della vita cercando di guadagnarmi il suo perdono. Lo farò. Ma penso anche che Ivy capirà di essere sempre la stessa, una persona brillante e gioiosa, e mi aggrappo a quella speranza. «E i suoi genitori?»

«Sono in una posizione difficile. Nessuno vuole avere un figlio contaminato dalla magia nera. La terranno d'occhio, controllando che non si insinui nella sua vita quotidiana.» Mia madre inspira a fondo, trattiene il fiato e poi espira lentamente. «Ma in questo momento Rochelle e Joseph si stanno concentrando sul fatto che la loro figlia è viva.»

Tiro un sospiro di sollievo. Per la centesima volta, formulo lo stesso pensiero: "Sono contenta che sia viva".

«Tana» mi dice mia madre, e finalmente la severità che stavo aspettando trapela dalla sua voce. «Le tue azioni sono destinate ad avere delle conseguenze.» Fa una pausa, e le parole restano sospese tra di noi. «Più tardi, quando ci saremo riposati, parleremo di ciò che hai fatto e di come sei riuscita a farlo. E non intendo tollerare menzogne da parte tua.» Si sfrega gli occhi. «Poi discuteremo le implicazioni delle tue scelte, che sono innumerevoli.»

Si alza e porge la mano a mio padre. Lui la prende e si alza.

«È stata una lunga notte. Cerca di dormire un po'.»

I miei genitori si dirigono verso le scale, ma li fermo.

«Mamma?»

Si gira a guardarmi.

«Se fosse successo a me...» Non so come finire la frase, ma mia madre capisce cosa le sto chiedendo.

«Nessuno di noi sa praticare la magia nera, Tana. Non sarei riuscita a salvarti. Ma se qualcuno facesse quella scelta al posto mio, come hai fatto con Ivy, sarebbe molto difficile non sentirmi in debito per l'eternità» dice, scuotendo la testa.

Annuisco, con gli occhi pieni di lacrime.

Si gira e sale le scale insieme a mio padre, mentre io mi siedo di nuovo sul divano, guardando il sole che sorge dalle finestre.

L'ultima volta che ho visto l'alba credevo di essere sul punto di morire. Il cielo si era colorato di mille sfumature rosa e arancione e avevo cercato disperatamente di accettare il mio destino.

Ma non c'ero riuscita, e poi era cambiato tutto.

Ho rovinato la mia vita e non so come aggiustarla. Vorrei fingere che il tempo trascorso con Wolfe non sia mai esistito, che non mi abbia cambiato drasticamente, modificando atomi e cellule del mio corpo fino a trasformarmi in un'altra persona. Ma non ci riesco.

Vorrei smettere di desiderare lui o la sua magia. Ma non ci riesco.

Perché quello che non posso dire ad alta voce, che non posso più pensare, è che mi è sembrata la cosa più giusta e naturale del mondo. Più giusta e naturale della creazione di qualsiasi profumo o sapone. La sua magia mi ha stretto in un abbraccio potente e ha mormorato "sei a casa", come la profondità del mare. Mi ha fatto sentire importante. Speciale. E tutte le domande che mi sono posta su me stessa finalmente hanno avuto una risposta.

E adesso non so più come tornare indietro.

È la cosa che mi spaventa di più. Più di tutto quello che è successo in questo mese disastroso. Perché sarò costretta a fare una scelta. Sarò costretta a guardare la vita che non ho scelto e a paragonarla alla vita che sogno quando l'isola è addormentata.

E se l'ultimo mese mi ha insegnato qualcosa, è che quando si tratta di Wolfe Hawthorne non faccio mai la scelta giusta.

Quando sono nella mia stanza e mi preparo per andare a letto, mi accorgo di avere ancora indosso la collana d'argento. Quella che mi ha regalato Wolfe, nascosta sotto i vestiti, il ciondolo sul cuore. La sollevo, rigirandola tra le dita.

E in quel momento, attraverso la filigrana, vedo i petali bianchi di un fiordiluna.

26

Andiamo tutti a riposare e poi mia madre va a casa di Ivy, ma io non posso accompagnarla. Ivy non vuole vedermi. Ho fatto il possibile per salvarle la vita, ho rinunciato a tutto, e l'ho persa comunque.

Quando mia madre rientra, sono accanto all'ingresso ad aspettarla. Appende il cappotto e si toglie i guanti di cachemire, guardandomi con la coda dell'occhio.

«È tornata come nuova» dice. «Qualsiasi cosa tu abbia fatto, l'ha guarita del tutto.» Lo dice senza far trapelare nessuna emozione, perché non è una notizia da festeggiare. Non per lei.

«Pensi che mi vorrà rivedere?»

La seguo in cucina, dove mio padre sta riempiendo due bicchieri di vino. Mi siedo su uno sgabello e aspetto che mi risponda.

«Non lo so, Tana. È ancora molto arrabbiata.» Beve un sorso di vino, poi posa il bicchiere. «La buona notizia è che i suoi genitori hanno acconsentito a tenere la faccenda segreta, ma a una serie di condizioni. Prima di parlarne, però, ho bisogno di sapere esattamente cos'è successo ieri notte.»

Mi giro, in modo da guardarla negli occhi. Le racconto ciò che ho detto a mio padre, che il succiacapre è volato sul davanzale della finestra come un'offerta e poi la magia ha preso il controllo. Le dico che ho agito senza pensare.

Mio padre ribadisce quello che mi ha detto stanotte: forse l'eccesso di magia nel mio organismo ha contribuito a farmi agire in quel modo. Mia madre lo ascolta con attenzione, sul viso un'espressione imperscrutabile. Piega la testa di lato, guardando prima mio padre e poi me.

«Non deve succedere mai più» mi dice. «Non avrebbe mai dovuto succedere, tanto per cominciare. Le streghe del nuovo ordine non inciampano per caso nella magia nera, Tana. Bisogna apprenderla.» Fa una pausa, come se pensasse a qualcos'altro. «Perché mi hai chiesto del fiordiluna, ieri?»

Mi viene la pelle d'oca e per un istante ho il vuoto totale. Non so che scusa inventare, così ripeto le parole che ho detto il giorno precedente. «Perché ho visto un fiore che gli assomigliava» dico. «Ero curiosa. Perché?»

La guardo. Le parole di Wolfe si insinuano nella mia mente, sgradite. *Vorrei tanto che tua madre ti dicesse la verità.*

Scuote la testa e dice: «Niente di importante».

E a quel punto so che Wolfe ha ragione. Mia madre sa dei fiordiluna. Soffoco un singhiozzo, cercando di mantenere il controllo. È impassibile, la sua espressione non vacilla nemmeno un istante e questa cosa mi spezza il cuore.

Non dico niente.

«Se c'è dell'altro, lo scoprirò. Lo sai bene. Per ora, limitiamoci a parlare delle conseguenze del tuo gesto.»

Faccio un bel respiro. «Ti ascolto.»

«Prima di tutto dovrai prenderti una pausa dalla tua magia. Alla fine di ogni giornata riverserai la magia in eccesso negli scarti della profumeria, in modo che non si accumuli. Non potrai creare nuovi profumi o saponi. Nell'immediato futuro, le tue uniche pratiche magiche avverranno a fine giornata, quando ti libererai della magia in eccesso, e durante il Rituale del plenilunio.»

«Mamma» dico, mentre le sue parole mi chiudono la gola, togliendomi tutta l'aria dai polmoni. «Ti prego. Ti prego, non portarmela via. La mia magia è la cosa più preziosa che ho.»

«No, tesoro, non più.» Ha lo sguardo triste: almeno credo, perché un velo di lacrime mi annebbia la vista.

«In secondo luogo, resterai sotto sorveglianza costante fino al matrimonio.»

Smetto di respirare. «Il matrimonio?»

«E questo ci porta alla terza condizione che dovrai rispettare. Annuncerai il tuo fidanzamento con Landon durante la festa del raccolto.»

«Ma è il prossimo fine settimana» dico, alzando la voce. «È troppo presto.»

Mia madre alza la mano per zittirmi. «E il matrimonio avrà luogo durante il tuo Ballo d'Ingresso.»

Mi alzo e faccio un passo indietro. «No» dico, scuotendo la testa. «No.»

«Tesoro, è l'unico modo.» Ha un tono di voce calmo e controllato, ed è la cosa che mi ferisce di più. «Sai bene qual è la punizione per le nuove streghe che cercano di praticare la magia nera.»

Annuisco. Fa parte dell'accordo con la terraferma: vengono mandate oltre il Confine per essere processate. Mentre sono in prigione non possono partecipare al Rituale, e quindi la magia si accumula nel loro organismo e le consuma.

È una condanna a morte.

Scuoto la testa e comincio a piangere, coprendomi il viso con le mani.

«Non c'è altra soluzione. L'unica cosa che vogliono i genitori di Ivy è un'alleanza con la terraferma. È il prezzo del loro silenzio.»

«Forse hanno soltanto bisogno di un po' di tempo. L'hai detto tu stessa: se qualcuno facesse per me ciò che io ho fatto per Ivy, ti sentiresti eternamente in debito. So che sono contenti che sia viva, anche se non lo ammettono. Manterranno il mio segreto.»

Mia madre scuote la testa. «Sono disposti a giurare che manterranno il silenzio, ma vogliono che il matrimonio sia anticipato. E non mi accontenterò della loro parola: ho bisogno di un giuramento magico per una cosa come questa.»

«Ma non sono pronta» dico, le parole soffocate dalle lacrime.

«Si tratta di una differenza di pochi mesi. Tutto sommato sono stati molto indulgenti. Sei fortunata, Tana.»

«Quando potrò tornare a praticare la magia?»

«Dopo il matrimonio. Sulla terraferma non potrai, quindi ci dovremo assicurare che usi una quantità sufficiente di magia in profumeria, per impedire che si accumuli nel tuo organismo e ti faccia ammalare.»

Ho un sussulto. Fino a un momento fa non mi ero completamente resa conto che la magia non farà più parte della mia vita quotidiana, quando mi trasferirò sulla terraferma. Non sarà più il motivo per cui mi alzo alle prime luci dell'alba e temo l'oscurità della notte. Dovrò seppellirla dentro di me, se voglio vivere con Landon.

Un'ondata di nausea mi chiude lo stomaco e risale lungo la gola. «Mi viene da vomitare» dico, prima di correre in bagno. Mio padre mi raggiunge poco dopo, mi massaggia la schiena e mi scosta i capelli dal viso. Quando ho finito, va a prendere un asciugamano bagnato per tamponarmi la fronte.

Vedo l'espressione preoccupata sul suo viso. Vorrei convincerlo che sto bene, che accetterò di buon grado questa situazione. Vorrei prendergli la mano e dirgli che andrà tutto bene, che non vedo l'ora di imbarcarmi in questa nuova avventura, perché vederlo così preoccupato, leggergli l'incertezza nello sguardo, mi fa male.

Mi fa malissimo.

E in questo momento, mentre vedo mio padre mettere in dubbio la vita che ha costruito per me, mettere in dubbio la vita che sto per cominciare, finalmente lo ammetto con me stessa:

questa situazione non mi sta affatto bene. Questa non è la vita che voglio per me. Voglio l'amore che hanno i miei genitori. Voglio le certezze di Ivy. Voglio la passione di Wolfe. Voglio tutte queste cose, e una vita con Landon non è in grado di darmele.

Egoista.

Mentre i miei genitori sono a cena, vado a sdraiarmi un po'. Rigiro il vetro di mare di Landon tra le dita, ne sfioro ogni singolo spigolo, lo tengo in mano e cerco di convincermi che riuscirò a dire "Lo voglio" senza pentirmene ogni singolo giorno della mia vita.

Landon merita più di questo.

E anch'io.

Poi qualcuno bussa piano alla porta. È mio padre. «È quasi ora, tesoro.»

Un altro Rituale. Ancora una volta mi libererò della magia in eccesso. E ancora una volta danneggerò il mare che amo così tanto.

Scendo dal letto con le gambe che mi tremano, indosso la veste cerimoniale e seguo i miei genitori fino alla costa occidentale. Sono terrorizzata all'idea di rinunciare alla mia magia consegnandola al mare, ora che non potrò fare niente per rigenerarla. Le mie capacità svaniranno e la mia magia diventerà sempre più debole e sarò l'ombra della ragazza di un tempo.

Landon sposerà un'eco, un sussurro, una brezza leggera che gli sfiora la schiena, tenendolo sott'occhio.

Seguo i miei genitori sulla spiaggia ed eseguo il rituale come un automa, seguendo la mia congrega nell'oceano. Cerco Ivy, ma non guarda mai nella mia direzione. È sul lato opposto della spiaggia e so che ci è andata di proposito, per starmi il più lontano possibile.

L'acqua mi arriva al petto. È una notte fredda e senza nubi e la luna piena ci guarda dall'alto del cielo, illuminando la nostra vergogna.

È mezzanotte.

All'inizio non ci penso. Non mi sembra nemmeno una scelta consapevole, ma mentre le streghe della mia congrega riversano la magia in mare, io mi trattengo. La tengo con me.

E mormoro il suo nome.

Wolfe.

Senza fermarmi.

I minuti passano e le ultime grida delle streghe si dissolvono nella notte. La magia si riversa nelle acque dell'oceano, densa e pesante come l'olio, pronta a distruggere invece che a guarire.

Guardo in lontananza, pregando di vederlo apparire, ma non succede. Le streghe cominciano a uscire dall'acqua, le spalle curve e la testa china, sfinite dall'ennesimo Rituale.

Lentamente, mi giro e risalgo verso la spiaggia. I miei genitori mi raggiungono e ci incamminiamo verso la strada, aspettando che tutte le altre streghe se ne vadano, prima di avviarci. Nessuno dice nulla; ci vergogniamo troppo per parlare, nonostante abbiamo condiviso la stessa esperienza.

Alla fine restiamo soltanto noi tre. Mia madre prende mio padre sotto braccio. «Pronto?» gli chiede.

Lui annuisce e ci avviamo verso casa.

Sono già sulla strada, quando mi sembra di sentire il mio nome, anche se potrebbe benissimo essere il vento che si leva dalle onde dell'oceano. Potrebbe essere la mia immaginazione. Eppure mi giro.

E lui è lì.

In acqua, illuminato dal chiaro di luna, che mormora il mio nome.

Non penso, non esito, non ho paura.

Corro.

«Tana!» grida mia madre. La sua voce è indebolita dal Rituale, ma il tono è urgente. Spaventato. «Tana!»

Non mi guardo indietro. Wolfe non è più rivolto verso la spiaggia; si sta preparando a tuffarsi di nuovo nella corrente. Non mi ha visto in tempo.

«Wolfe!» Grido il suo nome, mentre mia madre grida il mio, cercando di raggiungermi. «Wolfe!» grido di nuovo.

Lui si ferma e si gira. Resta a bocca aperta, come se non credesse ai suoi occhi.

Continuo a correre, avanzando il più velocemente possibile, cercando di ignorare mia madre che mi chiama. Non posso voltarmi, perché se lo faccio rischio di andare in frantumi.

Mi do una spinta con i piedi e mi tuffo verso Wolfe. Lui mi prende e gli butto le braccia al collo, tenendomi stretta con tutta la forza che ho, come se fosse una questione di vita o di morte.

«Andiamo via!» grido.

Ora mio padre è entrato in acqua e sta nuotando verso di noi. Supera le onde anche se è indebolito dal Rituale: è privo di forze, e tuttavia usa tutta l'energia rimasta per venire a prendermi. Rallenta, senza fiato, e poi si arrende, fermandosi diversi metri più indietro. Mi aggrappo a Wolfe con tutte le mie forze, per resistere alla tentazione di tornare a nuoto da mio padre; però lo guardo e so che questa immagine non mi abbandonerà mai più, per quanto cerchi di cancellarla. Grida il mio nome un'ultima volta e poi l'acqua gli va di traverso ed è un rumore che mi spezza in due. Finalmente mia madre lo raggiunge e lo trascina a riva. Nascondo il viso contro il petto di Wolfe e faccio un respiro profondo, mentre le lacrime mi solcano le guance. Lui si tuffa nella corrente e l'immagine di mio padre cede il passo all'acqua scura che mi sommerge, cancellando tutta la luce.

Cancellando tutto l'amore.

Cancellando ogni cosa.

Wolfe mi tiene stretta, mentre veniamo trascinati al largo, ma non so più dove siamo. Forse questo non è l'oceano, ma un mare di lacrime e dolore così vasto e immenso che non troverò mai più la via d'uscita.

Mia madre che grida il mio nome.

Mio padre che annaspa tra le onde.

Non mi riprenderò mai più da ciò che è appena successo, nemmeno tra cent'anni, tra mille vite. Questo momento resterà inciso in ogni molecola del mio corpo e mi accompagnerà per sempre.

Stringo gambe e braccia attorno a Wolfe perché ho paura che altrimenti mi arrenderò e lascerò che l'oceano faccia di me ciò che vuole. Ma la sua presa è salda e mi impedisce di cadere a pezzi.

La corrente rallenta e affioriamo in superficie. Inspiriamo a pieni polmoni, e il mio torace si espande e preme contro il suo a ogni respiro. Mi aggrappo a Wolfe come se fosse un salvagente e in questo momento sono sicura che lo sia.

L'acqua ci sospinge dolcemente. Guardo verso la costa, ma siamo lontani dalla spiaggia del Rituale, lontani dai miei genitori. Lontani dal mio cuore.

Poi i piedi di Wolfe toccano il fondale e rivoli d'acqua scivolano via dalle sue spalle, ma non mi muovo. Continuo a tenerlo stretto, perché ho paura che non appena lo lascerò andare il peso della mia decisione mi schiaccerà finché non sarò soltanto un granello di sabbia sulla spiaggia.

Poi sollevo la testa e guardo Wolfe negli occhi. È la prima volta, questa sera.

Trafelato, mi prende il viso tra le mani. L'acqua gli gocciola dai capelli neri, dalle ciglia, dalle labbra. È così perfetto che mi fa male.

«Cos'hai fatto?» mi chiede in tono brusco, quasi accusatorio. Mi scruta il viso, disperato; i palmi premono sui miei zigomi.

«Sono diventata tutto ciò che ho paura di essere.»

Poi lo bacio. Quando accosto le labbra alle sue si lascia sfuggire un sospiro, una specie di gemito che mi fa impazzire. Gli prendo il viso, affondo le dita tra i suoi capelli, nei muscoli delle sue spalle, cerco i suoi baci come se fossero ossigeno, l'unica cosa che mi tiene in vita.

Apre la bocca e geme di nuovo quando sente la mia lingua, facendomi fremere dalla testa ai piedi. Serro le gambe attorno ai suoi fianchi e lui sposta le mani sulla mia schiena, tirandomi a sé.

Vicino.

Molto vicino.

Sono pazza di lui. Gli bacio la mandibola, il collo, le tempie. Rovescia la testa all'indietro, gli occhi chiusi, la luna che gli illumina il viso. E a quel punto non capisco più niente. Questo ragazzo ha sconvolto la mia vita, incendiando la mia esistenza.

Ho cominciato a vivere quando l'ho incontrato e non fingerò che non sia così. Non fingerò che non sia diventato fondamentale, che non mi abbia permesso di vedermi come vorrei essere vista.

Lo bacio di nuovo. Sa di mare, un oceano tutto mio. Gli cingo il collo con le braccia e affondo le dita tra i suoi capelli. Quando finalmente mi ritraggo, mi guarda come se vedesse ogni mia fragilità, ogni insicurezza, ogni paura e speranza e dubbio. Accoglie ogni cosa e mi bacia un'altra volta, prendendo tutto ciò che ho da offrire.

È la mia alba, il mio sole, ogni ora trascorsa a praticare la mia magia. Ora lo so, e giuro a me stessa che sarò altrettanto per lui.

Ma non siamo confinati alla luce del giorno. Qui possiamo essere ciò che vogliamo.

Lo guardo, e al chiaro di luna è così bello che mi toglie il fiato.

Premo le labbra sulle sue.

La sua vita è nell'oscurità, e per lui trasformo anche la mia.

27

Dalla grande vasca da bagno di porcellana si levano nuvole di vapore. Chiudo gli occhi, lasciando che l'acqua porti via il sale dell'oceano e il sale delle mie lacrime. Ma non può fare niente per cancellare l'immagine di mio padre che annaspa tra le onde, cercando di raggiungermi. Niente.

Ciò che ho fatto reca con sé una libertà pesante. Per tutta la vita ho avuto paura di essere egoista, paura di realizzare i miei desideri, poiché sapevo che i miei desideri non importavano a nessuno. Ma ho sempre pensato che avrei avuto la forza di soddisfare le aspettative della mia comunità, di rinunciare alla mia felicità perché credevo ciecamente nell'alleanza con la terraferma. Mi sbagliavo.

Però ho una forza diversa: una forza che non sapevo di avere. Ci vuole forza per anteporre il senso del dovere e la lealtà a tutto il resto, per trovare la felicità in una vita che non si è scelta: quella è la forza che ha Landon. Ma ci vuole forza anche per deludere ogni singola persona che abbia mai amato perché ho trovato qualcosa in cui credo di più.

Non ho il tipo di forza su cui faceva affidamento la mia congrega, su cui facevo affidamento anch'io. Ma sono abbastanza forte da scegliere qualcosa per me stessa, anche se il resto del mondo crede che sia sbagliato. E per una persona che ha vissuto seguendo i criteri degli altri troppo a lungo è una conquista.

Dubito che smetterò di preoccuparmi per la mia congrega. Dubito che sarò completamente a mio agio, dopo essermi fatta tutti questi nemici e aver causato tutto questo dolore. Ma mentre sono nel bagno di Wolfe, con lui dall'altra parte della porta, so che non tornerei mai indietro.

Quando esco dalla vasca, trovo un grande accappatoio nero ad attendermi. Lo indosso e lo allaccio in vita. Mi asciugo i capelli e li lascio sciolti sulla schiena, poi apro la porta.

Wolfe è seduto su un'ampia poltrona imbottita davanti al camino. Ha il mento appoggiato sulla mano e guarda le fiamme, perso nei suoi pensieri.

La porta cigola e Wolfe si gira verso di me. Per la prima volta, mi sembra nervoso.

«Com'è andato il tuo bagno?»

«Ne avevo proprio bisogno. Grazie.» Prendo una coperta dal letto e la stendo sul pavimento, davanti al fuoco. «Ti siedi vicino a me?»

Lui annuisce e si siede accanto a me. Io mi stendo su un fianco, appoggiandomi al gomito, e lui fa lo stesso. E per un istante, ci guardiamo e basta.

«Dimmi cos'è successo» dice alla fine.

Così glielo dico. Gli dico di Ivy e del succiacapre e di come le ho salvato la vita. Gli dico che a un certo punto qualcosa ha preso il sopravvento e non ho opposto resistenza. Gli dico dell'accordo stretto dai miei genitori, delle conseguenze che avrei dovuto affrontare per restare sull'isola e proteggere il mio segreto. E gli dico che durante il Rituale pensavo soltanto a fuggire, ma non a fuggire da ciò che avevo fatto: a fuggire verso ciò che voglio.

«Ciò che vuoi» dice, facendomi eco.

«Tu. Tu e la tua magia.»

Si gira e guarda il fuoco nel camino, e vedo la sua mandibola che si contrae. Per un istante, sul suo viso balena qualcosa che non riesco a decifrare, e mi metto seduta.

«Ho detto qualcosa di sbagliato?» gli chiedo.

Si mette seduto anche lui, ma non mi guarda negli occhi. Scuote la testa e all'improvviso ho paura di aver scelto qualcosa che non posso avere. Il mio cuore comincia a battere forte e mi si secca la gola.

«No» dice alla fine. «Sono abituato ad avere il controllo della situazione, Mortana.» Fa una pausa, guardando le fiamme che guizzano. «Ma con te è impossibile.»

«È di questo che hai paura?» gli chiedo piano. «Hai paura di diventare debole a causa mia?»

A quel punto si gira verso di me e l'intensità del suo sguardo mi fa venire i brividi. Ha la mascella contratta, le labbra serrate. «Sarei disposto a dare fuoco al mondo intero, pur di vedere il tuo viso. È di questo che ho paura.»

Mi avvicino lentamente, posando le labbra sulle sue. «Allora bruceremo insieme.»

Mi prende il viso tra le mani e mi bacia con foga, come se in quel modo – baciandomi a lungo, disperatamente – non fossimo più costretti a lasciare la sicurezza di quella stanza. Gli cingo il collo e lo tiro a me, cambiando posizione per avvicinarmi, facendo aderire il mio corpo al suo.

L'accappatoio mi scivola dalla spalla e Wolfe mi accarezza la mandibola, il collo, la clavicola. Mi sdraio sulla schiena e lo prendo tra le braccia mentre le sue labbra seguono il percorso tracciato dalle dita. Arriva al mio sterno e si ferma, appoggiando la testa contro il mio petto. Chiude gli occhi.

«Sento il tuo cuore.»

Posa le labbra sul mio torace e bacia le costole che proteggono il mio cuore come se fossero sacre, come se custodissero la cosa più preziosa del mondo. Slaccio lentamente la cintura dell'accappatoio, e lascio che si apra.

Wolfe è sopra di me. Io resto immobile, mentre i suoi occhi percorrono le curve del mio corpo, imparandole a memoria.

«Mortana» dice, la voce ruvida come ghiaia. «Sarai la mia fine.»

Poi mi bacia, prima che possa dirgli che è il mio inizio. Brillante, bellissimo, e nuovo.

Il maniero si staglia minaccioso dietro di noi, mentre ci incamminiamo verso la riva del mare. Indosso una camicia da notte presa in prestito e uno dei suoi maglioni, e dubito che glielo restituirò. Ha il suo profumo e adoro sentirmelo addosso.

A parte alcune streghe radunatesi attorno a un grimorio nella serra, ci siamo soltanto noi due. La luce della luna mi permette di vedere dove metto i piedi e la magia freme nel mio ventre, in attesa di capire cosa le chiederò di fare.

Non voglio più riversare la mia magia in mare: pericolosa e inutilizzata, uccide i nostri animali e danneggia la nostra isola. Però devo liberarmene, in un modo o nell'altro. Tanto vale farlo stanotte, sotto questa luna magnifica, accanto al ragazzo che ha cambiato ogni cosa.

«Qual è il tuo posto preferito?» mi chiede Wolfe quando arriviamo sulla spiaggia.

«Il mare.»

«Perché?»

«Perché è silenzioso. Mi piace il fatto che il mondo in superficie non sia più importante, quando sono sott'acqua. Mi piace il fatto che il silenzio sia più forte dei miei pensieri. È quieto e rallenta ogni cosa. Riesce a calmarmi.»

«Chiudi gli occhi» dice Wolfe.

E lo faccio.

Dopo qualche secondo, l'aria intorno a me sembra cambiare. È come se diventasse più pesante. Più densa. Lo sciabordio delle onde si allontana, sostituito da un silenzio perfetto.

La mia pelle diventa fredda e la mia mente si placa. Mi sento leggera. Mi invade una calma profonda, così reale che potrei rotolarmici dentro e toccarla. I miei capelli cominciano a fluttuare e i vestiti mi si appiccicano addosso. Ogni cosa rallenta: i miei movimenti, il mio respiro, il battito del mio cuore.

E poi sono sott'acqua, nel mio posto preferito: immersa nelle profondità dell'oceano.

Apro gli occhi e l'ambientazione svanisce. Sono di nuovo sulla spiaggia insieme a Wolfe, e sopra di noi c'è un cielo senza nubi.

«Come hai fatto?» gli chiedo, senza fiato.

«Ho alterato i tuoi sensi finché non ti sei convinta di essere altrove. È un incantesimo di percezione.»

«Come quello che usi quando devi andare in città? Per far credere a tutti che sei un turista?»

«Esatto.»

«Incredibile» dico. Ho i vestiti asciutti e la pelle calda, ma una parte di me è ancora convinta che fino a un istante fa fossi sott'acqua. «Voglio farlo anch'io.»

«Il legame che abbiamo con il mondo naturale è il nostro potere più grande: rende possibile ogni cosa. Abbiamo una sensibilità acuita nei confronti del mondo che ci circonda, e viceversa. Nella magia, la cosa più importante è l'intenzione. Per questo sei riuscita a salvare Ivy usando un incantesimo che non avevi mai praticato. Fai finta che sia un velo intessuto di esperienze, desideri e conoscenza del mondo fisico. Quel velo può coprire tutto ciò che vuoi.»

«Anche un'altra persona» dico.

«Anche un'altra persona. Ho creato un velo fatto di ricordi e impressioni dell'oceano e poi ti ho coperta.»

«È meraviglioso» dico.

«Tocca a te.»

Sorrido. Aspetto questo momento dall'ultima volta in cui l'ho visto: muoio dalla voglia di saperne di più sulla magia che vive dentro di me. La prima volta usiamo di nuovo il mare, un'ambientazione che potrei ricreare all'infinito.

Intreccio un velo fatto di acqua gelida e movimenti lenti, di silenzio che si estende a perdita d'occhio come la nebbia mattutina sul Confine. Il velo prende forma davanti a me, un oggetto fisico che posso vedere e toccare. Ci metto dentro i miei ricordi: Wolfe che mi tiene tra le braccia, i nostri corpi bagnati, così vicini da diventare una cosa sola.

Poi prendo il velo e lo apro per coprire entrambi.

Il mondo attorno a me scompare e sono di nuovo in acqua, tra le braccia di Wolfe, circondata dal silenzio perfetto dell'oceano.

La magia scaturisce dal mio corpo, alimenta l'illusione e coinvolge tutti i miei sensi finché non credo fermamente all'immagine che ho creato. Sono sott'acqua e assecondo il movimento delle onde, leggera tra le braccia di Wolfe. Siamo quieti, immobili e appagati, abbracciati in fondo all'oceano.

Tiro via il velo e siamo di nuovo sulla spiaggia. Guardo Wolfe e gli passo le dita tra i capelli, sicura che siano bagnati. Ma non lo sono.

«Ha funzionato?» gli chiedo. So cos'ho provato, ma non posso parlare per lui.

Annuisce. «Sei molto più potente di quello che pensi» dice. «Avresti potuto modificare la percezione di tutte le streghe del maniero.»

«Perché?» gli chiedo. «Perché mi viene così naturale?»

«Non lo so» risponde, scuotendo la testa. «Credo che abbia a che fare con tutto il tempo che hai passato in acqua. Sei in simbiosi con l'oceano: ogni volta che hai inghiottito per sbaglio acqua salata, ogni volta che hai raccolto fiori ed erbe aromatiche per la profumeria, o hai trascorso ore vagabondando sull'isola, hai invitato questo mondo a entrare dentro di te, e alla fine ha messo radici. Credo che sia questo il motivo.»

Le sue parole sono una rivelazione. Per tutta la vita sono stata rimproverata perché ero sempre in disordine, perché nuotavo troppo spesso, perché preferivo i sentieri nei boschi alle sale da ballo e ai salotti. Ho imparato presto che erano tutte cose di cui dovevo scusarmi, ma nel mondo di Wolfe le mie mancanze sono doni. Doni straordinari.

Pratichiamo altri incantesimi, creando illusioni di luoghi diversi e invocando il vento dal mare. Trasformiamo la polvere in fuoco e catturiamo la luce della luna con le mani. Usiamo molta più magia di quella che si riversa in mare durante il Rituale, ma invece di danneggiare la Terra, ne traiamo piacere.

Ci incamminiamo verso il prato e mi lascio cadere sull'erba, esausta. Wolfe si sdraia accanto a me e guardiamo le stelle. Le altre streghe sono rientrate ed è come se il mondo fosse tutto nostro, come se la luna e le stelle brillassero soltanto per noi.

«Sai che non ho più visto un fiordiluna dopo la notte in cui ci siamo incontrati?» gli dico, girandomi su un fianco. «Li ho visti soltanto con te. È come se fossimo destinati a stare insieme, come se l'unico scopo del fiore fosse quello di farci incontrare.»

Mi protendo verso di lui e lo bacio. All'inizio sembra titubante, e i suoi movimenti sono lenti e incerti. Poi apre la bocca e mi tira a sé, affondando le dita tra i miei capelli e baciandomi come se quella fosse l'ultima volta.

Infilo la mano sotto la sua maglietta e gli sfioro la pelle. Ha un sussulto e poi si abbandona, e perdo la testa. Mormora il mio nome e mi stringe più forte, poi mi fa sdraiare e sento il peso del suo corpo su di me, che mi tiene ancorata a questo momento perfetto.

Poi qualcuno lo chiama, e si ritrae bruscamente.

Quando riconosco la voce di suo padre, vorrei sprofondare. Ci mettiamo seduti e io mi asciugo il viso e mi ravvio i capelli, come se potesse servire a qualcosa.

«Alzatevi, voi due» dice Galen, attraversando il prato per raggiungerci.

Wolfe mi aiuta ad alzarmi e io mi sistemo i vestiti, sperando che il buio nasconda il rossore sul mio viso.

«Mi fa piacere rivederti, Mortana» dice Galen quando è vicino a noi. Ci sfiora entrambi con una mano e all'improvviso ho i capelli in ordine e le guance più fresche. Rivolge le spalle al maniero e mi guarda, mi viene la pelle d'oca.

C'è qualcosa che non va.

«Ciao, Ingrid» dice impassibile.

In quel momento, il mio cuore smette di battere e il sangue che mi scorre nelle vene defluisce dal mio corpo.

«Galen» ribatte lei.

Seguo la voce e la vedo, in cima alla collina, il profilo del maniero alle sue spalle. Mia madre.

28

Mia madre scende lungo la collina e io mi sento mancare il respiro. Allungo la mano verso quella di Wolfe e la stringo forte. "Non lasciarla andare" vorrei dirgli, ma non riesco a proferire parola.

Guardo verso il maniero, dove le streghe sono accorse alle finestre e ci osservano celate dietro gli spessi tendaggi. Altre compaiono incerte sul balcone e, all'improvviso, mi rendo conto che ogni persona in questa casa sa chi è mia madre.

Quando sono venuta qui con Wolfe per la prima volta ero sbalordita, in un istante i confini del mio mondo si erano dissolti, rivelandomi l'esistenza di un mondo molto più grande di quanto avessi mai immaginato. Adesso, però, mentre osservo mia madre avvicinarsi, inizio a sentirmi presa in giro: a quanto pare, del maniero su questa costa sapevano tutti a parte me. Ho mantenuto il segreto, custodendolo come un tesoro prezioso, per poi scoprire che alle streghe che vivono qui non serve la mia protezione.

Stringo più forte la mano di Wolfe.

«Ciao, tesoro» dice mia madre, una volta arrivata davanti a noi.

Il saluto mi resta intrappolato in gola, non riesco a farlo uscire. Osservo mia madre mentre scambia uno sguardo con Galen: ha le spalle tirate indietro e il mento ben alto, le preoccupazioni non hanno segnato la sua pelle perfetta.

«È da tanto che non ci vediamo» dice Galen guardandola.

«Davvero» gli risponde.

Il mio cuore inizia a battere all'impazzata. Darei qualsiasi cosa perché l'incantesimo di percezione di Wolfe mi portasse sott'acqua, mi portasse ovunque, eccetto qui.

«Voi due vi conoscete» dico.

«Certo» si limita a rispondere mia madre, come se le sue parole non implicassero che mi ha mentito per diciannove anni. Come se non mi stesse spezzando il cuore ancora una volta.

«Mi avevi detto che la vecchia congrega non esisteva più.»

Mia madre sposta lo sguardo da Galen a me. «Dico molte cose per proteggere il nostro modo di vivere.»

Mi sento raggelare e il mio corpo è scosso dai brividi. «Ma sono tua figlia.» Odio il modo in cui le mie parole si abbassano di tono, il tremore della mia voce. Odio ancora di più vedere mia madre così calma, come se le mie parole non la toccassero.

«Alcune cose non possono essere rivelate. Neanche a te.»

Wolfe non si muove. Non parla. Ascoltando con attenzione, però, riesco a sentire il suo respiro sopra il rumore delle onde, ed è sufficiente. Quel suono è sufficiente.

«Ero disposta a rinunciare alla mia vita per proteggere la nostra congrega. Ho fatto tutto quello che mi hai chiesto per raggiungere quell'obiettivo. Mi meritavo di sapere la verità, no?»

Lo sguardo di mia madre passa dalla mia mano alle dita intrecciate con quelle di Wolfe, e la sua espressione si fa accigliata. Per un brevissimo istante il suo viso mi sembra triste. Poi tutto svanisce.

«Stai parlando al passato» nota.

«Ho intenzione di rimanere qui.» Devo fare ricorso a tutta la mia forza di volontà per pronunciare quelle parole con un tono sicuro e determinato.

«Oh, tesoro» sospira mia madre, e sento compassione nella sua voce, come se fosse dispiaciuta per me. Poi si volta verso Wolfe. «Non ti vedo da quando eri un bambino.»

«Mi dispiace, non me ne ricordo.» Sembra a disagio, ma guarda mia madre negli occhi.

«È stato molto tempo fa» risponde lei, agitando una mano nell'aria come per scacciare la sua preoccupazione. «Sembra che mia figlia sia disposta a rinunciare a moltissime cose per te. Perché non le dici la verità, in modo che sappia proprio tutto?»

La mano di Wolfe si stringe intorno alla mia e sento la paura nascere nello stomaco e diffondersi in tutto il corpo.

«Dovremmo lasciarli soli per un po'» dice Galen, ma mia madre non si muove.

«Ha già avuto la possibilità di parlargliene quando erano soli e non l'ha fatto» ribatte. «Forse adesso si deciderà.»

«Smettete di parlare di me come se non ci fossi, per favore» dico, e mi volto verso Wolfe. «Cosa devi dirmi?»

Lascia andare con delicatezza la mia mano e l'aria fredda invade le zone dove prima sentivo il suo calore. Rabbrividisco, abbassando gli occhi verso la mia mano vuota, poi torno a guardarlo. La tensione sul suo viso è palpabile.

«Abbiamo mandato Wolfe a cercarti di proposito.» È Galen a parlare. «Nell'ultimo anno avevamo chiesto varie volte un incontro con il consiglio per parlare delle correnti oceaniche. Si tratta di un problema che deve essere affrontato quanto prima e, dopo l'ennesimo rifiuto da parte loro...»

«Papà, fa' parlare me» dice Wolfe.

Galen annuisce.

«Sono stato inviato con l'obiettivo di avvicinarmi a te. Dovevo usarti per arrivare a tua madre, attirare la sua attenzione in qualche modo.»

«I fiordiluna?» chiedo con un filo di voce.

«È stata opera mia» dice, e non l'ho mai visto così arrabbiato. «Li ho piantati perché tu li trovassi. La prima sera ho creato con la magia la luce che hai visto, volevo attirarti in quel campo.» La sua voce inciampa sulla parola *attirarti* e il mio respiro fa la stessa cosa.

Ricordo le parole che ho detto solo pochi minuti fa, convinta nel profondo che i fiordiluna fossero un segno del destino, e mi sento avvampare di vergogna.

«Mi stavi usando?» chiedo, e il poco che resta del mio cuore se ne va insieme a quelle parole, perdendosi nell'infinita oscurità in un viaggio senza ritorno.

«Sì.» Wolfe si fa coraggio e continua, tenendo i suoi occhi tempestosi fissi sui miei. «Ho odiato la tua congrega per tutta la vita, ho odiato tutto quello che rappresentate. Non mi importava usarti per ottenere quello che vogliamo. Quello di cui abbiamo bisogno.» Le sue mani sono chiuse a pugno e abbandonate lungo i fianchi. «Ed è stato facile usarti... hai troppa fiducia nelle persone, Mortana.» Quella frustrazione, che ormai conosco bene, rende la sua voce tagliente e mi colpisce al cuore come una pugnalata.

Mi allontano.

«È stato facile usarti,» ripete «e quasi impossibile non innamorarmi di te.»

Le lacrime mi offuscano gli occhi, mi si chiude lo stomaco. Mi piego in avanti tentando di attenuare il dolore e faccio qualche respiro profondo, cercando di non perdere il controllo. Poi mi rialzo e mi costringo a guardarlo. «Mi ami così tanto che non sei riuscito a dirmi la verità?»

«Volevo farlo, ma...»

«Allora avresti dovuto. Non ci hai nemmeno provato» continuo, allontanandomi di un altro passo. «Ero pronta a rinunciare a tutto per te.» Non riesco a fermare le lacrime che mi solcano il viso scendendo lungo il mento, non riesco a impedire al mio corpo di tremare di freddo. «Era tutta una finzione?»

«No» risponde Wolfe senza esitare. «Per me sei più vera delle onde che si infrangono sulla spiaggia o del sangue che mi scorre nelle vene. Come è possibile che tu non lo capisca?»

«Se fosse vero, saresti stato sincero con me.»

«Avevo bisogno di... più tempo.»

«Più tempo?» chiedo, rendendomi subito conto di cosa intende dire, ricordando che non ha mai ottenuto l'incontro che voleva. «Tu sei la sola cosa che pensavo di aver scelto per me stessa. La sola cosa» ripeto, fissandolo. «Ma in realtà hai scelto tu per me.» Mi asciugo il viso e schiarisco la voce, accettando il ruolo che aveva voluto per me. «Mamma, gli concederai l'incontro che chiedono?»

«Sarò felice di incontrarli dopo il matrimonio, certo.»

«Non stai davvero prendendo in considerazione l'idea di...» interviene Wolfe, ma io sollevo una mano e mi volto verso Galen.

«Avete ottenuto quello che volevate. D'ora in avanti non voglio più vedervi.» Guardo Wolfe. «Nessuno dei due.»

Mi avvio su per il pendio, ma Wolfe mi segue. Mi afferra un braccio e mi giro, consumata dal dolore e dalla rabbia. Allunga una mano per toccarmi il viso e l'istinto mi dice di abbandonarmi alla sua carezza, nonostante tutto. Ho troppa fiducia, proprio come ha detto lui.

«Ti prego» dice, e quella singola parola mi inchioda dove sono, impedendomi di muovermi o parlare. «Posso sistemare tutto.»

E io lo desidero, lo desidero così tanto che lo sento fin nei muscoli, nelle ossa. Voglio appoggiare la mia mano sulla sua e dirgli che va tutto bene, che troveremo insieme una soluzione, ma come è possibile quando io gli ho offerto tutto il mio mondo e lui non è neppure riuscito a dirmi la verità?

«Ti ha detto di starle lontano» dice mia madre, cingendomi le spalle con un braccio e accompagnandomi dentro il maniero.

«Non sto parlando con lei!» grida Wolfe seguendoci. Galen lo raggiunge e lo afferra per una spalla, fermandolo.

«Lasciala andare, figliolo.» dice.

«No!» Sento Wolfe che si dibatte per liberarsi dalla presa di suo padre. «Tana!» grida, e io mi fermo, perché è la prima volta che usa il mio soprannome. Ha un suono bellissimo, e mi sembra di sentirlo per la prima volta, come se esistesse per essere pronunciato soltanto dalle sue labbra. Poi mia madre mi spinge a camminare, e mi allontano. Tengo la testa bassa per evitare gli sguardi che ci seguono, quelli delle streghe nascoste negli angoli bui e in cima alla scala.

«Addio, Mortana» dice Lily, nascosta dietro le gambe di sua madre, e non so come faccio a non crollare.

«Mi dispiace che non siamo riuscite a colorare insieme» le dico, poi mia madre mi accompagna alla porta e non oppongo resistenza.

«Tana!» Un altro respiro. «Papà, lasciami andare» implora Wolfe con voce rotta. «Tana!» grida di nuovo.

Poi la porta si chiude alle nostre spalle e sento solo il vento che soffia tra gli alberi, le onde sulla battigia e tutte le parole che non mi ha mai detto.

Quando arriviamo sulla strada non mi volto a guardare il maniero perché, magia o no, so che non c'è più.

Sparito... nient'altro che un ricordo. Un ricordo amaro e straziante che tenterò di dimenticare per tutta la vita.

Mentre torniamo a casa mia madre non parla, ma mi cinge saldamente le spalle per farmi sapere che c'è. Anche dopo tutto quello che è successo, dopo che ho usato la magia nera e sono fuggita, lei c'è. E non riesco ad allontanarmi, a lasciare che le sue menzogne ci separino. Non lo sopporterei. C'è già tanta distanza tra me e le persone che amo di più. Troppa.

Quando imbocchiamo la nostra strada, mio padre è davanti a casa che ci aspetta. Ripenso a come annaspava nell'acqua, nuotando verso di me, tentando con tutte le sue forze di salvarmi, e non ce la faccio più.

Comincio a correre e lui spalanca le braccia. Mi stringe a sé, mi dice che andrà tutto bene, che mi vuole bene.

Scoppio a piangere e ripeto senza sosta che mi dispiace.

Mi dispiace.

Mi dispiace.

Non ho mai pensato di essere perfetta, ma pensavo di essere migliore di così. Migliore di una che volta le spalle alla sua famiglia, che si innamora di un ragazzo che non potrà mai avere. Il mio cuore è a pezzi, come tutto il resto. Il mio corpo. La mia anima.

Mio padre mi accompagna in casa e mi versa una tazza di tè, mi resta accanto mentre mi abbandono a un pianto inconsolabile. Mia madre mi avvolge in una coperta, mi dà un bacio sulla testa e mi dice che non è cambiato niente.

Non dobbiamo nemmeno parlare di ciò che è successo stanotte.

Possiamo voltare pagina. Posso accettare le conseguenze dell'aver praticato la magia nera, sposare Landon, e tutto tornerà come prima.

Voglio che torni tutto come prima

Il maniero di Wolfe non è l'unico posto in cui regna la menzogna. Anche in questa casa ce ne sono, così grosse che non so come facciano a starci. Ma senza Wolfe, senza Ivy, senza i miei genitori, dove posso andare?

Finisco il tè e mi preparo per andare a dormire. Mi lavo i denti e il viso, pensando che solo qualche ora fa ero nella stanza da bagno di Wolfe e mi guardavo allo specchio, meravigliata all'idea di quanto fosse cambiata la traiettoria della mia vita.

Meravigliata all'idea di essermi innamorata di qualcuno che mi vedeva per ciò che ero davvero, e non per il ruolo che mi avevano assegnato.

Meravigliata perché non riuscivo a sentire tutte le parole che non mi ha detto.

Mi infilo a letto. Il metallo freddo della collana che mi ha regalato mi preme sulla pelle. Me la strappo dal collo e la butto dall'altra parte della stanza. Sento bussare alla porta e mia madre entra nella stanza. Si avvicina e mi copre le spalle con le lenzuola, poi si siede sul bordo del letto.

«Da quanto tempo lo sai?» le chiedo con un filo di voce.

«Di te e Wolfe?»

Annuisco.

«L'ho capito soltanto stasera, quando l'ho visto nell'acqua» dice. «A quel punto ne ho avuto la certezza.»

La mia mente è sopraffatta da tutte le menzogne. Quelle di Wolfe, di mia madre e le mie.

«Ho lasciato Wolfe perché mi ha mentito. E mi hai mentito anche tu. Se vuoi che resti qui e rispetti gli impegni presi, devi dirmi tutte le cose che mi hai nascosto. Devi farlo, mamma.» Ho la testa che mi scoppia e gli occhi che bruciano per la stanchezza. «Stanotte ho bisogno di dormire. Però devi farlo presto.»

«D'accordo» risponde, accarezzandomi il braccio sotto la trapunta. Mi dà un bacio sulla fronte, poi si alza. Il vetro di mare che Landon mi ha regalato è sul comodino. A forza di rigirarlo tra le dita è diventato lucido. Lo prende in mano e me lo porge.

«Non tutti gli amori fanno male» mi dice, spegnendo l'abat-jour. Non so se è vero, perché quello che ho provato per Wolfe è una morsa di dolore che mi stringeva il petto prima ancora che scoprissi che mi aveva usato per arrivare a mia madre. E mi faceva male non perché fosse cattivo, ma perché la mia felicità non dipendeva più soltanto da me.

Dipendeva dalla sopravvivenza di un'altra persona.

Ero stata costretta a spostare cuore e polmoni per fare spazio a tutto quell'amore e anche in quel momento una pressione costante contro le costole mi ricordava che era impossibile contenerlo.

Però annuisco e prendo il vetro di mare, rigirandolo tra le dita. Mia madre esce dalla stanza, chiudendo piano la porta.

Landon è l'unico a non avermi mentito. L'unico che mi ha detto la verità sapendo che sarei stata in grado di gestirla, per quanto dolorosa. Vivere insieme a lui non sarà poi così male. Forse sarà un sollievo stare con qualcuno senza sentire quella morsa che mi stringe il petto. Forse sarà un sollievo non sentire niente.

A un certo punto la mia mano si placa e il vetro di mare cade sulla trapunta. Poi la mia mente si arrende e sprofonda nell'oscurità.

Ma anche nel sonno ricordo com'era la voce di Wolfe quando mi supplicava di non andare via. Ricordo come cercava di divincolarsi dalla presa di suo padre per raggiungermi. Ricordo il suo tono angosciato quando mi ha detto che era impossibile non innamorarsi di me, come se fosse la cosa peggiore che avesse mai fatto.

Anche nel sonno, ricordo.

29

Quando mi sveglio, Ivy è seduta alla finestra che si affaccia sul Confine. La giornata è tersa e fredda e il vetro è coperto di condensa. Le querce e gli aceri iniziano a perdere le foglie e protendono al cielo i rami nudi e scheletrici. Mi strofino gli occhi e mi alzo lentamente a sedere.

«Sei qui» dico.

«Sono qui.» Non mi guarda.

Vorrei dirle che mi dispiace, vorrei riparare quello che ho distrutto nel nostro rapporto, ma sono così contenta di vederla qui, così sollevata. E non posso scusarmi per quello che ho fatto perché lo rifarei mille volte, se volesse dire svegliarmi e vederla guardare fuori dalla finestra, arrabbiata e ferita.

«Sono davvero felice di vederti.» Lo dico perché è vero e, dopo la scorsa notte, la verità è l'unica cosa che importa.

«Potrei non perdonarti mai per quello che hai fatto» dice voltandosi verso di me.

Annuisco e abbasso lo sguardo, stringendo la coperta tra le dita.

«Posso accettarlo. Quello che non posso accettare è una vita senza di te.»

Inarca un sopracciglio. «Quindi non hai intenzione di scusarti?»

«No» dico con un sospiro. «Perché non sono dispiaciuta. Sei la mia migliore amica, Ivy, e userei tutta la magia nera di questo mondo per tenerti qui con me. So che è stato egoista da parte mia e lo accetto. Ma tu meriti la verità e la verità è che non sono dispiaciuta.»

Ivy annuisce con calma e torna a guardare fuori dalla finestra. «Ti scusi già troppo, comunque» conclude, e mi fa male sentirlo perché Wolfe mi diceva la stessa cosa.

Lui mi vedeva proprio come fa Ivy. Non avrei mai pensato di incontrare un'altra persona che mi vedesse come qualcosa di più del ruolo che sono chiamata a svolgere, ma Wolfe lo ha fatto. Mi ha visto e mi ha mentito, devo trovare un modo per accettare queste due verità. «Quando ti ho raccontato di essere arrivata tardi al Rituale e di essere stata aiutata, hai detto che la mia vita è stata corrotta. Ma non è così, Ivy. È piena, complicata e davvero caotica, ma non è corrotta. So che non accetti quel tipo di magia e non sei obbligata a farlo, ma ti giuro che non ha corrotto la tua vita. Hai una vita bellissima, proprio come prima.»

Ivy annuisce, lottando per nascondere l'emozione quando i suoi occhi si inumidiscono.

«Quando mi sono svegliata ero terrorizzata. Terrorizzata da te e da quella magia sconosciuta che avevi usato per salvarmi. Lo sono ancora. Sto lavorando per superarlo.» Fa una pausa e abbassa lo sguardo. «Però sono contenta che Wolfe ti abbia salvato la vita. E capisco perché hai fatto quello che hai fatto. E forse un giorno ne sarò felice.» Lo dice con una voce così bassa che devo sporgermi verso di lei per sentirla e mi spezza il cuore sapere che pensa di doversi vergognare di essere viva. Anche io una volta mi sono sentita così.

«Credo che lo sarai.» La sagoma di Ivy alla finestra si offusca, tremante e confusa. Ma sempre lì. Ancora lì.

«Tua madre mi ha raccontato cosa è successo.» Si allontana dalla finestra avvicinandosi al mio letto e mi rende felice sentirla così vicino. Cerco di non crollare perché non voglio che debba consolarmi dopo quello che le ho fatto passare.

«E?»

«E credo che tu abbia combinato un casino.»

Annuisco, perché ha ragione. Prendo un fazzoletto dal comodino e mi soffio il naso. «Lo so.»

«Lo ami?» mi chiede, osservandomi.

«Sì.» Appena pronuncio quella parola so che è la verità. Negli ultimi tempi la mia vita è stata piena di inganni e menzogne ma, in mezzo, c'è una verità incontestabile: amo Wolfe Hawthorne e avrei rinunciato a tutto pur di stare con lui.

Forse sono una pazza, ma una pazza che crede così tanto in qualcosa da lottare con tutte le sue forze per ottenerlo. Esamino il pavimento alla ricerca della collana che ho gettato a terra la scorsa notte, ma non c'è più.

«Tua madre vuole che ti convinca a prendere una pozione cancella-ricordi» dice Ivy. «È per questo che sono qui.»

Annuisco. Non mi sorprende, ma il dolore dentro di me cresce, sento una fitta al petto, proprio dove Wolfe ha appoggiato la testa ieri sera.

«Pensi che dovrei farlo?»

Ivy abbassa lo sguardo e vedo quanto sia difficile per lei tutto questo, come stia combattendo con se stessa per decidere cosa dire. Alla fine alza gli occhi verso di me, e sono occhi tristi. «Sì.» Le trema la voce. «Si avvicinano decisioni importanti per te, eventi fondamentali che avranno un enorme impatto, non solo su di te ma anche su tutti noi. Dimenticare Wolfe ti permetterà di iniziare la tua nuova vita da zero, con entusiasmo e speranza invece di dolore e rimpianto.» Fa una pausa. «Ci hai voltato le spalle, Tana. Hai voltato le spalle a me. Ma questa non deve essere la fine. Puoi ancora fare quello che devi fare.»

«Ci credi davvero?»

«Sì» risponde. «Tutto questo è più grande di te. Lo è sempre stato.»

Porto le ginocchia al petto. Forse questa è la mia opportunità di redenzione, la mia occasione di rimediare a tutti gli errori che ho fatto e rimettermi sulla strada giusta. Posso ancora cambiare le cose e assicurare la pace e la sicurezza della mia congrega. Posso ancora sistemare tutto.

«Come funziona?» chiedo a bassa voce.

«Prepareremo una pozione usando qualcosa di Wolfe» dice, guardando la felpa nera ai piedi del mio letto, quella che indossavo ieri sera quando sono tornata a casa. La afferro d'impulso, ha ancora il suo odore, legna bruciata e sale. «La pozione sarà molto specifica e coinvolgerà solo i ricordi che si riferiscono a Wolfe e alla magia nera... tutto il resto rimarrà intatto. Però non sarà perfetta. Esiste il rischio che i tuoi ricordi a un certo punto riemergano. Di fatto la pozione non li cancella, si limita a nasconderli; non torneranno in modo spontaneo, però ci sono alcuni eventi che potrebbero riportarli alla luce.»

Questo implica che dimenticherei anche le bugie di mia madre, perché ognuna di loro è legata a qualcosa che mi ha detto Wolfe. Non voglio dimenticarmene, accontentarmi dell'ignoranza, però dovrò farlo se decido di seguire questa strada. Non c'è modo di separare le menzogne di mia madre dai ricordi di Wolfe.

«Non dimenticherò nient'altro? Cose che riguardano i miei genitori o il mare? Landon?»

Scuote la testa. «Dimenticherai questa conversazione e tutte quelle che abbiamo avuto su Wolfe. Una volta presa la pozione, se tornerai con la mente a quei ricordi sarà tutto confuso. Ricorderai che ero qui ma non di cosa abbiamo parlato.»

«È una procedura permessa dalla congrega?» chiedo. «Somiglia molto alla magia nera.»

«È una zona grigia» ammette Ivy, e non mi sfugge il modo in cui trasalisce sentendo l'espressione *magia nera*. «Non offriremmo mai qualcosa del genere in negozio ma, considerando che nasconde i ricordi invece di cancellarli, il consiglio ci ha dato la sua approvazione. Si potrebbe ottenere lo stesso effetto usando vino o alcolici... questa è soltanto una versione più concentrata. Per questo motivo non è perfetta, perché è abbastanza debole da rispettare le nostre regole.»

«Tu però continuerai a ricordare tutto. A mia madre sta bene?»

«Non farei mai niente che possa mettere in pericolo la nostra alleanza con la terraferma e lei lo sa.»

Forse dovrebbe infastidirmi il fatto che Ivy ricorderà cose che io devo dimenticare, però ha ragione... non farebbe mai qualcosa sapendo che potrebbe danneggiare la nostra congrega. Crede in questa vita più di chiunque io conosca e, se c'è qualcuno con cui i miei ricordi saranno in buone mani, di sicuro è lei.

Inspiro lentamente e poi svuoto i polmoni un poco alla volta. «Come può essere la cosa giusta se mi sento morire al solo pensiero?»

Chiudo gli occhi e rivedo Wolfe illuminato dal chiaro di luna, ricordo come è stato usare la sua magia e sentirmi libera di essere me stessa per la prima volta in vita mia. Lo rivedo che mi guarda stupito, che mi bacia, mi tocca come se fossi la risposta a tutte le sue domande. Sento la rabbia nella sua voce quando non credo in me stessa, quando mi scuso per quello che sono. Ricordo il sale sulla sua pelle quella volta che siamo rimasti aggrappati l'uno all'altra, abbracciandoci come se potessimo salvarci la vita a vicenda.

Ed è proprio in quel momento che capisco. Non riuscirò a prendere le decisioni giuste se continuo a ricordare, se resto aggrappata con tutte le mie forze a questi momenti. Se penso anche solo per un secondo che potrebbe sussurrare il mio nome a mezzanotte – se so che è la fuori, che continua a praticare la sua magia, a dipingere i suoi ritratti e a fare tutto il possibile per garantire la sopravvivenza della sua congrega – non riuscirò a fare la scelta giusta.

Noi due siamo uguali. Crediamo nel nostro modo di vivere, siamo fedeli alle persone che amiamo e faremmo qualsiasi cosa per garantire loro la sicurezza e la pace che meritano. E c'è qualcosa di molto bello in questo. Sapere che ognuno di noi lotterà a suo modo per raggiungere i propri obiettivi, facendo tutto il possibile per tenersi stretto ciò che conta davvero.

Divisi ma insieme.

«Va bene» dico alla fine, guardando Ivy. «La prenderò.»

«Stai facendo la cosa giusta.» Lo dice guardandomi negli occhi, ma non c'è nessuna scintilla nel suo sguardo. Non come prima. Forse sono stata io a spegnerla quando le ho salvato la vita usando la magia nera, o forse non è più disposta ad abbassare la guardia in mia presenza.

«Lo dirò a tua madre. Dovremmo riuscire a prepararla in giornata.»

Si alza in piedi e va verso la porta, poi torna indietro e afferra la felpa di Wolfe che tenevo in mano. Esce sbattendo la porta dietro di sé.

«Ivy, aspetta!» grido balzando giù dal letto e uscendo di corsa dalla stanza. È già a metà delle scale quando la raggiungo, le strappo la felpa di Wolfe e la stringo tra le mani affondandoci il viso per sentire ancora il suo odore. Le mie lacrime bagnano la stoffa, lasciando piccole macchie scure che presto scompariranno. Forse anche loro finiranno nella pozione cancella-ricordi.

Ivy mi guarda come se le spezzassi il cuore, ma mi tremano le mani e non riesco a smettere. Stringo la felpa come se fosse tutto il mio mondo, il sole, la luna e tutte le stelle.

Affondo il viso nel tessuto e mi nascondo da Ivy e dalla sua pozione, tremando dalla testa ai piedi.

Poi, molto lentamente, Ivy mi toglie la felpa dalle mani.

E io, altrettanto lentamente, glielo lascio fare.

Sono al piano terra insieme i miei genitori quando Ivy ritorna, tenendo in mano una scatola di latta colorata. Non dice una parola, limitandosi ad andare in cucina a preparare la pozione. I miei genitori si scambiano un'occhiata eloquente mentre io osservo la schiena di Ivy.

«Tana, ricordati che Landon e i suoi genitori saranno con noi mercoledì per parlare dei preparativi del matrimonio. Sono molto ansiosi di rivederti» dice mia madre.

«Non me lo sono dimenticata.»

Le parole restano sospese nell'aria come a sottolineare la magia che Ivy ha infuso nella sua pozione. Lascia cadere delle foglie di tè in una teiera di ceramica, il suono è incredibilmente forte, sembra gridare il nome di Wolfe. E, all'improvviso, sono terrorizzata all'idea di dimenticarlo.

Voglio credere che ci siano cose più forti della magia, che la pozione di Ivy non avrà effetto, che si dimostrerà troppo debole rispetto al legame che ho con lui. Voglio credere di poter bere la pozione di Ivy e che Wolfe non scomparirà, celandosi negli anfratti della mia mente fino a quando non sarò pronta a ricordare.

Voglio crederci.

Il bollitore fischia e ho un sussulto. Ivy versa l'acqua bollente sulle foglie di tè e vedo alzarsi nuvole di vapore. Imposta un timer e lascia le foglie in infusione, assicurandosi che ogni goccia di magia finisca nella bevanda.

Che finisca dentro di me.

Vedo sfilare nella mia mente immagini di Wolfe e chiudo con forza gli occhi, disperata all'idea che restino nella mia memoria. Disperata all'idea che scompaiano.

Stanotte, quello che dovrebbe spaventarti di più non è il fatto che tu stia per usare la magia alta, Mortana, ma il fatto che vorrai usarla di nuovo.

Mia madre mi dice qualcosa sulla futura cena ma non sento nulla. Fatico ad accorgermi anche solo di Ivy in cucina o di mio padre che mi guarda con tristezza e preoccupazione. Tutto quello che vedo è la vita per cui ho lottato tanto che mi scivola tra le dita come granelli di sabbia, impossibili da trattenere.

Vuoi rivedermi?

Sì.

Il timer suona e Ivy passa il liquido nel colino. I miei genitori restano in silenzio e sento lo stomaco che si contorce sempre di più, soffocandomi.

Ti odio. *Ma ti desidero comunque.*

Ripenso al profumo conserva-ricordi che ho preparato per Wolfe, a quanto fossi in imbarazzo quando gliel'ho regalato. Ma sono davvero felice di averlo fatto, felice che quel ricordo resterà da qualche parte fuori dalla mia mente, che qualcuno lo terrà al sicuro.

Dillo a voce alta. Voglio sentirti.

Ivy sistema la tazza sopra un piattino e me la porta. Fa rumore quando la appoggia sul piano di marmo davanti a me.

Il liquido nella tazza ha un colore ambrato, lo stesso colore delle fiamme che si riflettono sulle pareti di questa stanza.

C'è una vita anche per te, qui. Una vita in cui puoi essere tutto ciò di cui hai sempre avuto paura.

Prendo la tazza e la avvicino alle labbra. La vedo tremare nella mia mano. I miei genitori e Ivy mi osservano trattenendo il fiato, in attesa. Se questa è la cosa giusta da fare, perché mio padre sembra distrutto e Ivy così incerta? Perché mi sento come se mi stessero squarciando il petto?

Sarei disposto a dare fuoco al mondo intero, pur di vedere il tuo viso.

Il tè odora di terra e fiori. Inspiro il suo profumo e noto un lieve sentore di legna bruciata e sale. I miei occhi si riempiono di lacrime, perché è il suo odore, e per un momento non credo di farcela.

È stato facile usarti, e quasi impossibile non innamorarmi di te.

Forse esiste un universo alternativo in cui la sopravvivenza della mia congrega non dipende da me. Un universo alternativo in cui il mio cuore irruento può trovare rifugio in Wolfe e amarlo con tutto l'amore che una persona può provare.

Il pensiero mi fa quasi sorridere, questa disperata speranza che ci sia una versione di noi stessi a cui è concesso amarsi, amarsi e continuare ad amarsi fino alla fine del mondo.

Mi hai salvato la vita.

Porto la tazza alle labbra e bevo.

30

31

WOLFE

Ogni sera a mezzanotte pronuncio il suo nome, ma lei non arriva mai. Non ce la faccio più. Esco dal maniero e prendo delle scorciatoie attraverso gli alberi per avvicinarmi a Main Street, avvicinarmi a lei.

È stata vulnerabile e onesta, quando avrebbe dovuto essere distante e sospettosa. Avrebbe dovuto proteggersi. Invece si è aperta come uno dei miei manuali di incantesimi, e io ho letto ogni pagina, ogni frase, fino a farla diventare il mio libro preferito.

Non vorrei essere arrabbiato, ma lo sono. Pensavo che l'avrei odiata, che non avrei provato altro che disgusto. Mi sono innamorato di lei mio malgrado e adesso non riesco a pensare ad altro. Se tra noi c'è un debole, quello sono io. Non lei.

E la cosa mi manda su tutte le furie.

Mortana torna alla profumeria prendendo la strada più lunga. Le piace ascoltare il rumore dell'oceano, sentire il vento sulla pelle.

E oggi, mentre passeggia lungo la costa orientale, vedrà me.

Non dovrei essere qui.

Dovrei lasciarla andare e voltare pagina, come dice mio padre. Lasciare che sposi il figlio del governatore in modo che possiamo finalmente incontrarci con il consiglio e concordare una futura strategia per calmare il mare e salvare l'isola.

È la cosa giusta da fare.

Ma come può esserlo se lei non è con me?

Non sono mai stato molto interessato alla felicità. La felicità è imprevedibile e fugace, non ha senso passare la vita a cercarla.

Vivere non ha niente a che vedere con la felicità. Non l'ha mai avuto.

Vivere implica delle necessità. Ma lei mi è diventata necessaria, come l'aria, la magia e il sangue: fondamentale.

Sull'isola fa freddo, l'inverno è in arrivo con acque agitate e nubi cariche di pioggia. Incrocio le braccia sul petto e osservo il mio respiro nell'aria di fronte a me. Inizia a piovere.

All'inizio è poca cosa, abbastanza leggera da poter essere confusa con la foschia che arriva dal Confine. Poi il cielo si apre e in pochi istanti mi ritrovo inzuppato di pioggia.

Almeno ho la spiaggia tutta per me.

Dovrei andarmene. Non vuole vedermi e dovrei rispettare la sua decisione.

Ma ho davvero bisogno di vederla.

E, come in risposta a una preghiera, eccola camminare lungo la battigia. Ha il viso rivolto verso il cielo e tiene i palmi delle mani aperti, come per toccare la pioggia.

Sorride tra sé e scoppia in una risata, come se non le importasse del diluvio. Sembra... contenta.

Voglio darle lo spazio che mi ha chiesto. Mi ripeto che me ne andrò prima che mi veda, ma i miei piedi non si muovono, sembrano aver messo radici proprio lì.

È perfetta sotto la pioggia, con i capelli inzuppati di acqua che gocciola dalle estremità.

È perfetta.

Mi scosto i capelli dagli occhi, ho bisogno di vederla.

Alza lo sguardo e lo posa su di me. Il mio cuore si ferma.

Rallenta il passo e sistema una ciocca di capelli dietro l'orecchio.

C'è qualcosa che non va. I suoi occhi non hanno quella scintilla che ha sempre quando mi guarda. Lo so perché ogni volta che succede venderei l'anima per essere certo che capiti di nuovo.

«Non hai avuto molta fortuna con il meteo» dice. «Sai come tornare al traghetto?»

Rimango a fissarla. Il mio corpo all'improvviso diventa freddo. «Mortana?» Il tono è brusco ma non era mia intenzione.

«Scusa, ci conosciamo?»

Scruto il suo viso e sussulto quando capisco che non ha idea di chi io sia. Il mio petto prende fuoco. Non riesco a respirare.

«Mi dispiace se ti sono sembrata scortese. Al negozio incontro molte persone della terraferma e qualche volta me ne dimentico.» Fa un cenno con la mano e sorride. Educata. Professionale.

Si scusa troppo.

«No» rispondo, scuotendo la testa. «Non ti scusare. Non è niente.»

Annuisce e sembra sollevata. «Quindi sai come tornare indietro?»

«Sì.» Le parole non ne vogliono sapere di uscire dalla mia bocca. Mi schiarisco la voce.

Chiudo gli occhi e la copro con un velo di magia. Riesco a sentire dentro di lei un incantesimo di perdita della memoria che lavora per nascondere ogni ricordo, ogni maledetto momento, avvolgendoli nell'oscurità.

Dio mio, non ricorda nulla.

Distolgo lo sguardo. Gli occhi mi bruciano e mi sembra di avere una palla infuocata incastrata in gola. Non riesco a respirare.

«Arrivederci» dice allontanandosi.

Non rispondo. Non mi muovo. Mi limito a guardarla, a guardare il suo viso perfetto mentre lei mi regala un sorriso e passa oltre.

È vicinissima, potrei toccarla, ma i suoi occhi sono spenti, non c'è neanche un barlume di consapevolezza.

Mi porto le mani al petto sentendo la pressione che lo schiaccia, il dolore lancinante. Non è un dolore come gli altri. È come se ognuna delle mie costole si fosse fratturata e mi avesse perforato i polmoni.

Voglio sapere se ha preso quella pozione di sua volontà o se qualcuno l'ha obbligata. *Ho bisogno* di saperlo. Ma temo che non sopravvivrei se scoprissi che ha scelto di prenderla.

Risale la spiaggia fino alla strada, fermandosi una volta in cima. Si volta lentamente. Trattengo il fiato mentre mi osserva, i suoi occhi nei miei tentano di convincere il mio cuore a battere di nuovo. C'è anche solo un briciolo di consapevolezza?

Sono sul punto di raggiungerla, prendere il suo viso tra le mani e dirle che mi conosce, che qualunque cosa sente dentro di sé è reale. Ma lei scrolla appena la testa, si volta di nuovo verso la strada e si allontana. Resto immobile a guardarla fino a quando non gira l'angolo e scompare alla vista.

Rimango dove sono.

È finita. Ma non può essere finita. Non è possibile.

Sarebbe sbagliato incontrarla di nuovo e cercare di farle ricordare chi sono, se ha scelto lei di dimenticare?

So che sarebbe sbagliato. Lo so, ma non riesco a lasciarla andare.

Allora possiamo bruciare insieme.

Raccolgo un sasso e lo scaglio nell'oceano urlando.

Il dolore al petto si intensifica e le mie grida si fanno più forti, ma non risolvo nulla.

Dio mio, sto andando in pezzi. Non sopravvivrò a tutto questo.

Tu sarai la mia fine.

Mortana se ne è andata e non ricorda più nulla.

Il dolore al petto mi lascia senza fiato.

Non si ricorda.

32

C'è un ragazzo sulla riva, in piedi sotto la pioggia battente. Sembra molto teso e i suoi capelli sono scuri e arruffati. Ha la carnagione pallida e gli occhi tempestosi come il cielo di oggi. Mi imbarazzo quando mi rendo conto che lo sto fissando.

Ma è difficile non farlo.

È bagnato fradicio e bellissimo.

Mi impongo di guardare oltre e gli chiedo se sa come tornare al traghetto. Mi risponde che lo sa ma la sua voce suona forzata, come se fosse arrabbiato.

Pronuncia il mio nome, il mio nome per intero, e sentendolo pronunciare quelle parole qualcosa mi si risveglia dentro. Mi torna in mente un sogno che ho fatto in cui qualcuno sulla costa occidentale sussurrava il mio nome per intero. In quest'ultimo periodo quel sogno mi ha svegliato ogni notte, sempre a mezzanotte. Un sogno davvero strano. Nessuno sull'isola usa il mio nome completo, lui però l'ha fatto.

L'ha fatto e ho l'impressione che tutto il suo mondo gli sia stato strappato via.

Vorrei chiedergli se ha bisogno di aiuto, se posso dargli una mano, ma qualcosa mi ferma. Ho paura di averlo offeso non riconoscendolo quando lui, senza dubbio, conosce me. Ma la profumeria ha così tanti clienti che è difficile ricordarseli tutti.

Anche se in questo caso mi sorprende non ricordarmi di lui. È impossibile distogliere lo sguardo... non posso credere di non averlo già incontrato.

Gli sorrido, ma per qualche strana ragione la cosa sembra turbarlo.

È meglio che vada.

Risalgo la spiaggia fino alla strada e per tutto il tempo lotto contro la tentazione di voltarmi a guardarlo. Lo faccio solo una volta raggiunto il marciapiede.

E quando mi volto lui mi sta osservando.

Resto senza fiato, mi sembra di fluttuare, come in quel primo elettrizzante momento del tuffo, quando mi trovo sotto la superficie dell'acqua. È magnetico, sento una forza invisibile che mi spinge verso di lui.

Vorrei conoscere la sua storia.

Scrollo la testa e mi costringo a distogliere lo sguardo.

Ho già la mia storia, una che hanno scritto fin dal giorno della mia nascita. E qualcosa mi dice che, se ascoltassi la sua, diventerebbe la mia preferita. Quindi torno a casa e continuo a vivere la mia vita secondo il copione scritto dai miei genitori.

Magari inserirò di nascosto una pagina che ho scritto io, su un ragazzo stupendo con occhi grigi e tempestosi, una pagina solo per me.

33

«Sei bellissima» dice mia madre mentre scendo le scale. Indosso un tubino rosa chiaro, orecchini a goccia e décolleté color carne. Tiro il vestito e lo liscio lungo i fianchi ma, per quanto ci provi, non mi sento a mio agio.

Ho i capelli raccolti in uno chignon così stretto che mi fa venire mal di testa, e il vestito è così inamidato che ho il terrore di sgualcirlo. Vorrei essere me stessa, con i capelli sciolti e scarmigliati, gioielli particolari e abiti che assecondano i miei movimenti. Vorrei indossare colori scuri, e non i toni pastello che predilige la mia congrega.

Vorrei essere me stessa in un luogo che non sembra destinato a me.

Scuoto la testa e sorrido a mia madre. Sono soltanto nervosa.

«Grazie, mamma» dico.

Mio padre sta finendo di apparecchiare e quello che vedo mi toglie il fiato. Sulla tavola ci sono candele di forme e altezze diverse che tremolano nella penombra della stanza. Tra una candela e l'altra ci sono foglie autunnali e petali di rose bianche. Nell'aria aleggia il profumo dell'arrosto di mio padre. Sta mettendo una bottiglia di vino nel secchiello del ghiaccio, quando suonano alla porta.

Il trillo del campanello mi fa sobbalzare.

Mia madre va ad aprire. «Marshall, Elizabeth, benvenuti! Ci fa così piacere avervi qui.»

Elizabeth e mia madre si salutano con un bacio sulla guancia e si scambiano complimenti come se lanciassero petali durante un matrimonio. Landon è alle loro spalle e quando mia madre lo vede, il suo viso si illumina.

«Landon, che bello rivederti.»

Lui le porge un mazzo di fiori e ricambia il sorriso. «Sono felice di essere qui.»

Mi tocca ammetterlo: il mio futuro marito è così affascinante che a momenti mi convinco della sua sincerità. Sembra quasi che l'abbia scelto lui. Che abbia scelto me. Poi mi dico che è tutta una recita, anche se da premio Oscar, e che può promettermi tante cose, ma l'amore non è tra queste.

«Tana, sei la cosa più incantevole di tutta la settimana» dice, avvicinandosi e porgendomi una rosa. «Ho tenuto da parte la più bella per te» mormora.

«Sei un adulatore» gli dico, prendendo la rosa.

«Dici che esagero?» mi chiede, con un sorriso divertito.

Ci sa fare e *lo sa,* ma guardo il viso radioso di mia madre e la rosa che ho in mano. «Dico che sei perfetto.»

«Bene.» Mi dà un bacio sulla guancia. Lo guardo negli occhi e non c'è più traccia della giocosità di poco prima. I suoi occhi indugiano sulle mie labbra e, per un istante, mi dimentico che non siamo da soli.

Inspiro e abbasso lo sguardo. «Vado a mettere la rosa in un vaso.»

Entro in cucina, dove mio padre sta preparando da bere per tutti. Stappa una bottiglia di vino e lo versa nei bicchieri, poi li dispone su un vassoio d'argento che porta nella sala da pranzo. Metto la rosa a bagno e lo seguo, mettendomi accanto a Landon.

«Brindiamo» dice mio padre, alzando il bicchiere. «Alla famiglia.»

Mi sento avvampare e mi irrigidisco dalla testa ai piedi. Elizabeth porta una mano al petto e lei e Marshall alzano il bicchiere e ripetono in tono enfatico: «Alla famiglia!».

«Alla famiglia» dice Landon, così piano che lo sento soltanto io.

Gli sorrido e accosto il bicchiere al suo, ma il vino ha un sapore amaro. Chissà se si sentono tutti come mi sento io dentro questo vestito, costretti a mentire. Poi vedo l'espressione felice sul viso dei miei genitori e le risate che escono spontanee dalla bocca di Elizabeth e mi rendo conto di essere l'unica a rimuginare.

«Va tutto bene?» mi chiede Landon quando i nostri genitori sono presi dai loro discorsi.

«Sì, scusami» dico, posando il bicchiere. «Sono soltanto nervosa, credo.»

«Perché?»

«Non lo so. Vorrei piacere ai tuoi genitori» dico, guardandomi intorno. «Non voglio rovinare niente.»

«Ti apprezzano già» mi assicura. «E col passare del tempo ti adoreranno.»

«Dici?»

«Certo» dice, finendo di bere. «Non è soltanto una messinscena» aggiunge, leggendomi nel pensiero. «Sono davvero contenti di vederti.»

Qualcosa nelle sue parole allenta la mia tensione. «Grazie per averlo detto.»

«È un piacere.»

Ci accomodiamo a tavola e tiro un sospiro di sollievo, perché la conversazione scorre con disinvoltura. I miei genitori e quelli di Landon sembrano godere della reciproca compagnia e vederli insieme mi conferma la bontà dell'accordo. Non è soltanto necessario e vantaggioso. È un *buon* accordo.

«Tana, raccontami di te. Landon dice che adori nuotare» dice Marshall, guardandomi dall'altra parte della tavola. Ha un sorriso cordiale e sembra davvero interessato, capisco da chi abbia preso il mio futuro marito.

«Sì» rispondo. «Il mare mi ha sempre affascinato. Ha il potere di calmarmi.»

Marshall annuisce. «Ai tempi della scuola facevo parte della squadra di nuoto. Mi piaceva gareggiare, ma la cosa che preferivo erano gli allenamenti. Mi fermavo in piscina anche dopo che i miei compagni di squadra erano andati a casa e nuotavo da solo. Sott'acqua è come se il mondo non esistesse più... Non c'è niente di più bello.»

«È così anche per me.»

«Tana ha sempre adorato l'oceano» dice mio padre, facendomi l'occhiolino. «Pensava che io e sua madre non ci accorgessimo che era sempre incrostata di sale. Tornava a casa con i capelli pieni di alghe e i vestiti bagnati fradici.»

«Be', la discrezione non è il mio forte» ammetto, e tutti scoppiano a ridere. Rido anch'io. «L'ultima volta che è venuto a trovarmi sull'isola, Landon è persino entrato in mare con me. Se non fosse stato per le correnti, sono sicura che lo avrei convinto a restare in acqua più a lungo.»

Non mi rendo conto di ciò che ho detto, finché mia madre non alza la testa e mi fulmina con lo sguardo. Il mio cuore comincia a correre e le rivolgo un'occhiata implorante. Non riesco a credere di aver parlato delle correnti; non so come sia successo.

«Quali correnti?» chiede Marshall tra un boccone e l'altro.

«C'è una corrente che circonda la nostra isola da anni, e a volte si avvicina alla costa. La monitoriamo attentamente e riteniamo che non ci sia motivo di preoccuparsi» dice mia madre con assoluta eleganza, riuscendo a sembrare disinvolta e risoluta allo stesso tempo.

«Be', fateci sapere se avete bisogno del nostro aiuto. Ci farebbe piacere darvi una mano» dice Marshall. Se fosse al corrente dell'entità del pericolo, se sapesse qual è la causa scatenante del fenomeno, non sarebbe così gentile.

«Grazie. Ti farò sapere senz'altro.»

Mia madre cambia argomento e ben presto cominciano a parlare dell'economia dell'isola e delle possibili collaborazioni future con la terraferma. Dopo il nostro matrimonio, l'Isola delle Streghe entrerà ufficialmente a farne parte. Gli abitanti della terraferma condivideranno le loro risorse con noi, le loro conoscenze e i loro progetti. Soprattutto, ci proteggeranno come se fossimo dei loro. E, legalmente, lo saremo. Ma l'accordo è reciproco: cominceremo a pagare le tasse e loro avranno voce in capitolo sulla gestione dell'isola. Per il continente è molto vantaggioso da un punto di vista economico, per noi è necessario.

In questo momento, la terraferma non ha alcuna autorità giuridica sull'isola e questo spinge certe persone a comportarsi male – com'è successo con l'incendio al molo – perché pensano di poterla fare franca. E la triste verità è che possono farlo.

Tuttavia, sono consapevole delle cose che non dice nessuno. La terraferma sa che vogliamo continuare a essere accettati e accolti nel loro mondo; siamo in netta inferiorità numerica. Se il loro governo decidesse di eliminare le streghe, potrebbe farlo. E sappiamo che vogliono tenere d'occhio tutto ciò che facciamo, perché sono terrorizzati all'idea di un ritorno della magia nera, ma sono anche ansiosi di mettere le mani sul nostro argento.

È un equilibrio delicato, un arazzo intessuto con mezze verità e fiducia parziale.

Possiamo essere amici e andare d'accordo, diventare persino una famiglia, ma ci sono così tante altre cose in ballo che è difficile tener conto di tutto.

Forse un giorno non sarà tutto così pesante. È per questo che ci sposiamo, in fondo. Forse un giorno guarderò Landon con occhi adoranti e dimenticherò che suo padre tiene gli occhi sull'isola e le mani nelle nostre tasche.

«Samuel, l'arrosto era divino» dice Elizabeth. «Non hai usato la magia, vero?» chiede in tono scherzoso.

«L'idea che tu possa anche solo pensarlo mi ferisce» ribatte mio padre. «L'ho fatto con le mie mani.»

«Papà non usa la magia in cucina» aggiungo. «Pensa che indebolisca le sue doti naturali.» Gli rivolgo un sorriso, per fargli capire che la trovo un'idea adorabile.

«Be', allora sono ancora più colpita» dice Elizabeth.

«Perché non ci spostiamo in salotto a bere un tè, prima del dolce?» propone mia madre. Ci alziamo tutti da tavola. «Tana, scommetto che a Landon farebbe piacere vedere il terrazzo.»

Guardo Landon.

«Mi farebbe molto piacere.» Sorridere gli viene naturale, ma è difficile distinguere i sorrisi sinceri da quelli per fare scena. Mi sono dovuta impegnare moltissimo per nascondere ciò che provo davvero a favore di ciò che dovrei provare. Ma voglio conoscere il vero Landon, e voglio che lui faccia altrettanto con me.

«Vada per il terrazzo.»

Lo accompagno su per le scale, mentre le voci dei nostri genitori si allontanano. Sento che comincio a rilassarmi: quando siamo soltanto noi due, il peso delle aspettative non è così insopportabile.

Apro la porta che conduce al terrazzo e prendo alcune coperte dalla cesta di vimini. La notte è senza nubi e nel cielo scuro brillano migliaia di stelle. La luna calante dipinge ogni cosa d'argento e le onde che si infrangono sulla battigia riempiono l'aria con il loro ritmo familiare.

Mi siedo sul divano col mio futuro marito e spero che non si accorga della mia inquietudine.

«A cosa stavi pensando?» Le sue parole si fanno largo tra i miei pensieri, obbligandomi a tornare al presente.

«Scusami» dico. «Ero soprappensiero.» Come faccio a dirgli che stavo pensando al peso di questa situazione? Come faccio a dirgli che più ci avviciniamo al giorno del nostro matrimonio e più la mia preoccupazione aumenta?

«Be', cosa ne dici se comincio io?»

Mi giro a guardarlo. «Mi piacerebbe.»

«Stavo pensando che siamo una bella coppia.»

Le sue parole mi colgono di sorpresa e per un istante sono ammutolita. «E come mai?» gli chiedo alla fine.

«Perché sei una persona buona, Tana. A volte ho la sensazione che cerchi con tutte le tue forze di essere ciò che credi di dover essere. Ed è una cosa che ammiro. Ammiro il fatto che tu creda così tanto in questo accordo da volerci assolutamente provare.»

Quando sento affiorare le lacrime, sono mortificata. Distolgo lo sguardo e faccio un respiro profondo, lasciando che l'aria fredda della notte mi calmi. Le sue sono parole gentili, dette da una persona perbene, ma l'unica cosa a cui riesco a pensare è che non vorrei dovermi sforzare così tanto.

Vorrei essere nata per fare questa vita, come Landon, come mia madre e Ivy.

«Ci credo, infatti» dico alla fine. «E spero che un giorno mi venga naturale.»

Landon mi scosta una ciocca di capelli dal viso. «Lo spero anch'io. Voglio che ti fidi di me. E voglio che tu sappia che ti accetterò anche quando smetterai di sforzarti. Quando sarai te stessa.»

Scuoto la testa e guardo un punto lontano.

«Ho detto qualcosa che ti ha fatto arrabbiare?» mi chiede Landon.

«No, no. Non sono arrabbiata. Ma devo ammettere che sono un po' confusa.»

«Su cosa?»

«A volte le cose che dici mi fanno pensare che tu stia cercando di...» Mi interrompo, perché non so bene come continuare.

«Cercando di fare cosa?»

«Non lo so. A volte sembra che tu nutra dei sentimenti sinceri nei miei confronti e questa cosa mi confonde, perché mi hai detto molto chiaramente che non puoi promettere di amarmi.»

Landon sospira e si irrigidisce sul divano. «Voglio essere sincero con te, Tana... ma non posso promettertelo. Ho pensato a quello che mi hai detto, al fatto di concedere spazio a qualcosa di più dei miei doveri, e sono disposto a provarci. *Ci sto* provando. Quindi lasciamelo fare, d'accordo?»

«Mi sembra giusto» dico. Scoppio a ridere, nascondendo il viso tra le mani. «Non ti fa paura sposare qualcuno che non conosci?» gli chiedo di getto.

«Se devo essere sincero, mi spaventa a morte.»

È la cosa più bella che mi abbia mai detto, la cosa più vera, e per la prima volta davanti a me vedo soltanto un ragazzo, e non il figlio del governatore. Vorrei tanto che mi vedesse per ciò che sono e non soltanto per il ruolo che ricopro, eppure non ho provato a fare la stessa cosa per Landon.

«Mi fa piacere sentirlo» dico, ridendo e piangendo allo stesso tempo.

Mi asciugo gli occhi e lui mi prende la mano. «Credo in questa vita. Credo nel potere nato dall'unione tra la terraferma e l'Isola delle Streghe.»

«Anch'io.»

Le sue parole mi sono di grande aiuto e, per la prima volta da quando abbiamo anticipato la data del matrimonio, sento che ce la posso fare. Non comprendo appieno i motivi che hanno contribuito a quella decisione, e quegli interrogativi hanno alimentato dubbi e incertezze. Ma è normale essere spaventati, preoccupati e a disagio. Posso credere in questo cammino e voler comunque sapere cosa mi riserverà il futuro.

«Landon» dico a bassa voce. «Ora vorrei che mi baciassi.»

La sua bocca si increspa in un sorriso. Mi prende il mento

con delicatezza e mi solleva il viso, poi si china su di me. Chiudo gli occhi e sento le sue labbra sulle mie, timide, esitanti e gentili.

All'inizio non mi muovo, perché ho il terrore di non desiderarlo abbastanza o di desiderarlo troppo. Ma le sue labbra sono morbide, mi tiene il viso tra le mani e tra poco diventerà mio marito. Lentamente mi lascio andare, ricambiando il bacio e abbandonandomi alle emozioni.

Non sento le farfalle nello stomaco. Dentro di me non c'è nessun incendio che brucia fino a consumarmi, ma forse quel tipo di bacio non esiste. E forse, se esistesse, non sarei in grado di gestirlo.

Ma è piacevole sentire la sua bocca sulla mia. È un bacio tenero. È il tipo di bacio per il quale posso onorare i miei impegni.

Lentamente si ritrae, prendendomi la mano. «Possiamo solo migliorare» dice, e arrossisco, perché ho paura che sia deluso, che non gli sia piaciuto.

«Per essere la prima volta direi che non è stato niente male» dico, anche se la scintilla che aspettavo non c'è stata.

«Non intendevo questo» dice, rendendosi conto di essersi espresso male. «Quello che sto cercando di dire – non così bene, purtroppo – è che partiamo da ottimi presupposti.» Mi stringe la mano, rivolgendomi un sorriso rassicurante.

«Lo penso anch'io.»

Non è il primo bacio che ho sempre sognato, soprattutto con l'aggiunta del commento di Landon, ma sto imparando che i sogni sono soltanto sogni. Non sono reali, non hanno alcun effetto sulla mia vita. E non è giusto continuare a paragonare il Landon che ho di fronte con quello che ho sognato in tutti questi anni.

Lo so perfettamente, eppure non riesco a lasciar perdere, non riesco a dimenticare del tutto il Landon che ho creato nella mia testa. È questo il problema dei sogni: è facilissimo lasciare che prendano il sopravvento, e molto difficile rinunciarvi.

34

Landon e i suoi genitori sono andati via e mio padre porta un vassoio con una tazza di tè per me e vino per sé e per la mamma. Il camino è acceso e in sottofondo si diffondono le note delicate di un brano strumentale. La cena non poteva andare meglio e lo vedo nel modo in cui i miei genitori si guardano, nella loro postura rilassata, mentre sono seduti comodamente sul divano, vicini.

E averli aiutati a dar voce alle loro speranze più grandi mi riempie d'orgoglio.

Sono così felice per loro.

Davvero.

Ma sono anche infinitamente triste.

Non so quando è successo, ma a un certo punto sposare Landon si è trasformato da certezza a scelta, nella mia mente; da qualcosa che ho sempre saputo che avrei fatto a qualcosa che devo convincermi a fare. Landon mi ha detto che si capisce che ci sto provando, ma non voglio provarci. Non voglio costringere questa vita ad adattarsi a tutte le speranze e le paure che mi rendono la persona che sono.

Persino baciare Landon: è stato bello, e sono contenta di averlo fatto. Ma non posso fare a meno di chiedermi cosa si prova a baciare qualcuno perché lo si desidera con tutta l'anima, baciare qualcuno perché non è possibile resistere un istante di più senza farlo.

«Che serata stupenda» dice mia madre, stringendosi a mio padre. «E che idea meravigliosa quella di invitarti sulla terraferma prima della festa del raccolto. Sarà un giorno molto speciale per entrambi.»

«Sarà bello cominciare a prendere confidenza con il posto» dico. «Sono sicura che sarà divertente, con un insegnante come Landon.»

«Scommetto che non stai nella pelle» dice mia madre, guardandomi. «È ciò che hai sempre voluto.»

«È ciò che hai sempre voluto *tu*.» La realtà di ciò che ho appena detto mi sconvolge. Cerco di rimediare, rimpiangendo di averle pronunciate. Restano sospese tra di noi, pesanti, cupe e orribili. Vorrei rimangiarmele, scusarmi e aggiustare le cose.

Ma sono vere.

E il fatto che siano vere mi spezza il cuore.

I miei genitori si scambiano un'occhiata e vorrei sapere cosa significa. Per un istante, sembra che pensino alla stessa cosa: qualcosa di cui sono all'oscuro. Ma non sono arrabbiati, né offesi. Mia madre sembra preoccupata, ma è l'espressione di mio padre che mi stringe il cuore. Sembra triste. Tristissimo.

«Hai ragione» dice mia madre alla fine, posando il bicchiere. «È ciò che ho sempre voluto. È ciò che abbiamo sempre voluto: tuo padre e io, e l'isola intera. Forse non puoi capire tutte le scelte che fanno i tuoi simili, e forse il peso del dovere grava sulle tue spalle, e mi dispiace. Ma cambierai il corso della storia, facendo qualcosa di epocale. Qualcosa a cui la maggior parte delle persone non potrà mai aspirare. Dovresti essere orgogliosa.»

«Lo so» dico, perché lo so davvero. Lo so da quando sono venuta al mondo. «Lo so.»

«Bene. Cerca di non dimenticarlo» dice.

Finisce di bere il vino in un sorso, poi sale le scale senza dire una parola.

Sette giorni dopo sono sulla terraferma, e non vi è più traccia della tensione con mia madre ora che sono da Landon. L'isola è in fermento, in vista della festa del raccolto di stasera, e proprio quando dovrei essere con i miei genitori a dare una mano, mia madre ha insistito affinché andassi sul continente.

«Ti sei mai avventurata da queste parti?» mi chiede Landon, e mi costringo a distogliere lo sguardo dall'isola.

«Pochissimo» ammetto. «Non l'ho mai voluto fare.» Le parole mi escono di bocca prima che ci pensi due volte, e mi rimprovero per la mia superficialità.

«Come mai?»

Guardo Landon, chiedendomi se dovrei rispondergli sinceramente. È sempre stato diretto con me, voglio credere di poterlo essere anch'io. «Credo che sia perché abbiamo cercato di meritarci il nostro posto per tutta la vita. Perché dovrei aver voglia di vedere un luogo che, fino a poco fa, stava ancora decidendo se vale la pena proteggermi?»

«Accidenti» dice Landon, abbassando lo sguardo: vederlo perdere l'autocontrollo è raro. «Non l'ho mai vista sotto questo profilo.»

«E perché avresti dovuto? Non hai mai dovuto farlo.»

«Hai ragione» dice, con voce tésa.

Non è così che avevo pensato di cominciare la giornata insieme, e vorrei migliorare le cose, allentare la tensione che si è insediata sul viso di Landon. Gli tocco il braccio. «Non fraintendermi, ti prego. Sono felice di essere qui, oggi. Con te.»

«Anch'io» dice dopo un istante, prendendomi per mano. «Ti va di andare a fare un giro?»

«Molto volentieri.»

Ci allontaniamo dalla spiaggia e ci incamminiamo sul marciapiede, e il mondo naturale scompare, sostituito da strade lastricate ed edifici così alti che devo allungare il collo per vederne la sommità. Il cielo è coperto e l'unica cosa a cui riesco a pensare è che questi edifici non hanno abbastanza finestre per far entrare la luce. Tra quelle pareti dev'essere tutto grigio e buio.

Quando guardo la terraferma dall'isola, sembra imponente, come se emanasse un'energia maestosa e dinamica. Ma ora che ci sono dentro, circondata da pietra e mattoni, è come se non ci fosse aria a sufficienza, come se i miei polmoni dovessero lottare per procurarsi la giusta quantità d'ossigeno. Vorrei amare questo luogo, vorrei sentirmi viva tra queste strade, ma non succederà mai.

Mi dico che ho soltanto bisogno di tempo, di adattarmi al cambiamento. Ma sperare che amerò questo posto anche solo un millesimo di quanto amo la mia isola è un'impresa impossibile.

Ci fermiamo in un caffè e prendiamo tè e biscotti, poi ci sediamo fuori mentre frotte di persone ci passano accanto sul marciapiede. Landon riceve molta attenzione, che gestisce con disinvoltura, ma dopo un quarto d'ora sulla strada sono stanca dei bisbigli e degli sguardi. Però sono contenta di averlo visto in azione: Landon ha molta esperienza, è gentile, paziente e so che sarà in grado di aiutarmi ad adattarmi al suo mondo.

Dopo mi porta in una galleria d'arte: un locale ampio ed essenziale con diverse opere esposte alle pareti. «Non è un uso molto efficace dello spazio, non trovi?» chiedo, divertita dal numero ridotto di quadri appesi a ogni parete. L'isola delle streghe è piccola, e la maggior parte dei nostri negozi è pensato per ottimizzare lo spazio. Ma qui sembra che ce ne sia in abbondanza.

«Cosa vuoi dire?»

«È un posto enorme, per così pochi dipinti.»

«Sarebbe difficile apprezzare ogni singola opera, se fossi distratta da quelle accanto» dice Landon come se fosse la cosa più ovvia del mondo.

«Certo. E le opere sono magnifiche» dico, facendo in modo che sappia che sono felice di essere qui. Felice di familiarizzare con la mia nuova casa.

Proseguiamo il nostro giro, ma quando vedo l'ultimo quadro mi viene la pelle d'oca. Ci sono quattro persone in ginocchio in un campo aperto, il volto sudato e in agonia, le dita che affondano nel terreno. Sono circondati da centinaia di fiordiluna.

Sotto il quadro c'è una targhetta con il titolo dell'opera: conoscere la paura.

Mi si riempiono gli occhi di lacrime. L'opera è così dettagliata e realistica, un richiamo così forte alla nostra storia sulla terraferma. L'isola è casa nostra, l'unico posto in cui ci siamo davvero sentiti a casa. Ma non dimenticheremo mai che ci siamo trasferiti laggiù perché la terraferma ha vietato la magia, che sebbene l'isola sia diventata il nostro rifugio, abbiamo comunque continuato a temere che la terraferma ci venisse a prendere. Abbiamo comunque dovuto combattere per la sopravvivenza della magia.

Mi giro e mi dirigo verso l'uscita, ma non ci sono alberi né onde a rassicurarmi quando esco.

«Ti chiedo scusa» dice Landon, prendendomi per mano. «Non sapevo che il quadro di Pruitt fosse ancora in mostra.»

«Perché si chiama così?» gli chiedo. «*Conoscere la paura.* Cosa significa?»

«Non dobbiamo per forza parlarne.»

«Voglio saperlo.»

Landon sospira. «Allude al trasferimento della paura che si è verificato quando le streghe hanno abbandonato la terraferma per andare sull'isola. Al fatto che dopo centinaia d'anni in cui abbiamo temuto la magia, finalmente è arrivato il momento in cui sono state le streghe a conoscere la paura.»

Arrivare su un'isola piena di fiori velenosi dev'essere stato terrificante. Mi sudano le mani, e cerco di parlare in tono calmo.

«E l'avete esposto nella vostra galleria? Tra tutti i quadri che potevate appendere sulla parete, avete scelto quello?»

«Come ti dicevo, non sapevo che il quadro di Pruitt fosse ancora in mostra.»

«Hai paura della magia» gli dico, guardandolo attentamente.

«Quel dipinto si riferisce a un determinato momento storico, Tana. Non ha lo scopo di riflettere i sentimenti di oggi.»

Ci siamo fermati in mezzo al marciapiede e i passanti rallentano il passo, guardandoci. Persino i passeggeri delle automobili allungano il collo per guardare Landon e la sua promessa sposa. Non riesco a sentire i miei pensieri, non riesco a calmare il battito del mio cuore. Landon mi prende per mano e torniamo sulla spiaggia, dove ci sono meno curiosi.

«Non hai risposto alla mia domanda.» Lo dico dolcemente, cercando di nascondere il dolore che mi incrina la voce, ma emerge lo stesso.

«Penso che ci facciano un po' paura le cose che non comprendiamo.» Landon fa un respiro profondo ed espira lentamente. «Ma la magia è diventata un autentico piacere per noi, e non vedo l'ora che mi aiuti a capirla meglio. È lo scopo principale della nostra unione, Tana. Credo che verrà un giorno in cui nessuno si ricorderà del quadro di Pruitt. E nessuno avrà paura della magia.»

Mi verrebbe da essere diffidente, da dirgli che se c'è qualcuno che dovrebbe avere paura, dovremmo essere noi. Abbiamo la magia, ma loro sono in superiorità numerica. Persino la magia più potente non può nulla se c'è un numero limitato di streghe a praticarla, e un numero infinito di persone disposte a combatterla. E temere qualcosa che non capisci non è come temere qualcosa perché si è dimostrato pericoloso.

Conosciamo da sempre la paura. Landon ha definito il quadro un momento nella storia, ma stasera annunceremo il nostro fidanzamento perché la mia congrega è ancora spaventata.

Abbiamo concluso questo accordo perché la terraferma vuole tenerci d'occhio. La paura è ovunque.

«Non vedo l'ora» gli dico. Le parole che mi bruciano la gola mentre le pronuncio. Vorrei ribattere, gridare e tornare sull'isola da sola, ma non è questo il mio ruolo. Così invece sorrido, lo prendo a braccetto e insieme percorriamo la passerella fino al molo, per aspettare il traghetto. Insegnerò a Landon che la magia non è qualcosa da temere, e i nostri figli vedranno la magia soltanto come un dono.

Il mio ruolo forse prevede di tenere a freno la lingua e moderare i toni, ma avrò anche potere e intendo usarlo.

Landon indica qualcosa sull'acqua, ma il mio sguardo si posa su un cartello appeso sopra di noi. È grande e colorato, e sopra c'è scritto: «Vivi un'esperienza indimenticabile sull'Isola delle Streghe! Allevia lo stress! Ritrova la felicità! Accendi la passione! Tutto questo e anche di più grazie a una magia così delicata che non si sente nemmeno».

Fisso il cartello, contemplando la triste funzione a cui è stata ridotta la nostra magia. Il fatto che la terraferma faccia pubblicità alla nostra isola non mi rende orgogliosa. Mi fa venire la nausea, come se una poltiglia densa e ripugnante mi avesse riempito le viscere. Mi sento avvampare e ho le mani sudate, poi chiudo gli occhi per impedire alle lacrime di solcarmi le guance.

«Il traghetto per l'Isola delle Streghe è in partenza!» grida un uomo.

«Pronta per stasera?» mi chiede Landon, con gli occhi che brillano.

«Non vedo l'ora.» Gli sorrido, ma è un sorriso forzato e pieno di tensione. Lui sembra non accorgersene, però, e saliamo sul traghetto l'uno accanto all'altra, diretti verso un'isola in cui la magia è così delicata che non si sente nemmeno.

Che tragedia.

35

La festa del raccolto è in pieno svolgimento. Io e Landon siamo in piedi su un palco di legno e ci teniamo per mano, circondati da dozzine di candele accese, la cui luce tremolante sembra muoversi nella brezza, e dal glicine sul pergolato sopra di noi. Quasi tutti i membri della congrega si sono riuniti qui per festeggiare la fine della stagione e, al termine della serata, Landon annuncia il nostro fidanzamento.

La notizia ha l'effetto che mia madre aveva previsto. Le persone si commuovono e si abbracciano, i musicisti improvvisano un pezzo festoso e un vino frizzante passa di mano in mano, in calici di cristallo che riflettono la luce della luna.

Le congratulazioni che seguono sembrano non finire mai e Landon mi tiene per mano, mi dà un bacio sulle tempie e recita alla perfezione la parte del fidanzato innamorato.

Nonostante questo, il groviglio che sento nello stomaco da quando eravamo sul traghetto non accenna a sciogliersi, neanche il tè calmante di Ivy sembra fare effetto. La magia è così impalpabile che quasi non la sento.

Il giorno dopo, quando raggiungo la profumeria per iniziare il mio turno, Ivy mi aspetta appoggiata al muro di pietra. Tiene in mano una tazza di tè e sorseggia il suo, mentre io apro la porta di ingresso e accendo le luci.

«Grazie» le dico, prendendo la tazza.

Si limita ad annuire e la cosa mi turba. C'è qualcosa che non va tra di noi, ma non riesco a capire cosa sia. È tutto confuso, come se lo vedessi attraverso un vetro appannato.

Ci spostiamo nella stanza sul retro e io appoggio la tazza sul tavolo per poi togliermi il cappotto.

«Come è andata la cena con gli Yates? Con tutte le cose da preparare per la festa del raccolto non siamo riuscite a parlarne.»

«È andata bene» rispondo, prendendo di nuovo la tazza di te. «Molto bene. Non sarebbe potuta andare meglio, secondo me.»

«Allora perché ne parli come se fosse arrivata la fine del mondo?»

Scuoto la testa e abbasso lo sguardo. «Non lo so.»

Mi osserva, e noto nel suo sguardo la stessa sfumatura di tristezza che avevo scorto sul viso di mio padre dopo la cena. Non sopporto l'idea di deludere le persone a cui voglio più bene.

«Troverò una risposta» dico, la voce un po' troppo acuta. «Sono solo nervosa per le nozze, credo. E quando sono stata sulla terraferma ho avuto una conversazione strana con Landon che sto cercando di capire meglio.»

«Di cosa avete parlato?»

Raggiungo la vetrina e controllo che tutto sia disposto nel modo giusto, poi mi appoggio al bancone e abbasso lo sguardo, tornando con la memoria alla conversazione avuta con Landon.

«Ha detto che la magia lo spaventa.»

«Cosa?» chiede Ivy, sorpresa.

«Mi ha portato in una galleria d'arte con un'opera che raffigurava streghe torturate in un campo di fiordiluna, e ha detto che tutti hanno paura delle cose che non capiscono.» Vedo mia madre che scende lungo Main Street, quindi torno sul retro con Ivy e chiudo la porta. «La cosa peggiore è che non mi sono difesa. Non ho difeso la nostra isola. Volevo farlo, Ivy, lo dico davvero, ma mi spaventava il pensiero di fare una scenata o dire la cosa sbagliata. Là tutti lo conoscono. Tutti ci osservano.»

Ivy beve un sorso di tè con fare pensieroso. «Sposandolo stai difendendo la nostra isola» dice appoggiando la tazza di tè e prendendomi la mano. «Non dimenticarlo.»

Annuisco e mando giù il groppo che sento formarsi in gola. Poi all'improvviso Ivy lascia andare la mia mano e si sposta dall'altra parte del banco da lavoro, come se qualcosa l'avesse turbata. Sento calare tra noi un silenzio pesante. «Ehi, va tutto bene tra noi due?» chiedo.

All'inizio sembra esitare, poi mi regala un debole sorriso. «Sì, certo. Va tutto benissimo. Dopo la festa ho aiutato a sistemare insieme ai miei genitori e sono andata a letto tardi. Sono stanca, tutto qui.»

«D'accordo» dico, anche se c'è qualcosa nel suo tono che non mi convince.

Forse sto dando troppa importanza a una semplice sensazione.

«Landon mi ha baciato» mi lascio sfuggire, rendendomi conto che ancora non lo sa. «L'avevo quasi dimenticato.»

La notizia attira la sua attenzione, la vedo inclinare il corpo verso di me, sporgendosi sopra il bancone. «È stato così dimenticabile?»

«No, no, è stato... carino. Dolce.»

«Carino? Dolce? Tutto qui?»

Sospiro. «Sì, tutto qui.» Sento da sola la monotonia di quelle parole e mi rimprovero in silenzio. Landon sta mettendo tutto se stesso in questa unione, sta facendo del suo meglio. Merita molto di più. Purtroppo anche sapendolo non riesco a calmare la sensazione di bruciore nei miei occhi, a fermare le lacrime che mi rigano il volto quando guardo Ivy.

Non so cosa c'è che non va in me. Capisco che mi sto comportando da immatura, da egoista, e apro la bocca per scusarmi, ma Ivy mi interrompe sbattendo la tazza sul tavolo.

«Sai cosa ti dico, al diavolo tutto» dice, afferrando la mia mano e trascinandomi fuori dal negozio. Non ho mai sentito Ivy imprecare in questo modo, ne sono turbata.

«Ivy? Cosa sta succedendo?» le chiedo mentre arranco dietro di lei fino al bosco nel centro dell'isola, lontano da Main Street. «Mi dispiace, so che mi sto comportando come una bambina...»

«Smettila, Tana» mi dice, alzando una mano.

Resto in silenzio. Sono spiazzata, incerta. Ivy è stata un punto di riferimento per tutta la mia vita e vorrei riuscire a capire cosa ci sta succedendo, ma è qualcosa al di fuori dalla mia portata, troppo lontano.

So che c'è ma non riesco a vederlo.

«Ti prego, dimmi cosa sta succedendo» la supplico. Non posso andare avanti così.

Sospira e guarda oltre me, il corpo rigido e teso. «Ho fatto un errore» dice, parlando più a se stessa che a me.

La osservo, mentre la paura dallo stomaco risale lungo tutto il mio corpo. Il terrore pesa sulle mie spalle come un macigno, minacciando di schiacciarmi a terra. Lancio uno sguardo a Ivy cercando una qualche rassicurazione, ma non trovo nulla.

«Ivy?» chiedo con voce tremante.

«Finirò in un sacco di guai per questo» dice scuotendo la testa.

«Dimmi tutto.»

Fa un respiro profondo e finalmente mi guarda negli occhi. Sembra arrabbiata, non l'ho mai vista così arrabbiata. Il mio cuore comincia a battere all'impazzata. «La ragione per cui ti sembra che le cose non siano a posto è perché non lo sono. Sono arrabbiata con te per qualcosa che non ricordi e che non mi sono ancora lasciata alle spalle. Non so come riuscirci.»

«Di cosa stai parlando?»

«Pensavo che fosse la cosa giusta ma, vedendoti così, mi sbagliavo.» Scrolla la testa e torna a guardare lontano.

«Ivy, dimmi quello che devi dirmi.»

«Nella tua mente è sceso un velo su certe cose. Lo senti, vero? Una specie di foschia che non sai spiegarti?»

Mi manca il fiato. «Come lo sai?»

«Perché hai fatto molte scelte sbagliate, quindi ti abbiamo fatto bere una pozione cancella-ricordi.» Abbassa lo sguardo e noto rimpianto e amarezza sul suo viso, due emozioni che mostra molto di rado. «L'hai bevuta di tua spontanea volontà, perché ti ho convinta a farlo. Perché ti fidavi di me. Però alla fine sembra che alcune di quelle scelte sbagliate fossero giuste per te.»

«A chi ti riferisci quando dici "noi"?»

«Io e i tuoi genitori.»

Faccio un respiro profondo e cerco di mantenere calma la voce.

«Comincia dall'inizio. E non tralasciare niente.»

«È una lunga storia » risponde lei indicando una panchina lungo il sentiero.

«Mi piacciono le storie.»

Annuisce e si siede accanto a me. Poi inizia a raccontare.

Mi parla di un ragazzo che ho incontrato, un ragazzo che praticava la magia nera e che mi ha messo una scintilla nello sguardo. Mi dice che mi ha insegnato un po' della sua magia e che io l'ho amata come amo il mare. Mi racconta che è stata attaccata da uno sciame di api ed è stata sul punto di morire, ma sono intervenuta e ho usato la magia nera per salvarle la vita. Mi confessa di non essere mai riuscita a perdonarmi del tutto.

Mi racconta che sono scappata di casa per stare con quel ragazzo – Wolfe, lo chiama – e che ho scelto lui a discapito di tutto il resto. Ero disposta a rinunciare a tutta la mia vita per lui, ai miei genitori, a Landon e alla nostra congrega.

Mi racconta che ho scoperto le sue bugie: mi aveva usato per avvicinarsi a mia madre, la sua congrega lo aveva mandato a cercarmi a quello scopo. Mi spiega che ho accettato di bere una pozione cancella-ricordi per dimenticare quel ragazzo, pensando che avrebbe reso più facile il matrimonio con Landon.

Ma, appena presa la pozione, la luce dentro di me si è spenta e, a partire da quel momento, non sono più stata la stessa. Ammette che questa situazione la sta uccidendo perché, nel momento stesso in cui ho bevuto il primo sorso della pozione che avrebbe rubato i miei ricordi, lei ha capito di avere sbagliato.

Mentre parla piange, ancora piena di rabbia nei miei confronti. Però sotto quella rabbia c'è una sorgente di amore così profonda e vasta che riesco a sentirla anche quando la sua voce trema e i suoi occhi mi biasimano.

È una storia folle, incredibile, però capisco che è vera perché a ogni sua parola sento il dolore squarciarmi il petto. So che è vera perché avverto il vuoto lasciato dentro di me da qualcosa che non c'è più. Da qualcuno che non c'è più.

So che è vera perché sento che sto rimettendo insieme parti di me stessa che qualcosa di innominabile aveva fatto a pezzi.

Per un momento resto senza fiato. Il ragazzo sulla spiaggia. Era lui, doveva essere lui. Sembrava così tormentato, distrutto, e pur non ricordando le cose di cui Ivy mi ha parlato, credo davvero che siano successe.

So che sono successe.

«Mi dispiace molto, Tana» dice Ivy una volta terminato il racconto, tirando fuori dalla tasca un fazzoletto di pizzo e asciugandosi gli occhi. «È stato un errore.»

Resto in silenzio per molto tempo, non sapendo bene cosa dire. Come elaborare tutto quello che mi ha detto.

Mi avvicino a lei con qualche esitazione, non so se vorrà starmi accanto dopo quello che ho fatto. Quando la mia mano tocca la sua, però, lei la stringe forte.

«Sembra che io abbia fatto abbastanza errori per tutte e due» dico. «Grazie per avermelo detto.»

«Sei arrabbiata?»

«No. Pensavi di fare la cosa giusta e l'ho presa di mia iniziativa.» Sospiro e abbasso lo sguardo. «Perché non riesco a essere felice nella vita che mi è stata assegnata?»

«Forse la vita a cui stai pensando non è quella che ti è stata davvero assegnata.»

Alzo gli occhi e la guardo. Mi conosce da sempre, sa tutto di me, chi sono e chi sto cercando di essere. Mi conosce così bene che è riuscita a vedere la nebbia dentro di me dopo che ho bevuto la pozione e ha deciso che non ne valeva la pena.

Sono davvero felice che l'abbia fatto.

«Ivy» le dico, prendendo la sua mano tra le mie. «Devo vederlo.»

Lei esita, soppesando qualcosa nella sua testa, e riesco a vedere l'esatto momento in cui prende una decisione.

«Lo so» mi dice alla fine.

«Mi aiuterai?»

Fa un'altra pausa e ho paura di avere chiesto troppo. Poi serra la mascella e afferra il cappotto. «Sì.»

36

Non è facile essere a casa di Ivy, vedere il modo in cui i suoi genitori mi guardano, un misto di paura e gratitudine. Vorrei dire qualcosa ma loro credono che io non ricordi nulla, che la pozione per cancellare la memoria stia facendo il suo lavoro, che io non abbia più alcun ricordo di quando ho salvato la vita a Ivy, quindi cerco di fingere che tutto vada bene.

So che dovrei essere sconvolta, scioccata e inorridita dalle mie azioni. E lo sono. Ma sento che in qualche modo mi appartengono, sono parte di me, anche se non riesco a ricordarle. Mi addolora aver perso quei ricordi, quei momenti che hanno significato così tanto per me da farmi rinunciare a questa vita per scegliere qualcosa di diverso. Mi chiedo come fossero i ricordi che mi hanno spinto ad agire in quel modo.

Come fosse *lui*.

Appena i suoi genitori si sono addormentati e la luna è alta nel cielo, Ivy mi accompagna fino alla costa occidentale.

«Pronuncia il suo nome a mezzanotte,» mi dice «se lui lo sente, verrà da te.»

Ripenso al sogno che ho fatto, alle tante volte in cui mi sono svegliata pensando di aver sentito il mio nome sussurrato nel vento. Ho paura. «Come riuscirà a sentirmi?»

Ivy scrolla la testa. «Un qualche tipo di magia nera. Non conosco i dettagli.» Non mi sfugge il modo in cui la sua voce diventa tagliente quando pronuncia le parole *magia nera*.

«Va bene» dico sottovoce. Ho i nervi a fior di pelle, il mio cuore batte così forte che sembra volermi uscire dal petto. In questa fredda notte autunnale sto sudando, nonostante abbia la pelle d'oca.

«Vuoi che resti con te?» mi chiede Ivy e, di fronte alla sua offerta, a quello che significa per me, mi sento sopraffare. Penso a quanto di sé sta sacrificando solo facendomi questa proposta.

La attiro a me in un forte abbraccio e lei ricambia con un abbraccio debole all'inizio, ma poi sempre più stretto, e per un attimo mi manca il fiato perché capisco che stiamo guarendo. Staremo bene.

«Grazie» mormoro.

«Ti aspetto a casa mia» risponde.

Quando scompare alla mia vista mi volto verso l'acqua. Il mio stomaco è tutto un groviglio e per un secondo penso che mi verrà la nausea. Faccio qualche respiro profondo e la sensazione scompare.

Posso farcela.

«Wolfe.» Pronuncio il nome, ma lo dico così piano che fatica a uscire dalle mie labbra. Mi è tutto così estraneo.

«Wolfe» ripeto, questa volta a voce più alta. Il nome scivola fuori come una melodia perfetta e mi scopro a pensare che non è poi così estraneo.

Mi siedo sulle rocce. Sono fredde e bagnate, ma non mi dispiace. Non ho idea di quanto ci vorrà e se funzionerà. Sembra assurdo pronunciare un nome sulla spiaggia a mezzanotte ma, se tutto quello che mi ha raccontato Ivy è vero, se lo amavo anche solo una frazione di quanto mi hanno fatto credere, allora devo incontrarlo. Devo vedere il suo viso e ascoltare la sua voce.

«Mortana?»

Alzo lo sguardo e vedo in acqua il ragazzo della spiaggia. Nessuna barca o gommone. È come se si fosse materializzato dal nulla, mi chiedo se sia grazie alla sua magia. Mi alzo in piedi con calma, pulendomi le mani nel vestito. Lui resta fermo dove si trova.

«Wolfe?» chiedo, camminando più vicina all'acqua e cercando di vedere meglio questa persona che mi ha stregato.

Lui corre verso di me, con l'acqua che schizza tutto intorno mentre tenta di uscire dall'oceano. Sembra voler continuare a correre fino a investirmi. Faccio un passo indietro e lui all'improvviso si ferma.

«Sei Wolfe?» chiedo di nuovo, e vedo sul suo viso il dolore, la sofferenza, quando si rende conto che non lo conosco. Ancora non so chi sia.

Vedo la rabbia nei suoi occhi. Qualcosa dentro di me si spezza quando vedo che sono arrossati, che riflettono la luna, brillando come la superficie del mare. Tira su col naso e si schiarisce la gola spostando lo sguardo altrove. La sua mascella è così contratta che riesco a vederlo da dove sono.

Sembra a pezzi.

«Sono io» dice alla fine. «E tu sei Mortana.»

«Sì, esatto.»

Studio il suo viso alla luce lunare, la linea dura della bocca e i capelli scuri e arruffati. Vista sotto questa luce, la sua pelle sembra argentea, è come se fosse la magia personificata. Però sembra arrabbiato e impenetrabile, così teso che temo possa spezzarsi in due davanti ai miei occhi.

È tanto bello da fare male.

«Mi stai fissando» dice.

Sento il viso avvampare, ma non distolgo lo sguardo. Non ne sono capace. «Mi hanno detto che ti amo.»

«Non l'hai mai detto, ma non era necessario. Lo sapevo.»

Lo osservo alla luce della luna, ogni sua mossa, il sollevarsi del petto, lo stringersi del pugno. «Mi amavi anche tu?»

I suoi occhi fissano i miei e mi guardano con un'intensità che mi provoca un brivido lungo la schiena. «Sì.»

«Anche adesso?»

Non ci pensa, non esita nemmeno. «Sì.»

Faccio un cauto passo verso di lui. «Allora mi dirai cosa è successo tra noi? Tutto?»

Infila le mani nelle tasche e abbassa lo sguardo fino a terra.

«Cosa ti ricordi?»

«Nulla.» La parola fende l'aria come un coltello e lo trafigge. I suoi occhi tornano a velarsi di lacrime, ma le ricaccia indietro sbattendo le palpebre. Sposta lo sguardo altrove, mentre le sue spalle si alzano e si abbassano senza sosta. Quando la respirazione rallenta, si volta di nuovo verso di me.

«Va bene» mi dice alla fine.

«Wolfe?» dico, adesso il suono del suo nome è diventato familiare.

Mi guarda, e i suoi occhi sono così imploranti, così devastati che mi sorprende non vederlo frantumarsi in mille pezzi, sparsi lungo la battigia.

«Ti prego, non mentirmi» dico.

«Non lo farò.» Mi volge le spalle e penso che non dirà altro, ma poi torna a parlare. «Ti racconterò fino all'ultimo dettaglio, fino a quando non ti avrò convinta che questa è una cosa per cui vale la pena combattere.»

Lo guardo con attenzione. È grezzo e brusco, arrabbiato e feroce, ma è disposto a dirmi tutto, sapendo che questo non mi farà ricordare. È disposto a soffrire un'altra volta, condividendo dettagli della sua vita che per me non significano niente e per lui sono tutto.

«È per questo che sono venuta» gli dico, e le mie parole suonano incerte, malferme. «Per lottare per qualcosa in cui una volta credevo più che in tutto il resto.»

«Va bene» mi risponde, risalendo la battigia fino a una zona erbosa. Si siede e io mi sistemo accanto a lui, osservandolo mentre decide da che parte cominciare. Siamo molto vicini, a pochi centimetri di distanza, e noto la tensione del suo corpo di fronte alla mia vicinanza.

«La magia nera può annullare una pozione cancella-ricordi?» chiedo sottovoce, appena un sussurro. In passato mi ha aiutato, forse può farlo di nuovo.

Il suo sospiro ha il suono della sconfitta. «Ne ho parlato con mio padre. Abbiamo passato ore esaminando i libri di incantesimi, ma la mente è un oggetto delicato. Qualsiasi incantesimo dovrebbe interagire con la pozione in modo perfetto, ma non sappiamo esattamente cosa hanno usato per prepararla, e questo renderebbe troppo difficile creare un incantesimo per cancellarla. Se facessimo un errore, potremmo cancellare del tutto la tua memoria, o addirittura creare ricordi di cose mai accadute. Non c'è modo di testarlo prima, quindi è troppo rischioso.»

Annuisco, ascoltando le sue parole. «Grazie per aver tentato. Non eri obbligato a farlo.»

«Sì, lo ero.»

Restiamo entrambi in silenzio, tra noi il peso dei miei ricordi dimenticati. Poi Wolfe raccoglie un sasso e lo lancia in acqua.

«Maledizione, Mortana» mi dice, coprendosi il viso con le mani. Fa un respiro, brusco, tremante, e vorrei consolarlo in qualche modo, dire qualcosa che possa spazzare via il dolore che prova.

Con estrema lentezza gli allontano le mani dal viso. Mi guarda sorpreso, la pelle chiazzata di rosso e gli occhi gonfi. Il mio dito scivola sul suo mento e mi sporgo verso di lui, avvicinandomi al suo orecchio.

«Voglio ricordare» sussurro. «Aiutami.»

Mi ritraggo e continuo a fissarlo, voglio che legga la sincerità nei miei occhi. La verità nelle parole che dico. La mia mano trema quando la allontano dal suo viso.

Wolfe mi ha detto che vuole che io lotti per tutto questo, per noi, ma quando lo guardo capisco che anche lui sta lottando.

Stiamo lottando entrambi.

Annuisce, fa un respiro profondo e inizia a parlare.

Sono sorpresa dalla sua onestà, ammette il suo odio per la mia congrega e il nostro modo di vivere. Non è facile ascoltare le sue parole, ma so che questa convinzione influenza tutto il resto. Mi dice che quando tutto è cominciato, lui non si faceva problemi all'idea di usarmi, poi però si è innamorato e, anche se le sue intenzioni erano crudeli all'inizio, non ha mai mentito sui suoi sentimenti.

Mi dice che ogni sguardo, ogni tocco, ogni parola erano reali. Mi racconta che l'ho sorpreso, che la mia connessione con la magia alta – perché è così che si chiama – è qualcosa che non aveva mai visto prima. Mi dice che l'ho sfidato a guardare il mondo in modo diverso e a considerare la forza del mio tipo di magia, nel sacrificare così tanto per ottenere sicurezza.

Capisco che lui non la ritiene la scelta giusta, che non rinuncerebbe mai a quella parte di sé in cambio di comodità o protezione. Però ammette che l'incontro con me l'ha obbligato a vedere la nostra magia sotto una luce diversa.

Mi parla delle correnti e di quanto sia irresponsabile il comportamento di mia madre, di come la mia congrega stia deliberatamente distruggendo l'isola. Aggiunge che se non facciamo qualcosa al più presto questa situazione ci causerà danni irreparabili, e io annuisco alle sue parole, perché so che sono vere. Lo sento ogni volta che sono in acqua, e mi chiedo se sia stato questo a unirci. Mi racconta dei fiordiluna, delle menzogne che mi hanno raccontato da quando sono nata, e non riesco a trattenere le lacrime. È come se mi mancasse l'aria. Mi chiedo se riuscirò mai a guardare mia madre con gli occhi di prima.

«I fiordiluna» dico, ripensando al dipinto che ho visto con Landon. «Non capisco. Ho visto un quadro sulla terraferma che ritraeva delle streghe che venivano torturate con quei fiori, aveva centinaia di anni. Da quanto tempo gira questa menzogna?»

Wolfe scuote la testa. «Se intendi l'opera di Pruitt, non ritrae quella scena, è solo che si adatta bene alla menzogna. Quando le streghe hanno lasciato la terraferma per l'isola, questo non ha allentato le tensioni come si aspettavano. Le popolazioni della terraferma sono diventate sempre più aggressive, fino a spingersi a fare un raid sull'isola e a strappare tutti i fiordiluna che hanno trovato. Il quadro raffigura le streghe che tentano di salvare i fiori.»

«Quindi gli abitanti della terraferma conoscono la verità sui fiori?»

«La conoscevano» risponde Wolfe. «Ma la nuova congrega si è dimostrata davvero abile nel riscrivere la storia e, nel corso degli anni, anche loro hanno iniziato a credere che i fiordiluna fossero velenosi.»

Sconvolta, sposto lo sguardo lontano, sull'acqua. Ripenso a quel quadro e la verità di quello che Wolfe ha detto mi brucia dentro. Non so cosa dire, perché niente sembra essere abbastanza, quindi resto in silenzio.

Wolfe ricomincia a parlare. Cerco di mettere da parte il mio dolore, cerco di ascoltare con attenzione ogni parola che dice, perché è importante. È importante per me.

Quando mi racconta di avermi baciato, la sua voce si fa bassa, roca. Mi dice che l'ho baciato io per prima e che, quando l'ho fatto, sapeva che avrebbe rinunciato a qualunque cosa, a tutto, pur di potermi baciare di nuovo. Ci siamo baciati nell'oceano, sul pavimento della sua camera, alla luce della luna. Abbiamo condiviso parti di noi che non avevamo mai condiviso con nessun altro, scambiato carezze come fossero segreti.

Continua a parlare per molto tempo. Mi mostra la sua rabbia, la frustrazione e la tristezza, travolgendomi con la sua vulnerabilità. Parla con cautela, ma condivide ogni cosa.

Credo a tutto, a ogni singola parola.

È brusco, ruvido e intenso, e sono affascinata dai suoi modi. Da lui.

Continuo a non ricordare le cose che mi racconta. Mi lancio alla disperata ricerca anche solo di un'eco di quei ricordi, ma non trovo nulla. È come se mi leggesse un romanzo su un ragazzo di nome Wolfe e una ragazza di nome Tana, una storia che si insinua dentro di me frase dopo frase. La rileggerei mille volte.

Arriva alla fine della storia e smette di parlare, e non credo di essere mai stata così delusa. Vorrei che continuasse.

Lo guardo sperando che continui a parlare, ma lui resta in silenzio.

«Mi stai fissando di nuovo» dice alla fine. «Sembra essere una tua abitudine.» La sua voce è dura e impassibile.

«È difficile non farlo» ammetto, ma per qualche ragione non ne sono imbarazzata. «Sei bello. Te l'ho già detto prima?»

Lo vedo deglutire e sbattere le palpebre varie volte. «No.»

Restiamo in silenzio per molto tempo, osservando le onde infrangersi sulla battigia. Mi sento molto attratta da lui, è qualcosa di forte, reale, del tutto innegabile.

Forse una parte di me ricorda ancora qualcosa.

«Come sei arrivato qui? Ho avuto l'impressione che sbucassi dall'acqua.» Sembra un dettaglio banale in confronto a quello che ha condiviso con me, ma tutto il resto è così enorme da sembrarmi inavvicinabile.

«Cosa?»

«Perché sei sbucato dall'acqua?»

Scrolla la testa. Sa che è una domanda di poca importanza. «Perché è parte dell'accordo che abbiamo con tua madre. Possiamo vivere sull'isola, ma la nostra casa è nascosta dalla magia e ci è permesso usare le strade solo una volta al mese, quando abbiamo bisogno di fare provviste. Anche in quel caso dobbiamo usare un incantesimo di percezione. Usare le correnti è il nostro modo di aggirare quella regola.»

«Furbo» dico, anche se mi fa male scoprire un'altra menzogna che mia madre mi ha raccontato per tutta la vita. Non solo sapeva dell'esistenza della vecchia congrega, ma ha anche parlato con loro. Imposto delle regole.

«E adesso?» chiede lui, tenendo gli occhi fissi sulla battigia. Sento la speranza nella sua voce, le parole si fanno più leggere.

Ma non posso dargli ciò che vuole.

«Non lo so» rispondo a bassa voce.

Lo sento irrigidirsi. Vedendo che non aggiungo altro, sbuffa. «Hai intenzione di sposarlo, vero?»

Non rispondo.

Si alza bruscamente da terra e leva le braccia al cielo. «Maledizione, Mortana, perché mi stai facendo questo? Perché hai voluto che ti raccontassi tutto se non ti importa?»

Mi alzo anch'io e lo seguo lungo la spiaggia. «Importa, eccome» dico, alzando la voce. Lui continua a camminare, non si volta per affrontarmi. «Ma non cambia il fatto che io non ricordo nulla di tutto questo.»

A quel punto si ferma, fissandomi con una tale intensità che sento l'impulso di scappare via. Ma non lo faccio. Mi costringo a guardarlo, a vederlo davvero. «Questo è reale, quello che abbiamo, e so che riesci a sentirlo» dice, indicando me e lui. È arrabbiato, una reazione forte, viscerale, che si sprigiona da lui e mi impedisce di muovermi.

Percorre la distanza che ci separa e mi prende la mano portandosela con decisione al petto. «Sono qui, Mortana, proprio di fronte a te, e ti prometto di ricreare ogni singolo ricordo, se necessario.»

«Ti credo» rispondo, tenendo il palmo della mano sul suo petto.

«Allora permettimi di farlo. Ti prego.»

«Non è così semplice. Ho dei doveri nei confronti della mia famiglia, della mia congrega.»

«Tutte cose che non ti hanno impedito di fermarti, in passato» dice, stringendo più forte la mia mano.

«Avrebbero dovuto» mormoro.

Mi pento immediatamente di ciò che ho detto. Un muro si alza tra di noi, e la sua vulnerabilità scompare. Lascia andare la mia mano e si allontana. Abbandono il braccio lungo il fianco. Non so perché, ma mi fa venir voglia di piangere.

Annuisce lentamente. Cerco di leggere il suo viso, ma è impenetrabile. «Ho capito. Allora ti rendo le cose più semplici, questa volta.»

E poi si tuffa in mare, lasciandomi da sola sulla riva.

37

Non è la prima volta che mi capita. Restare sveglia quando dovrei dormire, pensando a un ragazzo a cui non dovrei pensare.

Il mio Ballo d'Ingresso, come il mio matrimonio, avrà luogo fra tre giorni e l'unica cosa a cui riesco a pensare è che, solo qualche settimana fa, ero così profondamente innamorata da essere disposta a voltare le spalle a entrambi. Wolfe mi ha raccontato come sono arrivata là, mi ha descritto ogni minimo dettaglio della nostra relazione, ma io non riesco a *sentirlo.* E anche quando lo sentivo, ho comunque scelto di prendere la pozione cancella-ricordi; alla fine ho scelto la mia congrega.

E so che è la decisione migliore.

La passione di Wolfe mi spaventa. La sua disponibilità a mostrarmi rabbia, dolore, frustrazione e vulnerabilità è qualcosa che non ho mai vissuto prima. Voleva così disperatamente che io ricordassi che si è fatto a pezzi perché io potessi vederlo sanguinare, pur sapendo che avrei potuto rifiutare di curare le sue ferite.

So che anche se vivessi per mille anni nessun altro sentirebbe per me quello che prova lui.

Ma non si tratta di me e non credo che riuscirei a perdonarmi se voltassi le spalle alla mia famiglia, al mio dovere. Ho un ruolo da svolgere e la mia felicità, i miei bisogni e desideri non sono mai stati considerati. Non possono esserlo.

Quando sento i miei genitori muoversi al piano di sotto mi costringo ad alzarmi. Un'altra notte insonne. Mia madre mi rimprovererà per quelle ombre scure intorno agli occhi e il pallore della mia pelle, ma non è niente che un tocco di magia non possa risolvere.

Stiamo distruggendo il mare e rovinando la nostra isola, ma almeno possiamo sembrare in forma e riposati mentre lo facciamo.

Mi spazzolo i denti e mi lavo il viso, grata di non essere obbligata a lavorare, oggi. Mia madre sostiene che il matrimonio avrà un impatto maggiore se le altre streghe non mi vedono nella settimana precedente la cerimonia. In un modo o nell'altro è tutto apparenza, ma apprezzo il fatto di avere tempo per me.

«Dov'è papà?» chiedo, una volta scese le scale.

Mia madre alza gli occhi dalla sua agenda e sorride.

«Buongiorno, tesoro. Sta raccogliendo dei lillà prima di andare alla profumeria.»

Mi verso una tazza di tè e poi vado a sedermi accanto a lei. «Ivy mi ha detto della pozione cancella-ricordi» dico osservandola.

Chiude con calma l'agenda e mi guarda. «Sospettavo che potesse succedere.»

«Perché?»

Scrolla le spalle. «Siete amiche fin da quando siete nate. Tenere cose nascoste l'una all'altra è una abilità che nessuna delle due possiede.» Sembra molto calma e mi piacerebbe sapere cosa sta pensando, se la sua mente è un ammasso caotico di liste di incombenze, preoccupazioni e reazioni esagerate, o se è ordinata come il resto di lei.

Le sue parole però mi irritano. «Non come te, vero, mamma?»

Lo dico con un tono molto pacato e non riesco a credere di averlo detto. È molto insolito per me mettere in discussione mia madre, quindi abbasso lo sguardo.

«Tana, perché non mi chiedi quello che vuoi sapere, invece di fare commenti sarcastici?»

Sussulto e annuisco. «Hai ragione, mi dispiace» dico. «Voglio sapere perché mi hai mentito riguardo alla vecchia congrega.»

Si sposta in cucina per preparare altro tè. «La risposta semplice è che non saremmo mai arrivati fin qui se sulla terraferma avessero saputo che sull'isola si continua a praticare la magia nera. Per essere al sicuro dovevano credere che la vecchia congrega si era sciolta. Le vecchie streghe sono egoiste e cocciute, ma non sono stupide; sapevano che se quelli della terraferma avessero saputo della loro esistenza, ogni membro della congrega sarebbe stato catturato. Quindi hanno promesso di rimanere nascoste, a condizione che noi promettessimo di far credere a tutti che erano andate via. I membri del consiglio sono gli unici a sapere la verità.» La teiera fischia e mia madre versa l'acqua sulle foglie. «E ha funzionato piuttosto bene, fino a questo momento.»

Mi sento una sciocca per aver creduto alle sue bugie, e ancora peggio perché la cosa mi ferisce. Pensavo che rinunciare a una vita mia per sposare Landon e proteggere la mia congrega mi avrebbe dato il diritto di sapere la verità, soprattutto da mia madre. Pensavo che mi avrebbe reso abbastanza importante da essere messa a parte dei meccanismi interni della nostra congrega e dell'isola. Mi sbagliavo.

«Vorrei che tu me l'avessi detto.»

«Lo so, ma non potevo correre il rischio. Stai per sposare il figlio del governatore, Tana, cosa succederebbe se una sera te lo lasciassi sfuggire? Sono sicura che anche tu ti rendi conto del pericolo.» Riempie di nuovo la mia tazza e poi torna a sedersi. «Non che importi più, a questo punto.»

«Posso farcela.»

«Lo dici adesso, ma mantenere un segreto così importante con tuo marito sarà un peso sulle tue spalle, soprattutto mano a mano che l'amore e la fiducia tra voi cresceranno. Non sarà facile.»

«Credi che io e Landon un giorno ci ameremo?»

La sua espressione si ammorbidisce, allunga una mano e la appoggia sopra la mia. «Certo. Lo vedo già tra di voi. Tu no?»

Non posso prometterti l'amore.

Ripenso al nostro bacio, a come mi sono sentita standogli vicina in quel modo. Non mi è sembrato amore, ma forse la mia definizione è troppo limitata. Forse esiste un tipo di amore come quello descritto da Wolfe, appassionato, vitale e divorante, ma anche un amore più tenue, che mette radici e cresce nel tempo, lento e costante. «Non lo so» ammetto. «Ma è quello che spero.»

Mia madre mi stringe il braccio. «Con il tempo. È un brav'uomo, Tana, e saprà amarti.»

Annuisco e le sorrido perché non voglio che si accorga che spero in qualcosa che non dovrei volere. «Sono sicura che hai ragione.»

Mia madre si appoggia allo schienale della sedia e beve un sorso di tè. «Cos'altro vuoi sapere?»

«Perché non sei preoccupata delle correnti? E perché ti rifiutavi di incontrare la vecchia congrega per parlarne?»

Fa un sospiro e appoggia la tazza sul tavolo. «Non credo che tu capisca quanto sia fragile la nostra relazione con la terraferma. Funziona solo perché credono che abbiamo il totale controllo sulla magia che usiamo. Funziona solo perché non hanno paura di noi. E anche così le nostre banchine sono state incendiate solo qualche mese fa. Se dovessero scoprire che nelle loro acque c'è magia che non può essere controllata il loro atteggiamento nei nostri confronti cambierebbe. E se hanno paura di noi, crolla tutto.» A quel punto mi guarda. «Tutto.»

Tutti hanno paura delle cose che non capiscono.

«Ma la vecchia congrega vuole aiutarci. Perché non glielo permettiamo?»

«Un paio di anni fa Marshall Yates ha informato i suoi consiglieri della possibile unione delle nostre due famiglie. Ha insistito affinché dei rappresentanti della terraferma restassero sull'isola per vigilarla, e io ho accettato. Per fortuna i tuoi incontri romantici con Wolfe sono avvenuti in piena notte... se non fosse stato così, adesso la nostra conversazione sarebbe molto diversa. Ora che le nozze si avvicinano, l'isola si sta riempiendo di addetti alla sicurezza della terraferma. Non correrò il rischio di un incontro fino a quando non se ne saranno andati e potrò essere sicura che le nostre discussioni resteranno private.»

«Ma è un problema da così tanto tempo. Sei davvero disposta a permettere tutti questi danni solo per un matrimonio?»

«Tana,» dice mia madre, incenerendomi con lo sguardo, «Quando ero bambina mia madre mi costringeva a nascondermi ogni volta che qualcuno dalla terraferma veniva a trovarci. I miei nonni avevano quasi deciso di non avere figli, spinti dalla paura di quello che sarebbe potuto succedere. I nostri avi hanno rinunciato alle loro case sulla terraferma e hanno scelto di usare un nuovo tipo di magia sperando in un futuro in cui potessimo essere accettati e sentirci al sicuro. Sono disposta a permettere quasi tutto, purché questo matrimonio avvenga.»

Queste parole mi fanno rabbrividire. «Ancora non capisco per quale motivo tu non abbia affrontato il problema delle correnti tempo fa, prima che il matrimonio fosse confermato.»

«Se ci affidiamo alla vecchia congrega per risolvere il problema delle correnti non potremo più tornare indietro. Mai più. Io rispetto Galen, ma non posso escludere che cerchi di trarre vantaggio dalla situazione. E se lo fa, voglio essere sicura che la gente della terraferma stia dalla nostra parte, e l'unico modo per esserne sicuri è quel matrimonio.»

Si accomoda meglio sulla sedia e poi aspetta che io la guardi prima di ricominciare a parlare. «Sono disposta a parlare con te, ma voglio essere chiara: non mi preoccupa che tu non capisca. Il mio ruolo come guida della comunità è quello di mantenerci al sicuro e garantire il nostro posto nella società. Non è assicurarmi che mia figlia capisca tutte le decisioni che prendo.» Lo dice nel modo più gentile possibile, ma fa comunque male sentirlo.

Distolgo lo sguardo. Quella donna è mia madre, ma è prima di tutto a capo della nostra congrega e, anche se fa male sentirglielo dire, l'ammiro per questo.

«Va bene» dico, finendo il mio tè, poi però ricordo quello che Wolfe aveva detto riguardo al fiore. «Solo un momento, c'è un'altra cosa.»

«Va' avanti» mi dice.

«Come riusciamo a praticare la magia se non ci sono più fiordiluna sull'isola?» So che è infantile farle questa domanda quando conosco già la risposta, ma ho bisogno di sentirglielo dire. Il fatto che lei si fidi di me in questo caso ha un'importanza che non riesco bene a definire. Mi sono fidata di lei per tutta la vita, ho sempre creduto nel cammino che aveva tracciato per me, adesso ho bisogno di sapere che lei si fida di me per seguire quel cammino. Ne ho bisogno.

Quella domanda, più di tutte le altre che le ho rivolto, prende mia madre alla sprovvista. Spalanca gli occhi e raddrizza la schiena, la sento respirare in modo affannato. Vedere la sua compostezza incrinarsi mi spiazza, senza aprire bocca cerco di trasmetterle che va tutto bene, le assicuro che può fidarsi di me.

«I fiordiluna sono velenosi per le streghe, lo sai.»

Mi sento sprofondare. «Davvero?» le chiedo, osservandola con attenzione.

«Per oggi basta con le domande» dice. «Se ti prometto che riprenderemo la conversazione in un altro momento, sei disposta a lasciare perdere per ora? È una risposta molto complicata, con una storia altrettanto complicata, e non ho né il tempo né l'energia sufficiente per parlartene adesso.»

«Dovremo riprendere il discorso più avanti.»

«Hai la mia parola.»

«Va bene» dico. Mia madre mantiene sempre le promesse e, anche se mi ha nascosto molte cose, so che avremo questa conversazione appena ce ne sarà il tempo. E, in tutta sincerità, sono stanca.

«Siamo d'accordo?» chiede.

Annuisco e lei mi stringe in un abbraccio. «Sono orgogliosa di te» mi dice.

Vorrei chiederle per quale motivo è orgogliosa di me dopo che ho causato tanto dolore e agitazione, ma non lo faccio. Ricambio il suo abbraccio e mi lascio cullare dalle sue parole perché, anche se non sono sicura di meritarle, ho comunque bisogno di sentirle.

«Siamo più simili di quanto pensi» dice mia madre staccandosi da me.

«Davvero?»

Annuisce. «Tuo padre è in assoluto l'amore della mia vita, ma non è stato il primo ragazzo di cui mi sono innamorata.» Mi lancia un'occhiata carica di significato e io spalanco gli occhi, sorpresa.

«No» dico.

«Wolfe è quasi identico a com'era suo padre alla sua età. È sbalorditivo.»

«Tu e Galen?»

«Eravamo giovani, e lui era diverso da tutti gli altri. Avevamo una regola ferrea: non usavamo mai la magia insieme – era un confine che non avrei mai oltrepassato – ma ce n'erano altri che sono stata molto contenta di varcare insieme a lui.» La sua voce è distante, quasi felice.

Scuoto la testa, perché non riesco a credere a quello che mi sta raccontando.

«Ma come facevi a conoscerlo?»

«Quando tua nonna si ammalò, cominciò a farmi prendere parte a tutti i suoi impegni, in modo che mi preparassi a succederle in quel ruolo. E tra i miei doveri c'era la partecipazione a incontri occasionali con la vecchia congrega. Galen iniziò a partecipare insieme a sua madre e, be', poi le cose sono andate avanti.» Parla di lui con affetto anche adesso, e io fatico a conciliare questa nuova informazione con la versione di mia madre che conosco.

«Amavi Galen Hawthorne?»

«È stato molto tempo fa» dice, liquidando il ricordo con un gesto della mano. «Amavo Galen per tutto ciò che non era. Sapevo che non avremmo avuto un futuro insieme, e anche lui lo sapeva, ma per un inverno abbiamo finto di avere tutto il tempo del mondo.»

«E lo avete accettato entrambi?»

«Non era qualcosa che ci siamo sforzati di accettare. Eravamo solo due ragazzi che si divertivano prima di ereditare i propri ruoli e responsabilità. Nessuno dei due ha mai messo in discussione la propria fedeltà alla rispettiva congrega.»

«Non ti sei mai chiesta come sarebbe stata una vita con lui?»

«No» risponde con un sorriso triste. «*Questa* è la vita in cui credo. Questa è la vita che voglio.»

«Vorresti ancora questa vita, il nuovo ordine e la magia bassa, se la terraferma non fosse lì a osservarci? Se non fosse pericoloso usare la magia alta?»

Non risponde subito, sposta lo sguardo lontano, in un punto che non riesco a vedere. Trattengo il fiato, aspettando che mostri anche solo un piccolo segno di dubbio, ma non lo fa. «Sì. Non amo il nuovo ordine solo perché ci ha restituito le nostre case: lo amo perché mi appaga come niente altro ha mai fatto. Amo la magia, quest'isola e intrattenere i turisti. Se potessi tornare indietro, rifarei tutto nello stesso modo, senza preoccuparmi di ciò che succede al di là del Confine.»

La sua risposta mi distrugge, perché so che non sarò mai alla sua altezza. Vorrei avere la fiducia incrollabile che mia madre nutre nel nuovo ordine.

Una volta l'avevi.

Poi nella mia mente affiora un pensiero, inaspettato. Ma non è reale, non è qualcosa che posso toccare. Mi è stato detto che una volta credevo in qualcosa con tutta me stessa ma, senza quei ricordi, quello che mi hanno detto non vale più della polvere sotto i miei piedi.

«Pensi mai a lui?» chiedo, cambiando argomento.

«A Galen? Ultimamente più spesso» mi risponde, sospettosa. «Ma non così tanto, no. Tuo padre mi chiese di uscire poco tempo dopo la fine della relazione tra me a Galen, e ho capito al nostro primo appuntamento che era quello giusto per me.»

«Come l'hai capito?»

Il suo viso si rilassa, come fa sempre quando parla di mio padre.

«Potevo essere me stessa con lui» dice con semplicità. «Credevamo nelle stesse cose, e non dovevo recitare una parte o cercare di essere qualcosa che non sono. Mi accettava in tutto e per tutto, proprio come sono.»

«Grazie per avermene parlato» le dico.

Mia madre sorride e mi stringe il braccio. «Non c'è di che. Adesso, cosa ne dici di invitare Ivy e fare qualche prova di make-up e acconciatura?»

Prende il telefono mentre la mia mente continua a riflettere sulla nostra conversazione. Sono felice che abbiamo parlato di tutto, sono davvero contenta di conoscere la verità, ma non mi regala la serenità che mi sarei aspettata. Mia madre ha fatto delle scelte che io non sarei capace di fare, ne sono certa; mi ha raccontato di Galen per sottolineare la somiglianza tra di noi, ma in realtà è servito solo a evidenziare le nostre differenze.

Perché, a quanto sembra, io non riuscivo ad accettare che il mio tempo con Wolfe fosse destinato a finire.

Non riuscivo ad accettare che il suo mondo, la sua magia non fossero una scelta possibile per me. Non riuscivo ad accettare che *lui* non fosse una scelta possibile per me.

E anche se Landon non vuole che io mi sforzi per lui, lo faccio. Ma non dovevo farlo con Wolfe. Con lui ho fatto cose che avrei potuto fare solo perché ero in tutto e per tutto me stessa.

Il mio cuore corre all'impazzata e le mie mani sudano mentre riascolto le parole di mia madre.

Secondo i suoi standard, Wolfe sarebbe l'unico amore della mia vita.

38

La porta che conduce al terrazzo si apre, ma non mi volto per vedere chi sta arrivando. Oggi l'alba è bellissima e sono sul punto di commuovermi al pensiero che sarà l'ultima alba della mia vita in questa casa.

Mio padre si siede sul divano accanto a me e tira un angolo della mia coperta, in modo da coprirsi le gambe. Per un po' ce ne restiamo seduti in silenzio a goderci il sorgere del sole sull'isola. L'alba è sempre stata il momento della giornata che preferisco, quando l'oscurità fa un passo indietro e il cielo diventa color azzurro cenere prima di sbocciare in un arcobaleno di colori.

La adoro, perché indica l'inizio della magia, delle ore del giorno in cui mi sento più viva e felice. La luce del giorno non è mai abbastanza e la notte pare durare in eterno ma, all'alba, il tempo sembra infinito.

Mi chiedo come sarebbe essere Wolfe, sapere che posso usare la magia in qualunque momento, giorno e notte, che le uniche restrizioni sono quelle che io decido di impormi.

Quel tipo di potere senza freni mi terrorizza.

Ma sembra anche meraviglioso.

«Stai pensando alle nozze?» chiede mio padre, riportando la mia mente al tetto su ci troviamo. Distolgo lo sguardo, arrossendo. Solo per una volta vorrei riuscire a concentrarmi sulla cosa giusta.

«Non posso credere che sia stasera» dico abbassando lo sguardo. Rigiro la coperta tra le dita, fermandomi solo quando mi rendo conto che mio padre mi osserva. Sistemo la coperta e mi costringo a rimanere immobile.

«È normale essere nervosi» mi dice, andando con lo sguardo verso il Confine. «È una serata importante.»

«Vorrei che potessimo tenere le due cerimonie separate» dico, guardandolo finalmente negli occhi. «Aspetto il Ballo d'Ingresso da quando ero piccola, odio doverlo condividere con Landon.»

Mio padre mi rivolge un'occhiata piena di comprensione e mi appoggia un braccio sulle spalle. Mi inclino verso di lui e appoggio la testa sulla sua spalla.

«Lo so, tesoro. Vorrei che potessi avere il ballo che hai sempre sognato. Ma è una cosa buona. È importante che Landon veda questa parte di te, che ne faccia parte. State unendo le vostre vite... dovrebbe conoscere tutto di te, sia come strega, sia come sua futura moglie.»

«Ti andrebbe bene che assistesse a un Rituale?» gli chiedo a bassa voce, senza alcuna intenzione polemica. Mi interessa davvero la sua opinione.

«Quel tipo di spettacolo terrorizzerebbe chi viene dalla terraferma, e sospetto che Landon non farebbe eccezione.» Fa una pausa e sento il suo petto sollevarsi e abbassarsi quando respira. «Ma vorrei che le cose andassero diversamente.»

«Anch'io» rispondo.

«Ho qualcosa per te.» Si scosta ed estrae dalla tasca una scatolina di velluto rosso che ha visto tempi migliori. Me la porge.

«Cos'è?»

«Il tuo regalo per l'Ingresso» mi spiega. «Nella mia famiglia si tramanda di generazione in generazione.»

Alzo con delicatezza il coperchio e sobbalzo. È una collana, una lunga catena d'argento con in fondo una boccetta. La boccetta è piena di acqua che sembra muoversi per volontà propria. La osservo mentre scorre dentro la boccetta, arrivando a lambire i lati per poi tornare verso il centro.

«È una cosa incredibile» esclamo, sbalordita. «Come è possibile?»

«È stata creata la notte del primo Rituale, quando i nostri avi hanno deciso che l'unico modo per sopravvivere era abbandonare l'oscurità e collaborare con la terraferma. Hanno rilasciato la loro magia nell'oceano, poi hanno riempito questa boccetta con l'acqua pervasa di magia come simbolo dell'obiettivo che volevano raggiungere. Mi sembra giusto darla a te, ora, proprio quando il sogno sta giungendo alla sua completa realizzazione.»

Sollevo la collana con mani tremanti. I mulinelli d'acqua che si creano nella boccetta hanno un potere ipnotico, potrei stare a guardarli per sempre. È il gioiello più bello che io abbia mai visto, audace e incantevole, tutt'altra cosa rispetto alle eleganti perle e ai raffinati diamanti dell'isola di oggi.

«Non credo di poterla accettare, papà» dico, facendo ondeggiare la boccetta tra le dita.

«Certo che puoi. Questa è la tua storia, Tana. Ti rappresenta. Voglio che sia tua.»

«Grazie» mormoro. Gli occhi si inumidiscono di lacrime, devo sbattere le palpebre per scacciarle e controllare l'emozione che mi assale. Sento dolore ovunque e mi costringo a fare qualche profondo respiro.

«Ti voglio bene, tesoro. Sei forte, indipendente e abbastanza sicura di te da chiederti perché credi in quello che credi. Sei curiosa, libera e sensibile, qualità che ammiro. Non avrei potuto scegliere una figlia migliore, neanche creandola io stesso con la magia.»

Questa volta non riesco a frenare le lacrime. «Ti voglio tanto bene» gli dico abbracciandolo stretto, e vorrei che rimanessimo così per un po'. Vorrei continuare a essere la sua bambina invece della futura moglie di Landon.

«Anch'io ti voglio bene.»

Mi chiedo se si renda conto della mia reticenza a fare questo passo, del fatto che lui è l'unico porto sicuro che mi rimane.

La porta si apre e mia madre si precipita dentro con un quaderno stretto sotto il braccio, un'ampia teiera e tre tazze da tè sistemate sopra un vassoio.

«Oggi è il gran giorno» proclama, appoggiando tutto e versando a ciascuno una tazza di tè.

«Come ti senti, tesoro?»

I suoi occhi sono così brillanti e il suo sorriso così pieno di entusiasmo che è difficile non ricambiarlo. «Benissimo» rispondo mettendomi al collo la collana appena ricevuta. «Non vedo l'ora.»

«Oh, Tana, ti sta alla perfezione» mi dice, toccando la boccetta appesa alla collana.

«La adoro.» Sorrido a mio padre e lui mi stringe la spalla, poi beve un sorso di tè.

«Bene, perché adesso non ripassiamo il programma di oggi? Ivy sarà qui a mezzogiorno per prepararti all'Ingresso, che inizierà alle quattro in punto. Durante tutta la giornata gli abitanti della terraferma arriveranno sull'isola per le nozze, ma solo Landon e i suoi genitori potranno assistere al tuo Ingresso. Una volta terminato il ballo, tornerai nell'edificio principale dove indosserai l'abito da sposa. La cerimonia si terrà sulla costa orientale, avrà inizio al tramonto e sarà seguita da un ricevimento.»

Annuisco ascoltando le sue parole, avendo già memorizzato il programma che abbiamo ripassato molte volte nei giorni scorsi. Sento un forte peso addosso, sapendo che gran parte della mia vita sta per cambiare. Al termine di questa giornata sarò unita per sempre alla congrega da un legame indissolubile che nessuno potrà spezzare.

E sarò la moglie di Landon, legando la mia congrega alla terraferma, un altro vincolo indissolubile.

È terrificante, entusiasmante e colossale, spero di riuscire ad affrontare entrambe le cerimonie con la grazia e la compostezza richieste in queste occasioni. Almeno Ivy resterà al mio fianco, per aiutarmi e guidarmi con dolcezza quando non saprò bene cosa fare.

Con lei e mia madre, andrà tutto bene. So che sarà così.

«Sono pronta» dico a mia madre, assicurandomi che il nervosismo non trapeli dalla mia voce. Voglio sembrare calma, controllata e forte, come sarebbe lei se fosse al mio posto. Come è lei.

«So che lo sei, tesoro» mi risponde abbracciandomi.

Restiamo qualche minuto tutti e tre insieme, bevendo tè e ammirando il cielo, fino a quando non si colora di un azzurro vivace, una giornata tersa e luminosa, perfetta per giuramenti, promesse e cambiamenti.

Una volta finito, appoggio la tazza di tè sul vassoio e piego la coperta.

«Siamo arrivati al momento migliore della giornata» sussurra mio padre con tono malizioso. «Focaccine alla cannella.»

Mia madre gli dà una pacca sulla spalla e ride. «Non esageriamo.»

«Non sono d'accordo, mamma. Le sue focaccine alla cannella sono davvero favolose» dico, seguendo i miei genitori dentro casa. «Se potessi, mi legherei a loro per tutta la vita.»

Scoppiano a ridere e la mia mano corre alla boccetta che porto appesa al collo, è già diventata una parte di me da cui non voglio separarmi.

Quella di oggi sarà una bella giornata, un giorno da ricordare per il resto della mia vita. Un giorno che farà la storia.

Posso farcela.

Osservo nervosamente dalla finestra mentre i membri del consiglio preparano il prato per il mio Ballo d'Ingresso. Mia madre corre di qua e di là con una penna infilata dietro un orecchio e il suo quaderno stretto in mano, distribuendo ordini come fossero antipasti.

Ivi mi allontana dalla finestra e mi fa sedere su una sedia di velluto rosa chiaro. Ci troviamo in una vecchia casa padronale che è stata ristrutturata anni fa per ospitare eventi, e la stanza ha uno stile molto elaborato. Le pareti sono illuminate da una carta da parati dorata con motivi floreali e in un angolo c'è un pianoforte a coda bianco che riflette la luce proveniente dall'esterno. Il fuoco è acceso nel camino di marmo bianco, sovrastato da uno specchio dorato. Il davanzale è coperto da dozzine di piante che ricadono lungo la parete, le osservo e prendo con delicatezza una foglia tra le dita.

«Siediti. Non abbiamo ancora finito» dice Ivy immergendo un pennello in una polvere di colore rosa proveniente dal negozio della signora Rhode. In realtà sono pronta da ore, ma per Ivy truccarmi senza usare la magia è molto rilassante, proprio come fa mio padre in cucina, dove la magia è bandita. Sono sopraffatta dall'emozione vedendo il numero di streghe che hanno offerto i propri prodotti per partecipare in qualche modo alla cerimonia. Il make-up della signora Rhode, il vestito della signora Talbot, le scarpe del signor Lee, e persino la miscela Tandon di Ivy.

«In effetti è molto buona» dico, versandomi la seconda tazza.

«Te l'avevo detto che non ti avrei deluso.» Mi inclina il viso verso la finestra per esaminare il suo lavoro. Non abbiamo ancora parlato della notte in cui le ho salvato la vita, ma quell'episodio è nella stanza insieme a noi e si infila in tutti quei momenti di silenzio pesante e risate vuote.

Lo sento, proprio come sento le ombre dove dovrebbero essere i miei ricordi, ombre che mi seguono in ogni momento del giorno, tormentandomi per diverse ragioni.

Però so che io e Ivy staremo bene, lo so perché non tutte le risate sono vuote, e non tutti i silenzi pesanti. Siamo ancora noi, una accanto all'altra, e affrontiamo insieme le conseguenze della decisione che ho preso.

«Come stai?» mi chiede Ivy. Si finge indaffarata col make-up, ma sento tutto il peso delle sue parole.

Lancio uno sguardo verso la porta, è ancora chiusa e ci isola dal resto del mondo.

«Sto bene» rispondo, agitando la boccetta tra le dita. «Mi sento pronta.»

«Davvero?» posso sentire la speranza nella sua voce e avverto una stretta alla gola, pensando che tutto ciò che vuole è che io sia felice, anche dopo quello che le ho fatto passare.

«Sì. Ci ho riflettuto molto e sono orgogliosa del ruolo che sono chiamata a svolgere. Landon sarà un buon marito.»

«Lo sarà» mi conferma. La osservo con attenzione. «Non lo direi se non ne fossi convinta. Voglio che questa unione si celebri, come tua madre e tutti gli altri, ma non te lo lascerei fare se pensassi che non potresti essere felice.»

«Grazie» le dico. Ivy ricomincia ad applicare il trucco, passandomi di nuovo il pennello sulle guance. «E grazie per avermi raccontato tutto, sulla pozione cancella-ricordi e su Wolfe. Significa molto per me, più di quanto tu possa immaginare.»

Sento il movimento del pennello sulla mia pelle rallentare. «Non c'è di che» mi risponde, esitante. «Ti senti bene? Ripensando a quello?»

«Credo di sì. Sono contenta di sapere cosa è successo, ma ancora non ricordo nulla. Mi sembra qualcosa che è successo a qualcun altro, al personaggio di un romanzo. Non lo sento come un'esperienza che ho vissuto io.»

Ivy annuisce, però vedo che aggrotta le sopracciglia e stringe le labbra. «Ehi» dico, appoggiando la mia mano sulle sue, spostando il pennello dal mio viso e obbligandola a guardarmi negli occhi. «È stata una mia decisione. Sono io che l'ho presa.

Sono io che ho fatto le scelte che mi hanno portato qui. Tutto questo non è responsabilità tua.»

Sembra sollevata, fa un respiro profondo e si rimette al lavoro.

«Lo so. Forse un giorno potrebbe essere bello ricordare quelle notti in cui hai scelto solo ed esclusivamente per te stessa.»

«Forse» dico alzando lo sguardo mentre mi applica qualcosa sotto gli occhi. «Ma perché rendermi le cose più difficili?»

«Sono difficili?» La sua voce è spensierata ma la domanda è insidiosa.

«Non è quello che intendevo dire» ribatto subito.

«Anche se lo fosse, andrebbe bene.»

«Non lo è.»

«Va bene» dice, spostandosi sull'altro lato.

Finisce di truccarmi in silenzio, poi solleva dal tavolo un piccolo specchio e lo mette di fronte a me.

«Sei bellissima» dice, e l'emozione trapela dalla sua voce.

«Oh, Ivy, è perfetto.» Mi ha truccato in modo leggero, quindi sono sempre io, però ha evidenziato i miei occhi con la matita nera e le palpebre con un ombretto grigio scuro. Ho un aspetto teatrale, naturale, morbido e grintoso, proprio come il mare.

«Grazie» le dico.

Mi aiuta a infilarmi il vestito, la seta grigia scivola sulla mia pelle e scende fino al pavimento. I capelli sono acconciati in morbide onde e lei ci infila un pettine decorato con perle e cristalli che riflettono la luce.

«Siamo molto fortunati ad averti tra noi» dice Ivy, abbracciandomi con cautela per non rovinare il trucco.

«Non osare farmi piangere. Ho una lunga giornata da affrontare e, se iniziassi adesso, chissà quando smetterei.»

«Va bene.»

Proprio in quel momento la porta si spalanca e mia madre si precipita dentro.

«Oh, Tana» dice, fermandosi non appena mi vede. I suoi occhi iniziano a luccicare e fa un respiro profondo prima di avvicinarsi a me. «Sei radiosa.»

«Grazie, mamma.»

«Pronta?»

Guardo Ivy e lei mi regala un sorriso incoraggiante. «Sarò subito dietro di te.»

Annuisco e le stringo la mano. Poi mi volto verso mia madre.

«Sono pronta.»

39

Il prato è pieno zeppo di gente. Mentre aspetto di entrare, sento risate e conversazioni vivaci riempire l'aria. I Balli d'Ingresso sono i nostri eventi più sacri, una tra le cose più importanti per la comunità. Anche se sono anni che una strega non lascia la nostra congrega, continuiamo a festeggiare ogni strega che ci sceglie, perché rappresenta una vittoria per il nostro modo di vivere. Significa che il nuovo ordine continuerà, che questa vita vale la pena di essere protetta. E, tutto considerato, si tratta pur sempre di una scelta.

La musica cambia e mia madre si fa strada attraverso il giardino fino al prato. In mezzo c'è un palco circolare di legno con sopra tre colonne di marmo posizionate nel centro, dove avverrà l'incantesimo vincolante. Vedo brillare nel sole una coppa di rame appoggiata sulla prima colonna. Sulla seconda colonna c'è un coltello d'oro, e sulla terza una coppa di cristallo piena d'acqua. Il rituale è stato lo stesso per ogni strega prima di me ed è l'unico rito del vecchio ordine che abbiamo mantenuto intatto.

Se il mio sangue cade nella coppa di rame e si mescola con quello dei miei avi, sarò vincolata a questa congrega per tutta la vita.

Se il mio sangue cade nella coppa di cristallo e si diluisce nell'acqua pulita, sarò bandita per sempre.

Mi chiedo cosa penserà Landon quando vedrà il mio sangue cadere dal dito nella coppa, se ne sarà spaventato o incuriosito, se cambierà idea sul nostro matrimonio o sarà ancora più deciso a sposarmi.

Mi domando se si allontanerà da quella che sono o mi accetterà completamente, potere, magia e tutto il resto. Ripenso alla nostra conversazione sulla terraferma e sento una stretta allo stomaco.

Mia madre sale sul palco e tutte le conversazioni cessano. Le streghe si sparpagliano, circondando il palco. Il mio cuore inizia a battere fortissimo mentre la guardo alzare le mani.

«Presento Mortana Edith Fairchild in data odierna, diciassette dicembre, all'attenzione del nuovo ordine e di tutti i presenti in questo luogo.»

Mio padre la aiuta a scendere dal palco e la musica si interrompe. Faccio il mio primo passo sul prato e il mio cuore batte così forte che fatico a sentire l'oceano. Mi devo ricordare di respirare. Tutto quello che devo fare è respirare. Le mie gambe tremano mentre mi dirigo verso il palco.

La folla si divide creando un piccolo sentiero apposta per me. Vado avanti senza riuscire a incontrare lo sguardo dei presenti. Ho aspettato questa cerimonia per tutta la vita ma, ora che è arrivato il momento, ho l'impressione di soffocare. Quando raggiungo il palco, una mano prende la mia e mi aiuta a salire.

Landon.

Non mi sembra giusto che sia lui ad aiutarmi. Dovrebbero essere i miei genitori o Ivy, oppure io da sola, ma sento il mormorio della folla e noto il sorriso di mia madre, quindi accetto la sua mano.

Vorrei che la musica ricominciasse, o che l'oceano ruggisse dietro di me, qualunque cosa pur di non sentire il sangue che corre nelle mie vene, le preoccupazioni che scorrono nella mia mente come le correnti. Tocco la boccetta che mio padre mi ha regalato e ne sento il peso sulla mano. Mi rassicura.

Guardo la folla che circonda il palco, la mia congrega, e mi consegno a loro per sempre. È una cosa davvero bella, questo gruppo di streghe che mi sostiene, che mi guarda mentre partecipo alla stessa cerimonia a cui ciascuna di loro ha partecipato in passato.

I miei genitori sono in prima fila e sembrano molto orgogliosi. Molto felici. Ivy è in piedi proprio dietro di loro, c'è ancora traccia di disagio sul suo volto. La guardo negli occhi e lei fa una smorfia che quasi mi ferma il cuore.

Vorrei disperatamente sapere cosa significa, vorrei saltare giù dal palco e chiederle a cosa sta pensando, ma è troppo tardi.

Poi c'è Landon, i suoi occhi curiosi e la sua postura rigida. Non è a suo agio qui, circondato dalla mia congrega, la prima persona non magica che assiste al Ballo d'Ingresso. Vorrei che le sue spalle si rilassassero e che le sue mani si aprissero.

Vorrei che fosse una strega.

Questo pensiero mi paralizza. È la prima volta che rifletto sul fatto che Landon non è una strega. Non capirà mai la parte più importante di me, perché non ha nessuna connessione con questo mondo, perché l'obiettivo del suo governo è sempre stato quello di affievolire la nostra magia. E stiamo per sposarci.

Mi manca il respiro se penso che non potremo mai apprezzare insieme la magia, mai sfidare il potere che l'altro ha in sé. Mi trasferirò nella sua casa e la mia magia verrà ridotta a un intrattenimento da salotto per fare colpo sui suoi amici.

Scuoto la testa. Sono ingiusta. Non mi ha mai dato motivo di pensare questo di lui. È sempre stato onesto e aperto. È sempre stato gentile.

È ora. Metto da parte i miei dubbi e mi preparo a pronunciare le parole che mi legheranno alla mia congrega per tutta la vita.

Raggiungo le colonne di marmo. Un coltello d'oro con l'impugnatura tempestata di rubini e smeraldi risplende, illuminato dalla luce del sole tra le due coppe. Penso alle prime streghe che hanno potuto partecipare al Ballo d'Ingresso di notte, circondate dall'oscurità. Nessuno le ha obbligate a farlo alla luce del giorno, come se questo potesse cancellare ciò che si agitava dentro di loro.

Ma eccomi qui. In piena luce.

Prendo un respiro profondo e posiziono le mani sopra il coltello, preparandomi a recitare l'incantesimo. Getto uno sguardo alle due coppe, e qualcosa dentro la coppa di rame attira la mia attenzione. Non ci dovrebbe essere altro che il sangue della strega che mi ha preceduto, ancora rosso e liquido, grazie alla magia. Ma sulla superficie vedo l'estremità di una boccetta di profumo, con un biglietto che dice PREMI QUI. E di fianco al flacone galleggia solitario un fiordiluna.

Alzo lentamente lo sguardo, non sapendo cosa fare. Devono averlo messo i miei genitori, ma non mi hanno preparato a questa parte della cerimonia. Si suppone che io reciti l'incantesimo, mi tagli il palmo della mano e lasci cadere il sangue nella coppa di mia scelta, decidendo il mio futuro. Non hanno mai parlato di un profumo, e non mi darebbero mai questo fiore.

Con molta calma allungo una mano verso la coppa e premo sull'estremità della boccetta. Un profumo molto intenso riempie l'aria, sa di fresco e di terra. Profuma di erba e di sale, e di qualcos'altro che non riesco a identificare.

Poi nella coppa appare un'immagine e io sussulto. Mi vedo praticare la magia durante la notte, in piedi sulla costa occidentale insieme a Wolfe. Sto attirando verso di me la marea e lui mi osserva come se fossi la cosa più stupefacente che abbia mai visto. Il ricordo si impadronisce di me, prendendo vita nella mia mente, forte, nitido e reale. Cerco altri ricordi ma non li trovo. C'è solo questo.

Nella scena l'acqua si abbatte su di me e io rischio di esserne travolta. Poi Wolfe mi trascina a riva e mi permette di tornare a respirare, salvandomi la vita per la seconda volta. Restiamo immobili, contemplando le stelle, la luna e perdendoci nei nostri sguardi.

Mi è molto difficile andarmene, lo si vede dal mio passo lento ed esitante. Afferro le estremità della coppa mentre il ricordo prosegue davanti ai miei occhi, risvegliando dentro di me qualcosa che credevo sopito.

Mi accompagna lungo la riva e poi ci fermiamo, guardandoci negli occhi. Gli chiedo se vuole rivedermi e lui risponde di sì, anche se nel farlo sembra provare disgusto per se stesso.

Non mi rendo conto delle lacrime che mi bagnano gli occhi fino a quando una scivola lungo il mio viso e cade nella coppa, acqua salata invece di sangue.

Vuoi rivedermi?

Sì.

Me lo ricordo. Ricordo il modo in cui quelle parole sono penetrate dentro di me e mi hanno cambiato completamente. Ricordo che lasciarlo mi era impossibile quanto continuare a vederlo. Ricordo che mi faceva sentire viva, che la sua magia mi faceva sentire viva.

Mi sento sopraffare da quel ricordo.

La scena svanisce, ma io continuo a stringere i bordi della coppa, alla disperata ricerca di altre immagini. Anche solo un barlume, un altro secondo, un altro ricordo.

Ma non c'è niente.

Continuo a fissare quella boccetta, completamente sconvolta da quello che ho perso. Rivoglio indietro ogni singolo momento che ho passato con lui. Voglio rivedere tutto.

«Tana?» Mio padre sussurra il mio nome, riportandomi in un attimo al momento presente. A questo palco di legno, circondato dalla mia congrega, dai miei genitori e dal mio futuro marito.

Allontano le mani dalla coppa, i suoi bordi affilati hanno lasciato un segno sui palmi delle mie mani. Mio padre mi lancia un'occhiata interrogativa. Tento di sorridergli ma mi sento persa.

Ci sono troppe persone che mi guardano e sono paralizzata su questo palco, non ho idea di come potrò mai scendere.

Faccio un respiro profondo, ma poi inizio a tremare. L'aria ha un sapore salato, proprio come il profumo. Proprio come Wolfe.

Alzo lo sguardo sulla folla e vedo Ivy. Mi sta fissando con gli occhi spalancati. Non appena la vedo, la vista mi si appanna e sento un dolore alla gola. Prima che me ne renda conto, Ivy sta correndo sul palco e mi ha preso tra le braccia.

«Che cosa hai visto?» sussurra nei miei capelli, tenendomi così vicina che nessun altro può sentirci.

«Un ricordo. Con lui.»

Non riesco a fermare le lacrime che mi rigano il viso, tremo tra le braccia di Ivy.

«Ascoltami. Vuoi fermare tutto? Dimmelo adesso.» Le sue parole sono brevi e concise. Urgenti.

«Sì.»

Sento la sua magia lasciare il suo sistema e invadere il mio. La stessa magia lenitiva che mette nelle sue tisane della buonanotte pervade la mia mente. Il mondo inizia a girare, le mie palpebre si fanno pesanti e non riesco più a tenermi in piedi.

Crollo tra le sue braccia e l'oscurità mi avvolge.

Mi sveglio nella stessa stanza in cui mi sono preparata. Ivy è seduta accanto a me e picchietta su una tazza di porcellana con le sue unghie smaltate.

«Cosa è successo?» chiedo con voce malferma.

Il picchiettio si interrompe.

«Ti sei sentita male e sei svenuta. Almeno, questo è quello che pensano tutti.»

Mi alzo a sedere, poco a poco. La testa mi scoppia e ho la gola secca. Ivy mi porge una tazza di tè.

L'immagine che ho visto in quella coppa di rame mi torna in mente in un attimo, così vivida e reale. Credo in quello che ho visto, i miei occhi spalancati di meraviglia e le lacrime di stupore. Credo che la magia nera mi abbia toccato nel profondo, facendomi sentire del tutto a casa.

Capisco perché ero disposta ad abbandonare questa vita per qualcosa di diverso. Non voglio lasciare tutto questo, abbandonare la mia famiglia, la mia congrega e Ivy. Ma forse questa vita non è mai stata davvero la mia.

«E adesso cosa succede?»

«Sono ancora tutti là fuori. Tua madre ha detto che non avevi mangiato a sufficienza, e che l'Ingresso avrà luogo al termine di questa ora.»

Stringo gli occhi per leggere l'orologio sulla parete. «Quindi tra mezz'ora.»

«Devi decidere cosa vuoi fare. Sai come funziona: devi passare per l'Ingresso e fare la tua scelta. Sangue nella coppa o sangue nell'acqua.»

Chiudo gli occhi. Il rituale dell'Ingresso non è solo una formalità, la nostra magia è legata a quel rito. Se non vi prendiamo parte, diventa imprevedibile e violenta.

Devo fare una scelta.

«Lo so.»

Mia madre entra nella stanza, il sollievo evidente sul suo viso quando vede che sono sveglia. «Come ti senti, tesoro?»

«Meglio» rispondo. Poi ricordo il fiordiluna che galleggiava nella coppa e mi rendo conto di non poter rinviare ancora questa conversazione.

«Ivy, ti dispiacerebbe andare a prendermi qualcosa da mangiare? Solo uno spuntino?»

«Certo, torno subito.»

Aspetto che Ivy abbia lasciato la stanza, poi guardo mia madre.

«Come è possibile che pratichiamo la magia se non ci sono fiordiluna sull'isola?»

«Tana» mi dice, esasperata. «Non è il momento.»

«Ho bisogno di saperlo.» *Ho bisogno di sentirtelo dire. Ho bisogno che tu ti fidi di me.*

Mia madre mi osserva per un momento, ma io non ho intenzione di cedere e lei deve saperlo, perché sospira e si siede accanto a me.

«Tana, quello che sto per dirti deve rimanere un segreto. Non potrai ripeterlo ad anima viva, né a Ivy, né a Landon o a tuo padre. Mi hai capito?»

«Ho capito.»

Chiude gli occhi e, per un momento, penso che non me lo dirà. Poi inizia a parlare. «Il fiordiluna è la fonte di tutta la magia, non possiamo praticarla senza il fiore. È alla sua massima potenza nel suo stato naturale e la magia nera è possibile solo con il fiore reale. Anni fa, quando è nato il nuovo ordine, il consiglio ha deciso che i fiordiluna sarebbero stati banditi dall'isola e che avremmo diffuso la credenza che fossero velenosi per le streghe. Se non ci sono più fiordiluna sull'isola e le streghe credono che siano mortali per loro, non c'è nessuna possibilità di praticare la magia nera.»

«Ma se il fiore è necessario per qualsiasi tipo di magia, come riusciamo a praticarla?»

«Manteniamo un basso dosaggio di estratto di fiordiluna nella riserva d'acqua di quest'isola. Non è abbastanza forte da permettere la magia nera ma è sufficiente per mantenere la magia dentro di noi. Per mantenere il nostro stile di vita.»

È esattamente quello che volevo sentire e conferma ciò che mi ha detto Wolfe, ma non mi porta il sollievo che mi aspettavo di sentire. Non mi rende certa della fiducia di mia madre, né mi fa pensare di essere parte dei meccanismi interni che regolano l'isola. Mi fa sentire una stupida per aver creduto alle sue bugie.

«Papà non lo sa?» chiedo, odiando il tremore che sento nella mia voce.

«No. Tre su sette membri del consiglio lo sanno, inclusa me, e adesso te. Le cose stanno così, e così devono rimanere.»

«Il governatore lo sa?»

«Assolutamente no. Gli abitanti della terraferma credono che quei fiori siano letali per le streghe, ed è imperativo che continuino a crederlo.»

Vorrei ribattere, chiederle come ha potuto perpetuare questa menzogna, per quale ragione, se crede davvero in questa vita, se non ha fiducia che la congrega farebbe la scelta giusta; le parole però si perdono da qualche parte dentro di me.

Mi raddrizzo, annuisco e guardo mia madre. «Non ne parlerò con nessuno, lo giuro. Grazie per avermelo detto.»

«Non c'è di che. Riconosco che le mie responsabilità verso questa congrega hanno reso a volte difficile la nostra relazione e me ne dispiaccio. Ma tra tutti i ruoli che svolgo, essere tua madre è il mio preferito.» Mi stringe la mano, si schiarisce la gola e il momento fugge via prima che possa oppormi. «Adesso occupiamoci del tuo Ingresso. Sei pronta a procedere?»

«Sì» rispondo.

Mi abbraccia stretta e poi se ne va, incrociando Ivy che sta tornando.

Ivy appoggia sul tavolo un piatto di porcellana pieno di sandwich da tè, ma ho troppa nausea per mangiare. Vado alla finestra e osservo tutte le persone che se ne stanno in piedi sul prato, bevendo e chiacchierando come se non fosse successo nulla. «Ivy, so che sei appena tornata, ma potresti chiedere a Landon di venire qui?»

Mi guarda sorpresa. «Perché? Cosa è successo? Cosa stai pensando di fare?»

«Chiedigli solo di venire.»

Mi osserva per meno di un secondo, poi se ne va e pochi istanti dopo la porta si apre. «Hai fatto prendere a tutti un bello spavento» dice Landon mentre chiude con calma la porta alle sue spalle. Sembra nervoso.

«Mi dispiace. A parte l'imbarazzo, sto bene.»

«Mi fa piacere sentirlo.»

Gli faccio segno di avvicinarsi e Landon viene a sedersi sul divano accanto a me. Gli prendo la mano con delicatezza e lui mi guarda con un'espressione confusa.

«Landon, non posso sposarti.» Appena pronuncio quelle parole, la pesantezza che mi accompagna da tempo inizia a ridursi. Faccio un respiro profondo.

Lui mi studia, come per capire se faccio sul serio. «Perché no?»

«Perché non voglio preoccuparmi che tu abbia paura di me per tutta la nostra vita insieme. Non voglio che tu debba sforzarti di amarmi.»

«Io do grande importanza all'onestà, per questo ti ho detto quello che ho detto. Questo matrimonio però non è mai stato un atto d'amore. È sempre stato un atto di responsabilità e la responsabilità ha la precedenza. Deve averla.»

Abbasso lo sguardo, perché sta dicendo qualcosa che credevo valesse anche per me: la responsabilità è la cosa più importante. Mi sbagliavo. «Ma non ha la precedenza. Non per me.»

Landon scuote la testa e lascia la mia mano. «Tana, ti tratterò bene. Sarò corretto con te e con la tua famiglia. Nuoterò con te, ti insegnerò ad andare a cavallo e ti aiuterò a costruirti una vita sulla terraferma. Noi due abbiamo percorso lo stesso cammino per tutta la vita, con le stesse aspettative. Ci capiamo. Questa è una base su cui potremo costruire una vita soddisfacente.»

«Sono sicura che mi tratteresti bene. Non ne ho mai dubitato» rispondo. «Tu pensi di capirmi per il ruolo che sono chiamata a svolgere, ma io sono più di un ruolo. Voglio essere più di quello.»

Si lascia andare a un rumoroso sospiro. «Cosa altro c'è?»

Il ricordo riemerge nella mia mente, immagini di una magia potente, sguardi intensi e fragili contatti, un amore tanto forte da spazzare via qualunque limite mi fossi imposta. «Tanto, tanto altro.»

Landon si alza in piedi e inizia a camminare per la stanza. «Nella vita ci sono cose più grandi del singolo individuo. Più grandi di te e più grandi di me. Questa è una di quelle cose. Non distruggere tutto quello che le nostre famiglie si sono impegnate a costruire.»

«Non deve per forza essere distrutto. Tuo padre è l'uomo più potente sulla terraferma. Tu potresti trovare un'altra persona adatta, qualcuno che provenga dalle famiglie originarie della nostra congrega. Io sono la scelta più ovvia, ma non sono l'unica.» Mi alzo in piedi e gli sfioro la mano. «Potresti scegliere la persona con cui condividere la vita, Landon. Qualcuno che crede nelle stesse cose in cui credi tu.»

Lui si volta verso di me. «Pensavo che quella persona fossi tu.»

Il mio sguardo si abbassa fino a terra. «Anch'io lo pensavo.»

Restiamo entrambi in silenzio per un momento, contemplando la verità: che non sono in grado di fare l'unica cosa per cui sono stata cresciuta. Poi Landon parla. «Mio padre non accetterà mai. Non posso obbligarti a sposarmi e non voglio farlo, ma non puoi non sapere cosa significa questo per la nostra alleanza.»

Getto uno sguardo fuori dalla finestra, dove le onde si infrangono sulla riva. «E se tu incolpassi me? Se dicessi a tuo padre che hai scoperto qualcosa che mi renderebbe inadatta come moglie? Puoi decidere tu cosa raccontare, io non ti smentirò. Questa alleanza si può ancora fare.»

«E tu rischieresti la tua reputazione per questo?»

«Lo sto già facendo» dico. «Prima della fine della giornata tutti mi disprezzeranno. Niente di ciò che dirai potrà causarmi più dolore di quello.»

«Non capisco» dice Landon, guardando tutte le streghe sul prato in attesa dell'inizio del mio Ingresso. «Ma non ti farò altre pressioni. Io voglio questa alleanza e mi assicurerò che mio padre creda che non sei la persona giusta con cui formarla.»

Annuisco. «Puoi dire di me tutto quello che ti serve.»

«Se vuoi scusarmi, me ne andrò prima del tuo Ingresso.»

Mentre va verso la porta ha un attimo di esitazione e si volta verso di me. «Spero che tu trovi quello che stai cercando.»

«Abbi cura di te, Landon.»

Annuisce ed esce senza aggiungere altro. Un attimo dopo entra Ivy.

«Sembra che stia per andarsene» mi dice, mentre i suoi occhi seguono Landon.

«Proprio così.»

Corre verso di me e la sua voce trema quando parla. «Che cosa hai fatto?»

«Qualcosa che renderà i miei genitori molto infelici.»

Ivy mi fissa con gli occhi sbarrati, sofferenti e spaventati. «Sei sicura di quello che stai facendo?»

Prendo la sua mano tra le mie. «Vorrei essere altruista quanto te, Ivy. Vorrei credere in questa vita quanto ci credi tu, ma c'è qualcosa là fuori in cui credo di più. So che non è giusto, ma non posso ignorarlo. Vorrei poterlo fare.»

I suoi occhi si riempiono di lacrime e mi stringe forte la mano. «Sono così arrabbiata con te» mi dice, le parole miste a singhiozzi. «Cosa farò senza di te?»

Le sue parole mi rimettono insieme, ricucendo parti di me, confermando che l'amore è la magia più potente. Di tutte. Non magia alta o bassa, vecchia o nuova. Amore.

Mi attira a sé in un abbraccio così forte da farmi quasi male. «Stai per gettare tutti nel caos» mi dice.

«Lo so.»

Mi guarda ancora per un istante, poi esce dalla stanza, proprio mentre mia madre risale sul palco e ripete le parole dette in precedenza, presentandomi una seconda volta.

Chiudo gli occhi e cerco il ricordo della boccetta, lo rivedo più e più volte. C'è solo una persona che avrebbe potuto mettere quella boccetta lì, una persona che ha capito qual era la vita che ero destinata a vivere molto prima che lo capissi io. Quella vita è rimasta nascosta, in attesa, per tutti questi anni e, mentre esco dalla casa e mi dirigo verso il palco, mi sento finalmente pronta ad accoglierla.

40

Sono di nuovo in piedi sul palco e il cuore mi batte così forte che temo possa uscirmi dal petto. Faccio un respiro profondo e guardo le due coppe, i due cammini che si snodano davanti a me. Il profumo che aleggiava sulla coppa di rame è scomparso, come pure il fiordiluna. Mi chiedo se mia madre lo abbia visto e se ne sia sbarazzata, o se sia stato Wolfe, rimasto a osservare la situazione da lontano.

Raccolgo con calma il coltello, afferrando l'impugnatura dorata che riflette la luce del sole. Nella mia mano sembra molto pesante. Sacro.

Le onde dell'oceano si infrangono sulla battigia, e la congrega aspetta in silenzio intorno a me. Landon se n'è andato e Ivy mi guarda con occhi ansiosi e pieni di attesa. Non sono sicura che i miei genitori abbiano notato l'assenza di Landon, sono in piedi e a testa alta, l'orgoglio ben visibile sui loro volti.

Con la mano libera tocco la boccetta che porto appesa al collo, lasciando che la sensazione di quel tocco calmi il mio cuore impazzito. Poi comincio.

Appoggio la lama sul palmo destro e faccio scivolare lentamente il metallo. Si crea un taglio perfetto che si riempie di sangue e forma un rivolo che scende lungo la pelle.

Poi pronuncio le parole che cambieranno il resto della mia vita.

Lama dorata,
sangue di strega,
scorri da me alla mia congrega.
Coppa di vetro,
coppa di rame,
con chi suggellerò il mio legame?
Solo una scelta,
il fato è deciso,
ora e per sempre mai più diviso.
Anno dopo anno,
legame sublime,
insieme fino alla fine.

Protendo la mano mentre il sangue inizia a gocciolare. I miei genitori mi osservano, un mare di affetto dipinto negli occhi, la mia mano si sposta a sinistra, verso la coppa di rame. Sono tutto, per me. Tutto quello che ho sempre desiderato era che fossero orgogliosi di me.

Ho sempre creduto che mi sarebbe bastato e sapere che non è così mi spezza il cuore.

Chiudo gli occhi e sposto la mia mano sulla coppa di cristallo, il mio sangue cade nell'acqua, diluendosi davanti agli occhi di tutta la congrega.

Le esclamazioni di sorpresa riempiono l'aria, e sento mia madre gridare. Crolla addosso a mio padre singhiozzando, mentre tutto intorno a me sento grida e voci piene di rabbia. Sono paralizzata, sconvolta dalla decisione che ho preso.

Irrevocabile.

Le streghe corrono verso il palco, battendo sul legno con le mani chiuse a pugno. Dovrei scappare, ma non riesco a muovere un passo, sono incollata al pavimento sotto di me.

Loro sanno a cosa ho rinunciato. Sanno che la mia scelta li riguarda tutti, che non sto voltando le spalle solo a uno stile di vita, ma anche alla loro sicurezza.

Il mio braccio è ancora steso davanti a me, il pugno tremante. Non riesco a credere di averlo fatto davvero.

Ivy salta sul palco e mi afferra per un braccio, trascinandomi giù dalla parte opposta. Mi tiene vicina a sé mentre si fa largo tra la folla, obbligandomi a muovermi e ad allontanarmi. Sento gridare «Traditrice!» tutto intorno a me, ma Ivy mi resta sempre accanto. Non ha un attimo di esitazione e smette di correre solo una volta raggiunto il bosco, quando le grida non sono che un suono lontano. Mi trascina dietro un imponente sempreverde, il tronco abbastanza largo da nasconderci entrambe.

«Va'» mi dice, e sento l'urgenza nella sua voce.

«Ivy» comincio a dire, mentre le lacrime scorrono irrefrenabili sul mio viso.

«Lo so» mi dice abbracciandomi. «Anch'io ti voglio bene.»

Restiamo abbracciate tra le lacrime e il rumore dell'oceano, mentre le grida diventano più forti.

«Per sempre» dico, piangendo sulla sua spalla.

«Per sempre.»

Ci stringiamo ancora un istante, poi Ivy si allontana e mi spinge via. «Va'» dice di nuovo.

Scappo dalla folla e mi addentro tra gli alberi ai bordi del prato, senza sapere dove sto andando. Sento urla furiose alle mie spalle e continuo a correre fino a quando non sono che suoni lontani in cui non riconosco più le grida disperate e oltraggiate. Sono completamente sola, bandita dalla mia congrega e senza un posto in cui rifugiarmi.

Continuo a muovermi e quando sono abbastanza lontano da essere sicura che non possano trovarmi, mi lascio cadere a terra e nascondo la testa tra le mani. Vorrei poter dimenticare le grida di mia madre, l'espressione che aveva quando è crollata addosso a mio padre. La mia mano corre a cercare la boccetta che lui mi ha regalato solo questa mattina e mi sento assalire di nuovo dalle lacrime. Non avrei dovuto accettarla, anche se non riesco a immaginarmi senza.

So che rivedrò i miei genitori quando il caos del mio Ballo d'Ingresso si sarà calmato e potrò tornare a casa e parlare con loro in privato. Ma non potrò più vivere là. Non sono più una di loro. Non mi è più permesso.

Mi costringo a respirare. Faccio un respiro profondo e aspetto che le mie lacrime finiscano e il mio cuore rallenti.

Non posso credere di essere andata fino in fondo. Eppure, anche adesso, spaventata e sola, non me ne pento. So che era la scelta giusta per me. La scelta sbagliata per tutti gli altri, ma la scelta giusta per me.

Egoista.

Egoista e giusta.

«Mortana?»

Sobbalzo, sorpresa, e sollevo gli occhi, cercando di abituarli all'oscurità che è calata tra gli alberi ora che il sole sta tramontando.

Wolfe è in piedi davanti a me, teso e indecifrabile. Mi alzo in piedi col mio vestito grigio spiegazzato e inumidito, e incontro il suo sguardo. Mi porge un fiordiluna e lo prendo, accarezzando i petali con le dita.

«Ti ricordi?» mi chiede.

«No.»

Mi guarda sorpreso. «Non ti ricordi e te ne sei andata?»

«Sì.»

«Perché?» Sembra arrabbiato, ma poi mi rendo conto che non si tratta affatto di rabbia. Sta proteggendo se stesso, non vuole mostrarsi vulnerabile. Ha paura. «Perché ti ho creduto» dico. «Ho usato quel profumo conserva-ricordi e mi sono resa conto che non sarei mai stata felice ne non fossi stata insieme a te di notte sulla battigia a praticare la magia.»

I suoi occhi si velano e la mascella è serrata. Annuisce varie volte e distoglie lo sguardo, come se fosse imbarazzato.

«Posso toccarti?» chiedo esitante.

Lui sospira e mi guarda. «Mortana,» mi dice e la sua voce trema «la risposta a questa domanda sarà sempre sì.»

Mi avvicino con molta calma, lo abbraccio e lo stringo forte. All'inizio pare esitare, poi mi cinge la vita con le braccia e appoggia la testa sul mio collo. Sentire il suo respiro sulla pelle mi fa venire i brividi.

Pensavo che sarebbe stato strano abbracciare questo ragazzo che conosco appena, ma non lo è. Credo che il mio corpo si ricordi di lui, ricordi come ci si sente nel suo abbraccio.

Mi sento a casa.

Restiamo abbracciati molto a lungo, condividendo il respiro. Mi sento al sicuro, calma e in pace, pur non ricordando nulla. Pur avendo lasciato dietro di me un caos inimmaginabile. È proprio questo il mio posto. Proprio qui.

Alla fine mi stacco da lui. «Mi porti a casa?»

Lui mi fa cenno di sì, porgendomi la mano.

E io la prendo, lasciando che mi mostri la strada.

Sono seduta con Wolfe sopra una roccia che domina la costa orientale e stiamo guardando il cielo che vira dal blu scuro al nero. Questa sera è pieno di stelle e la mezza luna brilla luminosa, riflettendosi sulle acque del Confine. Un lampo squarcia l'oscurità e, dopo qualche istante, sentiamo in lontananza il boato di un tuono. Poi il cielo si apre sopra lo stretto che ci separa dalla terraferma e lo inonda di pioggia.

La barca di Landon è a metà della traversata, vedo il cartello *Principessa Smeralda* illuminato sul retro della barca. Tante palline luminose decorano il parapetto, illuminando la silhouette di una persona che sta rientrando dalla poppa. La osservo staccarsi ancora di più dall'isola e mi chiedo di cosa stia parlando con i suoi genitori, che cosa gli abbia detto dopo che ci siamo incontrati. Non posso negare il sollievo che provo vedendo la sua barca allontanarsi sempre di più, consapevole di aver evitato per un soffio di essere su quella barca con lui.

Ho detto addio a tante cose, oggi. Sono felice che l'isola non sia una di quelle.

In lontananza vedo le luci della barca spostarsi all'improvviso verso destra. Mi alzo a sedere e stringo gli occhi, cercando di vedere meglio.

Le luci si spostano a sinistra.

«O mio dio» sussurro, alzandomi in piedi.

«Cosa c'è?» chiede Wolfe appoggiandomi una mano sulla schiena.

All'inizio penso che la barca sia stata sorpresa da una tempesta, ma il mare non è abbastanza agitato per causare dei sobbalzi di quel tipo. Si tratta di qualcos'altro. «La barca» dico. «È finita in una corrente.»

Per un momento non faccio altro che fissare l'imbarcazione, ipnotizzata dal modo in cui si inclina e si risolleva, come se non avesse peso. Inizia a girare in tondo e, anche da questa distanza, riesco a sentire gli scricchiolii del legno che si spezza.

«Dobbiamo fare qualcosa» dico, correndo verso l'acqua e intrecciandomi il fiordiluna nei capelli, in modo da non perderlo.

Wolfe mi segue, evocando una spessa coltre di magia che mi avvolge. Avverto il suo potere e ne sono sopraffatta, lo sento penetrare nei miei polmoni e poi fluire nell'acqua.

«Useremo una corrente per raggiungerli più in fretta. Se mi resti vicina riuscirai a rimanere sott'acqua per diversi minuti.»

Annusisco, lo prendo per mano e ci tuffiamo in acqua. La corrente che ha creato ci raggiunge subito ma, invece di farci girare intorno, ci spinge fuori verso il Confine. Muovo le gambe e le braccia, mentre la corrente ci porta sempre più vicino alla barca.

Cigolii e scricchiolii si susseguono nella notte burrascosa, e nuoto con più forza quando sento delle grida. Poi c'è uno schianto tremendo, seguito da una grande onda che corre verso di noi.

Ci trascina indietro per vari metri, ma la corrente ci ritrova in fretta. Il mio vestito elegante ondeggia nell'acqua e intorno a me; rabbrividisco per il freddo mentre il flusso ci spinge verso il mare aperto. Un altro fulmine illumina la notte, la pioggia ci bersaglia mentre nuotiamo.

Quando finalmente siamo abbastanza vicini per vedere bene la barca, Wolfe rallenta la corrente e restiamo lì, fermi.

«Sai quante persone ci sono a bordo?» chiede con il respiro pesante.

Scrollo la testa. «Landon e i suoi genitori di sicuro. Forse il capitano e qualcuno dell'equipaggio?»

Wolfe si mette al lavoro accanto a me, la sua magia sorge intorno a noi. Questa volta arriva fino al cielo e resto senza fiato vedendo il palmo della sua mano illuminarsi di una luce grigio-azzurra.

«È la luce della luna?» chiedo, affascinata.

«Ci aiuterà a vedere sott'acqua.»

Sento qualcuno urlare e riconosco subito la voce: è quella di Landon. È caduto in acqua insieme ai frammenti della sua barca distrutta. La corrente lo trascina sotto e il suo grido viene inghiottito dal Confine.

«Vado» urlo, costringendomi ad andare sott'acqua e sperando che i miei occhi si abituino. Wolfe mi segue, illuminando le profondità con la sua luce lunare e trasformando l'acqua nera in un liquido grigio. La corrente crea un vortice davanti a noi, agitando il mare con violenza.

Vedo un corpo, del tutto immobile, che scivola giù verso il fondo. Batto sulla spalla di Wolfe e glielo indico, espirando aria in modo da poter scendere più in profondità. Il freddo dell'acqua sulla pelle è doloroso ma, anche in mezzo a questo caos, il silenzio quaggiù è confortante.

La luce lunare di Wolfe illumina il corpo e mi prende il panico quando mi rendo conto che non è Landon. Mi avvicino ma non lo riconosco. Forse è il capitano. Lo abbraccio all'altezza della vita e poi comincio a muovere le gambe, nuotando verso l'alto, mentre la luce di Wolfe si muove in un'altra direzione. Raggiungiamo la superficie. Una barca dell'isola che ha sfruttato la corrente di Wolfe si dirige verso di noi. Mi fermo a una prudente distanza, mi giro sul dorso e nuoto più in fretta che posso, portando con me il corpo.

Quando raggiungo la barca è il braccio di mio padre che si allunga e issa il corpo sulla barca.

«Tana, sei ferita?» chiede, e mi ci vuole un secondo per elaborare quello che ha detto.

«No» rispondo.

«Sali sulla barca. Non è sicuro» dice, sporgendosi verso di me.

«Starò bene. C'è anche Wolfe. Mi sta aiutando.»

Mio padre capisce quello che gli sto dicendo, che è la magia di Wolfe che mi permette di aiutare. Che è la sua magia che sta salvando Landon e la sua famiglia. Si irrigidisce ma non ribatte.

«Va bene. Non possiamo fare nulla finché la corrente non si sposta. Aiutali come meglio puoi, e noi saremo qui, in attesa.» È bagnato fradicio, come pure l'interno della barca – la pioggia non dà tregua – però lì sono al sicuro.

Mio padre si sporge e appoggia la mano sul fianco della barca. La stringo per un momento, poi torno a immergermi alla ricerca di Wolfe. La sua luce viene verso di me, e mi affretto a raggiungerlo. Sta trasportando un'altra persona, la madre di Landon; vedo che è viva, batte le gambe insieme a Wolfe.

Guardandolo usare la luce della luna e sfruttare una corrente che ha creato, mi rendo conto di quanto sia potente la sua magia. Se c'è un intero palazzo pieno di streghe che possono fare quello che Wolf sta facendo in questo momento, posso solo immaginare cosa potrebbero fare avendo più magia a disposizione.

Sento nascere nella mia mente un'idea, all'inizio è confusa, ma a poco a poco diventa più precisa.

«Cosa c'è che non va?» mi grida Wolfe, e mi accorgo che sono rimasta ferma nell'acqua a guardare il mare.

«So come risolvere il problema delle correnti» dico, sbalordita. Poi torno al presente: Landon è ancora disperso. «Portala alla barca» grido.

Wolfe mi porge la sua luce e mi sorprende vedere che non si spegne, non ha neanche un piccolo tremolio. Sento la mia magia che le corre incontro, che la sostiene nella mia mano e guida il mio cammino mentre mi immergo più in profondità. Vedo passare un'ombra sopra di me e, alzando gli occhi, scorgo una persona che si allontana a nuoto dal relitto.

Una volta riemersa, vedo il padre di Landon che nuota verso la barca dei miei genitori.

«Riesci a farcela da solo?» gli grido.

Si ferma e si gira a guardarmi, il sangue gli cola sul viso da un grosso squarcio sulla fronte.

«Landon è sulla barca?» Chiede, in preda al panico.

«Non ancora. Vado a cercarlo. Quanti eravate a bordo?»

«Quattro. La nostra famiglia e il capitano.»

«Raggiungi la barca. Troverò tuo figlio.»

Torno a immergermi e mi dirigo verso la corrente. Questa inizia a spostarsi, lasciando andare a poco a poco la presa sul relitto; i resti della barca affiorano e affondano, ci sono schegge di legno ovunque. Landon deve essere intrappolato da qualche parte in questo caos, e il mio cuore accelera mentre tento disperatamente di trovarlo.

Lascio scorrere la luce davanti a me, cercando di illuminare il più lontano possibile e alla fine, *finalmente*, lo vedo. La sua giacca è rimasta intrappolata in un grosso frammento della barca che lo sta trascinando sempre più giù.

Prima che possa raggiungerlo, tocca il fondo del Confine, privo di vita. Le sue gambe e le braccia fluttuano nell'acqua, muovendosi con la corrente. Espiro altra aria per scendere più in profondità, cercando di raggiungerlo.

Vedo una luce dietro di me e so che Wolfe è vicino e ha portato altro chiaro di luna con sé. Quando finalmente raggiungo Landon, ha gli occhi chiusi e le labbra livide. La sua pelle ha un colore grigiastro, come se la vita l'avesse abbandonato.

Cerco di tirarlo via dal fondo del mare, ma la sua giacca è ancora intrappolata in quell'enorme pezzo di legno. Cerco di liberarlo, preoccupata all'idea di non fare in tempo, poi però Wolfe mi raggiunge e lo solleva. La sua camicia bianca è imbrattata di sangue, un alone rosso che continua ad allargarsi. Ho i polmoni che bruciano. Quando l'ho liberato dalla giacca, gli cingo il torace, facendo attenzione a non toccare la ferita, e risalgo in superficie.

Quando riemergo sono senza fiato. Wolfe mi raggiunge subito dopo, inverte la corrente che ha creato, e veniamo sospinti verso la barca dei miei genitori, insieme al corpo inerte di Landon.

«Mamma! Papà!» grido mentre ci avviciniamo, ed entrambi si sporgono dalla barca allungando le braccia verso di noi. «È ferito» dico quando li raggiungiamo.

Sollevano Landon e lo sistemano nella barca, io li seguo sperando di poter fare qualcosa. Elizabeth è seduta lontano, avvolta in una coperta, mentre il capitano si è accasciato sopra una panca e si tiene la testa tra le mani.

Il padre di Landon inizia la procedura di rianimazione, premendo sul torace di Landon e poi soffiando aria nei suoi polmoni. Wolfe sale sulla barca e si inginocchia sul pavimento accanto a Landon, tenendo le mani sopra la ferita.

«Posso aiutarlo» dice, e sento l'urgenza nel suo tono.

Mia madre alza una mano, la paura dipinta sul suo viso. «Sta parlando di magia.»

«Fallo» dice Marshall senza esitazione, ed è chiaro che non capisce a quale tipo di magia ha acconsentito.

Wolfe chiude gli occhi e mormora un incantesimo a una tale velocità e con una voce così bassa che non riesco a sentirlo. Ha le mani sporche di sangue. Io mi faccio da parte e, senza pensarci, cerco la mano di mia madre.

Lei non mi respinge. Al contrario, mi prende la mano e la stringe forte. «Si riprenderà» dice, con quel suo tono calmo che mi fa credere che andrà tutto bene.

Il boato di un altro tuono squarcia il silenzio, facendomi sobbalzare.

Wolfe apre la camicia di Landon e guardo meravigliata il sangue che smette di uscire e la pelle che comincia a rimarginarsi. Mia madre si volta dall'altra parte, ma Elizabeth tiene gli occhi fissi su Wolfe. La magia alta avvolge Landon e attraversa il suo corpo, guarendolo in un modo che non dovrebbe essere possibile. Il capitano rimane a bocca aperta e Marshal stringe le mani a pugno, mentre osserva Wolfe usare una magia che credeva morta e sepolta.

Restiamo tutti in silenzio, immobili, paralizzati.

Poi, finalmente, Landon respira.

41

Trasportiamo Landon e la sua famiglia sulla terraferma, dove li aspetta un'ambulanza per portarlo in ospedale. Qualunque cosa Landon abbia detto ai suoi genitori sembra aver funzionato, perché mi hanno lanciato occhiate molto critiche, ma va bene così. Se credono che solo la sottoscritta sia il problema, continueranno a desiderare l'alleanza. Possiamo ancora farcela.

«Aspettate» dice mia madre prima che chiunque scenda dalla barca. Si gira verso Wolfe. «Cancella la loro memoria recente e i ricordi della tua magia. Devono credere che sia stata la tempesta ad affondare la barca.»

«Come, scusa?» dice Elizabeth prendendo la mano di Marshal.

«Ti proibisco di farlo» dice Marshal, lanciando a mia madre uno sguardo che mi provoca un brivido lungo la schiena. «Ce ne andiamo.»

«Fallo adesso» dice mia madre alzando la voce.

«Se lo faccio, lavorerai insieme alla mia congrega per fermare le correnti. In caso contrario, mi rifiuto.»

Mia madre fissa Wolfe a bocca aperta, sbalordita di fronte a un negoziato in un momento come questo, ma riacquista subito la calma. «D'accordo. Fallo.»

E, all'improvviso, Marshal, Elizabeth, Landon e il capitano della barca guardano Wolfe mentre questi riscrive i loro ricordi. Crederanno che la tempesta abbia fatto capovolgere la barca.

Non ricorderanno né Wolfe, né la sua magia. Il segreto della vecchia congrega sarà salvo.

Non ci vuole molto tempo, poi gli Yates scendono dalla barca e ringraziano i miei genitori per averli salvati. Ricevo un'altra occhiata gelida dal padre di Landon, poi se ne vanno.

Mia madre li accompagna all'ospedale, offrendo sostegno e assicurandosi che tutte le loro domande ricevano la giusta risposta. Mi abbraccia prima di andarsene, per dimostrarmi che non è tutto finito tra noi, che non devo vivere con lei né appartenere alla sua congrega per continuare a essere sua figlia.

Io e Wolfe restiamo sulla barca con mio padre e facciamo ritorno all'isola in silenzio. La tempesta è passata e il Confine è tornato tranquillo. Papà ormeggia la barca, ma non scende a terra. Io e Wolfe siamo seduti a poppa, avvolti in teli e coperte. Il mio vestito di seta grigio è strappato e rovinato, e ho perso le scarpe nella confusione del momento, però la collana che mio padre mi ha regalato è ancora ben salda al suo posto. La mia mano la cerca e fa oscillare la boccetta.

Mio padre cammina avanti e indietro per alcuni secondi, poi si ferma e dà la mano a Wolfe.

«Non credo che ci abbiano mai presentato. Sono Samuel, il padre di Tana.»

Wolfe si alza in piedi e stringe la mano di mio padre. «Piacere, sono Wolfe Hawthorne.»

«Hawthorne?» chiede mio padre, e mi chiedo se sappia della relazione di mia madre con Galen. Sul suo viso compare un'espressione a metà tra il divertimento e la comprensione, e capisco che lo sa.

«Esatto.»

«Beh, Wolfe, grazie per quello che hai fatto stasera. Se non ti dispiace vorrei parlare per qualche minuto con mia figlia.»

«Certo.» Wolfe si toglie la coperta e la sistema intorno alle mie spalle, poi salta giù dalla barca e mi aspetta a riva.

Mio padre è in piedi di fronte a me e mi sta guardando negli occhi. «Tana, quello che hai fatto questa notte è incredibile. Non credevo proprio che avrei visto di nuovo una cosa del genere.»

Fatico a seguirlo. Le sue parole non suonano affatto come una condanna. Sembra più che altro sorpreso.

Sono sul punto di scusarmi. In effetti mi dispiace di non averli avvertiti e di aver fatto una scelta che li danneggia. Mi dispiace di non aver rispettato l'accordo che avevamo con Landon e di aver deviato dal cammino che avevano tracciato con tanta fatica per me.

Ma non sono dispiaciuta al pensiero di passare il resto della mia vita con un ragazzo che apprezza il mio lato selvaggio e con una magia che mi fa sentire viva.

«È stata la decisione più difficile che abbia mai preso.» Continuo a giocherellare con la collana, e lo sguardo di mio padre mi segue. Non voglio separarmene, ma questa collana appartiene a lui, non a una figlia che si è opposta a tutto quello in cui crede. «Tieni, papà. Immagino che tu la rivoglia.»

Sembra addolorato, ha la fronte aggrottata e le labbra serrate. «Rimettila al collo.» Lo dice con convinzione, come se stesse pronunciando un sermone. «Ti appartiene, e sono orgoglioso che la indossi» dice, con la voce rotta dall'emozione.

«Papà?»

Si siede accanto a me e mi prende la mano. «Credi così tanto in qualcosa da rinunciare a tutte le comodità della vita per inseguirlo. Sei coraggiosa e fedele a te stessa» mi dice avvicinandomi a sé. «Non sarà facile ma, se credi in questa vita quanto io credo nella mia, ce la farai.»

Mi ero rassegnata al fatto che tra me e i miei genitori ci sarebbe sempre stata questa distanza, che mi avrebbero vista come una traditrice e una fonte di imbarazzo. Non avevo mai osato sperare che potessero capirmi, quindi mi sento del tutto sopraffatta da quello che sta succedendo.

«E se tu e quel ragazzo continuerete a guardarvi come avete fatto stanotte, credo che sarete molto felici.»

«Grazie, papà» dico stringendolo forte.

Scendiamo sul molo e raggiungiamo Wolfe sulla spiaggia. Sono tentata di chiedere a mio padre se posso andare a casa con lui, se posso passare un'altra notte nella mia camera da letto, con il conforto della sua presenza vicino a me. Ma ho fatto la mia scelta e ho rinunciato a quell'opzione quando ho lasciato cadere il mio sangue nella coppa di cristallo e non in quella di rame.

«Incontriamoci tra due giorni nella profumeria. Wolfe, porta tuo padre. Abbiamo molto di cui parlare e dovremmo farlo in privato, prima di coinvolgere il consiglio.»

Wolfe annuisce e mio padre mi rivolge un altro sorriso, prima di voltarsi e incamminarsi verso casa. Cerco di non pensare alla sua figura che si allontana, il dolore che provo è come un pugno nello stomaco. Ma posso soffrire per la perdita della mia vita precedente e allo stesso tempo gioire delle cose meravigliose che mi aspettano.

Io e Wolfe ci incamminiamo in direzione opposta a quella di mio padre, verso la parte selvaggia dell'isola, dove tutto è possibile. Quando arriviamo al maniero troviamo un uomo ad attenderci. Mentre eravamo sulla barca Wolfe si era offerto di asciugare i miei abiti usando la magia, ma davanti ai miei genitori ho preferito non usare più magia del necessario. Però adesso ho un aspetto orribile e mi pento di non aver accettato. Imbarazzata, tento di sistemare il vestito e ravviarmi i capelli.

L'uomo sorride e la sua espressione mi dice che non è affatto sorpreso di vedermi qui.

«Sono Galen, il padre di Wolfe» mi dice, anche se è ovvio: si somigliano moltissimo.

«Ci siamo già incontrati?» chiedo, cercando un suo ricordo senza trovarlo.

«Sì, diverse volte.»

«Mi dispiace, non me ne ricordo.» Abbasso lo sguardo, ma Galen reagisce come se niente fosse.

«Non ti preoccupare. Ho sentito cos'hai fatto stasera.»

Suppongo che non dovrei sorprendermi del fatto che sia già informato di tutto, è probabile che tenga sotto controllo l'isola più di quanto immagina mia madre... ma la cosa mi prende comunque alla sprovvista.

Comincio a giustificarmi, gli dico che capirei se non mi volesse qui, ma lui alza una mano e smetto di parlare.

«Benvenuta a casa, Mortana.» Poi si avvicina e mi abbraccia. La sua gentilezza mi lascia senza parole, placa il dolore che sento nel petto. Sono sicura che qui sarò felice.

«Grazie.»

«So che hai avuto una lunga giornata, quindi ti lascerò il tempo di sistemarti. Però domani, se te la senti, il resto della congrega vorrebbe incontrarti.»

«Quanti siete?»

«Settantatré» risponde.

Settantatré. Quel numero mi sbalordisce, non riesco a credere di aver passato tutti questi anni senza sapere della loro esistenza. Ma non riesco a trattenere l'entusiasmo che provo al pensiero che qui avrò una casa. Una famiglia.

Sarà diversa dalla vita che ho sempre immaginato per me. Ma sarà piena e sarà del tutto mia.

«Non vedo l'ora di conoscerli.»

Galen mi regala un sorriso cordiale, poi si volta verso Wolfe e gli stringe una spalla. Ha gli occhi lucidi e, mentre guarda suo figlio, si riempiono di lacrime. Poi rientra in casa lasciandoci soli.

Wolfe si volta verso di me e mi porge la mano. «Vuoi vedere la tua nuova casa?» Ha un tono di voce grave, come se il peso della mia decisione fosse calato sulle spalle di entrambi. Ma è un peso buono, che ci rasserena e ci unisce.

Osservo il maniero, il suo tetto spiovente che sembra voler toccare il cielo. La calda luce delle lanterne illumina il muro di pietra e i rampicanti che lo ricoprono. Da un grande camino escono volute di fumo che si perdono nel limpido cielo notturno e sento le morbide note di un pianoforte.

«Sì.» Prendo la sua mano nella mia ma, all'improvviso, uno shock mi paralizza, sento qualcosa che non capisco e mi allontano.

C'è una vita per te qui.

«Cosa hai detto?» gli chiedo, avvicinandomi.

«Non ho detto niente.» Mi osserva. «Ti senti bene?»

«Ero convinta di aver sentito qualcosa» dico. «È stata una lunga giornata. Credo che sia solo stanchezza.»

«Allora andiamo dentro.» Wolfe mi porge di nuovo la mano e io la prendo.

Non voglio perderti.

Stringo forte la sua mano mentre nella mia mente compare un'immagine: noi due proprio in questo posto, in piedi nel bosco fuori dal maniero in una fredda notte autunnale. Mi aveva appena mostrato la sua casa per la prima volta, spalancando una finestra su tutto il suo mondo, in modo che potessi considerare la possibilità di una vita diversa. E io ero fuggita.

Chiudo gli occhi, mentre il ricordo si radica nella mia mente, nel mio petto e nel mio cuore, affondando dentro di me, impossibile da dimenticare.

«Sono già stata qui» sussurro. «Con te. Proprio qui. Mi hai detto che c'è una vita per me, qui.»

Wolfe non dice una parola ma, quando incontro il suo sguardo, ha gli occhi arrossati. Annuisce e contrae la mandibola. «Sì.»

Poi un fiume mi travolge.

Un fiordiluna e una luce. Io che vado a sbattere contro Wolfe in un campo. Che non arrivo in tempo al Rituale. Che imparo la magia nera. Che torno sulla costa occidentale nella speranza di incontrare il ragazzo che ha cambiato tutto.

Sento il battito del tuo cuore.

Che mi aggrappo a lui in mare.

Che lo accarezzo davanti al camino.

Che lo bacio sulla spiaggia.

Vengo travolta e annego in un oceano di ricordi, un abisso di emozioni che non avrei mai pensato di provare. Sono sbalordita dal modo in cui il mio amore per lui si è impadronito di ogni fibra del mio essere, travestendosi da scelta impossibile quando in realtà non c'era mai stata alternativa.

Da quella prima notte il mio destino si era compiuto.

Regina dell'oscurità.

Corro da lui e lo stringo con tutte le mie forze. Con il viso rigato di lacrime, chiudo gli occhi e accosto le labbra al suo orecchio. «Mi ricordo.»

Lo sento tremare, mentre inspira a fondo, come se i suoi polmoni si riempissero d'aria per la prima volta, accogliendo la vita che aveva quasi perso.

«Mi ricordo» ripeto più forte, per assicurarmi che mi abbia sentito. Per assicurarmi che ci creda. Per assicurarmi che lo sappia.

«Mi sei mancata» mormora, e le sue parole sono sofferte e bellissime.

Lo bacio sul collo e sulla guancia, e poi scendo sulle labbra, già bagnate di lacrime salate. Si muove in modo lento, esitante, come se volesse assicurarsi che sono reale, che non scomparirò appena abbassa la guardia.

«Sono qui» sussurro.

In quel momento, sento crollare il muro tra di noi.

«Tana» mormora, aprendo la bocca e tenendo il mio viso tra le mani, baciandomi come se dovessimo rifarci di tutti i baci che non ci siamo scambiati, di tutto il tempo che abbiamo perso.

Le sue dita non trovano pace, scivolano sul mio viso, mi accarezzano la guancia, scendono lungo il collo e seguono il profilo delle mie clavicole.

Un brivido mi corre lungo la schiena e sento mancarmi il respiro. «Portami di sopra» gli dico.

Mi bacia di nuovo, poi mi prende per mano e mi porta nel maniero, nella sua stanza. Continua a guardarmi come se non si fidasse delle mie dita intrecciate alle sue. Ha bisogno di vedermi, di assicurarsi che sono ancora qui, ed è una cosa che adoro.

Apre la porta ed entro. La sua stanza è illuminata dalle fiamme nel camino, che disegnano ombre ramate sul pavimento e sulle pareti.

Mi avvicino al letto e poi mi giro a guardarlo.

«Wolfe?» dico, lasciando cadere le spalline del mio vestito.

Lo vedo deglutire. «Sì?» La sua voce è come carta vetrata, ruvida e roca, e tradisce la paura che questo sia solo un sogno, che possa svegliarsi accanto a una ragazza che non ricorda nulla di lui.

«Sono qui» dico. «Toccami finché non sei convinto che tutto questo è reale.»

Non si muove. Mi fissa, paralizzato, completamente immobile.

«Ti prego.»

Alla fine si avvicina e mi prende il viso tra le mani, baciandomi fino a lasciarmi senza fiato. Prendo la sua camicia e gliela sfilo, gettandola a terra. Lui sbottona lentamente il mio vestito e la seta grigia scivola giù e cade ai miei piedi, mentre le sue dita mi accarezzano la schiena.

Mi stendo sul letto avvicinandolo a me, senza lasciarlo mai. Mi bacia sulla bocca, le palpebre e il collo; avidamente, all'inizio, e poi con calma, come se con ogni carezza si assicurasse che ne seguiranno altre. La sua mano scende sul mio fianco e poi giù fino al ginocchio, prima di esitare e risalire lentamente. Mi aggrappo alle sue spalle mentre segue la curva della mia coscia, e quando trova ciò che stava cercando ho un sussulto e fremo dalla testa ai piedi. Mi abbandono. Completamente.

Infilo le mani nei suoi capelli e inarco la schiena, sussurrando il suo nome. «Di più» dico.

Porta le mani sulle mie costole, i fianchi tra le mie gambe. Il suo respiro si fa spezzato, lui inizia a muoversi, più vicino che mai. Eppure non mi basta, lo voglio più vicino. Mi aggrappo alla sua schiena e sento il suo peso su di me, che mi tiene ancorata qui, in questo istante. Forse anch'io ho paura che sia solo un sogno.

Assaporo ogni sospiro, ogni bacio, ogni carezza, sentendolo come non ho mai sentito nessun altro, ascoltando il suo respiro che cambia, che si ferma e poi si fa convulso, e poi pesante e frenetico. È una rincorsa verso un precipizio da cui non vedo l'ora di buttarmi. Si ferma, mordendomi le labbra. Poi saltiamo insieme e vederlo perdere il controllo mi toglie il fiato. Wolfe è la mia magia e mi rendo conto che a un certo punto abbiamo smesso di essere due persone distinte e siamo diventati una cosa sola.

Lui mi ha sempre visto per ciò che sono, al di là del mio ruolo, spingendomi a trovare le mie verità. E la ricerca mi ha portato a lui. Lui è la mia verità: nessuna bugia al mondo potrà convincermi del contrario.

Mormora il mio nome e respiriamo all'unisono, sempre più lentamente, finché l'incendio non si spegne e non resta che un mucchio di cenere.

Ci addormentiamo, sapendo che domani saremo l'uno accanto all'altra.

42

Due giorni dopo, insieme a Galen e Wolfe, incontro i miei genitori. Usciamo dal maniero solo dopo il tramonto, percorrendo sentieri che attraversano il bosco per passare inosservati. Mia madre ha molto di cui parlare con il consiglio, ma prima deve capire qual è la posizione della vecchia congrega. Non dice mai nulla finché non è sicura di avere una risposta soddisfacente a ogni domanda. E si assicura di essere informata su tutto ciò che succede sull'isola, in modo da evitare sorprese.

Non ama essere colta alla sprovvista.

Ci incontriamo sul retro della profumeria, dopo l'orario di chiusura dei negozi. Main Street è vuota, ma non posso fare a meno di lanciare un'occhiata alla sala da tè degli Eldon, sperando di vedere Ivy. Il negozio però ha tutte le luci spente.

Quando arriviamo in profumeria i miei genitori sono già all'interno. Mio padre sta triturando erbe aromatiche nel mortaio, come farebbe in una normale giornata di lavoro. Quando entro nella stanza si ferma e un accenno di sorriso gli illumina il viso.

«Ciao, papà» dico andando da lui per abbracciarlo. Sono passati solo due giorni, ma mi manca sentirlo cucinare: il rumore metallico delle pentole e il profumo delizioso che riempie la casa quando è ai fornelli. Mi manca sentirlo canticchiare e vederlo prepararmi una tazza di tè ogni volta che ne ho bisogno. Ho la boccetta che mi ha regalato appesa al collo e la sento premere sullo sterno quando lo abbraccio più forte.

Quando mi ritraggo, mia madre ci sta osservando e non so bene cosa aspettarmi. L'ultima volta che l'ho vista, nell'acqua, tutta la sua attenzione era rivolta a Landon e ai suoi genitori. Adesso che ha avuto il tempo di elaborare tutto quello che è successo durante il mio Ingresso, mi chiedo se le cose siano cambiate. Non so se mi tratterà come una minaccia, come un nemico o come la persona che le ha rovinato i piani portati avanti con tanta fatica.

Quando la guardo negli occhi, fa un respiro profondo e alza il mento. Sta cercando di non piangere. «Ciao, tesoro» mi dice.

«Ciao, mamma.» E l'istante dopo attraverso la stanza e l'abbraccio. E la stringo così forte che le scompiglio i capelli e le sgualcisco la camicetta. Lei però non si ritrae. Si lascia andare e mi stringe a sé, come una madre qualunque che abbraccia la sua unica figlia.

Poi si ravvia i capelli e si schiarisce la voce. «Credo che questa ti appartenga» dice, porgendomi la collana d'argento che Wolfe mi ha regalato la prima notte in cui ero andata al maniero. Me ne ero completamente dimenticata, ne accarezzo la pietra nera e liscia con le dita. Quell'oggetto rappresenta tutto ciò a cui si è sempre opposta: restituirmela deve esserle costato un enorme sforzo. Non riesco a parlare. Così la guardo e mi si riempiono gli occhi di lacrime.

«Grazie» mormoro a fatica.

«Non c'è di che.» Mi accarezza la guancia con il dorso della mano, poi si rivolge a Wolfe. «Ci sono molte cose su cui non siamo d'accordo, ma adesso sei parte della famiglia. Spero che, poco a poco, anche tu ci vedrai allo stesso modo.»

«Grazie» dice lui. «Non dovrebbe essere troppo difficile: ho una certa esperienza quando si tratta di disaccordi familiari.»

Mia madre sorride suo malgrado. «Non ne dubito» dice, guardando Galen.

«Alcune abitudini sono dure a morire» dice Galen.

«A proposito di disaccordi» prosegue mia madre, indicando le sedie sistemate per noi. «Abbiamo molte cose di cui parlare.»

Ci sediamo, ed è come se una linea netta separasse le nostre sedie dalla sua.

Saremo anche una famiglia, ma in questo momento siamo fazioni opposte che devono sforzarsi di trovare un punto d'accordo.

Poi mia madre assume il ruolo di capo della congrega; ci guarda intensamente, i muscoli del collo e della mandibola che si irrigidiscono. «Ecco l'incontro che volevi, Galen. Dimmi quello che avevi bisogno di dirmi.»

«In realtà sarà Tana a condurre l'incontro, se per te va bene.»

Mia madre si gira verso di me, con un'espressione di sorpresa dipinta sul volto. «Certo. A te la parola, Tana.»

Cambio posizione, a disagio, e unisco le mani per evitare di muoverle nervosamente. Mio padre smette di triturare le sue erbe e nella stanza cala un silenzio carico di aspettative. Faccio un respiro profondo e ripenso al momento in cui, osservando Wolfe e la sua magia, l'idea è nata nella mia mente.

«Gli abitanti della terraferma credono che la barca sia affondata a causa della tempesta e questo ci permette di guadagnare un po' di tempo» dico. «Però, non appena ci sarà un altro problema con le correnti, capiranno cos'è successo davvero e vi incolperanno di quanto accaduto a Landon e alla sua famiglia. La fiducia che avevano in voi svanirà e ci vorranno anni per riallacciare i rapporti: sempre che vogliano farlo.»

Mia madre piega il capo di lato, mentre mi ascolta. «Sì, è tutto vero. Se hai qualche proposta costruttiva sono disposta ad ascoltarla, ma non ho bisogno di un riassunto di tutto ciò che so già.»

Faccio una pausa prima di continuare. Odierà quello che sto per dire, ma non vedo altre soluzioni. «Non potete continuare a riversare la vostra magia nel mare. Datela a noi.»

Sussulta per la sorpresa, poi si ricompone. «Spiegami chiaramente cosa intendi.»

«Scaricate la vostra magia su di noi. Siamo abbastanza forti, possiamo riceverla. Non siamo abbastanza numerosi per eliminare il danno provocato dai Rituali, ma potremmo farcela, se ci date anche la vostra. Potremmo risolvere il problema delle correnti e salvare l'isola. E gli abitanti della terraferma non saprebbero mai che è la vostra magia che ha quasi ucciso la loro famiglia più importante.»

«È un'idea tua?» Il suo tono è secco e sferzante e mi fa male riconoscere ciò che sento nella sua voce: tradimento. Si sente tradita. Da me.

«Sì.»

«Mai e poi mai.» Lo dice in modo definitivo, con parole pesanti che si depositano tra di noi, separandoci. Mio padre sta fissando un punto lontano, come fa sempre quando riflette. La sua mano stringe ancora il pestello, ma non ha ripreso a lavorare. Sta riflettendo sulle mie parole.

«Ingrid» interviene Galen, seduto accanto a me. «Credo che funzionerebbe. È un'idea brillante, vorrei averla avuta io.»

«È un'idea brillante per *voi*» ribatte mia madre. «Renderebbe la vostra congrega molto più forte. Potreste usare quel potere per fare qualsiasi cosa. Non se ne parla.»

Continuano a sfidarsi con lo sguardo e capisco che il loro rapporto è fragilissimo. La nuova congrega protegge la vecchia mantenendone segreta l'esistenza. Se sulla terraferma sapessero che ci siamo anche noi, farebbero di tutto per spazzare via la magia alta. E mia madre ha ragione: se la nuova congrega consegnasse a noi la magia in eccesso, gli equilibri di potere cambierebbero drasticamente.

Saremmo abbastanza forti da combattere, molto più forti di oggi. Se non fossimo cauti nel praticare la magia, potremmo attirare per sbaglio l'attenzione della terraferma e distruggere il rapporto che la nuova congrega si è sforzata di consolidare, generazione dopo generazione.

«E se la vincolassimo con un incantesimo?» propongo. Galen e mia madre si girano a guardarmi. «E se limitassimo l'uso della magia in eccesso al periodo della luna piena, permettendone l'uso solo una volta al mese? Ci incontreremmo al momento del Rituale e voi sapreste quando e come viene utilizzata la magia, perché ci vedreste mentre lo facciamo.»

«In questo modo il nuovo ordine avrebbe un enorme potere su di noi» osserva Galen.

«In realtà, no» ribatto. «Sareste più forti di quanto siete ora. Se foste insoddisfatti del modo in cui vi trattano, potreste rendere le correnti più pericolose. La magia sarebbe legata alla luna piena, ma potreste comunque usarla per qualsiasi cosa vogliate. L'unica differenza è che sarebbe difficile nascondere qualcosa alla nuova congrega» aggiungo.

Galen però non mi sta guardando. Ha lo sguardo fisso su mia madre. Si osservano a vicenda, senza aprire bocca.

«La terraferma protegge la nuova congrega. La nuova congrega protegge noi. E noi proteggiamo la terra.» Appena pronuncio queste parole, ho la certezza che sia la strada giusta da percorrere. All'improvviso capisco che il cammino che ho abbandonato, la vita a cui ho voltato le spalle, erano in funzione di un disegno più grande. Più grande di Landon, più grande della nuova congrega e della magia alta.

Mia madre sta riflettendo sulle mie parole – ne sono certa – e questo è già un risultato. Galen non ci sarebbe mai riuscito da solo.

È *questo* il mio compito. Sento le mie radici affondare in questo terreno e trarne nutrimento. E poi finalmente fiorisco.

Wolfe mi prende la mano. «Ha ragione, papà» dice con un tono fermo e sicuro.

«Lo so che ha ragione» risponde Galen. «Cosa ne pensi, Ingrid?»

Mia madre non parla. Si appoggia allo schienale della sedia e guarda in lontananza, assorta nei suoi pensieri. «Penso che valga la pena provarci» dice alla fine. «Dovremo fissare dei limiti precisi prima di cominciare e – dal momento che la mia congrega crede che la vostra non esista – dovremo metterci d'accordo prima di proporre la nostra idea, dicendo molto chiaramente che sono sorpresa della vostra esistenza quanto loro. E dovremo capire come assicurarci che la popolazione della terraferma resti all'oscuro di tutto. Ci occuperemo dei dettagli una volta che avremo avuto il tempo di riflettere sull'accordo e discuterne con i nostri Consigli. E naturalmente smetteremo di riversare la nostra magia su di voi, se farete qualcosa che ci troverà in disaccordo. Ma credo che valga la pena provarci.»

Ci alziamo tutti in piedi e mio padre mi cinge le spalle con un braccio. «Sono orgoglioso di te» mi dice.

«Anch'io» rispondo.

Mi guarda e sorride. «È quello che ho sempre desiderato per te.»

Mia madre raggiunge mio padre e lo prende sottobraccio. «Le cose hanno preso una piega inaspettata» dice.

«Beh, dopotutto è tua figlia.»

Mi guarda e mi rivolge un accenno di sorriso. «Decisamente.»

Prima di uscire mi prende la mano. «Chiudete, quando uscite» aggiunge, poi lei e mio padre se ne vanno, abbracciati.

È una richiesta banale: una cosa che mi ha chiesto centinaia di volte. *Chiudi quando esci.* E mi riempie il cuore di tutte le cose che non ho mai osato sperare. Ci saranno scontri tra le congreghe mentre tentiamo di definire questo nuovo rapporto, e le cose cambieranno senz'altro, ma non tutti i cambiamenti sono negativi.

Il cambiamento è necessario per crescere.

Porta con sé bellezza e gratificazione.

Gioia.

«In caso ti fossi mai chiesta qual è il tuo posto nel mondo, Tana, spero che quei dubbi siano scomparsi» dice Galen «Ci vediamo al maniero.»

Quando la porta si chiude alle sue spalle, Wolfe mi prende tra le braccia e nasconde il viso nell'incavo del mio collo. «Ora che tutti gli altri se ne sono andati, avrei alcune domande da farti» dice. Le sue labbra mi sfiorano la pelle, facendomi fremere dalla testa ai piedi.

«Dimmi.»

Alza la testa e mi guarda negli occhi, e all'improvviso ho la sensazione che debba dirmi qualcosa di molto importante. «Lascia che ti ami» mormora dolcemente, e la sua voce è un bagno caldo in una notte d'inverno. «Lascia che ti ami finché non sarai sicura che è una magia.»

E prima che possa rispondere, mi bacia, ed è un bacio lento e languido. Lo tiro a me, appoggiandomi al banco di legno al centro della stanza. Il pestello di mio padre cade a terra, ma non mi importa.

Wolfe mi prende i fianchi e mi solleva sul bancone, continuando a baciarmi. Gli cingo la nuca, stringendo le gambe attorno alla sua vita, mentre le sue labbra mi sfiorano la pelle, scendendo sui miei seni.

Rovescio la testa all'indietro e sussurro il suo nome, sperando che mi senta quando dico che sono già sicura. Sperando che lo sappia: Wolfe è una magia, un incantesimo che continuerò a praticare per tutta la vita.

Sono stregata, completamente.

Fino a quando pronuncerà il mio nome, continuerà a toccarmi e a esistere su questa Terra meravigliosa, continuerò a esserlo.

43

È una fredda notte d'inverno, il cielo è limpido e le stelle brillano sopra di noi. Domani ci sarà la luna piena e, per la prima volta, la nuova congrega riverserà su di noi la magia in eccesso. Nel maniero c'è molta aspettativa, e l'aria sembra fremere di eccitazione.

Purtroppo so che la nostra trepidazione è soltanto lo specchio del terrore che prova la nuova congrega. Che provano i miei genitori, e Ivy. Consegnarci altro potere va contro tutto quello in cui credono: passerà molto tempo prima che riescano a fidarsi di noi.

Forse un giorno la nuova congrega non sentirà il bisogno di controllarci mentre usiamo la loro magia. Forse, vedendo che l'isola sta guarendo e i mari sono più calmi, capiranno che abbiamo tenuto fede alla parola data.

È questo pensiero a emozionarmi, l'idea di un futuro in cui credo con tutta me stessa. E mi adopererò con tutte le mie forze perché diventi realtà.

Stringo le braccia al petto e guardo il mio respiro che si condensa nell'aria e svanisce. Le onde si infrangono sulla spiaggia, una dopo l'altra, con un ritmo costante che mi accompagna da tutta la vita. Il loro rumore è sempre con me, ovunque mi trovi sull'isola e qualunque magia stia praticando.

All'improvviso noto un bagliore e quando mi giro vedo una piccola luce rotonda che danza sul limitare del bosco. Poi la luce scompare dentro il bosco e mi lancio all'inseguimento.

Tra gli alberi c'è pochissima luce, le loro chiome creano una barriera così fitta che il chiaro di luna entra a fatica. Rallento il passo e mi muovo con cautela, mentre la luce rotonda si allontana, rischiarando le tenebre con il suo tenue bagliore.

Dopo alcuni minuti, la luce si dirige in una radura e rotea nell'aria, per poi svanire. Quando esco dal bosco, mi trovo di fronte una piccola spiaggia nascosta.

Wolfe è sulla battigia e per un istante trattengo il fiato, incantata dal modo in cui la luna lo illumina col suo bagliore d'argento. Non c'è da stupirsi se non riesco a combinare quasi nulla, vivendo nel maniero insieme a lui.

«Ora che è riuscito ad attirarmi qui, signor Hawthorne, cosa ha intenzione di fare?» La sua bocca si increspa in un sorriso, poi mi tende la mano. «Vedrai.»

La prendo e mi porta in un punto in cui l'erba alta è attraversata da un sentiero stretto e sterrato. Un piccolo cancello di legno impedisce l'accesso. Il legno è segnato dalle intemperie, scheggiato e sbiadito, e quando lo apre, scricchiola.

L'aria salmastra ha un profumo dolce, e quando mi guardo intorno vedo decine di fiori, alti e rigogliosi. Piante di enotera ed elleboro nero risplendono al chiaro di luna. In mezzo alla fioritura notturna cresce un solo, candido fiordiluna.

«Ero in questo giardino la prima volta che hai mormorato il mio nome a mezzanotte» dice Wolfe. «Quando ti ho sentito, il mio cuore ha cominciato a battere forte e mi sono tuffato in acqua pensando a una sola cosa: raggiungerti. Da quel momento, non ho fatto nient'altro.»

«Wolfe» dico indugiando sul suo nome, pronunciandolo lentamente per assaporarlo sulle labbra. Faccio un passo verso di lui. «Wolfe.»

Un altro passo, e ora sono abbastanza vicina da toccarlo. Gli afferro la maglietta e lo tiro a me, sfiorando il suo orecchio con le labbra. «Wolfe.»

Lo sento fremere.

«Così mi distrai» dice piano, come se fosse dispiaciuto.

Alzo le mani, fingendo di volermi scusare. «Non ci vuole molto.»

«È tutta colpa tua.» Lo dice come se fosse arrabbiato, ma so che è soltanto spaventato dall'intensità del suo amore per me. Ora ne sono al corrente tutti gli abitanti dell'isola, ed è un punto debole che avrebbe preferito non avere.

Forse la cosa più ingiusta è che io tragga tanta forza dal fatto di essere l'unica in grado di piegarlo. È stata la mia trasparenza, la mia fragilità a fare breccia nella corazza di questo ragazzo ruvido e tormentato: tutte caratteristiche che solo uno stupido può considerare debolezze.

Non certo io.

«Prometto di usare i miei poteri solo a fin di bene» dico scherzando, anche se è una battuta ammantata di verità.

Wolfe si protende su di me e il suo respiro caldo si mescola all'aria fredda. Sento un brivido scendermi lungo la schiena. «Usali come preferisci» dice, e le sue parole accendono una scintilla di desiderio nel mio ventre. «Mi fido.»

«Lo so.»

«Bene.»

Ci guardiamo per la durata di qualche respiro, poi Wolfe mi prende per mano e ci addentriamo nel giardino. Raccoglie il fiordiluna e me lo regala; lo porto al viso e i suoi petali mi sfiorano le labbra.

«Ogni regina ha bisogno di un castello» mi dice, aprendo un altro cancello e lasciandomi andare. Varco il cancello e, quando mi guardo intorno, resto senza fiato. Un campo di fiordiluna si estende a perdita d'occhio davanti a me: migliaia di bianche corolle che sfidano il freddo invernale. I petali splendono al chiaro di luna e danzano sospinti dal vento leggero, un mare candido che freme nell'oscurità.

«L'hai fatto tu?» chiedo, sbalordita da quello spettacolo. Sono tantissimi.

«Sì.»

Mi volto verso di lui, stringendo il fiore che mi ha regalato. «È incredibile» dico. «Grazie.»

Mi siedo a terra, e lui fa altrettanto. E poi la sua bocca è sulla mia, e il suo respiro mi scalda nel profondo, facendomi dimenticare che siamo in inverno. Potrebbe darmi tanti baci quanti sono i fiori sbocciati in questo campo e non sarebbero comunque abbastanza.

Mi sdraio e si sdraia anche lui. Cerco di imprimere nella mente la sensazione del dolce peso del suo corpo sopra il mio, il modo in cui il suo respiro cambia, quando lo tocco.

«Wolfe» dico, riempiendomi i polmoni di tutta l'aria che mi ha tolto. «Ti va di nuotare con me?»

«Sì.»

Corro verso il mare, con Wolfe dietro di me, e rido al cielo di mezzanotte. Chiudo gli occhi e visualizzo il sole, tutte le ore passate a praticare la magia in pieno giorno, e riverso quelle immagini nelle onde, che si scaldano abbastanza da permetterci di nuotare.

Non perdo tempo a togliermi la camicia da notte. Mi tuffo e nuoto finché non tocco più il fondo. Nuotiamo insieme al chiaro di luna, raccontandoci delle storie e usando la magia. Vivendo. Vivendo con ogni molecola del nostro corpo.

E mentre lo facciamo, la sensazione che provo a praticare la magia di notte mi riempie di meraviglia.

Wolfe comincia a nuotare verso la riva, ma gli dico di aspettare. Lo raggiungo e gli metto le braccia al collo, baciandolo con tutta la passione, la gioia e lo stupore che sento. E mentre lo bacio mi connetto con la mia magia. E la magia emerge e freme impaziente, più forte ogni istante che passa.

Con le labbra ancora su quelle di Wolfe, libero la mia magia nell'acqua. I nostri piedi rimangono ben saldi sul fondo dell'oceano, mentre intorno a noi le onde si alzano in un vortice di acqua salata, magia e mezzanotte. Una mezzanotte infinita.

«Alta marea o bassa marea, è il ritmo lunare; circondaci con il tuo abbraccio e non ci lasciare.»

Wolfe si ritrae e osserva sbalordito l'acqua che vortica intorno a noi, acqua scura controllata in modo perfetto da una magia ancora più oscura.

Poco a poco, la magia si attenua. Le onde si placano e ci sollevano, permettendoci di tornare a riva. Wolfe mi prende la mano e mi lancia uno sguardo malizioso.

«Credo che sia ora di tornare al maniero.» I suoi occhi indugiano sulle mie labbra, prima di posarsi di nuovo sui miei occhi.

«Credo proprio di sì.»

Intreccio le mie dita alle sue ma, prima di andare, mi giro verso il mare un'ultima volta. Al chiaro di luna, è uno spettacolo di perfezione assoluta, un connubio di bellezza e potere, silenzio profondo e calma apparente.

Una forza che riconosce la magia dentro di me e le obbedisce, perché sa che la terrà al sicuro.

Una casa che ha sempre permesso al mio cuore selvaggio di esprimersi libero.

C'è stato un tempo in cui ho creduto di appartenere al mare.

Ma mi sbagliavo.

È il mare che appartiene a me.

Ringraziamenti

Questo libro è molto speciale e, dal momento in cui nella mia mente è nata l'idea che sarebbe poi diventata il romanzo, ho avuto un solo desiderio: condividerlo con i lettori.

A voi che l'avete scelto, letto o commentato, grazie. Grazie di cuore.

Ho avuto la fortuna di incontrare persone meravigliose che mi hanno aiutato a trasformare *Bring me your midnight* da idea a romanzo, con la loro saggezza, il loro supporto ed entusiasmo.

Il primo ringraziamento va al mio agente, Pete Knapp. Grazie per aver creduto in me e nelle mie storie, e per l'incessante sostegno al mio lavoro. Mi fai pensare che tutto è possibile e sento che con te le mie speranze e ambizioni sono nelle migliori mani.

Grazie ad Annie Berger, la mia fantastica editor. Hai visto la magia in questa storia quando ancora non l'avevo scritta, e mi hai aiutato a ritrovarla quando l'avevo smarrita. Ti ringrazio per aver amato questo libro e avermi aiutato a trasformarlo nella sua versione migliore. È davvero una fortuna poter lavorare con te.

A tutto il team di Sourcebooks Fire: è grazie al vostro incessante impegno che le mie storie riescono a raggiungere tutto il mondo, ve ne sono davvero grata. Karen Masnica, Madison Nankervis, Rebecca Atkinson, vi ringrazio per aver trovato soluzioni fantastiche ed emozionanti per presentare il mio libro ai lettori. I miei ringraziamenti a Liz Dresner per aver disegnato la copertina più straordinaria di tutti i tempi, a Elena Masci per averle dato vita in modo così entusiasmante, a Tara Jaggers per lo splendido lavoro fatto con la grafica interna del libro.

Grazie a Erin Fitzsimmons per aver creato il cofanetto e i risguardi dei miei sogni, e a Sveta Dorosheva per la piantina più stupefacente che io abbia mai visto. Thea Voutiritsas, Alison Cherry e Carolyn Lesnick, grazie per aver dato gli ultimi ritocchi a questo libro e averlo rifinito fino a farlo splendere. Un ringraziamento a Gabby Calabrese per aver contribuito a rendere tutto questo processo facile e fluido, e un grazie a Margaret Coffee, Valerie Pierce e Caitlin Lawler per aver richiamato l'attenzione di tanti librai, educatori e bibliotecari su questo libro. Ashlyn Keil, tu sei la rock star degli eventi. Grazie per il tuo impegno nel mettermi in contatto con i lettori. Sean Murray, se ho visto il mio libro sugli scaffali di tante librerie, lo devo al tuo lavoro. Grazie. E infine, un enorme grazie alla mia editrice, Dominique Raccah. Adoro essere un'autrice Sourcebooks.

A tutto il team Park & Fine, il cui brillante lavoro collettivo sostiene me e i miei libri, va il mio più sentito grazie. Un ringraziamento anche ad Andrea Mai ed Emily Sweet per la strategia e l'entusiasmo. A Stuti Telidevara, che mi mantiene organizzata anche in mezzo al caos. A Kat Toolan e Ben Kaslow-Zieve, che lavorano affinché i miei libri arrivino ai lettori di tutto il mondo.

Un grazie a Debbie Deuble Hill e Alec Frankel, guide esperte in tutto ciò che riguarda televisione e film.

A Marta Courtenay, grazie per la tua creatività, per l'entusiasmo e per le tante ore che mi hai fatto risparmiare.

A Elana Roth Parker per avermi aiutato a dare alla luce questo libro.

Agli autori che con generosità hanno accettato di leggere in anteprima questo libro e hanno scritto recensioni meravigliose per la fascetta, grazie. Sentendo il vostro entusiasmo, mi emoziono al pensiero di mandare questo libro nel mondo.

Adalyn Grace, grazie per le ore che hai trascorso dall'altra parte dello schermo, lavorando con me alla bozza del libro. Spero che i nostri programmi siano sempre allineati.

Diya Mishra, sei stata la prima a leggere questo libro e il tuo entusiasmo per la storia, insieme all'uso eccessivo di turpiloquio per sottolinearlo, ha alimentato il mio amore per il libro sin dall'inizio.

Grazie. Un ringraziamento anche a Julia Ember, Miranda Santee, Tyler Griffin, Heather Ezell, Kristin Dwyer e Rosiee Thor, non solo per essere tra le mie persone preferite, ma anche per aver letto il libro in anticipo e avermi fornito indicazioni preziosissime. Rachel Lynn Solomon, Adrienne Young, Isabel Ibañez e Tara Tsai, non potrei mai imbarcarmi in un viaggio come questo senza di voi.

Angela Davis, mi hai dato la possibilità di immaginare un percorso per me stessa che fosse davvero mio. Grazie per avermi aiutato a trovare la mia felicità.

Un grazie va anche al mio cane, Doppler, che mi tiene compagnia giorno dopo giorno mentre scrivo queste storie e che mi costringe a uscire dall'ufficio, cosa che altrimenti potrei non fare.

Chip, non riesco a descrivere nel modo giusto la calma che è scesa su di me da quando sei entrato nella nostra famiglia. Ti ringrazio per il tuo cuore.

Mamma, grazie per il tuo costante incoraggiamento e supporto mentre navigo nell'oceano di questa professione. Hai sempre creduto nella mia scrittura e di questo ti sono grata. Papà, non mi hai mai fatto dubitare del tuo amore per me e, nei momenti più difficili della mia vita, sei sempre stato un porto sicuro dove rifugiarmi durante le tempeste. Voglio molto bene a entrambi.

Mir, riesco a fare tutto questo solo perché ci sei tu. Il modo in cui mi sostieni, mi incoraggi e mi ami mi lascia sbalordita, e non riesco a immaginare una persona più perfetta su cui fare affidamento. La verità è che mi metti soggezione. Ti amerò fino alla fine del mondo.

Ty, tu sei il solo e unico, il mio amore da favola, il mio migliore amico. Mi imbarcherei in qualunque avventura, per quanto difficile, se sapessi che alla fine ci sarai tu ad aspettarmi. Grazie perché mi sostieni e mi incoraggi mentre mi lancio alla ricerca di un sogno dopo l'altro. Spero che tu sappia che, tra tutti, tu sei il mio sogno più grande che è diventato realtà. Ti amo tanto.

E, infine, a Gesù. Grazie perché mi ami anche nei momenti in cui sono piena di dubbi e domande... soprattutto in quei momenti.